ALINA NOT

Bad Ash

Saltan chispas

CROSS BOOKS

CROSSBOOKS, 2021
infoinfantilyjuvenil@planeta.es
www.planetadelibrosjuvenil.com
www.planetadelibros.com
Editado por Editorial Planeta, S. A.

Avda. Diagonal, 662-664, 08034 Barcelona
Primera edición: junio de 2021
Séptima impresión: marzo de 2022
ISBN: 978-84-08-24327-4
Depósito legal: B. 7.895-2021
Impreso en España – *Printed in Spain*

El papel utilizado para la impresión de este libro está calificado como papel ecológico y procede de bosques gestionados de manera sostenible.

1
Superstar

Tyler Sparks. Tiene el nombre más perfecto del mundo. Aunque no le haga del todo justicia porque, más que *sparks*, chispas, de él se desprenden fuegos artificiales. Un cuatro de julio en toda regla que me permito mirar cada mañana desde la ventana de mi habitación cuando él sale de su casa para ir a clase. A las siete y veintiocho minutos, cuando suena el claxon justo donde termina mi vista de la calle. Aunque sé perfectamente quién lo recoge. Pero eso no es lo importante. Lo importante es verlo salir a toda prisa, normalmente con un bollito sujeto entre los dientes, y colgándose la mochila del hombro izquierdo. Y saltan chispas. Vaya que sí. Y yo suelo quedarme embobada más segundos de los que puedo permitirme, así que siempre me toca correr para coger el autobús escolar. Y todas las mañanas me acomodo en los asientos centrales, ni al final con los guais ni al principio con los pringados, y escucho la misma canción con los auriculares enganchados al móvil pensando en que casi podría estar escrita por mí para él. A veces hasta me imagino que se la canto al oído, y que lo hago como Taylor Swift, claro está. *Sparks fly*. No sabes cuánto, Taylor Swift. Y la única pega es que tengo que cambiar lo de *green eyes* por *brown eyes*, pero es una pequeñez porque suena igual de bien, o incluso mejor, y Tyler tiene los ojos color avellana más alucinantes del universo.

Tyler Sparks. Y no solo son su nombre y sus ojos lo que me flipa absolutamente de él. Ahora lo pienso más que nunca. Justo en este momento, mientras contemplo su espalda con toda la atención que debería estar prestándole a la clase de biología. Pero es que tiene los hombros cuadrados y lleva mi camiseta favorita, y hace tres días se cortó el pelo y no puedo dejar de pasear mis ojos por esos mechones rubios que le rozan la nuca y de imaginarme cómo sería enredar mis dedos entre ellos. Así que sí, me flipa su pelo. Me flipan sus hombros de quarterback. Y, definitivamente, me flipa el borde del tatuaje que sobresale bajo la manga corta derecha de su camiseta azul marino de American Eagle, que se le pega a los bíceps. Oh, pero tampoco soy tan superficial. No se trata de eso y nada más. Hay más. Mucho más. Como su risa electrizante y el tono de su voz cuando intenta hacerse el gracioso en clase. Como el acento de la costa Este que ha ido variando hasta convertirse en una mezcla única del de ambas costas. Como los chistes malos que me hacían reír tanto cuando éramos amigos. Cuando lo conocí.

Ya llevo unos cuatro años enamorada perdidamente de Tyler. Cuatro años, y desde hace algo más de tres me dedico a mirarlo en clase y suspirar. Y él, muy de vez en cuando, me dedica una sonrisa leve cuando nuestras miradas se cruzan por casualidad. Hasta, en ocasiones, me suelta un «¿Qué tal, Ash?» cuando nos cruzamos por los pasillos o en la puerta de nuestras casas. Pero ya nunca se queda a escuchar la respuesta. Y es que ya no es exactamente el mismo que era hace cuatro años. Él ya no es el nuevo en la ciudad. No es el chico monísimo que acaba de mudarse a la casa de al lado. Aunque siga siendo monísimo. Y aunque siga viviendo al lado.

Así que ser amigos era lo más natural al principio, cuando llegó, cuando aún no conocía a nadie y resultaba que la vecina de al lado también iba al mismo instituto. Pero después conoció a más gente, claro. Y Tyler y yo somos muy diferentes. Y, bueno, él entró en el equipo de fútbol y yo no soy precisamente una animadora, así que era inevitable que nuestros caminos se alejaran. Supongo. Ahora mismo, él es uno de los tíos más populares del instituto, y yo... yo sigo siendo yo. No una animadora. Tampoco una marginada. Simplemente alguien que pasa desapercibida. Una chica normal, con un grupo de amigas normales. Con las que nadie se mete, pero que tampoco son invitadas a las grandes fiestas. Chicas que hacen cosas normales. Que no aparecen el lunes en clase con resaca del fin de semana. Tyler sí. Aparece con resaca los lunes. Y muchos viernes. Y, alguna vez, también los jueves. Somos mundos distintos. Pero ¿no dicen que los opuestos se atraen? Cada vez que oigo ese cliché me dan ganas de responder con un «amén».

—Ashley Bennet. —Me sobresalta de repente la voz del señor Woodward llamándome la atención—. ¿Te importaría abrir el libro por la página setenta y dos, y, por lo menos, hacer como si escucharas? —propone.

Siento cómo, en apenas un segundo, me arden las mejillas como si fueran a prenderse fuego en cualquier momento. Abro el libro buscando la página tan rápido como soy capaz y me encojo un poco en la silla sin decir nada. Porque la mitad de los compañeros de las filas de delante se han girado para mirarme y, aunque yo no me atrevo ni a mirar entre las pestañas, siento muchos ojos fijos en mí y seguro que un par de ellos son de color avellana. Por suerte, el señor Woodward continúa como si nada hubiera pasado, y sé que solo lo hace porque ha sido la primera vez que ha tenido que llamarme la atención en todo el curso. La próxima podría ser mucho peor. Mierda, ¿qué estás haciendo, Ashley? Céntrate. Que ya son cuatro años enamorada del guaperas y nunca has dejado que eso afectara a tu rendimiento. No voy a cagarla ahora que me quedan poco más de tres meses de instituto. Aguanta hasta que te hayan aceptado en una buena universidad, por lo menos.

—Psss. —Justo a mi izquierda, el chico del pupitre de al lado trata de llamar mi atención.

Llevo seis meses sentándome al lado de ese tipo todos los días en clase de biología. Concretamente, desde el día en que el señor Woodward decidió que era mejor que él no se sentara junto a Tyler. Y me lo endosó a mí. Pero en seis meses es la primera vez que muestra interés por llamar mi atención. Me pregunto qué mosca le habrá picado, pero tengo miedo de que el profesor tenga que volver a echarme la bronca, así que hago como si no lo hubiera oído.

—Psss.

Otra vez. Un sonido un poco más fuerte y ligeramente más alargado en el tiempo. Le lanzo una mirada de reojo y él tiene la vista clavada en mí, con unos chispeantes ojos verdes asomando entre los mechones de pelo negro que le cubren desordenados la frente.

—¿Qué? —siseo lo más bajo que puedo, molesta.

—Tengo que hablar contigo —dice en el mismo tono.

Nuestras mesas están a tan solo unos centímetros de distancia y, si los dos nos inclináramos hacia el centro del espacio que nos separa, prácticamente podría hablarme al oído. Pero estamos en clase, y yo soy de las que se ponen nerviosas si hacen algo que se supone que no deberían estar haciendo. No deberíamos estar cotorreando mientras nuestro profesor explica, así que niego un poco con la cabeza y vuelvo a centrar toda mi atención en el señor Woodward y no sé qué sobre las células.

—Es sobre Tyler —añade el susurro que llega hasta mi oído izquierdo.

Me giro como impulsada por un resorte, aunque pronto trato de disimular mi sorpresa y cómo tan solo ese nombre ha conseguido atraer de pleno toda mi atención. Lo estoy mirando y creo que debo parecer más que ansiosa, de manera que respiro hondo y trato de mostrarme indiferente. Alzo las cejas invitándolo a decir más, pero como sin darle importancia.

El señor Woodward carraspea y me doy cuenta de que me está mirando a mí. Vuelvo a colocarme recta en mi asiento y clavo los ojos en mi libro como si fuera lo único que me interesa en el mundo.

Segundos después, un trozo de papel doblado en cuatro aterriza sobre mi mesa justo al lado del borde de mi manual de biología. Lo cubro con la mano para que el profesor no lo vea y vuelvo a mirar al chico de mi izquierda, un poco irritada ya. Hace un gesto con la cabeza hacia mi mano que cubre el papel, instándome a leerlo. La verdad es que me está provocando bastante curiosidad. Aprieto la nota en mi puño y, cuando el señor Woodward se vuelve hacia la pizarra, la desdoblo rápidamente para echarle un vistazo.

Tengo que hablar contigo. Espérame a la salida de clase.

Venga ya, Cameron. Venga ya. Debe de ser ya uno de abril, el Día de las Bromas, y yo aún me creía que estábamos en marzo. O, a lo mejor, han adelantado el Día de las Bromas. En cualquier caso, que una estrella del equipo de fútbol del instituto y, para más señas, el mejor amigo de Tyler que lo recoge en su flamante coche cada mañana para ir juntos a clase, quiera hablar conmigo para contarme algo que tiene que ver con el amor de mi vida no puede ser más que una broma pesada. No hay más explicación. Y paso de que los chicos guais y su corrillo de animadoras se pasen el resto del curso riéndose de mí. Así que no hago caso de la nota de Cameron Parker. Paso totalmente. Para demostrármelo a mí misma, la hago una bolita y la lanzo al fondo de mi mochila abierta que descansa al lado derecho de mi mesa. Podría haberla tirado al suelo, pero el señor Woodward jamás dejaría pasar la oportunidad de humillar a alguien si encuentra una notita en su clase. Ya la recuperaré y la tiraré a la basura más tarde.

Quince minutos después suena el timbre y yo me apresuro a recoger mi libro y mis apuntes, y a coger mi mochila de cualquier manera, para salir de clase de las primeras y no tener que vérmelas con Cam. Ni siquiera miro atrás, no vaya a ser que intercepte mi mirada y vuelva a insistir. Con un poco de suerte, para el final de la mañana habrá olvidado la bromita que pensaba gastarme, o se habrá buscado una víctima más fácil. Cualquiera de las dos opciones me vale. Cualquiera que aleje las burlas de mí estará bien. Camino sola hasta mi taquilla para cambiar el libro de biología por el de francés y, justo cuando llego allí, un golpe en la taquilla de al lado me sobresalta.

—Pero ¿a ti qué te pasa, chica? Vengo corriendo detrás de ti desde clase.

Emily me está mirando con una ceja enarcada y, al darse cuenta de que no voy a decir nada, lanza un suspiro paciente y abre su propia taquilla.

Emily Davis es mi mejor amiga desde hace... bueno, desde siempre. No tengo apenas recuerdos en los que ella no formara parte importante de mi vida. Y, como buena mejor amiga, sabe perfectamente que a veces no soy muy de palabras. Sobre todo, cuando algo me preocupa o me incomoda.

Tras tan solo unos segundos de silencio, cierra su taquilla y luego la mía de un golpe seco y pone su cara frente a la mía.

—¿Qué, Ash? Venga, suéltalo —propone—. Estás alterada porque el señor Woodward te ha llamado la atención en clase, ¿no? Ni él se acuerda ya de eso... —Intenta tranquilizarme—. Y todo el mundo sabe que hay algunas clases en las que sueles quedarte un poco atontada. Ya sabes, esas en las que Tyler está delante —se burla.

—No es eso —digo en voz bajita y mirando alrededor por si alguien nos oye. ¡Como si alguien se molestara en escuchar las conversaciones de unas don nadie como nosotras alguna vez!—. Cameron Parker dice que tiene que hablar conmigo. Me ha pasado una notita y todo para que lo esperara después de clase —la pongo al día.

Emily se limita a mirarme fijamente a los ojos por unos segundos, como si se hubiera quedado en *shock*. Luego sacude la cabeza vigorosamente para terminar centrando de nuevo su atención en mí.

—¿Cameron Parker? ¿Como Cameron Parker el segundo capitán del equipo de fútbol? ¿Como Cameron Parker el popular? ¿Como Cameron Parker por el que todas suspiran para que las lleve al baile? —pregunta sin apenas pararse a respirar.

Pongo los ojos en blanco ante tantas alabanzas. Por mucho que jueguen al fútbol no dejan de ser personas de carne y hueso, igual que nosotras. Tanta idolatría me saca de mis casillas. Menos cuando se trata de Tyler, claro. Pero es que él es realmente especial.

—¿A cuántos Cameron Parker conoces? —le respondo en forma de pregunta, y ella simula pensar por un segundo.

—Solo a uno. Pero comprenderás que necesitaba asegurarme —medio bromea—. ¿Y por qué no lo has esperado después de clase? ¿Estás loca? ¡Oh, Dios mío, Ash! ¿Y si quiere invitarte al baile?

Oírla decir eso tan emocionada me hace soltar una carcajada más alta de lo que hasta yo misma me esperaba. ¿Iba a invitarme al baile una estrella del equipo? ¿El héroe del deporte del instituto? ¿El que tiene todas las papeletas para convertirse en leyenda si lo fichan para el equipo de una buena universidad? Venga ya. No me ha invitado al baile ni siquiera Lewis Cooper y eso que hasta hace dos días, como quien dice, su adoración por mí rozaba el acoso. Y ahora resulta que ya tiene pareja para el baile. Hasta Lewis Cooper tiene pareja para el baile y yo no. Cameron Parker tampoco, claro, pero eso no significa que se le pueda pasar por la mente invitarme a mí. Ni en sueños.

—No seas ridícula —le pido bajando de nuevo el volumen de voz—. Ha dicho que tenía que ver con Tyler.

Era lo que faltaba añadir para que Emily llegue al colapso neuronal. Casi puedo ver humo saliendo por sus orejas mientras ella mueve los ojos a un lado y a otro, como siempre hace cuando cree que hay algo que se le escapa y quiere pensar más rápido.

—¡Sobre Tyler! —chilla con la voz tan aguda que me recuerda a un ratoncillo.

—¡Shhh! —le pido que baje el tono cuando veo que un par de cabezas se vuelven hacia nosotras.

—¿Sobre Tyler? —repite más bajito y esta vez en forma de pregunta—. ¿Y si es Tyler el que quiere invitarte al baile? —sugiere llevándose luego ambas manos a la boca para contener la emoción.

—Claro que no —le bajo los pies al suelo—. Tyler ya tiene pareja para el baile. Todo el mundo lo sabe. Por supuesto, va a ir con «ya sabes quién...» —digo entre dientes remarcando las últimas palabras—. Me parece que Cameron quiere gastarme una broma o algo así. Por eso no lo he esperado, ni pienso hablar con él. ¿Para qué querría hablar conmigo, si no, después de cuatro años sin dirigirme la palabra siquiera? —trato de razonar.

—Hablar con él habría sido una buena manera de averiguarlo —dice mi amiga en tono socarrón.

Su cara cambia en un segundo cuando dirige la mirada por encima de mi hombro. Prácticamente soy capaz de ver cómo se le va escapando el color de sus mejillas, y aprieta los labios antes de reaccionar y ponerme una mano en el brazo.

—¡Oh, mierda, mira! —exclama en un siseo—. Por ahí vienen... ¡No! ¡No mires!

Demasiado tarde: para cuando tira de mí para evitar que me gire, yo ya he vuelto la cabeza y los he visto a los dos avanzando por el pasillo hacia nosotras. Tyler le saca casi una cabeza al moreno, pero los dos tienen una complexión atlética y los hombros anchos. Y ellos también me han visto a mí. Le lanzo una mirada asesina a Emily.

—¿Si no quieres que mire por qué no lo dices antes de soltar «oh, mierda, mira»? —la regaño.

—Oh, mierda, no mires. —Trata de arreglarlo, torciendo la boca en una mueca de arrepentimiento.

Antes de que me dé tiempo a decirle nada más, como que es una amiga pésima o como que se la devolveré un día de estos, una voz a mi espalda casi hace que se me pare el corazón.

—Hola, Ashley. —Es la voz suave y vibrante de Cameron—. Hola, Emily.

—¿Qué hay, Ash? —saluda también Tyler sin mucho interés cuando yo me giro a mirarlos.

Ellos no se detienen. No parece que tengan intención de hablar con nosotras, simplemente les hemos pillado de paso hacia algún sitio. Su próxima clase, supongo. Y eso es lo que deberíamos estar haciendo también nosotras. Ir hacia clase de francés si no queremos llegar tarde. Pero me he quedado casi en blanco con el tono ronco de mi amor platónico, así que tengo que decir algo antes de quedar como una idiota.

—Hola, Tyler.

Y yo misma soy consciente de que me acabo de poner roja como un tomate y de que he sonado como una niñita boba que acaba de ver a Papá Noel. Por suerte, Tyler ni me mira, así que no se entera de si parezco estúpida o no. Pero, con el rabillo del ojo, veo a Cameron mostrar una media sonrisa burlona mientras me observa. Al pasar justo a mi lado, se inclina un poco hacia mi oído disimuladamente.

—Iba en serio. Tengo algo que proponerte.

Alzo la mirada hacia él dispuesta a responder con algo mordaz y cortante. Pero no se me ocurre nada a tiempo. Él ya se está alejando junto a su amigo y en menos de un segundo solo puedo observar sus nucas cada vez más distantes de nosotras.

—¡Oh, Dios mío! —vuelve a decir Emily en voz bajita—. ¡Cameron Parker sabe mi nombre! Ay, ay, ay. Madre mía, estoy hiperventilando. Déjame eso, anda.

Me arranca un cuaderno de entre las manos para abanicarse con él y yo no puedo hacer otra cosa que sonreír ante sus payasadas. Ella siempre tan dramática.

—¿Debería recordarte que tienes novio, Em? —decido burlarme, y ella frena enseguida el balanceo del cuaderno y me lo devuelve.

—Tía, llevo saliendo tres años con un pardillo —bromea, a pesar de la evidente adoración que siente por su novio Scott—. Déjame vivir a través de tu vida con los dos tíos más buenos del instituto, ¡préstame un poco de emoción! Mierda, no sé con cuál quedarme, con el rubio o con el moreno..., aunque tú lo tienes claro, ¿no?

Me guiña un ojo. Yo sacudo la cabeza para indicarle que paso de sus tonterías. Justo en ese momento veo a Scott acercarse y le sonrío. Es un gran chico y trata a mi amiga como una reina, así que no puedo pedir más de él. Al llegar a nuestra altura, por la espalda de Emily, la toma por la cintura y besa su mejilla. Ella se vuelve y trata de hacer una mueca de disgusto al ver que es él, pero no puede evitar que se le escape una sonrisita.

—Vaya, eres tú. Esperaba que fuera el capitán del equipo de fútbol —suspira.

—¿Cuál de ellos? —le sigue la broma su novio sin molestarse.

—Cualquiera me valdría ahora mismo.

Se besan en los labios, y Scott nos advierte de que si seguimos cotilleando frente a las taquillas no llegaremos a clase de francés. Miro mi reloj. Y tiene razón. Echo a andar hacia el aula con los dos tortolitos pisándome los talones. Pongo los ojos en blanco al oír a Emily contándole a su novio todos los detalles de lo sucedido con Cameron Parker. Desde hace tres años mi mejor amiga y yo ya no podemos tener secretos. Ahora los secretos son entre ella, Scott y yo. Menos mal que el chico me cae bien y me fío plenamente de su discreción, de otra manera habría tenido que matarlo hace mucho tiempo. Escucho a Emily añadir que seguro que Cameron quiere invitarme al baile y me giro para dedicarle una mirada exasperada una vez más.

—¿Al baile? Ni de coña. —Lo rechaza Scott al instante—. Sin ánimo de ofender, Ash —se apresura a aclarar al ver la cara que se me ha quedado ante su seguridad—. Ese par de capullos no serían capaces de apreciar a alguien como tú.

Entrecierro los ojos para tratar de discernir si se está limitando a hacerme la pelota porque soy la mejor amiga de su novia, pero parece sincero. Me encojo de hombros y entro por la puerta de clase justo cuando resuena el timbre en los pasillos. Scott probablemente tenga razón y el problema sean ellos y no yo, aunque la sociedad adolescente dicte que los populares siempre son mejores que el resto. Y siento casi hasta un poquito de envidia, pero soy infinitamente feliz por mi amiga, porque puede que Scott no sea precisamente un chaval popular, pero es, sin duda, uno de los chicos más dulces del instituto. Buena caza, Emily.

Las manecillas del reloj avanzan extremadamente lentas en clase de francés. O al menos esa es la impresión que yo tengo. Lo único que me consuela es que en esta clase no coincido con el maldito segundo capitán del equipo ofensivo de los Eagles del instituto Truman de Sacramento. Y eso, por lo menos, me deja más tranquila. Pero es que tampoco coincido con el primero. Y eso es sencillamente una mierda, porque mirar las líneas de su camiseta, el bronceado de su nuca y el borde inferior de esa cruz que lleva tatuada es mi pasatiempo favorito. Probablemente por eso esta clase en concreto resulta insoportablemente aburrida.

Vuelvo a ver a Cameron a la hora del almuerzo, pero él está sentado a una mesa con otros cuatro chicos del equipo y no me presta atención. Mejor. Tyler no está en ningún lugar a la vista y sé por qué. Hace tiempo que las horas del almuerzo no las dedica a bromear con los chicos del equipo. Desde hace un par de meses dedica todos sus ratos libres a besuquearse con cierta chica que si te pillara mirándolo más de dos segundos seguidos te daría una paliza. Doy gracias al universo por seguir viva aún a estas alturas. Aunque imagino que solo es porque ella no me considera una amenaza. Es altamente improbable que no se haya dado cuenta de que miro bastante a su novio. Bueno, lo sabe todo el mundo. Yo suelo pasar mis almuerzos en una mesa del patio exterior con mis tres amigas: Emily, Mia y Grace. Pero hoy está lloviendo en el exterior, así que conseguimos una discreta mesa al fondo del comedor y cuchicheamos sobre los últimos cotilleos del instituto. Al menos, Emily mantiene su boquita cerrada sobre el tema de los jugadores de fútbol. Ella sabe que hay cosas que deben quedar entre ella y yo... y Scott, claro. El hecho de que Cameron no me haya dedicado ni una mísera mirada me hace feliz, obviamente, pero también me decepciona un poco. Aunque tal vez pretendía reírse de mí, su insistencia anterior ha sido lo más emocionante que me ha pasado en semanas. O en meses. Qué triste, Ashley.

Nuestra siguiente clase es historia, y yo ya estoy sentada en mi sitio y apoyando el libro sobre la mesa cuando noto cómo Emily se tensa a mi lado. Ella aún no se ha sentado y no parece tener intención de hacerlo, así que levanto la vista para intentar descubrir qué demonios le pasa ahora. Y cuando lo hago, me encuentro directamente con unos ojos verdes, que me están mirando a mí mientras la persona a la que pertenecen habla a mi mejor amiga.

—Emily, ¿te importa cambiarme el sitio hoy, por favor? —pide muy educado.

Yo me apresuro a lanzar una mirada de advertencia a la receptora del mensaje, pero la muy traidora ya está musitando un «claro, sin problemas», y se va con sus libros debajo del brazo hasta dos filas más atrás. Yo la sigo con la vista, con los ojos entornados. Si Cameron la ha mandado a sentarse con Tyler ya sería lo último que me podía suceder hoy. Pero Tyler no está en su sitio y cuando suena el timbre y la señorita Edwards cierra la puerta, me hago a la idea de que ya no va a aparecer. Está haciendo pellas. Otra vez. Vuelvo a sentarme mirando hacia delante y, aunque trato de no hacerlo, no puedo evitar lanzarle una mirada de reojo a Cam. Esta vez está sentado a mi derecha y me dedica una media sonrisa divertida al ver mi expresión.

—No te molestes —siseo—. Me gusta atender a mis clases, así que ni me hables —advierto.

—Prometo no hablar —responde él en el mismo tono y levanta la mano derecha como si estuviera haciendo un juramento.

Respiro hondo bajando la vista a mi libro y oigo como suelta una risita breve. Parece que se lo está pasando bien acosándome durante esta mañana de martes. Me pregunto si los zurdos no deberían hacer los juramentos con la mano izquierda, pero la verdad es que no tengo ni idea de esa clase de protocolo. La señorita Edwards empieza su explicación y yo trato de centrarme en lo que me está contando, pero es que el puñetero Cameron Parker está sentado a mi derecha y ha prometido no hablar, pero, si no quiere hablarme, ¿para qué narices le ha cambiado el sitio a Em? Recibo respuesta a mis preguntas cuando un papelito doblado en cuatro, exactamente igual que el que me lanzó unas horas antes, termina en mi mesa. Lo cojo y lo abro, muerta de curiosidad.

¿Por qué me estás evitando? Solo quiero hablar contigo diez minutos... o menos. No muerdo. —C.

Qué gracioso que él se crea que le hace falta firmar con su inicial. Como si no supiera ya quién me acaba de pasar una nota. Lo miro de reojo y él alza una ceja y dibuja una sonrisita canalla. Que no muerde. Ya. Suelto un bufido y arrugo la nota metiéndola en mi estuche, donde nadie pueda verla. Este instituto está lleno de cotillas. No le pienso contestar. Si le sigo el juego, no parará nunca. Así que es mejor ignorarlo y ya está. Y si se le ocurre escribir otra nota más, ni la leeré.

Pero es que se le ocurre. Vaya, si se le ocurre.

Vaya, no piensas ni contestar. Qué maleducada. No me esperaba esto de ti, Ashley Bennet. —C.

Vuelvo a ignorarlo. Hago lo mismo que con la nota anterior y la escondo en mi estuche. Pero ya se me está empezando a hacer difícil seguir el hilo de la clase y tengo muchas ganas de poder mandarlo a la mierda y decirle que pare de una vez y se meta sus notitas donde le quepan. Justo dos minutos más tarde aterriza otra sobre mi mesa. No quiero ni leerla. La meto entre las páginas de mi libro. Que se fastidie. Si el receptor no recibe, la comunicación no se efectúa. Hasta que el emisor se aburra. Es un buen plan. Si no fuera porque me muero de curiosidad por saber qué dice el dichoso papelito. Y si no fuera porque Cam carraspea bastante fuerte y no soy la única que se gira a mirarlo. Hace un gesto con las cejas que da a entender un «lee la maldita nota», pero vuelvo la vista a mi libro como si no me hubiera dado por aludida.

—¿Te pasa algo, Cameron? —pregunta la señorita Edwards mirándolo con reproche.

Normal. Tyler y él siempre molestan de una u otra manera en su clase. Está más que acostumbrada a tener que llamarles la atención. Me imagino que más de un profesor debe de estar harto de ellos. No hay mejor ejemplo que el del señor Woodward, que decidió separarlos en sus clases. Y por eso estoy yo en todo este lío, ¿no? Porque el profesor de biología decidió separarlos y me sentó a Cameron Parker al lado. Cuánto lo maldije yo por no haber cambiado de fila a Tyler en vez de a su amigo. Pero, en fin, ahora resulta que yo soy la que le pillaba más cerca para entretenerse en una aburrida mañana cualquiera. Y el tío se dedica a pasarme notitas como si tuviéramos doce años. Qué inmaduro.

—No, señorita, nada grave. Me pica un poquito la garganta, nada más —se excusa con una sonrisa inocente.

—Vaya. Pues toma un caramelo para que no vuelva a pasar —decide la profesora, saca un caramelo de menta de su bolso y se lo lanza. Su tono de voz deja bastante claro que no se ha tragado ni una palabra.

Cameron coge el dulce al vuelo, cómo no. Atrapa balones mucho más difíciles que ese cada día. O eso es lo que se comenta por el instituto. Yo en cuatro años habré ido a cuatro partidos, así que no puede decirse que sea una experta en fútbol.

—Gracias, señorita —dice, pero en el momento en que ella se da la vuelta me tira el caramelo directamente a la cara.

Me golpea la mejilla y cae sobre mi brazo, y así, al menos, no hace ruido al llegar a la mesa. Lo miro con los ojos entornados, tratando de mostrar todo el odio que siento en este momento. Pero él se limita a señalar mi libro con el mentón. Que lea la nota de una vez. Yo niego con la cabeza y vuelvo a mirar hacia la pizarra. Empiezo a copiar lo que la profesora está escribiendo en ella y, entonces, vuelve a hacerlo. Un carraspeo como el anterior. Suspiro cuando la señorita Edwards se vuelve con cara de pocos amigos.

—Cameron —advierte muy seria.

—Perdón, perdón —se apresura a decir él levantando las manos en señal de rendición—. Es que todavía no me ha hecho efecto... —bromea refiriéndose al caramelo.

Bastante gente de la clase ríe con sus tonterías. Vaya panda de idiotas. En vez de en último curso del instituto parece que estemos en el jardín de infancia otra vez.

—Ni una más. Te lo advierto —sentencia ella.

Él asiente dócilmente. Cuando la profesora se da la vuelta nos miramos de nuevo y hace señas hacia mi libro. Parece que está empezando a cansarse del jueguecito. Y eso espero yo, que se canse. Echa la cabeza un poco hacia atrás y se lleva la mano a la boca dispuesto a carraspear por tercera vez, y yo levanto mis manos en señal de rendición justo como ha hecho él antes. Será un idiota, pero no quiero que lo echen de clase por no leer una maldita nota. Y, además, quiero saber qué pone. La recupero de entre las páginas y la desdoblo vigilando con el rabillo del ojo que la profesora no se dé la vuelta y me pille.

¿Puedo invitarte a un café y hablamos después de clase?
□ Sí □ Tal vez □ Ni en tus mejores sueños, capullo.

No puedo evitar que se me escape una sonrisita y cuando lo miro de reojo veo que él está sonriendo levemente también. En este momento me doy cuenta de por qué tantas chicas babean por él por los pasillos. Tiene una sonrisa adorable. Pero eso no compensa el hecho de que sea un capullo muy pesado. Así que cojo mi bolígrafo y marco con una equis la casilla de la última opción antes de devolver el papel a su mesa, a espaldas de la señorita Edwards. Veo cómo lo desdobla y frunce el ceño. Luego me mira y hace un mohín con los labios. Como si el rechazo le hubiera dolido. Menudo payaso está hecho. Enseguida arranca cuidadosamente otro cuadradito de papel, lo suficientemente despacio para que no haga ruido, y se pone a escribir en él. Mierda, si es que no tenía que haber contestado. Al terminar, tiene que esperar un rato a que la señorita Edwards deje de vigilarlo y se gire a escribir una fecha en la pizarra y, entonces, lo lanza sobre mi mesa.

Si es porque no te gusta el café, puedes tomar otra cosa. Prometo no ser capullo solo por esta vez. —C.

Así que ya vuelve a firmar sus notitas. En un impulso, decido contestar y le doy la vuelta a su nota para escribir por el reverso.

Sí me gusta el café y no me gustan los capullos, pero tampoco me gustan las promesas. Deja de enviarme notitas. —A.

Paso la nota a su mesa cuando creo que nadie me ve. Él ni se molesta en comprobar que no lo observan antes de desplegarla para leerla. Lo veo sonreír de medio lado. Recorta otra notita lo más rápido que puede y escribe. Esta vez me la lanza hecha un avioncito de papel.

Permíteme que lo dude (lo de que no te gustan los capullos). —C.

Arranco mi propio cuadradito de papel con cuidado de la última hoja de mi cuaderno y escribo en mayúsculas para que le quede bien clarito el mensaje. Justo cuando estoy estirando el brazo para dejarla sobre su mesa, la señorita Edwards se vuelve y Cam mueve el brazo para apartar el mío. Podría haber salido bien si yo no hubiese soltado ya el papelito que vuela desde el borde de su mesa haciendo círculos hasta acabar en el suelo entre los dos. Ambos hacemos amago de agacharnos a la vez a por él, pero antes de que podamos recogerlo el tacón de la profesora se interpone en nuestro camino. Se agacha y lo recoge. Y yo quiero que me trague la tierra. Por favor. Ya.

—«Deja de enviarme notitas» —lee la profesora en voz alta—. Con mayúsculas y exclamaciones. Vaya. Parece que estás molestando a alguien, ¿cómo no? ¿Algo que decir en tu defensa, Cameron? —ofrece.

—No hay quien entienda a las mujeres, señorita —suspira en tono melodramático y unos cuantos chicos ríen como eco a su comentario.

—Pues te diré una cosa. Cuando una chica dice «deja de enviarme notitas», normalmente quiere que dejes de enviarle notitas —alecciona como si a él no se le hubiese pasado por la cabeza—. Cámbiate de sitio —le ordena—. Henry, por favor, ¿te importa cambiarle el sitio a Cameron? —consulta con un alumno sentado en la primera fila.

Cam se levanta y recoge sus cosas antes de lanzarme una última mirada y encogerse de hombros a modo de disculpa, con una sonrisa traviesa pegada a los labios. Idiota.

También coincidimos en la siguiente clase, pero esta vez se sienta lejos de mí y simplemente se dedica a lanzarme miraditas de vez en cuando. Sigue poniéndome nerviosa, pero al menos es más fácil ignorarlo así. Y cuando suena el timbre que anuncia el final de la jornada, salgo disparada de allí, con Emily pegada a los talones, con el fin de dejarlo atrás.

Mientras me dirijo hacia la parada del autobús con Emily y Scott parloteando sin parar a mi lado, ya estoy prácticamente convencida de que me he librado del pesado por hoy. Cuando nuestros caminos están a punto de separarse, porque ellos vuelven a casa en el coche de Scott y la mía no les pilla de camino, Emily agarra mi brazo y lo aprieta con fuerza.

—¿Qué tal si ceno en tu casa y hablamos de todas las cosas superemocionantes que han pasado hoy? Tía, necesito que vuelvas a contarme la historia de tu primer beso... ¡por favor! —suplica al verme poner los ojos en blanco—. Es superromántica... Y lo sabes.

Sonrío. Porque lo sé. Claro que lo sé. De primera mano, que para algo estaba yo allí. Probando esos labios perfectos. Pero ya hace demasiado tiempo de aquella tarde.

Dejo marchar a la parejita prometiendo a mi mejor amiga que le volveré a contar la misma historia una vez más. Y ya he perdido la cuenta, pero en fin. Hay que darles a las masas lo que piden.

Mia me llama desde la puerta del autobús escolar. Ella baja en la primera parada y yo, en la penúltima, pero al menos hacemos esa parte del trayecto juntas. Me hace señas para que me dé prisa antes de desaparecer en el interior del vehículo. Y yo me dispongo a hacerle caso cuando un Honda CR-V blanco se coloca justo delante del autobús. Mierda. Ya sé de quién es ese coche. Lo veo pasar por mi calle todas las mañanas justo antes de que el sonido del claxon haga salir a Tyler de casa. La ventanilla del lado del pasajero se baja y veo a Cameron estirándose sobre el asiento para intentar asomar la cabeza.

—Ey, Ash. ¿Te acerco a casa?

Muestra una sonrisa radiante. Casi dan ganas de decir que sí. Porque si alguien me oye decirle que no a Cameron Parker, seré la rara del instituto para siempre. Aun así, mantengo mi orgullo y miro para otro lado como si el tema no fuera conmigo.

—Te estoy hablando a ti. Sí, sí, a ti —continúa Cameron en tono burlón—. ¡Ashley Bennet! ¿No quieres que te lleve? ¡Vamos, me pilla de camino! —justifica.

Ya hay un corrillo de unas seis personas que pasan de montar en el autobús, pendientes del espectáculo que se desarrolla delante de sus ojos. Y, aunque el acoso de Cam me cabrea, me puede más la vergüenza. Cuando me giro dispuesta a ir hacia el coche y ver qué quiere decirme de una maldita vez, veo que ya está abriendo la puerta del vehículo dispuesto a salir en mi busca. Corro hacia el Honda y me monto de un salto, dejando mi mochila en la alfombrilla entre mis piernas antes de cerrar de un portazo y mirarlo con cara de cabreo. Él sonríe satisfecho y cierra su puerta mucho más cuidadosamente de lo que he hecho yo con la mía.

—Vaya, no eres una chica fácil, ¿eh, Bennet? —dice, socarrón.

Suspiro pesadamente, un solo segundo y ya me ha hecho perder la paciencia. Hago amago de volver a abrir la puerta para salir, pero él se estira rápidamente riendo y me sujeta la mano para apartarla de la manilla de apertura.

—Vale. Habla de una vez —concedo.

El autobús pita tras nosotros y Cameron pita de vuelta antes de ponerse el cinturón y arrancar sin prisa. Yo también me pongo el cinturón y espero a que él decida decir algo. Durante un par de minutos conduce sin hablar, justo por las calles que debe tomar para llegar a mi casa por el camino más corto.

—Bien. Rumbo a casa de la señorita —rompe por fin el hielo, pero yo ni giro la cabeza y sigo mirando por la ventanilla—. Pero antes me apetece tomar un McFlurry, ¿te apetece a ti?

Respondo con un gruñido. No me puedo creer que esté en el coche de Cameron Parker y que esté de tan mala leche. Una no se imagina que cuando esté a solas en un vehículo con el tío más popular del instituto vaya a ser esa precisamente la emoción predominante. Pero es que es muy pesado. Menuda mañanita. Y ahora gira en una dirección que no lleva a mi casa si no al McAuto más próximo.

—¿No podrías simplemente decir lo que tengas que decir y dejarme en casa? —casi suplico.

—Lo hablaremos con unos McFlurrys de por medio. Todo es mejor así, ¿no crees?

Ni respondo. Y, cuando llegamos al establecimiento, la verdad es que a mí también me empieza a apetecer. Lo pido con una mezcla de todos los *toppings* y Cam me mira, medio asombrado medio divertido, mientras repite mi comanda al micrófono que queda de su lado del vehículo. Él lo pide con M&M's. Recogemos nuestro pedido en la siguiente ventanilla casi al instante y mi secuestrador insiste en invitar él, por las molestias de la mañana. Todo un detalle por su parte. Me pasa los dos helados para que los sujete mientras él avanza hacia el aparcamiento del centro comercial en el que hemos entrado y busca un sitio libre. Aparca con una soltura envidiable para lo grande que es su coche, esa es la verdad. Y una vez que ha parado el motor, se suelta el cinturón y se vuelve hacia mí extendiendo las manos para que le dé su vaso.

—¿Y bien? —pregunto, impaciente, al ver que saborea la primera cucharada sin decir nada—. ¿No tenías algo que decirme?

Yo no he tocado mi helado. Casi me arrepiento de haberlo pedido, porque estoy empezando a ponerme nerviosa y, cuando los nervios me dominan, el estómago se me cierra. Así que es un desperdicio con la buena pinta que tiene. En fin, me esforzaré al máximo y tomaré una cucharada. Y, probablemente, luego otra.

—Ah, sí, eso. Perdona. El chocolate me suele distraer un poco —se justifica dejando la cuchara en el helado—. Vale. Aquí están los hechos —comienza, poniéndose serio—. Tú y yo tenemos algo en común —expone, y yo me limito a alzar las cejas poniéndolo en duda y esperando una explicación mejor—. Estoy hablando de Tyler Sparks, claro.

No digo nada, pero mi cara ha debido de reflejar todo lo que el mero sonido de ese nombre ha removido en mi interior, porque él sonríe burlonamente.

—Es tu mejor amigo, ¿no? —digo por fin tras unos segundos de silencio.

—Exacto, es mi mejor amigo. Y tu mejor amor platónico —añade, guiñándome un ojo, lo que me hace apartar la mirada un poco avergonzada—. Todo el mundo sabe que estás loquita por sus huesos. No hace falta ser muy listo. Y él también lo sabe.

Me tapo los ojos con una mano porque sé que montarme

en ese coche ha sido un gran error y que estoy haciendo el ridículo de mi vida.

—Espero que quieras llegar a alguna parte con todo esto —advierto sin destaparme la cara.

—Ashley, ¿tú quieres ir al puñetero baile de graduación con Tyler Sparks? —Pone las cartas sobre la mesa.

Retiro la mano lentamente de mi cara y lo miro con el ceño fruncido. Muy fruncido. Tan fruncido que seguramente mañana tendré más arrugas de preocupación de las que tiene mi abuela.

—No me vaciles —pido—. Tyler ya tiene pareja para el baile —le recuerdo.

Mierda, ¿y si me está grabando? ¿Y si piensa hacer un vídeo de esto y colgarlo en internet y titularlo «Me muero por ir al baile con Tyler Sparks»?

—Sí, no me lo cuentes —pide poniendo los ojos en blanco al tiempo que suelta un suspiro de desesperación—. Y ahí está el problema. ¿Sabes con quién va al baile?

—Claro que lo sé. Todo el mundo lo sabe —aclaro—. Con Blair Wells. Pero no sé qué tiene que ver todo eso con...

—No pronuncies el nombre completo de esa bruja, eso le da más poder —gruñe, apoyando la cabeza en el asiento y mirando al frente a través del parabrisas. Casi me dan ganas de reírme ante tanto dramatismo—. Mira, entre nosotros, la novia de mi amigo no me cae muy bien —confiesa bajando un poco el tono de voz—. Desde que está con ella está desaparecido, hace el imbécil mucho más de lo normal, y al final va a conseguir que lo echen a patadas del equipo. Necesito que la deje para poder recuperar a mi amigo —se sincera volviendo a lanzarme una mirada.

Estoy escuchando lo que me dice, pero sigo sin tener ni idea de adónde va todo esto. Que Blair Wells es una bruja no lo duda nadie. Y que Tyler bebe y falta a clase mucho más desde que está con ella también lo había notado yo. Pero ¿qué tiene que ver todo esto con el baile y conmigo?

—¿Y qué pinto yo aquí? —pregunto.

Me empieza a picar la curiosidad y, aunque no puedo no acordarme del pobre gato al que ese mismo impulso le robó sus siete vidas, tomo otra cucharada hasta arriba de *toppings* mientras espero la respuesta impaciente.

—Tyler nunca deja a una chica si no tiene otra en la recámara.

Suelto una carcajada. Luego, me doy cuenta de que probablemente tenga los dientes llenos de chocolate y me cubro la boca con la mano. Menudo espectáculo, Ash. Definitivamente, a Cameron se le ha ido la olla. ¿Está insinuando lo que yo creo que está insinuando? ¿Qué debería ser yo la que se metiera en la recámara de Tyler?

—¿Insinúas que yo tengo que ser esa bala? —sigo con el hilo de su metáfora.

—Sí.

Vuelvo a reír, tapándome la boca de nuevo y con más ganas esta vez.

—Es una propuesta muy meditada, Ashley —asegura con su voz más seria—. He barajado muchas opciones y tú eres la que tiene más posibilidades.

—Pues entonces estamos jodidos —me burlo.

Él alza las cejas como si le sorprendiera oírme soltar un taco.

—Mira, Tyler ahora mismo está muy idiota con esa tía. Pero el capullo cambia de chica como de camiseta, solo necesita ver a una chica que le interese más —aclara, y yo me señalo a mí misma con expresión de incredulidad—. Obviamente no se fijaría en ti, tal y como eres ahora, pero... Eh, no lo digo para ofender —aclara al ver mi cara—. Quiero decir que a Tyler le van las chicas más... menos...

Hasta me da un poco de pena ver cómo se devana los sesos intentando encontrar algo que decir que no suene demasiado ofensivo. Lo cierto es que se está cubriendo de gloria.

—Déjalo, no me estás convenciendo —digo tomando otra cucharada llena.

—No. Espera —pide, se incorpora y se me acerca un poco más—. Sé que Tyler y tú tuvisteis una historia —confiesa, y a mí se me disparan las pulsaciones. ¿Lo sabe? ¿Tyler se lo ha contado?—. Tyler me lo ha contado. —Joder. Confirmado. Ya puedo morir—. Lo de cuando llegó y erais amigos y que fuiste la primera chica a la que besó. Ashley, tienes que saber que Tyler nunca habla de sus exnovias. Nunca —repite para dar más énfasis a su argumento—. En cuanto son pasado, son pasado. Pero de ti sí me ha hablado. Y dice algo así como que eras demasiado buena y él, demasiado capullo. Aunque lo de capullo lo dice bastante orgulloso. —Parece meditar un momento—. El caso es que creo que eres la pieza clave de este plan. Solo que... necesitaríamos... adecuarte un poco a su actual gusto por las chicas... —propone, inseguro.

—Explícate mejor —pido.

Escuchar que Tyler le ha hablado de nuestro beso a su amigo me ha hecho perderlo todo de vista. Casi oigo campanas de boda y todo. Madre mía. Ir con Tyler al baile sería el sueño de mi vida hecho realidad. El puto mejor sueño de mi vida.

—Como su mejor amigo, creo que sé bastante bien lo que le gusta al señor Sparks —alardea, con una media sonrisa—. Y no le gustan las niñitas buenas. Pero hay algo en ti que aún recuerda y eso nos da una buena base para esta misión. Solo tendrías que cambiar algunas cosas para ser un poco más... mala. Eso es. Una chica mala. Eso es lo que le va al capullo de Tyler. Estoy seguro de que con mi ayuda podrías conseguir que se fijara en ti. Y, claro que le gusta la bruja esa, pero también quiere ser rey del puñetero baile, aunque se haga el duro, y sabe que ella nunca será reina, no da el tipo. Solo tenemos que darle una alternativa mejor.

Que se fije en mí. Que. Se. Fije. En. Mí. Ya casi no he oído más. Si es que me resuena el concepto en todos los recovecos del cerebro y mis células sanguíneas ya lo están transportando a la velocidad de la luz a cada órgano vital de mi cuerpo. Tiene que ser una broma. Y no tiene ninguna gracia.

—Me estás vacilando —suelto al fin.

—¡No! —se apresura a dejar claro él—. Te estoy hablando muy en serio, Ashley. Te necesito para esto. Necesito que seas su reina.

—Yo nunca seré reina del baile —afirmo con todo mi convencimiento.

—Sí, si vas de su brazo —insiste él.

—A ver si lo he entendido bien. Tú vas a ayudarme a ser el «tipo» de Tyler y vas a hacer todo lo que esté en tu mano para conseguir que pase de Blair y me lleve a mí al baile en vez de a ella. ¿Es así? —trato de recapitular.

Él asiente y toma una gran cucharada de helado esperando que yo diga algo más.

—¿Y tú qué ganas? —tanteo.

—Mira, si esto sale bien tú tendrás tu puñetero baile de instituto soñado y yo me libraré de la bruja y recuperaré a mi amigo. Los dos salimos ganando, ¿no crees?

Suena muy bien, aunque no deja de chirriarme cómo no para de anteponer la palabra «puñetero» a cada mención del baile. Yo creía que a todo el mundo le emocionaba el baile del instituto.

—¿Por qué yo? —me atrevo a preguntar buscando sus ojos.

Él me clava ese color verde tras apartarse un par de mechones de pelo negro de la cara.

—Ya te lo he dicho, creo que Tyler tiene algún rollo raro contigo —dice, como sin interés—. Y, además, de todas las candidatas disponibles me ha parecido que tú eras la que está más desesperadamente colgada de él y eso nos asegura que estés dispuesta a lo que haga falta... ¿Lo estás?

A lo que haga falta. ¿Cómo voy a atreverme a decir que no a eso? Cuatro años. Cuatro largos años. Si hay una pequeña posibilidad, debería ir a por todas. Es ahora o nunca. Y, además, todo el mundo dice que al final solo te arrepientes de aquello que no has hecho.

—Espero que todo esto no sea una broma pesada, Cameron —advierto muy seria.

Él se lleva la mano al pecho como si mis dudas lo hirieran además de ofenderlo. Me dedica una media sonrisa bastante irresistible antes de volver a hablar.

—¿Qué me dices? ¿Subes al carro? Venga. Vamos a convertirte en una chica mala, Ashley Bennet.

—Vale —digo sin ni siquiera pensarlo.

—¿Qué?

Cam parece sorprendido de que convencerme haya sido tan fácil.

—Acepto.

2
Should've said no

—Cameron Parker te ha invitado a un maldito helado y lo único que a ti se te ocurre es pedirlo con todos los *toppings* disponibles. ¡Madre mía, Ash! ¡Así no se comporta una delante del tío más guapo del instituto! —me regaña Emily paseando de un lado a otro de mi habitación mientras yo la miro sentada a los pies de la cama.

Acabamos de cenar con mi madre y mi hermano y, en cuanto hemos tenido la oportunidad de escabullirnos a mi cuarto, la he puesto al día de las últimas novedades. Ella ya ha llamado a su madre para decirle que se queda a dormir conmigo y, aunque he escuchado una ligera protesta por parte de la señora Davis en forma de «es martes, cariño», al final ha cedido. ¿Cómo no? Somos prácticamente hermanas. Lo que está fuera de lugar es que no vivamos juntas.

—¿Eso es todo lo que has sacado en claro de toda esta historia? ¿Que soy una gorda devora *toppings*? —Finjo indignación.

—Eso, y que el coche de Cameron olía a eucalipto —bromea repitiendo mis propias palabras—. ¡Tía! ¿Te das cuenta? —Se emociona de pronto lanzándose de rodillas a los pies de la cama para mirarme de frente—. Vas a ir al baile con Tyler.

No puedo evitar sonreír. Es muy muy muy improbable que esto salga bien, pero con la propuesta de Cam ya he tenido suficiente para pasarme el siguiente mes y medio haciéndome ilusiones. Lo malo será cuando se me estrelle la realidad en la cara el día del baile. Pero, en fin. ¿Quién sabe? Puede que antes me atropelle un camión o me caiga un piano de cola encima, ¿no? Hay que vivir mientras se puede. Y ahora imaginarme a Tyler con traje y abriendo para mí la puerta de una limusina blanca es todo lo que necesito para vivir el próximo mes y medio.

—No creo que vaya a salir tan bien como Cameron se lo imagina. —Trato de frenar un poco su entusiasmo—. ¿Tú has visto a Tyler Sparks? Y... ¿me has visto a mí?

Me levanto de la cama con desgana y me acerco al espejo de cuerpo entero que cuelga en la pared frente a mi ventana. Mi amiga se coloca detrás de mí y las dos observamos en silencio por unos segundos mi imagen reflejada. Llevo un pantalón de pijama largo y fino de color blanco con corazones rojos estampados por toda su superficie y una camiseta de manga corta negra con el logotipo de Converse en la parte delantera. No se puede decir que sea el atuendo más sexy del mundo, pero siempre he intentado anteponer la comodidad a la sensualidad. Y así me ha ido. Soy más bajita que mi amiga y eso ya es decir mucho. Mi familia no se caracteriza precisamente por la altura, lo que está frustrando la ilusión de mi hermano pequeño por dedicarse al baloncesto. Pobre Eric, ya se puede ir buscando otro deporte para cuando empiece el insti. Y mi corta estatura implica que Cameron Parker me saca poco más de una cabeza. Lo que implica a su vez que Tyler Sparks va a tener que agacharse mucho si quiere besarme mientras bailamos lento en el baile de graduación. Pero, bueno, no sería la primera vez. Tengo el pelo de un color castaño que brilla con los reflejos del sol, pero que bajo la luz artificial resulta bastante aburrido, y lo llevo en un corte en capas con la raya al lado izquierdo. La capa más larga llega solo hasta un par de centímetros más abajo de mis hombros, y cuando intento recogerlo en una coleta siempre hay unos cuantos mechones rebeldes de las capas más cortas que se liberan. Ojos marrones aburridos, no como los de Tyler. Y una cara que siempre he considerado normal y que Grace siempre insiste en que ganaría mucho con maquillaje. Pero yo nunca me maquillo para ir a clase. Ni para eso ni para nada en realidad.

—Tampoco estás tan mal. —Trata de consolarme Emily, aún mirando mi reflejo—. No eres fea de cara y tienes un cuerpo estupendo, chica. Estás diez veces más delgada que yo —exagera—. Y tienes más tetas. Yo soy una tabla plana. ¡Mírame! Yo sí que no podría ligarme a Tyler Sparks.

—Tú tienes novio y yo no —le recuerdo, una vez más.

—Ah, sí, ese pringado —bromea, sonriéndome a través del espejo—. Pero no lo cacé por mi cuerpo sino por mi mente —alardea apartándose, y se deja caer sobre la cama otra vez—. Y no creo que Tyler se deje guiar por la mente en la primera impresión...

No. Claro que no. Ni en la primera, ni en la segunda, al parecer. Porque Blair Wells no es precisamente conocida por su mente brillante, sino por otras cosas bastante menos místicas.

Oigo el motor de un coche en la calle y las dos nos miramos antes de salir disparadas hacia la ventana.

—Apaga la luz —siseo como si se me pudiera oír desde la calle.

Emily estira el brazo para pulsar el interruptor que hay junto al cabecero de la cama y enseguida vuelve a su posición a mi lado.

Un coche pequeño y rojo. Pero tiene pinta de ser caro.

Y no es la primera vez que lo veo parar delante de la puerta de los vecinos. Durante un largo minuto no pasa nada. Tengo que pegarle un codazo molesto a Emily cuando la oigo murmurar: «Se están enrollando». Pero no podemos ver lo que pasa en el interior en realidad. Es muy probable que sea eso. Más que probable. De repente, la puerta del copiloto se abre y Tyler sale del interior con paso airado. Parece enfadado. Está enfadado. Y lo sé por el portazo que acaba de dar. Casi ha sido como si lo diera en mi propio cuarto. Se adentra en su jardín y la puerta del coche vuelve a abrirse, aunque no sale nadie de su interior.

—¡Que te den por culo, Tyler!

La voz de Blair nos llega muy clara desde el borde de la acera. Pues a lo mejor no se estaban enrollando después de todo. Tyler hace amago de volver al coche y parece a punto de estallar, pero finalmente se arrepiente y vuelve a girarse hacia la casa. Le da un par de patadas al buzón que está en el quicio de la puertecita de su valla. Hasta que lo tumba. No la he visto salir del coche, pero de repente la bruja, siguiendo la nomenclatura de Cameron, está a su lado y lo agarra bruscamente por el brazo. Él se enfrenta a ella y, por un momento, me da la impresión de que va a pegarle. Pero finalmente la sujeta por el pelo y la besa en los labios con furia. Menudo beso. Es todo pasión. Ojalá fuera yo y no ella. Sin embargo, no dura mucho y, tras apartarse, la empuja de vuelta hacia el coche y él se marcha al interior de su casa dejándola sola en la acera.

—Vaya... —Es lo único que dice Emily tras el espectáculo.

—Esa tendría que ser yo. —No puedo evitar que se me escape en un suspiro.

—De eso nada. —Me sorprende mi amiga girando la cara para mirarme con el ceño fruncido—. A ti que te trate bastante mejor o tendrá que vérselas conmigo —amenaza.

En un par de minutos, Blair ya se ha ido y desde la casa de Tyler se oye mucho jaleo, como si estuviera aconteciendo una bronca monumental. Tampoco me sorprende. Cada vez que Tyler vuelve a casa hay alguna de esas. Probablemente porque ha bebido o porque llega tarde y no ha avisado. Cuando éramos amigos siempre se quejaba de que sus padres eran muy estrictos. Pobre Tyler. Ojalá me diera la oportunidad de demostrarle que yo sí sabría entenderlo.

—¡Ashley! —me reclama la voz de mi madre desde el piso inferior—. Corre, baja a hablar con papá.

La videollamada diaria de mi padre. Hace ya tres meses que no lo veo en carne y hueso. Solo a través de una pantalla. Nunca ha estado demasiado en casa porque es piloto y siempre ha tenido que viajar. Pero al menos antes pasaba en casa tres de los siete días de la semana. Ahora la compañía aérea se ha expandido y él fue uno de los elegidos para intervenir en la formación de nuevos pilotos en Japón. Nada menos que en Japón. Así que suele llamar después de la cena, que es la hora a la que él descansa para la comida. Le aseguro a Emily que volveré enseguida y corro escaleras abajo saltando luego sobre el sofá y empujando a mi hermano para ganar más sitio frente a la cámara.

Cuando vuelvo a subir, Emily ya está metida bajo las sábanas de mi cama y teclea en su teléfono móvil a toda velocidad. Seguro que le está dando las buenas noches a Scott. Levanta la vista y me sonríe.

—Corre, ven y cuéntame lo que te ha dicho Cameron Parker al dejarte en casa —pide una vez más—. Y luego cuéntame la historia de tu primer beso —exige como un niño que pide que le cuentes un cuento antes de dormir.

Me cuelo en la cama a su lado y nos miramos de frente, con las cabezas apoyadas en la almohada.

—Cameron ha parado su Honda blanco impoluto justo

delante de la puerta de mi casa y ha dicho «Ashley, espérame mañana por la tarde después del entrenamiento y nos ponemos en marcha» —repito por cuarta vez en la última hora y media.

—¡Qué emocionante! —vuelve a decir ella—. Y ahora recuérdame cómo fue tu maravilloso primer beso con Tyler, solo para que lo tenga fresco cuando tengamos que compararlo con el segundo...

Y aquí estoy yo semiescondida detrás de las gradas del enorme campo de fútbol, porque Cameron me había dicho que acabarían el entrenamiento a las siete y ya son las siete y cuarto, y ahí siguen haciéndose pases con una pelota. Lo bueno de todo esto es que Tyler hoy no se ha saltado su cita con el equipo, así que tengo una vista bastante privilegiada de cómo se tensan los músculos de su brazo derecho mientras se dedica a lanzar pases largos que Cam recoge a unas cuantas yardas de distancia.

Por supuesto, no soy la única que babea mientras mira a los chicos del equipo sudar. Las gradas están salpicadas de gente aquí y allá, sobre todo chicas. Y justo al otro lado del pasillo que conduce a los vestuarios puedo ver que Blair no para de parlotear con otras dos chicas. Las dos animadoras, cómo no. Una de ellas es Vanessa Miller y se podría considerar que es la abeja reina de todo ese enjambre venenoso. La chica más popular del instituto. Y, claro, la exnovia de Cameron. ¿De qué otra manera podría ser? No sé muy bien cuál fue la historia entre ellos, pero salieron durante casi un año antes de romper el verano pasado. La ruptura fue un absoluto escándalo. Pero ahora Vanessa sale con otro chico del equipo y uno de los amigos íntimos de Cam y a él no parece que le importe. La tercera en discordia es Jessica Harris. El perrito faldero de Vanessa. Aunque, según los rumores, le hizo más de un favor a Cam, y me refiero a favores en términos sexuales, a principio de este curso en los baños de los chicos. En un instituto nunca sabes qué porcentaje de verdad puede llegar a haber en cada rumor, pero yo a esos les daría hasta un noventa por ciento de fiabilidad. Antes, el grupito de reinas del insti estaba más nutrido, pero la llegada de Blair a la vida de Tyler ha desterrado a su última novia y a otra chica con la que al parecer se había enrollado un par de veces. Da la impresión de que los lazos de la amistad en el mundo de los populares están más basados en quién es la novia del quarterback que en cualquier otro criterio. Y eso que Blair no pega para nada con las otras dos. Que las tres son igual de malvadas no admite discusión. Pero Vanessa y Jess sí son el prototipo de reina del baile. En cambio, Blair no da el perfil. No viste como ellas, lleva el pelo teñido de negro azabache y tiene un brazo entero lleno de tatuajes además de varios piercings que me he negado a intentar contar. El más llamativo es el de la nariz. Aunque viéndola relacionarse con las otras gallinitas del corral da la impresión de que no se diferencia mucho de ellas en cualquier otro aspecto que no sea el físico.

Un pitido prolongado me saca de mis pensamientos y me doy cuenta de que el entrenador ha dado por concluida la sesión por fin. Los chicos empiezan a trotar hacia los vestuarios. Yo me encojo un poco más, bajo el primer asiento de las gradas. Casi me da vergüenza que me vean ahí. Pero por otra parte he quedado con Cam, así que, si no me ve, ¿qué sentido tiene? Tyler y él se acercan el uno junto al otro y hablando entre ellos. Cameron lleva el balón en las manos y parece que discuten sobre uno de los pases anteriores. Antes de que lleguen a mi altura, Troy Cruz se encarama a las gradas del otro lado de un salto, para besar a Vanessa. La parejita del año.

Aunque nadie apueste por él para rey del baile. Del puñetero baile, como diría Cam. Por él es por quien resuenan las apuestas, por Cam como rey y Vanessa como reina. O por Tyler como rey, pero, desde luego, no Blair como reina.

—Ey, Ash.

Hasta me sobresalto un poco cuando oigo la voz de Cam. Sus ojos verdes están justo frente a mí al otro lado de los hierros que conforman la parte baja de las gradas junto al pasillo de los vestuarios.

—Siento que se haya alargado. Me doy una ducha rápida y estoy contigo. Tengo el coche en el parking de aquí atrás, ¿me esperas ahí? ¿Te parece bien?

Casi ni me da tiempo a contestar que sí antes de que me lance una sonrisa y continúe su camino. Tyler habla con su amigo Ryan, que es uno de los corredores del equipo, pero lo veo mirarme de reojo con interés por un momento. Se estará preguntando qué narices hace Cameron Parker hablando con una perdedora como yo. Y parece que no es el único, porque las tres chicas que cuchicheaban al otro lado de las gradas también me miran con suspicacia. Bajo la mirada rápidamente y me doy la vuelta para desaparecer.

Cuando me monto en el coche de Cameron por segunda vez en dos días vuelvo a percibir ese olor a eucalipto del ambientador que cuelga del espejo retrovisor. Pero hay algo más. Casi puedo sentir la presencia de Tyler, horas antes, en este mismo asiento. Justo donde yo estoy sentada. Y, aunque solo sea por esto, Cam ya ha conseguido acercarme a mi amor platónico. Mi celestino particular cierra la puerta del lado del conductor cuando por fin ocupa su asiento, tras dejar la bolsa de deporte en el de atrás. Lleva el pelo mojado de la ducha y sacude por un momento la cabeza como si fuera un perro, salpicándome con unas cuantas gotitas microscópicas.

—¡Eh! —protesto, secándome la mejilla con la manga de mi sudadera.

—Perdona —dice, soltando una risita—, no estoy acostumbrado a llevar pasajeros cuando salgo del entrenamiento.

—¿Y no sabes secarte el pelo como una persona normal? ¿Qué tal con una toalla? —sugiero.

—Aplicaré tus sabios consejos la próxima vez —asegura, con ese tono burlón que estoy empezando a descubrir que usa muy a menudo—. He preparado tu primera lección de chica mala en mi casa, pero acabo de pensar que igual no te mola mucho la idea de mi casa, así que... ¿mejor un sitio neutral? —propone.

Se echa el pelo moreno hacia atrás con la mano izquierda y lo observo por un momento. Está muy guapo con la frente despejada y, así, deja ver mejor esos ojazos que tiene. Y yo, que nunca me había fijado en él lo más mínimo, empiezo a comprender a sus admiradoras. Me mira de reojo y levanta un poco las cejas en espera de mi decisión final. Estoy a unos minutos de empezar mi entrenamiento para ser una chica mala, y no quiero que piense que soy una mojigata que necesita sitios públicos para poder relacionarse con un chico cualquiera. Así que niego con la cabeza.

—Tu casa me parece bien —acepto con toda la seguridad de la que dispongo. Que tampoco es mucha.

—Muy bien. Mi madre estará trabajando todavía, así que tendremos intimidad —dice, arrancando el coche, como si eso fuera algo bueno.

Hacemos el camino en silencio, pero él no parece sentirse incómodo por ello. Sorprendentemente, yo tampoco lo estoy. Cameron me transmite paz. Y eso es raro. Muy muy raro.

Su casa está a diez minutos en coche de la mía y es parecida al resto de las casas del barrio. Incluida la mía y la de Tyler. Dos plantas, con la fachada pintada de blanco y azul y con un pequeño jardín con una piscina en el lateral. Vista una, vistas todas. Nada más entrar, me ofrece algo de comer, pero yo lo rechazo para que Emily no tenga que volver a echarme la bronca por pecar de gula delante del chico guapo.

—No necesitas que te haga un *tour* por la casa, ¿no? —Trata de ser amable, pero dejando clara su reticencia a hacerlo. Niego con la cabeza—. Mejor. Ven, vamos al sótano.

Bajo tras él el tramo de escaleras. Su sótano no se parece en nada al mío, que está lleno de cajas y trastos viejos. Aquí hay cuatro ventanitas en la parte superior de la pared del fondo que dejan entrar bastante luz, y la estancia está equipada con un par de sillones y una mesa de futbolín y otra de billar, además de una pantalla enorme en la pared. Me pide que me siente y enciende con un mando la pantalla que queda justo enfrente de mí. Luego, desde la pared a mi espalda, mueve una pizarra blanca alargada con ruedas en la que hay pintarrajeados un montón de círculos y cruces y rayas que unen unas cosas con las otras.

—¿Qué es eso? ¿Te dedicas al arte abstracto? —Trato de hacerle una broma, empezando a notar ya el nerviosismo que me provoca estar a solas con un chico en el sótano de su casa.

Está bien ser valiente a veces, Ashley. Pero otras veces el miedo puede ser tu mejor amigo, y puede que meterte en la casa de casi un desconocido no sea la mejor idea del mundo.

—Es la pizarra que Tyler y yo utilizamos para planear las jugadas —explica.

Rocía la superficie con un espray y luego le pasa un trapo cuidadosamente, borrando todas las marcas anteriores hasta dejarla en blanco. Luego conecta un ordenador a un cable y el escritorio aparece en la enorme pantalla que tengo enfrente. Tiene de fondo una foto de un gato gris dormido en el alféizar de una ventana hecho un ovillito, y a mí se me escapa una sonrisa enternecida al verlo, pero no digo nada. En unos segundos abre Facebook y su página de perfil aparece a todo color en la pantalla. Madre mía. Madre mía. Madre mía. Estoy dentro del Facebook de Cameron Parker. La foto de perfil es él con el casco, la camiseta del equipo con su número, el dieciséis, y un balón entre las manos. La foto de portada es la imagen de una playa con vegetación alrededor, que a mí no me suena de nada. Intento absorber toda la información posible antes de que quite su propio perfil. Amigos: Cuatrocientos cincuenta. Flipante. Yo no llego a cien. Teclea en el recuadro de búsqueda y la página de Tyler aparece enseguida. Esta la tengo un poco más vista porque, aunque él no me dirija más de dos palabras en la vida real, sí que somos amigos en Facebook. Cameron se mete rápidamente en el apartado de fotos y agranda una en concreto. Es de una fiesta. Él también está entre los integrantes, sonriendo a la cámara al lado de Vanessa Miller. Debe de ser de cuando aún estaban juntos.

—Mira esto. —Señala, poniendo el dedo sobre la pantalla—. Esta chica de aquí, esta y esta otra. —Va poniendo el dedo sobre sus caras lentamente—. ¿Qué te parece que tienen en común?

—Mmmm... —Simulo pensar—. ¿Que llevan vestidos muy cortos y exceso de maquillaje? —sugiero.

Cameron esboza una sonrisa, pero luego niega lentamente con la cabeza.

—Sí, bueno, aparte de eso. —Me da la razón.

—Pues tienen pinta de estar borrachas y fingen estar pasándoselo muy bien pero solo para el momento de la foto. Postureo —acuso.

—No podría estar más de acuerdo contigo. —Me sorprende Cameron—. Aunque yo iba a decir que lo que tienen en común es que todas han estado con Tyler. Pero me parece que has dado en el clavo. Postureo —repite la palabra utilizada por mí—. Eso es lo que tú necesitas.

Durante la siguiente hora, Cameron se dedica a enseñarme fotos y perfiles de redes sociales de todas las exnovias de Tyler. Y son muchas. La pizarra ha ido poco a poco llenándose de palabras clave y conceptos que tenemos que sumar a mi nueva y mejorada imagen de chica mala que conseguirá que el chico la invite al baile. La que está escrita en mayor tamaño es «postureo». Luego hay una lista de cosas que necesito fingir y otra de cosas que necesito ser de verdad. Así, en la primera lista aparecen cosas como *look*, rebelde, temeraria, superficial o indiferente. En la segunda, conceptos desordenados como seguridad, confianza, misteriosa, sexy o actitud. Por último, la columna más a la derecha de la pizarra muestra los pasos a seguir en mi transformación: 1. Cambio de *look*. 2. Trabajar la confianza y la seguridad. 3. Sacar el lado rebelde. 4. ¿Cómo ser una chica sexy? 5. Introducción en el grupo social. 6. Una de las chicas. 7. El arte del ligoteo. 8. «Sí, iré al baile contigo». Al final del todo, en mayúsculas, pone: «Quemar la imagen actual de Ashley Bennet».

Yo ya estoy empezando a tener mis dudas sobre todo esto. Primero porque convertirme en una persona que no soy para ligar con un chico me parece de todo menos ético. Pero es que por Tyler haría hasta lo menos ético que pudiera pasarse por mi imaginación. Segundo, porque dudo mucho de que tanto trabajo vaya a dar los frutos esperados. Pero es que Cameron parece totalmente convencido de lo contrario. Y tercero, porque me da un pánico atroz eso de introducirme en el grupo social. Pero si es el precio a pagar por Tyler, habrá que hacerlo, ¿o no? Ahora estoy atrapada dentro de un descabellado plan para que la chica buena se ligue al malote más popular. Y por mucho que me chiflen ese tipo de comedias románticas para adolescentes, yo no estoy en una pelicula. Y una vocecita dentro de mí no para de repetirme que debería haber dicho que no.

Son casi las nueve cuando oímos un coche que entra en el garaje de la casa, justo sobre nuestras cabezas.

—Vamos a convertirte en una chica nueva, Ash —asegura mi mentor.

Busca mi perfil en Facebook y me manda una solicitud de amistad antes de ampliar mi foto de perfil, que es lo único que él puede ver hasta que yo lo acepte. Somos Emily y yo, muy abrigadas patinando sobre hielo en un viaje a Nueva York con sus padres el año pasado. Las dos sonreímos tanto que parece que se nos va a desencajar la mandíbula. El móvil me suena con un bip cuando me llega la notificación de su solicitud.

—Despídete de tu yo anterior —me aconseja, y me parece ver una sonrisita asomando a sus labios al contemplar mi foto—. Tenemos mucho trabajo por delante. Aunque creo que esta tarde, en el entrenamiento, ya hemos dado un par de pasitos... —añade con una mueca irónica.

—¿A qué te refieres?

Me mira, se aparta un mechón del ojo derecho y curva los labios en una sonrisa críptica antes de decir:

—A que Tyler Sparks no soporta pensar que yo tengo una chica que él no puede tener.

3
Picture to burn

El viernes por la mañana, a la hora del almuerzo, me siento a la misma mesa de siempre con mis mismas chicas de siempre. Mientras saco el sándwich que me he traído de casa, oigo a Grace parlotear sobre la cita que tiene el sábado. Está muy emocionada porque la ha invitado a salir un chico del equipo de béisbol. ¡Si ella supiera que yo voy a pasarme el fin de semana entero con el segundo capitán del de fútbol! Pero la única que lo sabe es Emily. Bueno, y también Scott, claro. Y, además, lo mío no es una cita. Es casi trabajo. Cam ha hecho un plan muy apretado para los tres días que tenemos por delante, y me lo envió anoche por mensajería instantánea. Tuve que decir que vale, porque no entendía ni la mitad de lo que decía. Viernes por la tarde, *look*. Sábado por la mañana, confianza. Sábado por la tarde, relaciones sociales. Domingo, acción. A saber lo que tiene en mente. Pero no importa. Tampoco tenía nada mejor que hacer este fin de semana de todas maneras. Y, al parecer, él tampoco, y eso es lo que me extraña.

Lo veo pasar charlando con su amigo Ryan, justo a la espalda de Grace y de Mia. Me mira, probablemente al notar mis ojos fijos en él, y me guiña un ojo. Le respondo con una sonrisa. Ayer apenas lo vi en todo el día porque no coincidimos más que en una de las clases. Por la tarde tenía entrenamiento. Hasta la noche no me envió el *planning*. Pero nada más. Ese guiñito que me acaba de dedicar me da a entender que no se ha olvidado de mí y de nuestros planes pendientes para esta tarde.

—¿A quién sonríes? —pregunta Grace, intrigada, girándose y buscando entre la gente.

Nunca en su vida se imaginaría que a Cameron Parker, así que aunque lo haya visto ahí, delante de sus narices, charlando con Ryan, ni lo toma en cuenta.

—No. A nadie. —Lo niego bajando la mirada a mi comida—. Me estaba acordando de una cosa graciosa —miento.

—Hablando de cosas graciosas... —Me echa un cable Emily empezando a narrar una anécdota de Scott.

Veo que Grace me dedica un par de miradas más, pero luego enseguida pierde el interés en interrogarme. No como Emily, que, aunque ahora está dándome un poco de cancha para no tener que contarles nada a las demás por el momento, no ha parado de interrogarme en el día y medio que ha pasado desde que descubrió que Cam y yo éramos amigos en Facebook. Su primer mensaje llegó antes de que el guapo moreno me dejara en casa el miércoles por la noche tras nuestra sesión de creación de chica mala en proceso. La madre de Cameron había llegado ya y él me la había presentado y le había dicho que iba a llevarme a casa y volvía en veinte minutos. La señora Parker no parecía excesivamente feliz de que su hijo estuviera con una chica en casa, pero no dijo nada, al menos delante de mí. O a lo mejor es que no parecía excesivamente feliz y punto, tampoco puedo estar segura. Luego, nada más arrancar el coche, Emily me mandó un mensaje al móvil diciendo: «¡Eres amiga en Facebook de Cameron Parker! ¡Me estoy muriendo! ¡Literalmente!». No me pude tomar muy en serio sus palabras porque suele utilizar el término «literalmente» bastante a la ligera. Después, mi *coach* particular habló de cosas sin importancia hasta parar frente a la puerta de mi casa y allí me dijo que continuaríamos con nuestra misión el viernes. Intercambiamos números de teléfono para poder mantener las vías de comunicación abiertas. Y luego él dio la vuelta al coche y se marchó de nuevo a casa. Y, gracias al cielo, mi madre estaba demasiado ocupada, discutiendo con Eric para que recogiera su cuarto, como para estar pendiente de quién me había llevado a casa, así que supuso que había pasado la tarde con las chicas y yo simplemente no desmentí esa suposición. Si llega a saber que me había traído a casa un chico, ya sabía yo bien la que me esperaba. Mi madre es peor que Emily.

Cuando salgo por unos segundos de mi propio mundo de fantasía, me llama la atención el hecho de que Mia está muy callada. Y, ahora que caigo en la cuenta, ni siquiera me ha preguntado qué me pasó el martes para no llegar a montar en el autobús de vuelta a casa. Y si me vio entrando en el coche de Cameron, ¿no debería estar exactamente en el mismo plan que Emily? Le paso una mano por delante de los ojos y ella me mira y sonríe levemente. La interrogo solo con la mirada, pero con la mirada me responde que está bien, o que no quiere hablar del tema. En cualquier caso, que no insista.

La clase de biología está bien, porque es la última de esa mañana y porque tengo a Tyler delante y puedo contar las arrugas que le hace la camiseta de los Washington Redskins en los hombros y la espalda. Y también porque tengo a Cam justo a mi lado izquierdo y, ahora que somos amigos en redes sociales, casi da la impresión de que podemos serlo también en la vida real, y me siento bastante más cómoda con él que hace tres días, cuando no paraba de enviarme notitas.

Aunque parece que lo de mandar notitas no lo ha dejado

atrás todavía. Me lanza una en forma de avión que aterriza justo en medio de mi libro abierto. Lo miro frunciendo los labios a modo de reproche, pero él tiene una expresión tan orgullosa, por haberlo hecho aterrizar justo donde quería, que se me escapa una sonrisa al verlo.

La tarde se prevé larga, ¿te paso a buscar a las cinco? —C.

Respondo por el reverso para dar luz verde a su plan.

Las cinco es una buena hora para empezar las compras.

Casi echo de menos que me mande otra notita después de eso. Pero se limita a guardar la mía entre las páginas de su cuaderno y luego se pone a atender al señor Woodward, o al menos a aparentar que está atento. No está tan alegre y burlón como el martes, o como el miércoles, y me doy cuenta de que, en las veces que lo he visto en estos dos últimos días, apenas lo he visto sonreír. Pero la cuestión es que no sé si eso es normal en él o no, porque, aunque hayamos sellado un pacto de colaboración, no tengo ni la más remota idea de cómo es en realidad Cameron Parker.

Cuando está a punto de sonar el timbre, me lanza una bolita de papel arrugada que se escurre de la mesa y acaba en mi regazo. La abro sin levantarla, para que el profesor no me vea, y niego con la cabeza lentamente al leer el contenido.

Para la tarde de compras ponte tu mejor modelito, seguro que desde ahí solo podremos ir a mejor. —C.

Levanto disimuladamente el dedo medio de mi mano derecha, parapetada tras la mesa. Y entonces sí. Por fin. Él sonríe de verdad.

Son las cinco menos diez minutos y yo ya estoy preparada para cuando un Honda blanco pare delante de mi casa a recogerme. Eric está en casa de un amigo, pero mi madre está en el jardín cuidando sus flores, así que no hay manera posible de que no se dé cuenta de que el coche que va a venir a recogerme no es el de la madre de Emily, ni el de Grace. Me maldigo a mí misma por no haber pensado en eso antes. Podría haber quedado con Cameron directamente en el centro comercial. O podría haberle dicho que pasaría yo a buscarlo y haberle pedido el coche prestado a mi madre. Salgo al porche procurando no hacer mucho ruido al cerrar la puerta y empiezo a atravesar el jardín. Si consigo ser lo suficientemente sigilosa, tal vez pueda esperar al coche de mi estilista particular un poco más abajo en la calle y así mi madre no se dará cuenta de nada. Pero no estoy ni de lejos cerca de la valla del jardín cuando oigo la voz de mi progenitora.

—¿Adónde vas, señorita? —pregunta en tono alegre.

Mierda.

—Voy a comprarme algo de ropa al centro comercial. —Actualizo la información para ella.

Agarro el bolso un poco más fuerte y sigo andando despacio para ver si ya se da por satisfecha y aún tengo tiempo de escabullirme.

—Espera ahí un momentito —me pide.

Me giro lentamente hacia ella y la veo levantarse del suelo y quitarse los guantes antes de sacudirse las rodillas con ellos. Se acerca a mí. Lleva los vaqueros viejos que le quedan grandes y la camisa de cuadros medio rota que siempre utiliza para trabajar en el jardín. Lleva el pelo recogido en un moño descuidado del que escapan mechones rubios aquí y allá, y, aun así, está guapa. Ojalá me pareciera más a ella.

—¿Qué pasa? —pregunto inocentemente cuando ya la tengo justo enfrente.

—Eso digo yo, ¿qué pasa? —responde con la misma pregunta—. ¿Por qué estás tan misteriosa y estás intentando salir del jardín sin ser vista? —me acusa—. ¿O es que no vas al centro comercial?

Suspiro, porque el tono que está usando me deja muy claro que le divierte mucho la situación. ¿No podría yo tener una madre normal de las que regañan a sus hijos cuando les mienten o les ocultan información? Ugg, no. Mejor no, gracias. No cambiaría a mi madre por nadie en el mundo, aunque a veces me gustaría que fuera un poco más convencional.

—Voy al centro comercial a comprarme algo de ropa —repito, mirándola a los ojos como siempre nos pide que hagamos cuando cree que le estamos mintiendo—. Y, a lo mejor, tú también deberías, porque ese modelito primavera-verano está ya un poco pasado de moda —le pico señalando su indumentaria.

—Ya. Lo que me faltaba. Tener que vestirme de Prada para arreglar el jardín —bufa, y yo me río—. No me desvíes el tema. ¿Vas con las chicas? —pregunta, pero casi en tono de afirmación.

—Eh... —Busco algo que decir que no sea una mentira demasiado evidente.

Soy incapaz de mentirle a mi madre. Soy incapaz de mentir. Tengo un serio problema. Y Cam también lo tiene si quiere hacer de mí una chica mala. Me falta hasta lo más básico para ajustarme al prototipo.

—Ay, madre. Ay, madre —repite la mía llevándose a la mejilla la mano con la que no sujeta los guantes—. ¡Vas con un chico! —adivina con la voz ligeramente más aguda—. ¿Quién es? ¿Lo conozco?

—Eh, no. No creo. —Trato de alargar el interrogatorio lo menos posible. Si le digo un nombre empezará a atar cabos hasta darse cuenta de que conoce a su madre, o a su abuela o a sus vecinos de enfrente.

—¿No será Lewis Cooper? —cotillea, y yo niego con la cabeza—. Claro, perdiste tu tren y ahora va a llevar a otra al baile. Entonces... ¿ese tal Kevin? ¿El que te invitó al cine el otro día? —prueba de nuevo.

—El otro día para ti es cualquier momento comprendido entre mi nacimiento y el día de hoy, mamá —protesto—. Eso fue en septiembre. Y no he vuelto a quedar con él.

—¿Y por qué no? Era un chico majo, ¿no? —Vuelve a las mismas otra vez. Las mismitas palabras que en septiembre.

—Pues no me gustaba y ya está —respondo, un poco incómoda.

Cam debe de estar a punto de llegar y no sé si tengo ganas de que lo haga para que mi madre deje de interrogarme de una vez, o de que me dé plantón para que el interrogatorio de la noche no sea peor que este.

—Ya, claro. Es que no te gustaba —repite—. Como a ti solo te gusta uno que yo me sé... —Casi está hablando como si fuera Emily y, mientras lo dice, señala con la cabeza un par de veces hacia la casa de al lado—. ¿No será Tyler? —se emociona de repente.

—No, mamá. ¡Por favor! ¿Cómo voy a ir con Tyler de compras? —me desespero.

Mamá levanta las manos en son de paz, pero no deja de sonreír.

—Hija, quien dice de compras, dice al cine o a la bolera o al aparcamiento del mirador —enumera, y yo pongo cara de «¿qué demonios...?» cuando suelta la última opción—. Chica, no me mires así, que todas lo hemos hecho...

Todo el mundo sabe lo que se hace en el aparcamiento del mirador. No es precisamente admirar las vistas. Así que me tapo los oídos con ambas manos y cierro los ojos como si así pudiera borrar de mi mente lo que acabo de escuchar.

—¡Mamá! Por favor, no vuelvas a contarme la historia de cómo me concebisteis hace diecisiete años... —suplico, solo medio en broma.

—No. No. De eso nada. Si vas al mirador usa condones, Ashley. No fastidies —aconseja, y yo suelto un gemido de desesperación—. ¿Necesitas condones?

—¡No, mamá! No voy a acostarme con nadie. Ni en el mirador, ni en ninguna parte. Solo quiero ir al centro comercial... —lloriqueo mientras ella me hace burla.

Como si mis palabras lo hubieran invocado, el coche de

Cam aparece al principio de la calle y en apenas quince segundos ya está parando frente a la puerta. Toca el claxon una vez, pero, seguramente al ver a mi madre, inmediatamente se baja del vehículo y se acerca a nosotras. Va vestido con unos pantalones chinos azules con deportivas y un jersey gris, y lleva el flequillo desordenado hasta sus ojos verdes.

—Buenas tardes, señora Bennet —saluda muy educado—. Hola, Ash. —Me mira a mí con una curvatura muy leve en los labios—. ¿Estás lista?

—Sí, sí. Vámonos —suplico, con intención de caminar hacia el coche.

Pero Cameron ya está estrechándole la mano a mi madre mientras se presenta con su nombre completo y le asegura que cuidará de mí esta tarde y me traerá pronto de vuelta a casa. Me lo imagino haciendo eso cada vez que tiene una cita. Menudo pelota.

—Bueno, tampoco hace falta que la traigas muy pronto, Cam —dice, utilizando el diminutivo con toda la confianza del mundo—. Pasadlo bien, chicos —nos desea.

Cameron le da las gracias y me hace un gesto con la mano para que vayamos hacia el coche. Yo lo sigo y, mientras él rodea el vehículo de espaldas a mi madre, me giro para mirarla con reproche un momento. Ella está observándonos con media sonrisa y asiente con la cabeza al encontrar mi mirada y vocaliza «es muy guapo» sin emitir ningún sonido. Luego hace amago de tirarse del pelo y gritar. Yo niego con la cabeza y le doy la espalda de nuevo, exasperada.

—Bueno —dice Cameron cuando ya avanzamos por la carretera—, ahora que ya hemos conocido a nuestras madres y esto es una relación formal, dime, ¿es este de verdad tu mejor modelito? —Lo duda con una media sonrisa burlona.

Llevo pantalones vaqueros, unas Converse rojas y una

sudadera negra de Adidas que me cubre hasta un cuarto de muslo.

—Te lo juro —digo solemnemente, llevándome la mano derecha al corazón—. Lo mejorcito de mi armario.

—Muy bien, veo que ya empiezas con lo del lado rebelde —contesta, divertido ante mi tono de voz burlón—. A ver qué más podemos hacer contigo —añade al parar en un semáforo en rojo.

Me coge el móvil del regazo sin darme tiempo a protegerlo, y yo me estiro hacia él intentando recuperarlo. Lo sujeta con fuerza y enciende la pantalla para mostrármela, sin mirar él, a continuación.

—Desbloquéalo —me pide.

—¿Para qué? —Desconfío.

—Tengo que conocer a la persona que voy a convertir en una cabrona —explica—. Necesito saber cosas de ti. A lo mejor hay algo que podemos aprovechar... aunque lo dudo —añade en tono de broma.

Le pego en el brazo con la mano abierta, pero solo consigo hacerle soltar una carcajada. Desbloqueo la pantalla asegurándome de que no vea mi contraseña y él sonríe satisfecho antes de tocar la opción de ajustes y buscar algo en conexiones. En solo unos segundos mi teléfono está conectado al reproductor de música del coche.

—Vamos a ver qué música te gusta escuchar —propone, dejándome el móvil de nuevo en el regazo; a continuación pulsa una tecla en la pantalla del coche.

Vuelve a conducir cuando el semáforo cambia a verde, y, en ese momento, empiezan a sonar las notas iniciales de la primera canción de mi lista. *Sparks fly*. Lo que me faltaba. Si todo esto no era ya una estratagema para burlarse de mí con su corrillo de gente guay, ahora tiene material más que suficiente para descojonarse durante el resto del curso.

—No digas nada —pido cuando veo que tiene intención de hablar.

Él obedece y se queda callado mientras se escucha la estrofa, pero a mitad del estribillo suelta una risita baja, y yo me tapo la cara con las manos.

—¿En serio? —Ríe un poco más—. ¿La primera canción que tienes en tu teléfono es una que no para de decir Sparks? Definitivamente, hice una buena elección contigo, futura reina del baile —se burla.

—Yo no tengo la culpa de que el tío se apellide así —protesto, pero un poco de culpa sí que tengo de que esa canción sea mi favorita.

—Vale, vale —habla en tono conciliador—. ¿Y qué me dices de que la primerísima canción de tu repertorio sea de Taylor Swift? —ataca de nuevo.

—Uy, si solo fuera la primera... —decido ponerlo sobre aviso.

Cameron suelta una carcajada bastante alta, con muchas ganas, echando la cabeza hacia atrás.

—Así que he ido a toparme con una fan de Taylor Swift. —Parece meditar—. Mira, eso no lo sabía yo...

—¿Ah, no? Pues ahora ya lo sabes. Oye, Cameron, ¿sabes qué? —Decido tomarme la situación a broma.

—¿Qué, Ashley? —responde él, en el mismo tono sin apartar los ojos de la carretera.

—Me encanta Taylor Swift.

Vuelve a reír y yo río con él, contagiada por sus carcajadas. Tiene una risa muy musical y el sonido llena todo el cubículo del coche y me inunda los oídos. Es agradable escucharlo así.

Una vez en el centro comercial recorremos la planta baja en busca de una tienda que él ha seleccionado para nuestro cometido. Voy medio sonriendo mientras le sigo el paso, porque es difícil distanciarse del estado de ánimo reinante hasta que hemos aparcado el coche. Hacía muchísimo tiempo que no me reía tanto. No hemos parado de bromear y reír en todo el recorrido, canción tras canción de las almacenadas en mi móvil. Y Cam hasta ha canturreado a ratos algunas de ellas. Y así era prácticamente imposible que yo no acabara con dolor de tripa por las carcajadas.

Cameron me señala la tienda y yo entro primero mirando a mi alrededor. El típico establecimiento que yo jamás habría pisado de no ser por la disparatada propuesta de Cameron Parker. Es una tienda de ropa de chica exclusivamente y está llena de vestidos diminutos y prendas ajustadas. Sigo a mi acompañante cuando él avanza hasta una sección al fondo. Pantalones rotos, camisetas rockeras y algo de cuero, por lo que puedo ver. ¿Para mí? Ni de coña. Estoy ya dando media vuelta para largarme por donde he venido, pero mi torturador de la tarde me sujeta por el codo y me hace regresar a su lado antes de empezar a ponerme prendas en los brazos tras preguntar cuál es mi talla.

—Conoces muy bien esta tienda para ser un tío, ¿no, Cameron? —me burlo.

Me lanza una sonrisa irónica y me pone un vestido pequeñísimo encima de la cabeza. Lo aparto con un bufido y lo uno a la montaña de ropa que ya colma mis brazos.

—Te espero aquí —indica, apoyado en el marco de la puerta que da acceso a los probadores y donde hay un sofá para uso y disfrute de los sufridos acompañantes.

—¿Tengo que salir a hacerte un pase de modelos?

—Por supuesto que sí.

Me meto en uno de los probadores y dejo la ropa en el taburete que hay en una esquina para poder quitarme lo que llevo puesto y probarme lo demás. Decido empezar por unos pantalones agujereados y una camiseta de tirantes oscura. La verdad es que tampoco me sienta tan mal. Cuando me doy la vuelta para verme por detrás en el espejo me doy cuenta de que uno de los agujeros casi deja asomar por completo el cachete derecho de mi culo y niego varias veces para mí misma. Ni muerta salgo así a exhibirme delante de Cameron Parker. Pruebo con unos pantalones de cuero y una camiseta blanca formada por montones de tiras que se espacian en la parte inferior para dejar ver la piel del estómago y el ombligo. Me muero de vergüenza, pero algo tengo que mostrarle a mi estilista, así que salgo del probador y me paseo hasta donde él está. Lo pillo escribiendo en su móvil, pero cuando se percata de mi presencia bloquea la pantalla, se lo guarda en el bolsillo y me mira con atención por unos segundos antes de pronunciarse.

—Hostia, Ash, tienes tipazo. —Parece sorprendido.

—Yo no puedo ir así por la vida —dejo claro antes de nada sin hacer caso a su comentario.

Hace una mueca al escuchar mi protesta.

—Por la vida, no lo sé, pero si lo que quieres es captar la atención de Tyler te aseguro que llevas puesto justo lo que debes —advierte, asintiendo a la vez con la cabeza para dar más credibilidad a sus palabras.

—¿En serio que es esto lo que os gusta a los tíos?

—Eh, no nos metas a todos en el mismo saco. —Se libra, recuperando su móvil, pero aún con la vista fija en mí—. Pero a tu enamorado sí, es esto lo que le va —asegura encogiéndose de hombros—. Debería consolarte saber que te queda de puta madre. —Trata de animarme.

—Ya, gracias —digo, casi refunfuñando.

—*Cause I see Sparks fly whenever you...*

Empieza a canturrear y yo entorno los ojos y me doy la vuelta para volver al probador dejando atrás el eco de su risita.

Seis tiendas, montones de conjuntos y como millones de carcajadas de Cameron después, nos damos por vencidos por hoy y emprendemos el camino de vuelta al parking subterráneo donde hemos dejado el coche de mi *personal shopper*. Al final, he comprado más cosas de las que pensaba y tengo que reconocer, aunque sea a regañadientes, que algunas hasta me gustan de verdad. Llevo tantas bolsas que Cameron ha tenido que ofrecerse a cargar con algunas. Y, en realidad, al final está llevando él la mayoría. Mi armario acaba de crecer con unos pantalones de cuero, un par de vaqueros rotos (unos de color desgastado y otros negros), y unas cinco o seis camisetas bastante más sexys que las que yo suelo llevar. Además, por insistencia de Cameron, he terminado comprando también una minifalda plisada y dos vestiditos casi ridículos, que, aunque hasta mi asistente personal reconoce que son poco prácticos, asegura que serán ideales para alguna de las fiestas a las que piensa invitarme. Y yo con oír lo de la invitación a las fiestas ya estoy prácticamente temblando, porque eso es ya terreno desconocido. Y no hablemos de los tres pares de zapatos imposibles y las botas en las que me he gastado un dineral indecente. Todo sea por la causa.

—Y aunque detesto tener que perderme esa parte de las compras, creo que lo de la ropa interior sexy será mejor que lo mires con tus amigas. —Va bromeando mi acompañante, un paso por delante de mí.

—Tranquilo, creo que podré apañarme, aunque a lo mejor te mando alguna foto al móvil si tengo dudas —le sigo el juego.

Él gira la cara ligeramente para mirarme y me muestra una sonrisa que pretende ser lasciva mientras me repasa de arriba abajo. Pero a mí me da la risa y le golpeo en la espalda con una de las bolsas para que deje de hacer el idiota.

—Si quieres, ya que estamos aquí, podemos empezar a

mirar también un vestido para el baile, majestad —propone, pero los dos sabemos que no lo dice en serio.

Estamos bastante hartos de compras a estas alturas.

Casi estamos llegando a la rampa que baja al parking cuando veo venir de frente a unos chicos del equipo de fútbol. No sé por qué, pero de repente me da mucho apuro que me vean con Cameron y me paro para no avanzar a la par. Me imagino que él no quiere que lo vean por ahí con alguien como yo... con alguien que no es una animadora, quiero decir. Oigo a todos saludar y varios «tío», «macho», «colega», y esas cosas que se dicen los chicos al verse.

—¿Qué haces por aquí, tío? —le dice uno de los más altos que creo recordar que se llama Jeremy, pero al que no conozco casi nada porque va un curso por debajo de nosotros.

—Pues estaba de compras con una amiga —señala, y entonces se vuelve a buscarme y frunce el ceño al verme tan lejos—. ¡Ash! —me llama—. Ya nos íbamos, las compras con las mujeres son agotadoras —bromea.

El coro de musculitos le da la razón y a mí me saludan con curiosidad cuando me sitúo a su altura. En dos segundos ya se han ido y Cameron me mira contrariado.

—¿Qué demonios ha pasado? ¿Querías que pensaran que he comprado todo esto en tiendas de tías para mí? —bromea, levantando un poco las bolsas—. ¿Te da vergüenza que te vean conmigo? —me echa en cara.

—Sí, ya, claro... —suspiro irónicamente—. He pensado que a lo mejor eras tú el que no querías que te vieran conmigo —tengo que reconocer.

—¿Y eso por qué? ¿Tienes tres cabezas? —se burla, y yo me relajo al oír su tono.

—Ese es un comentario muy discriminatorio hacia los seres de tres cabezas —apunto, adelantándome un poco a él y subiendo a la rampa. Una vez en ella me vuelvo para mirarlo mientras nos baja hacia el aparcamiento—. ¿Acaso eres tricefalofóbico, Cameron Parker?

—De eso nada, lo único que pasa es que no me veo capacitado para enfrentarme a tres cerebros de mujer a la vez. —Sonrío al oírlo y a él se le contagia el gesto—. Ah, y por ser tú, puedes llamarme simplemente Cam.

Me indica con la cabeza que me gire para no caerme cuando llegue el final de la rampa, y yo lo hago. En tres minutos ya estamos en el coche con todas las cosas en el maletero.

Mi móvil sigue vinculado a su reproductor de música, así que, en cuanto arranca, vuelve a sonar justo en el punto en el que lo habíamos dejado. Cam conduce en silencio, pero noto cómo me lanza miraditas de vez en cuando mientras yo muevo la cabeza al ritmo de la música y golpeteo rítmicamente uno de mis muslos con la palma de la mano. En el primer semáforo en el que tiene que parar lo veo subirse las mangas del jersey y me giro hacia él disimuladamente para poder mirarlo un poco mejor mientras esté distraído, pero al alzar la vista me encuentro con sus ojos verdes directamente clavados en los míos. Me pongo nerviosa al momento y casi hasta noto una arritmia. Este coche es muy pequeño a pesar de lo grande que es. Él no aparta sus pupilas de las mías, así que tengo que hacerlo yo, y, al buscar otro punto al que mirar, veo que tiene la parte interna del antebrazo derecho llena de cosas escritas a boli.

—¿Sabes que existen unas cosas que se llaman agendas, Cameron? —me burlo, señalando las letras que le llenan la piel.

—Ah, ya. —Sonríe un poco, como avergonzado—. Es que soy un puto desastre y pierdo hasta las agendas. De momento nunca he perdido el brazo. Y, por favor, llámame Cam. Tanto Cameron, Cameron... pareces mi madre —protesta, y yo suelto una risita al escucharlo.

Intento leer algo de lo que pone en su piel, pero él, al ver mis intenciones, vuelve a bajarse la manga.

—Entiendo —suspiro—. Cosas privadas. Recoger la ropa de la tintorería, arreglar la valla trasera, recoger a Ashley a las cinco... —Voy enumerando en tono divertido hasta que lo veo sonreír—. Mira la carretera, Cam, que tienes el semáforo en verde —aconsejo cuando él vuelve la cabeza de nuevo hacia mí.

Sigue conduciendo sin decir nada hasta un par de minutos después cuando me sobresalta el sonido de su voz mientras yo estoy cantando en mi mente *Blank Space* y moviendo el torso muy levemente y casi sin darme cuenta, siguiendo el ritmo.

—¿No te gusta cantar en el coche?

—¿Que si me gusta cantar en el coche? —pregunto, casi indignada—. ¿Me preguntas si me gusta cantar en el coche? ¿A mí? ¿A la diva del motor?

Ríe sin apartar la vista de la carretera, y yo sonrío mirando su perfil. Sacude la cabeza para apartarse el pelo de los ojos y me dedica una mirada rápida de reojo antes de volver a dirigir la vista al frente.

—¿Y por qué no lo haces?

—Eh, eh, la diva del motor canta en solitario. Y con solitario quiero decir solo en el coche de mi madre cuando no hay nadie más... bueno, a veces con mi madre también.

—Canta —me pide, y yo frunzo el ceño.

—¿No acabas de oír lo que he dicho?

—¿Y tú te acuerdas de la lista de cosas por hacer que tenemos en nuestra misión? Porque es bastante larga y tienes que empezar ya a soltarte la melena y salir de tu zona de confort. —Habla como si realmente supiera lo que está diciendo.

—La melena ya la tengo suelta. Mira —le provoco, y sacudo la cabeza para que mi pelo le roce la cara.

—¡Para! —exclama entre risas de los dos—. Va en serio, tienes que cantar. Es parte de tu preparación para reina del baile —justifica.

—Ya hemos estado de compras. Hoy tocaba *look* —intento librarme.

—No son compartimentos estancos. Cualquier momento es bueno para empezar. Prometo no juzgar.

Lo miro de reojo un poco desconfiada, pero es que entonces empieza a sonar *Shake it off* y casi no me da vergüenza llegados a este punto, así que empiezo a cantar bajito. Cameron sube la música a un volumen que me permite cantar más cómoda sin escucharme tanto a mí misma y, después, se pone a cantar conmigo. Llega un momento en que baja las ventanillas y ya, en vez de cortarnos, nos lanzamos a cantar con más sentimiento y a pleno pulmón. Y él intenta cantar en falsete y yo bailo todo lo que me permite el cinturón de seguridad, entre risas.

Cuando vamos por el principio de la tercera canción de nuestro repertorio, el teléfono móvil de Cameron empieza a sonar, cortando la música, por el sistema inalámbrico del coche. Miro la pantalla y marca una llamada entrante con el nombre de Rob. Él me pide disculpas antes de pulsar la tecla para responder.

—Eh, Robbie —saluda.

—¡Hola, pequeño! —Oigo la voz de un chico al otro lado de la línea, llegando a nosotros por los altavoces del coche—. ¿Qué tal estás?

—Bien —responde Cam—. Estoy en el coche, llevando a Ashley a casa —explica, y yo me sorprendo de que hable de mí con tanta naturalidad, como si su interlocutor tuviera que conocerme.

—¡Ah! La estrella del plan maestro. —Oigo reír al otro—. Hola, Ashley —saluda, y yo respondo un poco cortada—. Te estás tomando muchas molestias por recuperar las atenciones de Tyler, chaval, ¿no serás gay? —Finge escandalizarse en un tono burlón exactamente igual al que he oído utilizar a Cam varias veces ya. No hay duda de que estoy escuchando a su hermano—. No tienes que tener miedo de ser tú mismo, para algo abrí yo el camino con papá —añade, y me parece notar algo de ironía en ese comentario.

—No soy gay, capullo —responde mi acompañante. Lo veo sonreír de medio lado al hacerlo—. Con un desviado en la familia ya tenemos bastante —bromea, y su interlocutor suelta una carcajada muy parecida a las de Cam—. Rob, ¿has hablado con papá? —añade después, quedándose serio.

—Claro que no. ¿Y tú?

—Hace un par de días —suspira Cameron.

Veo que su estado de ánimo ha cambiado rápidamente en un momento y lo observo con disimulo. Mantiene la vista muy atenta a la carretera y casi parece que se haya olvidado de que estoy justo en el asiento de al lado.

—¿Lo verás este fin de semana? —Oigo preguntar a su hermano.

—No —responde Cam en tono seco. Pero, tras un par de segundos, decide añadir algo más—: Tenía que estar en San Francisco para cerrar un trato.

—Ah, ya. Oye, yo solo llamaba para asegurarme de qué fin de semana tenéis el partido contra los del St. Francis. Mamá dice que el mes que viene, pero tal y como tiene la cabeza últimamente no puedo fiarme del todo. —Habla en tono divertido—. Y Zack quiere organizarse la agenda para poder venirse conmigo a verlo.

—Es el último sábado de abril. ¿Vais a venir? —Parece sorprendido y quizá ligeramente enternecido por la noticia.

—Claro. Es el partido más importante de la temporada,

no jodas. Si hay algún ojeador de Oregón, ya te digo yo que será entonces.

—Gracias por no meter presión —ironiza.

—Será un partidazo —lo tranquiliza su hermano—. Oye, te dejo conducir. Ve con cuidado, ¿eh? Llámame mañana, o el domingo, ¿vale?

Cameron asegura que lo hará y su hermano se despide también de mí antes de colgar el teléfono. Mi chófer personal pulsa un botón en la pantalla para desconectar la llamada y la música vuelve a sonar por los altavoces. Me tomo la libertad de bajar un poco el volumen.

—¿Tu hermano? —pregunto lo obvio.

Cam me mira de reojo un momento, como si le sorprendiera que yo aún siga sentada en el asiento de al lado. Asiente con un movimiento de cabeza, pero no dice nada. El cambio de las carcajadas y las canciones de antes a su ánimo actual ha sido muy brusco y me hace sentir incómoda.

—Ahora que lo dices sí que sabía que tenías un hermano —recuerdo para distraer su atención—. Leyenda del fútbol americano en el instituto Truman —recito como si estuviera comunicando un título nobiliario.

—Sí. Ya somos unos cuantos Parker haciendo historia en el Truman —alardea, pero sin llegar a sonreír.

Recuerdo haber oído hablar de su padre por los pasillos del instituto. Una gran promesa del deporte, lo fichó un buen equipo de una buena universidad, que ahora no recuerdo, pero se lesionó con veintipocos años y ya no pudo volver a jugar. Una lástima.

—Integrado en el ADN.

—El ADN dice quarterback —murmura con un deje amargo en la voz—. ¿Tú tienes hermanos? —me pregunta cambiando radicalmente el tema y el tono.

—Un hermano pequeño —le cuento—. Pero no tiene genes de quarterback. Y tampoco de jugador de baloncesto, que es lo que a él le gustaría. Por mucho que pegue el estirón no dará la talla. —Río un poco.

—No hay que ser alto para ser base —propone Cam una solución.

—Ya. Solo que él no quiere ser base. —Recuerdo el drama de mi hermano por la estatura familiar—. Ahora dice que cuando vaya al instituto se meterá en el equipo de béisbol. Hizo que mi padre le comprara toda la equipación de los Giants por Navidad —cuento con el fin de distraerlo, a ver si vuelve a sonreír un poco—. Pero el pobre no tiene ni idea de béisbol, no sabe ni lo que es un *home run*.

—¿Y tú? —me provoca Cam entonces mirándome por un segundo con los ojos chispeantes. Así que no sonríe con la boca, pero sí con los ojos. Punto para Ashley—. ¿Ya sabes lo que es un *home run*?

—Claro que lo sé —me defiendo.

Cameron Parker trata de aguantarse una sonrisa y veo en sus facciones, aun atento como está a la carretera, que está dudando de si decir algo o no. Pero al final le hace demasiada gracia como para poder callárselo.

—¿Aún estamos hablando de béisbol, Ashley Bennet? —me pica con una media sonrisa traviesa.

Suelto un bufido y él una carcajada bajita. Y me alegro de que haya bastante tráfico llegando a nuestro barrio y él tenga que mantenerse atento, porque así no puede mirarme otra vez y darse cuenta de que me he puesto roja en un solo segundo.

—¿Cuántos años tiene tu hermano? —indaga, y eso consigue relajarme un poco.

Hace mucho calor en este coche.

—Cumple doce en mayo —le cuento cuando él ya está enfilando mi calle.

—Pues dile a tu padre que ya puede ir entrenando pases con él si quiere entrar en el equipo. Con que sepa atrapar la pelota en el guante y batear una de cada tres debería ser suficiente. Tampoco es que el equipo de béisbol del Truman sea tan bueno. —Se mete con ellos.

—Ya. Comparado con el de fútbol cualquier equipo es mediocre, ¿no? —adivino, y se limita a hacer una mueca de superioridad—. Lo tiene un poco difícil porque mi padre está viviendo en Japón hasta el año que viene, por lo menos.

—Ah —se limita a decir.

No le da tiempo a más porque ya hemos llegado a la puerta de mi casa. Tengo que frenarlo cuando hace amago de bajarse del coche para ayudarme a recuperar mis bolsas. Aseguro que podré con todo antes de bajar y empezar a sacar cosas del maletero. Cuando cierro el portón y cargo con las bolsas, como puedo, hasta la entrada del jardín, le veo asomar una sonrisa burlona por la ventanilla bajada del conductor.

—¿Seguro que puedes con todo?

Respondo con un gruñido.

—Mañana te recojo a las diez —recuerda—. Buenas noches, Ashley Bennet. Ha sido una tarde interesante —añade al final con media sonrisa.

—Interesante, sí —confirmo burlonamente—. Buenas noches, Cameron Parker.

—Voy a echar de menos a Taylor Swift a bordo. Tendrás que pasarme la discografía.

—Seguro que ya la tienes... Te sabías todas las canciones —acuso, divertida.

Me lanza una sonrisa de las irresistibles antes de arrancar de nuevo y poner rumbo a su casa, sin decir una palabra más.

Yo entro en mi hogar con todas mis bolsas y con una sonrisa. Mi madre sale de la cocina al instante y deja lo que quiera que estuviera haciendo para perseguirme por toda la casa preguntando cómo me ha ido, si ese chico ya es mi novio y cuándo voy a volver a verlo. Y ni siquiera me deja contestar antes de seguir parloteando sobre lo apuesto que es, lo educado que parece y los ojos tan bonitos que tiene. Ah, y que vaya sonrisa tan perfecta. Pero que se podría «cortar un poco el flequillo porque al final se le van a meter los pelos en los ojos».

Es desesperante. Pero el interrogatorio telefónico de Emily unos minutos después es todavía peor. Sobrevivo como puedo y, mientras aún estoy colgada al móvil con mi mejor amiga, me asomo a la ventana y descubro que Tyler está nadando en su piscina. Y, madre mía, hace mucho frío fuera como para bañarse, pero no seré yo quien se lo advierta. Me doy prisa por colgarle a Emily para poder centrarme más en el espectáculo. Lo veo salir del agua impulsándose con los brazos en el borde. Qué cuerpazo. Vaya músculos. Y cómo me gusta verle ese tatuaje que cubre su bíceps sin que lo esconda una camiseta. El bañador se le pega a las piernas. Tengo ganas de abanicarme, pero no tengo nada a mano que me sirva, así que apoyo la frente en el cristal de la ventana y, por lo menos, está fresco. ¿Qué estará haciendo en casa un viernes por la noche? No es típico de él. Justo cuando estoy soltando un suspiro que empaña ligeramente mi visión, Tyler se gira hacia mí. Hacia mí. O sea, coño, me está mirando a mí. Directamente a mi ventana. Mierda. Mierda. Mierda. Me aparto en un movimiento brusco y apoyo la espalda en la pared, medio escondiéndome tras el borde de las cortinas. Tengo el corazón tan acelerado que se me va a salir del pecho en cualquier momento. ¿Y si me ha visto? Es que me ha visto. Claro que me ha visto. Una pillada monumental. De pleno. *In fraganti* y comiéndomelo con los ojitos. Bien por ti, Ashley, eres una auténtica pardilla.

Mi móvil suena con un bip en mi mano y me asusto tanto que estoy a punto de dejarlo caer al suelo. Cuando me recupero un poco, abro la notificación. Es un mensaje de Cam. Una imagen. Una foto mía de espaldas volviendo al probador de una de las tiendas con un vestido cortísimo y ajustadísimo que además tenía la espalda al aire. Ni que decir tiene que ese no está entre los que me he traído a casa. Qué capullo.

Me asomo con mucho cuidado a la ventana para asegurarme de que Tyler no sigue pendiente de si lo miro o no. Ya no está. Debe de haber entrado en casa antes de quedarse frío. Es una pena que no pueda ver la ventana de su habitación desde la mía. Sí. Una pena.

Ahora que el momento de la pillada ha pasado, tengo que encargarme del graciosillo de Cam. Y tengo que dejarle claro que tengo tanto contra él como él pueda tener contra mí. Así que selecciono un archivo de audio de la memoria de mi teléfono y se lo envío. Veintiséis segundos de audio grabados en su coche hace poco más de media hora. Ahí tienes, Cameron Parker, la actuación de tu vida a dúo con Taylor Swift entonando el estribillo de *We are never ever getting back together*. Su respuesta tarda treinta segundos en llegar.

Soy mejor mentor de lo que creía.
Mi trabajo contigo ha terminado:
ya eres una cabrona.

Sonrío al leerlo. Le respondo diciendo que no podría haberlo logrado sin él. Su siguiente mensaje dice que, si creo que aún tiene algo que enseñarme, por él sigue en pie lo de mañana a las diez. Y yo le pido que sea a las diez y media porque quiero dormir un poco. En respuesta me manda una imagen del perezoso más feo que he visto en mi vida, pero luego envía un ok.

Mi madre entra en la habitación sin llamar y me encuentra de espaldas a la ventana y, por lo tanto, de frente a ella y mirando la pantalla del móvil con una sonrisa boba en la cara.

—¿Y esa sonrisita? —cotillea una vez más—. ¿Con quién hablas? ¿No será con el de los pelos en la cara?

—¿Qué pasa? —Aparece Eric de pronto también en mi habitación—. Uuuuhhhhh, Ashley tiene novio —canturrea.

Mi madre se le une al instante. Y mientras los dos corean esas tres palabras una y otra vez, bailando en el marco de la puerta, mi móvil emite un bip una vez más. Lo consulto sin hacerles caso. Es Cam.

> Tyler acaba de escribirme para preguntar si estoy saliendo contigo.

4
Speak now

Oye, tío, ¿estás saliendo con Ashley?

¿De qué hablas? ¿Qué Ashley? Salgo con millones de chicas...

Fantasma.

Ashley Bennet. Mi vecina de al lado. Ya sabes de quién te hablo.

¿De Ashley «primer beso» Bennet?

Vete a tomar por culo. ¿Estás saliendo con ella o no? Lucas acaba de decirme que os han visto en el centro comercial.

Solo somos amigos.

¿Seguro?

¿Por qué iba a mentirte? ¿Es que ella te interesa?

No digas gilipolleces, gilipollas. Últimamente no me cuentas nada.

Culpa a Blair y su monopolio de tu tiempo.

Te culpo a ti por ser tan tonto.

¿Quieres que tomemos unas birras mañana?

No puedo.

Alguien es un puto capullo muy calzonazos.

Me entenderás cuando ligues, pringado.

Te recojo el lunes para ir a clase y te debo una patada en los huevos por esa.

Apúntala en mi cuenta.

Estoy releyendo por enésima vez la misma conversación en el móvil de Cam mientras él me observa pacientemente esperando a que se lo devuelva de una vez. Podría leerla hasta mil veces seguidas, pero esos ojitos verdes me están metiendo un poquito de presión, así que deslizo por última vez mi dedo sobre la pantalla, arriba y abajo, para verla completa y decido no abusar más de su confianza. Pulso la tecla de retroceso para salir de la aplicación de mensajería y veo brevemente su fondo de pantalla antes de tenderle su teléfono de vuelta. Y el fondo es una foto de un gatito gris, me imagino que el mismo que tiene en la pantalla de su ordenador, acurrucado en una almohada junto a un ojo verde que empieza a resultarme bastante familiar. El pobre Cameron ha tenido que enseñarme la conversación que tuvo anoche con Tyler para que yo terminara de creérmelo y dejara de preguntar de una vez. Me ha costado casi cinco horas conseguirlo, pero al final he podido leer las palabritas de mi amor platónico yo misma. Y aunque hasta se hacía el ofendido cuando Cam le preguntó si estaba interesado en mí, eso no va a hacer que me desanime. Porque es que, vaya, jamás en la vida me hubiera imaginado que los dos chicos más guapos y populares del instituto llegarían a tener nunca una conversación sobre mí. Y parecía que no había sido la única, porque Tyler ya le había contado antes a su amigo lo de nuestro beso. Ese beso que yo llevo cuatro años rememorando cada vez que Emily me lo pide... y cuando no me lo pide también. Y es que hablaban utilizando mi nombre. Mi nombre y apellido. O sea, tienen muy claro cómo me llamo, no soy simplemente una chica invisible como tantas en el instituto. Y lo de «primer beso» como segundo nombre me queda muy muy bien. Hasta estoy pensando en pedirle a mi madre que vayamos al registro a cambiarlo. Aunque preferiría ser Ashley «último beso» Bennet, y mantenerme así toda la vida, siendo cada día el último beso de Tyler.

Cameron deja el móvil boca abajo sobre la mesa en la que estamos sentados en el exterior de una cafetería. Son casi las cuatro de la tarde y el sol empieza a calentar, así que he tenido que subirme las mangas del jersey de punto de color teja que deja un hombro al aire, que he decidido combinar hoy con mis nuevos pantalones rotos negros y mis Converse blancas de bota. Cam casi ha dado el visto bueno al conjunto cuando me ha recogido por la mañana. Bueno, al menos ha hecho un comentario acerca de mis pantalones. Y, a estas alturas, él ha optado directamente por quitarse el jersey verde que llevaba con vaqueros oscuros, y se ha puesto una camiseta de manga corta a rayas blancas y grises que me permite admirar los músculos de sus brazos. El tío está cuadrado. Y lleva la frase «Enviar calendario a Ryan» escrita con boli azul en el antebrazo derecho. Su agenda particular.

—Ya lo has hecho, ¿o no? —me intereso señalando su brazo.

Imagino que ya está bastante cansado de hablar de lo que escribió o no escribió Tyler anoche, así que he decidido darle un respiro con el tema.

Él se mira el brazo y esboza una sonrisita antes de responder que no. Aún no. Da un sorbo a su café con hielo y yo lo imito llevándome a los labios el vaso de mi batido de chocolate.

—Vas a tener que cambiar de bebida si quieres que Tyler te tome en serio —me advierte en tono divertido al verme lamerme el labio superior tras apurar mi consumición.

—¿El batido de chocolate no es serio? —protesto haciendo una mueca—. El café por la tarde no me deja dormir —aclaro la situación.

—¿Y para qué quieres dormir por la tarde si ya lo haces durante toda la mañana? —se burla alzando las cejas.

Y no es cierto que duerma toda la mañana. Pero sí que tiene un poco de razón al mismo tiempo, porque esta mañana la cita a las diez que pasó a ser a las diez y media antes de que me fuera a dormir, ha terminado siendo a las once a medida que él cedía a mis súplicas por mensaje de que me diera diez minutos más de margen. Yo no tenía ni idea de lo que él tenía planeado para el día, claro. Pero tengo que reconocer que hasta el momento no ha sido tan terrible como me temía.

Después de ver a Tyler salir del garaje de la casa de al lado con su moto a todo gas poco después de las diez y media, he terminado de arreglarme y estaba preparada para la llegada de Cam casi diez minutos antes de que apareciera. La verdad es que no me ha dado tiempo de aburrirme porque mi madre se ha puesto como loca cuando le he dicho que iba a pasar el día con el chico del flequillo largo, y que no me esperara para comer, y que ya le avisaría de a qué hora pensaba volver a casa cuando lo supiera. Así que he tenido interrogatorio otra vez. El claxon del coche de mi taxista particular ha sido como música para mis oídos, aunque haya tenido que correr mucho e instarle a arrancar lo más rápido posible para librarme de mamá. Y, ya con él, mi música ha sonado en su coche durante casi una hora de camino hasta el destino que él tenía previsto. No me lo habría imaginado en la vida. Era un circuito de karts. Y, en realidad, me daba un poco de mal rollo la velocidad. Pero el sitio ha resultado ser de un amigo de su padre que, además, parecía tenerle mucho afecto a mi nuevo amigo. Así que nos lo ha enseñado todo y se ha entretenido mucho más de lo necesario en explicarme cosas sobre esos cochecitos y las normas de seguridad. Y no solo eso, sino que nos ha dejado extendernos mucho más de los diez minutos habituales de carrera, en un circuito solo para nosotros dos. Ni que decir tiene que Cam me ha ganado todas las carreras. Pero para el final de la sesión yo ya me lo estaba pasando tan bien que se me había olvidado que ese tipo de cosas siempre me habían parecido peligrosas. Así que un punto para Cam y su terapia para aumentar mi confianza y seguridad, porque, cuando me he quitado el casco, casi sentía que podía comerme el mundo. Un poco exagerado. Pero era mi primera vez.

Otra hora de vuelta, y una pizza grasienta para compartir después, hemos decidido tomar un cafecito al sol. Y aquí estamos. Aunque yo haya tomado batido de chocolate.

—No me vengas con eso de que dormir está sobrevalorado —casi suplico—. Eso es precisamente lo que dice mi padre todos los días. ¿Quién tiene la culpa de que tengáis problemas de insomnio?

—En el caso de tu padre, no lo sé; en el mío, la hiperactividad. Hay demasiadas cosas que hacer en el día como para dormir más de lo estrictamente necesario.

—¿Por ejemplo...? —le insto a explicar sus ineludibles ocupaciones.

—Por ejemplo: actualizar tus protocolos de actuación en cuanto a las relaciones sociales. Relaciones sociales con el sexo opuesto, para ser más exactos. —Vuelve a lo planeado para este largo día primaveral.

Hago una mueca, aunque trato de controlarme y no poner los ojos en blanco. Estaba muy relajada, sentada al sol a su lado, y ya me estoy poniendo nerviosa otra vez. Pero para algo estamos aquí, ¿no? Al fin y al cabo, esto no es una cita sino mi preparación para conseguir el sueño de mi vida. Sí. A Tyler Sparks.

—Si llego a saber que el día iba a ser tan alucinante me habría levantado de la cama mucho antes —me burlo, entornando un poco los ojos al tratar de mirarlo con el sol de frente.

Él sonríe un poco al ver la cara que pongo y coge sus gafas de sol, que descansan en el borde del cuello de su camiseta, y me las tiende en un acto de caballerosidad. Las rechazo con un gesto, porque él tiene los ojos mucho más claros que los míos y le deben de hacer más falta que a mí, seguro, aunque todavía no se las haya puesto. Lo hace en ese momento. Y le quedan perfectas. Qué guapo es, la verdad. ¿Qué hago pasando el día con un tío tan guapo? ¿Cómo me ha podido cambiar la vida tanto en menos de una semana?

—¿No te está gustando el día? —Parece sorprendido—. Me ha parecido que salías del circuito muy orgullosa de ti misma...

—Ha sido una pasada. —Tengo que reconocerlo, y él sonríe de nuevo ampliamente al escucharme—. Me lo he pasado muy bien —añado en un tono más tranquilo.

—Me alegro mucho de que te haya gustado. Y debo decirte que lo has hecho de puta madre para ser la primera vez —alaba—. Ahora hay que seguir trabajando. Necesito saber en qué punto están tus relaciones con los chicos para avanzar desde ahí. Así que... ¿qué me dices? ¿Empezamos hablando de Tyler? —sugiere.

Hablar de Tyler es demasiado íntimo como para hacerlo con la estrella de fútbol que, además, resulta ser su mejor amigo. Niego con la cabeza bajando la mirada. Cualquier cosa que tenga que ver con mi vida amorosa no debería ser asunto de Cameron Parker. Pero, al parecer, sí que lo es. Y la culpa es mía por aceptar entrar a formar parte de su plan inquisidor para acabar con la bruja.

—No me siento cómoda hablando de esto contigo —aviso.

—¿Por qué no te fías de mí? —me pregunta de pronto, pillándome totalmente desprevenida—. Estamos en el mismo barco, Ashley. Créeme cuando te digo que, ahora mismo, que te ligues a Tyler es más importante para mí que para ti —asegura en tono amargo. Yo me dedico a lanzarle una mirada llena de dudas—. Necesito que seamos un equipo, y en un equipo tienes que poder confiar en tus compañeros —advierte.

—Venga ya, Cam. Tienes que entender que me cueste hablar contigo y más de ciertas cosas. Eres el tío más popular del instituto y en cuatro años ni me habías dirigido jamás la palabra.

—Pues, ¿sabes qué? —Corta mi discurso—. Que tú tampoco me habías dirigido la palabra a mí. —Me la devuelve sin darme tiempo a hablar.

Me quedo callada por unos segundos. Porque tiene razón. Es que tiene toda la razón, y yo nunca lo había mirado desde ese punto de vista. ¿Quién dice que deben ser los populares los que te hablan o no te hablan? ¿Quién me dijo a mí el primer día que puse el pie en el instituto que no podía ser yo la que me acercara a hablar con cualquiera de ellos? Nadie lo dijo. Pero se trata de una regla no escrita, en realidad. Si no estás en su corrillo, no lo estás, y punto.

—Tienes que empezar a cambiar eso ya, Ashley —me advierte, y yo alzo la mirada hacia él, confundida—. No debería darte vergüenza hablar de lo que sientes, o decir lo que piensas. Y deberías poder ser capaz de no quedarte con las ganas de hablar con cualquiera en el instituto, sea quien sea. Incluido Tyler —añade, adivinando lo que pienso—. Simplemente, suéltalo y ya está, ¿qué es lo peor que puede pasar?

Yo suelto una risita irónica porque, claro, lo peor que le puede pasar a él no es nada comparado con lo peor que me puede pasar a mí. Burlas, humillación pública, acoso escolar. En fin, es bastante mejor ser de las invisibles. Y eso solo se consigue manteniendo la boquita cerrada.

—Lo peor que puede pasar es que todo el instituto se descojone de mí —dejo claro muy seria.

—¿Y? —se atreve a decir él con toda su parsimonia—. Las gilipolleces del instituto se olvidan en dos días. Nadie se va a reír de nadie eternamente. Y quedan tres meses para largarnos de ahí para siempre. No hay mucho que perder a estas alturas.

Eso lo dice él. El puñetero Cameron Parker diciendo que no pasa nada porque se rían un poquito de ti. ¡Como si supiera de lo que está hablando! ¡Como si alguien se hubiera reído de él alguna vez!

—¡Qué fácil para ti decirlo! —Me sale en un tono de reproche más duro de lo que pretendía en realidad.

—¿Para mí? —repite, alzando las cejas tras sus gafas de

sol—. ¿Qué quieres decir? ¿Crees que a mí nadie me juzga nunca? Joder, Ashley, tú no vas al mismo instituto que yo —ironiza—. Puede que tú tengas miedo de que alguien se ría de ti si dices una gilipollez, pero a mí no me hace falta soltar ninguna. Todo el mundo se cree con derecho a opinar sobre lo que hago o lo que dejo de hacer, sobre si he jugado bien o he perdido un pase fácil, sobre con quién salgo y con quién no —enumera—. Parece que hablas de «los populares» como si entrando en esa categoría la gente flotara por encima de los demás, pero no es así. Al final, todo el mundo habla mucho más de mí de lo que lo hacen de ti, pero déjame decirte que la mayor parte de lo que dicen no es agradable precisamente.

—Ya, bueno —admito, interiorizando su argumento—. Pero a ti te da igual lo que digan y a mí no —me defiendo.

—Depende de quién lo diga o de quién se lo crea —matiza Cameron—. Y tienes que empezar a pasar de lo que la gente diga tú también. A Tyler le gustan las chicas seguras de sí mismas, que no tienen miedo de expresarse. —Juega la baza de su amigo otra vez.

—Y ¿cómo consigo hacer eso sin morirme de vergüenza por el camino? —me intereso, jugueteando con las manos.

—Puedes empezar hablando conmigo —sugiere en un tono mucho más suave que el que ha estado empleando hasta ahora—. Ashley Bennet, te prometo que lo que se hable en el círculo de confianza de esta misión no saldrá de aquí. —Me tranquiliza, y me ofrece su meñique a modo de juramento—. Solo entre tú y yo. —Me ve dudar y hace una mueca—. Te contaré todo lo que tú quieras saber de mí, intimidades y ridiculeces incluidas, así los dos tendremos el mismo poder de información —propone sin apartar el meñique—. Pero tiene que quedar entre tú y yo. —Extiendo mi dedo para engancharlo con el suyo. El roce hace que se me suba la sangre a las mejillas rápidamente—. Buena chica —felicita en tono socarrón.

Suelto un bufido y aparto el meñique. Él se limita a reír bajito.

—Vale —accedo mordisqueándome el labio después, nerviosa—. Pero empiezas tú —decido, señalándolo con mi dedo índice.

Él extiende los brazos como dándome a entender un «vamos allá», y pienso por unos segundos antes de preguntar algo.

—¿Por qué lo dejaste con Vanessa Miller?

Se echa hacia atrás en el banco, casi como si acabara de tirarle un vaso de agua fría a la cara. Respira hondo y ya casi pienso que no va a contestar, pero se quita las gafas de sol de un tirón para mirarme a los ojos y a mí se me corta la respiración al reflejarme en esos ojitos verdes. Mierda, qué difícil es estar tan cerca de un chico guapo.

—Nadie sabe esto y quiero que siga siendo así —advierte, antes de nada.

Yo trago saliva y asiento lentamente dándole pie a continuar.

—Joder, empiezas fuerte —lo dice casi orgulloso y con una media sonrisa—. Parece que sabes a lo que estás jugando. Se ha hablado mucho de Vanessa y de mí. La gente aún sigue haciendo conjeturas sobre si fue ella o fui yo... La verdad es que me la encontré en la cama con otro —me cuenta, mirando la superficie de la mesa en la que estamos. Yo frunzo el ceño, no me esperaba eso para nada—. En una fiesta. En mi casa. En mi cama.

—Vaya. Perdona. —Me arrepiento de haber preguntado eso—. No tenía ni idea. No he elegido bien la pregunta.

—No. La has elegido de puta madre. —Sonríe de medio lado—. No te preocupes, cuando pasó aquello ella y yo tampoco estábamos ya precisamente en nuestro mejor momento.

Simplemente no estábamos hechos el uno para el otro. Podría haber habido alguna manera más bonita de acabarlo. Pero habría acabado de todas formas.

—¿Y por qué te importa tanto que se sepa o no se sepa? No fuiste tú el que hizo las cosas mal.

—Ya. Mira, la gente es muy cabrona. Iban a hablar mucha mierda de mí, pero sobre todo iban a hablar mucha mierda de ella.

—¿Por qué la defiendes? —Me sorprendo—. De verdad que no entiendo por qué los tíos siempre os colgáis de chicas como ella. Y cuanto peor os traten, mejor.

—Tú también juzgas sin saber —advierte, aunque me mira sin reproche—. Vanessa la cagó, pero no toda la culpa es suya. Y ella es una gran chica. Ya hemos hablado de todo y nos llevamos de puta madre, no le guardo rencor. Si no fuera alguien que merece la pena no me habría pasado once meses con ella. Y, además, no quiero que la gente pregunte quién era el tío que estaba con ella en la cama...

Eso despierta de nuevo mi interés. Lo miro en espera de algo más, pero él sonríe con superioridad al haber logrado dejarme intrigada y niega un poco con la cabeza. No me lo va a contar.

—¿Entonces...? —empiezo a preguntar otra vez, y él levanta la mano izquierda para frenarme.

—Me toca a mí. ¿Con cuántos chicos has estado, Ashley?

Yo me armo de valor para empezar a contarle al tío bueno del instituto cosas que, hasta el momento, solo saben mis amigas. Así, hago un repaso desde mi primer beso con Tyler hasta mi última cita con Kevin, que me invitó al cine y mi madre aún lo recuerda. Tampoco hay mucho repaso que hacer. Mi relación más larga fue de seis meses con Tom, del grupo de teatro, pero fue bastante *light*. Y luego mi rollo más intenso hasta el momento, dos meses el verano pasado con el hijo de los vecinos de mi abuela en las playas de Florida. A medida que voy hablando de ello se me va pasando la vergüenza. Al final, hasta puedo bromear sobre lo pardilla que fui al principio intentando ligarme a este último. Pero el caso es que funcionó.

En mi turno le devuelvo la pregunta a Cam, porque la lista debe de ser bastante más larga que la mía y así pasará un rato sin poder preguntar nada él. Lo cierto es que su respuesta me sorprende porque, según dice, antes de estar con Vanessa solo estuvo medio en serio con una chica de otro instituto, que fue la primera, y se lio con un par de animadoras en fiestas de esas a las que yo nunca voy. Y después de Vanessa, solo ha habido otra chica más, pero para nada en serio. Y no dice su nombre, pero yo sé perfectamente que es Jessica. Lo sé yo y lo sabe todo el instituto.

—¿Hasta dónde llegaste con el chico de la playa? —me pregunta entonces, y ya estoy roja otra vez—. ¿Alguna vez has llegado a la última base? —añade con voz pícara.

—No estamos hablando de béisbol, ¿verdad? —Me temo, y solo consigo hacerle reír.

—Claro que no. Pero, según lo que me has contado, ¿debo suponer que eres una calientabanquillos, Bennet?

Lo miro con los ojos entrecerrados y esta vez no es a causa del sol. No contesto, pero mi expresión se lo ha dejado bastante claro.

—En cambio, tú tienes pinta de ser un chico de *home runs* —señalo con evidente gesto de disgusto.

—No te creas. Solo un *home run*. Fue un día divertido. —Finge rememorarlo con una sonrisa torcida. Le pego en el brazo y vuelve a mirarme, burlón—. Me gusta la última base, pero prefiero llegar a ella paso a paso, parando antes por las anteriores. ¿Qué quieres que te diga? Soy un romántico —alardea con una sonrisa canalla.

Niego la cabeza, no podía esperar otra cosa de un capullo como él.

—Se ha pasado tu turno de pregunta —decide—. Ahora te toca hablar a ti, así que... cuéntame toda tu historia con Tyler y, por favor, no escatimes en detalles, son mi parte favorita...

Han pasado casi dos horas y yo no me puedo creer que esté hablando de amor y de sexo tan abiertamente con Cameron Parker. Dicen que muchas veces hay cosas de las que resulta más fácil hablar con desconocidos que con tus mejores amigas. Puede que sea cierto. O puede que sea que la naturalidad con la que él se enfrenta al tema se me esté contagiando un poco. Se le da muy bien conseguir meterme en esa dinámica de bromas que me hace sentir cómoda. Así que he acabado hablando probablemente más de lo que debía. Y le he contado todos los detalles acerca de mi amor/obsesión por Tyler Sparks. Y cómo lo miro por la ventana todas las mañanas al salir de casa, pero que me gustaría poder verlo entrar en su coche y nunca puedo porque él para demasiado abajo en nuestra calle y quizá desde la ventana de la esquina se les vea, pero la mía es la segunda del segundo piso y quedan fuera de mi campo de visión. Demasiada información. Pero es que estaba muy a gusto hablando con él, y parecía muy interesado en mi discurso, y yo cuando empiezo a hablar de algo que me emociona tengo que hacer demasiados esfuerzos para poder parar. Se ha burlado un poco, claro está, porque, si no, no sería él. Pero parece ser que el hecho de que yo esté tan loca le viene muy bien para su juicio de Salem, así que no se atreverá a ponerme en su contra diciendo algo inapropiado.

Yo no he sido la única que he hablado de más. Porque

gracias a nuestra larga conversación, sentados aún a la misma mesa y sin consumir nada nuevo, me he enterado de que no es tan gallito como todos piensan y que solo se ha acostado con dos chicas, aunque los rumores las cuenten por cientos. Y la primera fue Vanessa, así que eso me deja muy claro que con Jessica hizo algo más que llegar a tercera base en los baños de chicos del instituto. Y también sé que de Vanessa se enamoró y de las demás no, aunque no haya usado esas palabras exactas. Y que cuando perdieron la virginidad le llenó la habitación de pétalos de rosa, y que, una vez, condujo hasta San Francisco solo para conseguir la firma del cantante favorito de su novia en el DVD que iba a regalarle por su cumpleaños. Así que quizá Vanessa y él no estuvieran hechos el uno para el otro, y quizá ahora no le importe el hecho de que ella se acostara con otro, pero queda bastante claro que algo de lo que ha dicho en tono de broma en nuestra conversación resulta que es verdad: en el fondo Cameron Parker es un romántico. Y no quiere que nadie lo sepa.

Mi móvil nos interrumpe cuando empieza a vibrar como loco sobre la mesa con la entrada de un montón de mensajes de golpe. Son poco más de las seis y no me sorprende comprobar que es Grace quien escribe en nuestro grupo de amigas de mensajería instantánea. Y Emily le está contestando al segundo a cada mensaje. Me cuesta un poco poder encontrar el principio de la conversación para saber qué es lo que les hace tantísima ilusión. Y, cuando lo encuentro, lo entiendo todo. Grace dice que su cita de la tarde, el lanzador del equipo de béisbol, acaba de pedirle que vaya al baile con él. Y eso que solo acaban de empezar la cita. Debe de ir mejor incluso de lo que esperaba. Me apresuro a contestar con la misma ilusión que muestran las otras dos, pero enseguida me doy cuenta de que Mia no dice nada. Y ya lleva demasiado tiempo rara. Le escribo un mensaje privado rápido para preguntarle si está bien. Luego me disculpo con Cam por la interrupción y le explico lo de la cita de Grace y su invitación al baile. Pero justo cuando estamos retomando nuestra propia conversación, mi teléfono recibe un mensaje más. Y es Mia. Y dice que no está bien y que necesita hablar conmigo. Casi se me para el corazón. No me lo esperaba. Y me asusta, porque Mia es muchísimo menos dramática y quejica que cualquiera de nosotras, así que si dice que no está bien es que le pasa algo de verdad. ¿Que si puedo ir a su casa? Mierda, pues sí. Claro que sí.

—Cam. —Miro a mi acompañante con la disculpa desbordando mis ojos—. Mi amiga Mia me ha pedido que vaya a verla, dice que necesita hablar conmigo. No sé qué le pasa, y ya sé que tenemos la agenda muy apretada con la caza de brujas, pero...

—Te acerco a su casa. —Corta mis explicaciones poniéndose en pie y recuperando la llave del coche del bolsillo de sus vaqueros—. Me debes media conversación sobre bases y el misterioso chico de Florida, pero puede esperar a mañana —medio bromea.

Yo me levanto agradecida y lo sigo de vuelta al coche. Nada más montarnos intento decir algo más que me justifique, pero él se limita a pedirme la dirección de casa de Mia para conducir hasta allí.

—No hace falta que me lleves hasta su casa —lo tranquilizo. La casa de Mia queda bastante lejos de nuestro barrio y no nos pilla de camino—. Déjame donde te vaya bien y cojo el autobús.

—De eso nada —se planta Cameron, con la llave ya en el contacto—. No me cuesta nada dejarte allí y yo no tengo ninguna prisa por llegar a casa. Dime la dirección o tendré que buscarla yo mismo y tardaremos más —medio bromea—. Piensas que no tengo ni idea de quién es Mia, ¿no? —adivina al ver mi cara de incredulidad—. Ashley, me jode mucho que pienses así de mí —dice, y parece dolido—. Te crees que soy el típico chico imbécil del equipo de fútbol que no sabe ni cómo se llaman sus compañeros de clase. Pero conozco a todo el mundo, y no soy tan gilipollas. Y sé perfectamente quién eres tú y quiénes son tus amigas, así que no me juzgues como el tío que se dedica a mirar a los demás por encima del hombro y no se molesta ni en aprenderse sus apellidos, porque sé quién es Emily Davis y quién es Grace Thompson y, desde luego, sé quién es Mia Logan, aunque no sepa dónde coño vive. ¿Quieres que te lleve o no?

Me ha cerrado bien la boca en un momento, así que le doy la dirección dócilmente y me encojo un poco en el asiento abrochándome el cinturón. Toda la vida pensando que Cameron Parker era un capullo, y resulta que la capulla soy yo. Menudo giro de los acontecimientos.

Hacemos el camino sumidos en un silencio que no resulta tan cómodo como otros silencios en viajes anteriores. Y, aunque sigue sonando Taylor Swift directamente desde mi móvil y a través de su reproductor, ninguno de los dos tenemos ganas de cantar esta vez. De hecho, yo prácticamente ni lo escucho porque solo puedo pensar en que debería de alguna manera disculparme con Cam por haberme dejado guiar por mis prejuicios. Justo lo que pensaba que los demás hacían conmigo. Muy bonito eso de ver la paja en el ojo ajeno, Ashley. Casi me sorprendo cuando para el coche delante de la puerta de mi amiga. Me giro un poco hacia él y está quieto, mirando al frente, con las dos manos agarrando el volante. No ha apagado el motor y eso significa que no piensa alargar mucho la despedida.

—Lo siento —susurro por fin, cortada—. Gracias por traerme y, créeme, no pienso que seas un capullo, Cam —le dejo claro por si acaso se lleva la idea equivocada.

Gira la cabeza para clavar sus ojos en los míos, justo cuando yo me estoy soltando el cinturón. Se me hace difícil descifrar lo que piensa detrás de esas gafas de sol y casi me dan ganas de pedirle que se las quite porque echo un poco de menos el verde de esa mirada.

—Entendería que lo pensaras. Pero espero que me dejes demostrarte que esa imagen de mí no es la de verdad. Venga, vete —me mete prisa—. Espero que Mia esté bien.

Yo asiento una sola vez. Voy a salir del coche, pero entonces recuerdo las palabras que Cam me ha estado repitiendo todo el día: «Suéltalo y ya está», «sin miedo a decir lo que piensas». Sin miedo. Esa es la frase del día, sin duda. La que ha repetido sin parar mientras estábamos en el circuito de karts. Deja de tener miedo a que se rían de ti. Di lo que quieras decir. Haz lo que quieras hacer. Sin miedo. Me vuelvo de nuevo hacia él y le pongo una mano en la mejilla izquierda antes de acercarme para rozar con mis labios su mejilla derecha.

—Eres un capullo adorable, Cameron Parker —digo en voz baja.

Luego me aparto y salgo del coche. Al volverme para cerrar la puerta lo miro por el hueco. Él no se ha movido ni un milímetro y sigue con la vista puesta en mí.

—Gracias por este día —decido añadir a los cumplidos—. Nos vemos mañana, ¿no?

—Nos vemos mañana —confirma él a media voz.

Cierro la puerta del coche y corro hacia la casa de mi amiga. Llamo al timbre y cuando Mia me abre me giro por última vez hacia el lugar de donde acabo de venir. El motor sigue en marcha, pero Cameron Parker aún no se ha ido de allí.

—Es la segunda vez que te veo montada en el coche de Cameron Parker esta semana, Ash —comenta Mia distraídamente mientras llena dos vasos con limonada en la encimera de su cocina.

Esperaba encontrármela con un ataque de nervios o hecha un mar de lágrimas, o algo igual de dramático. Pero no parece que haya ninguna emergencia. Está taciturna, como siempre últimamente, y quizá ligeramente nerviosa, pero no como para asustarse. Lo primero que ha hecho ha sido darme un abrazo e invitarme a pasar y, después, me ha ofrecido una limonada. Sus padres no están en casa y por eso no hay necesidad de buscar la intimidad de su cuarto para poder hablar a solas. En cuanto tiene los dos vasos llenos me tiende uno y yo la sigo hasta el salón para sentarnos las dos, una junto a la otra, en el sofá.

—Ya habrá tiempo para hablar de eso luego. —Decido posponer el tema Cam—. Me has pedido que viniera y aquí estoy, tú dirás lo que te pasa. Ya llevas rara mucho tiempo, Mia.

Se enreda un mechón rizado en el dedo índice y le da vueltas mientras trata de decidir por dónde empezar. Hace mucho tiempo que la conozco, casi puedo ver cómo se ponen en marcha los engranajes de su cerebro buscando la mejor manera de decir lo que sea que quiere decir. Y, al final, lo acabará soltando de golpe como hace siempre. Pero por el momento respeto su silencio. Es lo que hacen las amigas.

—Yo también tengo ya pareja para el baile —suelta de pronto girándose para clavarme sus ojos azules.

Tanto drama para eso. Así que ahora soy yo la única desparejada de las cuatro. Como no consiga a Tyler Sparks para el baile de graduación seré la más pringada de nuestro grupito de pringadas. Pero no me extraña. No me extraña porque Emily, obviamente, iba a ir al baile con su novio. Y Grace habría conseguido pareja, aunque fuera lo último que hiciera en la vida. Y Mia es tan bonita que era imposible que a ningún tío se le ocurriera invitarla al baile. O sea, de verdad. Es como una muñequita. El pelo largo, rubio y rizado en unas ondas perfectas. La piel pálida y sin manchas, ni un solo grano. Y esos ojitos azules. Es preciosa, aunque muy tímida, y es por eso que ella no será reina del baile. Por eso y por nada más, porque es cien veces más guapa que Vanessa Miller y como un millón de veces más guapa que Jessica Harris.

—¡Tía! —exclamo dejando el vaso sobre la mesa de madera de centro y acomodando mi postura para quedar de medio lado y poder mirarla de frente—. Pero eso es genial, ¿qué demonios te pasa? Dime quién es. Venga, dímelo. ¿Es Gareth? —pruebo con su compañero de pupitre de la clase de tecnología con el que se lleva bastante bien.

—No —lo desmiente ella. Se retuerce las manos un momento antes de volver a mirarme a los ojos—. Ashley...

Ha pronunciado mi nombre con mucha seguridad, pero se ha desinflado en un solo segundo. Y ahora veo muchas dudas surcando sus ojos color cielo.

—Mia —la tranquilizo pronunciando su nombre—, ¿qué pasa? Suéltalo y ya está.

Según lo digo oigo la voz de Cam pronunciando esa misma frase una y otra vez para lograr sonsacarme mis fantasías más vergonzosas acerca de su mejor amigo. Pero es que tiene razón, porque yo a Mia no la voy a juzgar ni me reiré de ella y, si alguien lo hace por decir lo que piensa, simplemente se olvidará en dos días. Y a nosotras siempre nos tendrá. Y yo siempre las tendré a ellas. «Suéltalo de una vez», repito en mi mente, pero a ella se lo transmito con la mirada.

—Es que no es un chico —dice por fin, sosteniendo mi mirada por décimas de segundo y apartándola rápidamente después.

Frunzo el ceño. Y no porque me parezca mal. Simplemente porque eso no me lo esperaba. No me lo esperaba para nada. Cuatro años de instituto hablando de ese chico o del otro. Y ella nunca ha dicho otra cosa. Nunca ha dicho que no le gustaran los chicos, o que sí, pero no exclusivamente. Es que no tenía ni una pequeña pista. Y estoy confundida. Porque es una de mis mejores amigas y este es el tipo de cosas que las mejores amigas se cuentan entre ellas, ¿no? ¿Por qué nunca ha dicho nada? ¿Es culpa suya por no confiar en nosotras? ¿O nuestra por no transmitirle la idea de que la queremos tal y como es? Pero, por otro lado, ¿debería ser necesario decirlo? Tal vez la culpa es mía por dejar que la sociedad me metiera en la cabeza que la heterosexualidad es la opción que hay que suponer en los demás por defecto, a no ser que digan lo contrario. Y, mierda, ya estoy tardando en decir algo mucho más tiempo del que debería, y no quiero que mi amiga piense que tengo algún problema con su revelación.

—¿Es una chica? —Es lo único que se me ocurre. Soy medio tonta.

—No. Es un perro —ironiza ella—. Es una chica —aclara después por si soy tonta de verdad y no había terminado de pillarlo.

—Pero, Mia, ¿cómo no has dicho nada antes? —le pregunto en ese tono de regañina cariñoso que se utiliza con la gente a la que quieres—. ¿Quién es ella?

—Me lo pidió el fin de semana pasado —cuenta con una leve sonrisa, y yo sonrío también al verla—. Se llama Gina, está en mi clase de matemáticas.

—Sé quién es. Es guapa. —Sonrío pícaramente, y a mi amiga se le contagia la sonrisa también. Uy, uy, parece que esa Gina le gusta un poco bastante—. ¿Desde cuándo...? —empiezo, pero tengo que reformular las preguntas en mi mente antes de hacerlas—. ¿Desde cuándo tienes algo con Gina? ¿Y desde cuándo sabes que te gustan las chicas?

Mia toma un trago de su limonada mientras piensa cómo contestarme, y yo también recupero la mía. Y es que seguro que hay mucha historia que contar.

—Gina y yo nos encontramos en una aburrida fiesta de abogados a la que nos llevaron nuestros padres hace como un mes.

—Recuerdo la aburrida fiesta de los abogados. —Le hago saber poniendo la misma cara de fastidio que ponía ella cuando nos hablaba de aquellos eventos.

—Sí, bueno, pues estábamos allí y estábamos aburridas, así que empezamos a hablar más de lo que habíamos hablado nunca en clase. Y luego, al fin de semana siguiente, me invitó a oír tocar al grupo de su hermano en un bar, y bueno...

—Nada de «y bueno...» —regaño—. Quiero los detalles.

—Me gusta mucho —deja claro, y yo sonrío enternecida al oírla así—. Y quiero poder ir al baile con ella, y bailar lento y besarla si me da la gana sin tener que oír lo que diga la gente...

—¿Qué? A la gente que le den. Las gilipolleces del instituto se olvidan en dos días —repito las palabras de Cam una vez más. Vaya un mentor me he buscado—. Pero... sois como... ¿novias? ¿Como novias oficiales o algo así?

—De momento, novias secretas. —Sonríe mi amiga—. Pero ya no nos apetece que continúe siendo un secreto.

—¿Desde cuándo te gustan las chicas? ¿Y los chicos? —Necesito saber más para poder encajar las piezas de la historia al completo.

—Siempre he salido con chicos, ya lo sabes. Pero, justo antes de Navidad, cuando estuve en San Francisco en casa de mi tía Wendy, mi prima y yo fuimos a una fiesta a casa de una amiga suya y allí me encontré con alguien que conocía..., bueno, que conocía de vista —aclara el grado de intimidad de aquella relación—. Y resulta que me puse a hablar con ella y al final nos acostamos.

—¿Que qué? —casi grito a punto de derramar mi limonada—. ¿Perdona? ¿Tú y yo éramos las últimas vírgenes puras de nuestro grupo y tú llevas sin serlo desde Navidad y sin decirme nada? —me escandalizo.

—Lo siento, si llega a ser un tío te lo hubiera contado. Pero es que era una chica y yo estaba superconfundida y de repente ya no me gustaban los tíos. Quiero decir, que nunca me habían gustado, pero hasta entonces no me había dado cuenta porque no sabía lo que era que te gustara alguien de verdad o lo que se suponía que tenías que sentir...

—¿Quién era? —Me muero de curiosidad.

—¿Qué? —pregunta, como desorientada.

—La chica con la que te acostaste. Has dicho que la conocías, ¿no? ¿La conozco yo? ¿Quién era? —insisto.

—Blair Wells.

Joder. Esa sí que no me la esperaba.

5
Crazier

Blair Wells. Sigo en *shock*. Totalmente en *shock*. Y eso que he tenido mucho tiempo para procesarlo. Pero es ya casi la una de la madrugada y yo estoy tumbada sobre la colcha de mi cama, sin deshacerla siquiera, y con la vista clavada en el techo a la luz de mi lamparita de noche. Y es que no entiendo nada. Sobre todo, qué vio Mia en Blair Wells para irse a la cama con ella la primera noche. Un *home run* en toda regla.

Mia me ha exigido que no diga nada de nada a nadie en absoluto. Y comprendo que hay ciertas cosas íntimas, pero, la leche, es que tener esta información dentro y no poder compartirla con el mundo terminará matándome tarde o temprano. Bueno, al mundo que le den. Yo a quien querría contárselo es a Cam, claro está. Pero tendré que fastidiarme. El código de honor entre amigas es más importante que el chismorreo, así que le he prometido a Mia que su secreto estará por siempre jamás a salvo conmigo.

Ha sido un día largo. Y tengo muchas cosas en las que pensar. Será por eso que no puedo dormir. Porque pienso en Mia y en todo lo que me ha contado y, sobre todo, en por qué no había confiado antes en mí para contármelo. Y pienso en Blair y si esto significa que es bisexual, o si, simplemente, una noche le dio por acostarse con una chica a ver lo que pasaba. Desde luego, la homosexualidad no es la opción que le corresponde, porque no hay nada más que ver cómo se pega como una lapa a mi querido Tyler Sparks. ¿Lo sabrá Tyler? Lo sepa o no, a mí igual me da, porque he prometido llevarme el secreto a la tumba, así que no se lo puedo contar. Eso en caso de que él me hablara alguna vez en su vida, de todas formas. Y, por último, tengo que pensar en Cam. Sí. En Cameron Parker y la suavidad de su mejilla derecha justito debajo de mis labios y lo bien que olía su *aftershave* estando tan cerca. No me gusta Cam. Eso lo tengo muy claro. Es imposible que me guste alguien que no sea mi amor platónico de toda la vida. Pero supongo que son las cosas normales que le pasan a una chica cuando está tan cerca de un chico tan guapo, y además el chico guapo resulta ser tan absolutamente encantador con un toque irresistiblemente canalla. Y si su coche huele a eucalipto, ya apaga y vámonos.

Oigo algo chocar contra mi ventana y ha sonado ligeramente metálico y me ha dado un susto de muerte. Pero cuando se empiezan a normalizar los latidos de mi corazón y yo me aparto la mano del pecho, regañándome a mí misma por ser tan tonta, porque seguro que ha sido un insecto grandecito, vuelvo a oírlo. Mi reacción normal cuando algo me da miedo es quedarme paralizada. Pensando que ya se pasará si no hago nada. Si lo ignoras, se irá, como los monstruos que vivían debajo de mi cama cuando era pequeña. Si los ignoras, se irán, o eso decía mi padre. Unos segundos en silencio. Parece que ha funcionado. Los ladrones y los asesinos no suelen llamar a la ventana, Ash. Estará granizando o algo. Parece que ignorarlo ha servido, porque ya no se oye nada. Entonces el móvil empieza a vibrar en la mesilla y si no se me sale el corazón por la boca es única y exclusivamente porque la tengo bien cerrada. Qué susto. Tengo que esperar a asegurarme de que no estoy sufriendo un ictus por el sobresalto antes de poder estirarme para mirar quién llama a estas horas de la madrugada. Y sea quien sea es un capullo de primera.

¿Cómo no?

Cam.

—¿Qué quieres? —respondo, casi enfadada, en un susurro para que mi madre no me oiga desde la habitación de al lado.

—Buenas noches a ti también, miss simpatía —rebate mordazmente—. Soy tu entrenador personal —bromea—. Y como esta tarde nos hemos quedado a medias, se me ha ocurrido que un sábado por la noche es ideal para el siguiente punto de nuestra lista.

—¿Qué punto? —pregunto, más por curiosidad que porque esté dispuesta a seguirle la corriente.

—Sacar el lado rebelde, claro está.

—Cam, es la una de la madrugada. Estoy en la cama —protesto.

—Qué sugerente —suelta el muy imbécil—. Vístete y sal de casa a reunirte conmigo. Eh —advierte antes de que me dé tiempo a protestar—, creí entender que estabas dispuesta a hacer cualquier cosa por Tyler. Sé que no estabas durmiendo. Vamos —insiste.

Pongo los ojos en blanco, aunque no haya nadie para ver mi gesto de exasperación. Menudo entrenador personal más pesado me ha caído encima. Pero lo cierto es que, de todas formas, no podía dormir y, si sigo dándole vueltas al día de hoy, podría volverme loca. Y, siendo sincera, tengo ganas de ver a Cam, porque el último rato de mal rollo en el coche me ha dejado con un poco de malestar y un pelín de mala conciencia.

—Vale —cedo, demasiado rápido, y casi lo estoy viendo sonreír satisfecho.

—Esa es mi chica —dice en tono socarrón.

Yo suelto un bufido y él se ríe, y, en ese momento, sé que solo lo ha dicho para que yo reaccionara exactamente así. Un capullo. Adorable. Pero un capullo. Muy adorable.

—Idiota —me pronuncio, y solo consigo que ría un poquito más—. ¿Dónde nos vemos? —exijo más información.

—Te estoy esperando fuera.

—Eeeeh, vale —digo un poco insegura—. Estaré en la puerta en dos minutos —estimo, me pongo en pie y abro el armario para encontrar algo que ponerme para salir a la calle en plena noche.

—¿Puerta? —repite él, incrédulo—. Nada de puertas, Ashley Bennet. Eres una rebelde. Tienes que escaparte por la ventana.

—¿Qué? De eso nada —susurro riendo un poco—. A ti se te va la olla. No tengo necesidad de saltar desde un segundo piso. Si le dijera a mi madre que voy a salir me diría: «Ponte una chaquetita por si refresca, Ashley». —Imagino, en tono burlón.

—No hace falta que saltes, puedes bajar por la celosía de la enredadera —me tranquiliza—. Las chicas malas se escapan por la ventana de su cuarto.

—¿Cómo coño sabes...? ¿Te has colado en mi jardín? —Caigo en la cuenta, acercándome a la ventana.

Y ahí está. Vaqueros, zapatillas, jersey verde y una cazadora de cuero encima. Lleva el pelo desordenado. Está justo en el borde de mi piscina. Menudo descaro.

—Soy un chico malo, pequeña —dice intentando poner la voz más profunda de lo normal al tiempo que me lanza una sonrisa desde el jardín.

Yo suelto una carcajada de la que me arrepiento al instante. Espero que mi madre esté dormida. O que le dé por pensar que estoy viendo una serie graciosa con el portátil.

—¿No estarías lanzando piedrecitas a mi ventana hace un momento?

—Me pareció más romántico así. Pero, cuando me he dado cuenta de que eres sorda, he decidido que ahorraría tiempo usando el móvil. —Se mete conmigo—. ¿Bajas o no? —Me apremia.

—Sí, sí. Ahora voy —digo, dándome la vuelta para volver al armario y a punto de colgar.

—¡Ashley!

Oigo su voz llamarme a través del teléfono.

Me lo vuelvo a llevar a la oreja y me asomo de nuevo al cristal de la ventana para mirarlo.

—Cógete una cazadora, porque refresca —advierte, usando la famosa frase de mi madre.

Cuelgo el teléfono y me acerco al armario con una sonrisa boba en los labios. Nunca había tenido un plan mejor para el sábado por la noche. Y eso que ni siquiera sé lo que Cameron tiene planeado hacer. Cojo un jersey largo de color rojo y me lo pongo sobre la camiseta de tirantes que llevo para poder salir con los leggins grises con los que estaba. Me calzo las Converse blancas de bota que he llevado durante el día y cojo una cazadora negra calentita. Por último, meto mi cartera, el móvil y las llaves de casa en una mochilita pequeña y me la cuelgo al hombro antes de acercarme a la ventana y abrirla para salir. Las llaves son fundamentales porque a la vuelta no pienso trepar hasta la ventana.

La parte más complicada de mi huida es la primera, porque tengo que vencer la sensación de vértigo, y porque, una vez que estoy en la celosía, tengo que hacer malabares para poder dejar mi ventana de nuevo cerrada casi del todo, para que no parezca un objetivo fácil para cualquier ladronzuelo. Además, es más difícil con la luz del cuarto apagada. En cuanto lo consigo empiezo a bajar poco a poco agarrándome a la madera y a la enredadera y, cuando casi estoy llegando, me doy cuenta de que Cam está justo debajo, seguramente para amortiguar la caída si resbalo. Pero mantengo mi orgullo y mi equilibrio y, cuando estoy lo suficientemente cerca del suelo, salto para aterrizar a su lado.

—Buenas noches, chica mala —saluda con una sonrisa. De las irresistibles. De las absolutamente irresistibles.

—Buenas noches, Lucifer, maestro y mentor —me burlo devolviéndole el gesto—. ¿Cuáles son nuestros planes a estas horas de la madrugada?

Me muero por saberlo. Él se descuelga una mochila del hombro y yo me sorprendo por no haber reparado en ella antes. La abre un poco para mostrarme el interior. Un pack de seis cervezas. Ugg. Quizá debería advertirle de que nunca he bebido cerveza. De que jugueteé un poco con licor de manzana con mis amigas una vez en casa de Grace, pero que no soy una bebedora habitual. Ni ocasional. Parece que lo sabe, porque me dedica media sonrisa burlona y cierra la mochila, echa a andar después y me hace correr un poquito para seguirle el paso.

La verdad es que refresca, como él ya me había advertido, así que cierro la cremallera de la cazadora hasta arriba mientras le sigo los pasos en silencio a lo largo de toda la calle. Al llegar a la segunda esquina giramos y me lleva hasta la única tienda que está abierta por aquí las veinticuatro horas del día. La tienda de la gasolinera de la rotonda que hay llegando a la carretera principal. Me hace pararme antes de llegar a la puerta y se gira hacia mí con expresión divertida.

—No sé tú, pero yo con tres cervezas para cada uno no tengo ni para empezar —dice con toda la parsimonia del mundo, y yo puedo notar perfectamente cómo se está burlando de mí. Y se está divirtiendo. El tío sádico—. Voy a entrar a comprar algo para picar. Y quiero que tú entres y cojas una botella de alcohol. Vodka, preferiblemente —sugiere.

—Sí, ya. No me van a vender alcohol, listillo. Son más de las diez y, por si no te habías dado cuenta, soy menor —le recuerdo.

—Ya —admite él con una sonrisa divertida—. Por eso no lo vas a comprar —deja claro quedándose completamente serio.

—¿Perdona? —digo en un tono más alto de lo que pretendía—. ¿Estás insinuando lo que yo creo que estás insinuando? —Trato de asegurarme. Él no dice nada dejando que llegue yo solita a mis propias conclusiones—. ¡Estás de la olla, Cameron Parker! —exclamo, y lo único que consigo es hacerle reír—. No. No. Mira, me voy a mi casa —decido, y doy media vuelta, pero, tras dos pasos, vuelvo de nuevo a su lado—. ¿Tienes idea de lo que me estás diciendo? ¡Que cometa un delito! —me escandalizo.

—Vaya, pues no eras una chica mala después de todo —se limita a decir. Luego se encoge de hombros, como decepcionado—. Igual no eras tú la chica ideal para este puesto. Tal vez debería preguntarle a Tricia Simons si a ella le interesa ir al baile con Tyler...

—Ya me he escapado de casa. ¿Qué más quieres de mí? —dramatizo.

—Quiero una botella de alcohol. Y quiero que tengas los ovarios suficientes para entrar ahí y cogerla tú.

—Eso no requiere ovarios. Requiere ser una delincuente en potencia —gruño, y lo veo aguantarse una sonrisa.

A mí no me hace ninguna gracia porque es verdad. Una cosa es salir por la ventana y otra robar. Robar. Quiero decir, eso no le haría gracia ni a mi madre, y ya es decir mucho.

—Para esto necesitas confianza, templanza y mucha seguridad. Y mantenerte fría como un témpano de hielo —añade—. ¿Podrás ser fría como un témpano de hielo, Ashley?

—¿No ves que me van a pillar y me voy a pasar el sábado

por la noche en el calabozo? ¿Es ese tu mejor plan para un sábado por la noche?

—Si vas al calabozo, prometo asumir la culpa e ir al calabozo contigo —asegura, poniéndose la mano izquierda en el pecho—. Los calabozos son más divertidos cuando vas en compañía.

—¿Cuántas veces? —pregunto, esperando que lo desmienta.

—Eh, no te creas que soy un expresidiario —protesta—. Solo una. Y juro solemnemente que fue por completo, y sin ninguna duda, todo culpa de Tyler. O eso es lo que le dije a mi madre —añade después en tono de broma—. Vamos, Ash, no te van a pillar. Voy a estar distrayendo al dependiente todo el tiempo. Te lo juro. Solo coge una botella y disimula. Vamos.

Dicho esto, me coge de la mano y tira de mí hasta la puerta de la tiendecita y dentro de la misma, sin darme más opción a protestar. Saluda a un chico un poco mayor que nosotros que lee una revista tras el mostrador como si estuviera pasando la noche más aburrida de su vida. Y debe serlo. Seguro que somos prácticamente los primeros que aparecemos por allí. Cameron me guía hacia la zona de los aperitivos y coge un par de bolsas, una de patatas y otra de Doritos. Luego me hace un gesto con la cabeza para que avance hacia la zona de bebidas alcohólicas mientras él va al mostrador a pagar. Lo cierto es que nadie me está prestando atención y Cam le está dando conversación al tendero mientras rebusca en su cartera y el otro pasa los códigos de barras de las bolsas por el escáner. Cojo la primera botella que me parece asequible, es de las más pequeñas y finas, y lleva una etiqueta morada, así que no debe de ser muy fuerte. No vaya a ser que luego Cam me rete a bebérmela de un solo trago. Miro hacia el mostrador, pero el cuerpo de mi amigo le tapa al otro la visión de la zona donde estoy, así que me meto la botella debajo de la cazadora por la goma de la cintura y luego me dedico a disimular.

—Vamos, Ashley —me llama Cam ya caminando hacia la puerta con toda tranquilidad—. ¿Quieres algo más?

—No. No —digo acercándome a él rápidamente.

El tendero ni me mira. Pero cuando estamos a punto de salir veo los detectores a ambos lados de la puerta y freno mi paso. Mierda. Como se pongan a pitar estoy perdida. Y voy a hacer un ridículo espantoso. Y voy a acabar en el calabozo. Por una estúpida botella que no quiero ni beberme. Y si por lo menos fuera algo fuerte, eso sería un buen chisme para el instituto. Pero es que es licor de mora. Puto licor de mora. El fin de mi vida social. Por muy escasa que fuera hasta ahora.

Cameron nota mis dudas y me coge de la mano tirando de mí hacia el exterior con la seguridad en sí mismo desprendiéndose por cada poro de su piel. Y yo siento que se me revuelve el estómago un poco, pero esta vez para bien. Porque su mano está muy caliente en contraste con mis dedos helados y casi siento su tacto recorrer mis circuitos neuronales directamente desde mis terminaciones nerviosas. Y, en dos segundos, ya estamos fuera de la tienda y alejándonos paso a paso. Y no ha sonado ninguna alarma. Ni se ha acabado el mundo. Cam no me suelta la mano hasta que giramos en la siguiente esquina. Entonces se vuelve hacia mí con una sonrisita traviesa.

—¿La has cogido? —trata de asegurarse.

Yo saco la botella de debajo de mi cazadora y él suelta una carcajada antes de cogerla y leer la etiqueta.

—¿En serio? —se burla—. ¿Licor de mora? Seguro que no tiene ni alcohol... —protesta, pero lo lee bien y parece que sí que tiene, lo que no le permite burlarse mucho más.

—He hecho lo que he podido. —Me defiendo, poniéndome roja—. Pero te advierto que no me ha gustado ni un pelo —añado en tono enfadado.

—Ya. Pero ¿no notas la adrenalina?

—¿Adrenalina? —repito, incrédula—. El cortisol por las nubes es lo que noto. Y un poquito de culpabilidad, que no sé si es hormonodependiente, pero ahí está. ¿Ahora qué? —pregunto, aunque no sé si quiero saberlo.

—Ahora nos la bebemos —responde Cam, justo lo que yo estaba sospechando que diría.

—¿Aquí? —dudo, mirando a mi alrededor.

La calle está desierta, pero somos muy visibles desde cualquier ángulo, así que no me parece el lugar más adecuado del mundo, a decir verdad.

—Claro que aquí no —suspira Cam como si se acabara de dar cuenta de que está hablando con alguien sin muchas luces. Mete la botella en su mochila—. Sígueme —me pide a continuación.

Yo obedezco y no sé muy bien por qué. Supongo que es por mi inconvenientemente elevado sentido de la lealtad. Soy una mujer de palabra. Y cumplo mis promesas. Y acarreo con las consecuencias de mis actos. Y soy fiel a mis amigos. Y nunca falto a un trato. Y, para bien o para mal, hice un trato con Cam. Tenemos que conseguir quitar a la bruja de la ecuación para que él pueda recuperar a su mejor amigo. Y, al final, ha resultado que Cameron Parker es tan adorablemente capullo que realmente quiero ayudarle.

Tras unos diez minutos caminando casi en completo silencio llegamos a la verja del parque más cercano a nuestras casas. Está vallado por completo, y la puerta, que yo jamás había visto cerrada, ahora lo está. Y además con una cadena bastante gorda y tres candados. Cameron se encarama a la valla justo al lado de la puerta, donde el murete de hormigón que cubre la parte inferior es más alto, y me tiende la mano para que suba con él.

—Vamos, te ayudo a pasar —se ofrece.

Yo dudo. Un poco. Mucho. Porque con un delito por noche ya está bien, me parece a mí.

—¿Qué quieres? ¿Que nos colemos? —me escandalizo una vez más—. ¿Y si nos pillan?

Este segundo delito me crea menos aversión que el primero y no sé si es porque en este no veo el mal que podría hacerle a alguien, o porque me estoy convirtiendo en una *protodelincuente* a medida que voy acumulando actos ilegales en mi historial.

—No nos van a pillar —asegura Cam, aún con la mano tendida hacia mí y la otra agarrada a la verja—. He hecho esto muchas veces, créeme. Aquí no vigila nadie, ¿por qué iban a hacerlo? Venga, gallinita —trata de picarme.

Y lo consigue. Doy un paso hacia él y paso de su mano extendida encaramándome yo solita a lo alto del murete. Pero el final de la valla está demasiado alto para que yo lo pueda saltar sola. Eso seguro.

—Soy muy bajita para esto —protesto.

Oigo su risa queda justo al lado de mi oído derecho y me da un escalofrío. No me había dado cuenta de que estaba tan cerca.

—Yo te ayudo —dice, y coloca las dos manos a modo de escalón para que pueda impulsarme en ellas.

No quiero que me llame gallina otra vez, así que lo hago enseguida y me encaramo a la valla como puedo. Desde debajo de mi cuerpo, Cam cambia el punto de apoyo sujetándome por las piernas con un brazo y poniendo la otra mano en mi culo para empujarme hacia arriba. Quiero decir en mi culo. En pleno culo. Tocando mucho más de lo que debería.

—Creo que se está aprovechando usted un poco de la situación, señor Parker —gruño, y él suelta una risita mientras consigue pasarme por fin por encima de los hierros.

Me dejo caer al otro lado con cuidado y me poso en el suelo con bastante elegancia para ser yo. Una lástima que esté demasiado oscuro en ese punto como para que Cam vea mi aterrizaje perfecto. Él se impulsa por encima de la valla con solo sus brazos y con una agilidad pasmosa, y eso que lleva peso a la espalda. A lo mejor debería apuntarme a algún deporte en el instituto. Demasiado tarde, Ashley. Ya cambiarás tu vida en la universidad.

Una vez estamos los dos dentro, Cam me guía hacia una zona de césped que no queda lejos de una farola alta en la calle, lo que permite que esté ligeramente mejor iluminado que el resto del parque. Deja la mochila en el suelo y la abre, después busca en su interior hasta sacar una mantita cuadrada del fondo del todo. Yo ni la había visto. La extiende sobre el césped y, a continuación, saca las cervezas, el licor de mora y las bolsas que ha comprado antes y las deja en el centro. Me hace un gesto para invitarme a tomar asiento.

—Guau —digo en tono burlón, pero la verdad es que estoy bastante impresionada—. Un pícnic de alcohol.

—No me digas que no te lo avisé. Te he advertido ya de que soy un romántico —bromea también.

Los dos nos sentamos el uno junto al otro en la mantita frente a nuestro pícnic. Yo, a su derecha, me quito también mi mochilita de la espalda y la dejo a un lado, sobre la hierba. Cam coge una cerveza y la abre antes de pasármela. Luego se abre otra para él y me ofrece el cuello de la misma para hacer un brindis. Yo hago chocar los dos botellines antes de dar un sorbo. Es asquerosa. Mi acompañante se ríe al ver mi cara y pregunta en tono de afirmación si no había tomado nunca cerveza. Y es obvio que no. Y que la estoy odiando con todas mis fuerzas porque todo el mundo la bebe, pero no tengo ni idea del porqué. Realmente asquerosa. Aun así, sigo bebiendo a pequeños tragos porque el experto en cerveza me asegura que mejora con el tiempo. Aunque no sé si debo creerle o no. Pero sea como sea, y a pesar de la cerveza, esta es la situación más romántica en la que he estado en mi vida entera. Y eso que ni siquiera es una cita. No es mi novio, ni mi rollo, ni mi cita de una noche, ni siquiera es el chico que me gusta. Y no estamos aquí para eso, estamos aquí para conseguir algo parecido para mí, pero con su mejor amigo. Lo más raro que me ha pasado nunca. Pero estoy increíblemente cómoda con Cam.

Él pregunta por Mia y si estaba bien o, al menos, ya lo está. Y yo le aseguro que no le pasaba nada grave, pero me disculpo por no poder contarle más porque son cosas de chicas y secretos entre amigas que llevarse a la tumba. Él lo comprende, tampoco le queda otro remedio. Y creo que se alegra de que yo sea tan buena guardando secretos, porque esta misma tarde me ha contado muchísimas cosas que doy por sentado que no le haría ninguna gracia que salieran a la luz.

Al final, nos terminamos los primeros botellines mientras hablamos de cosas sin importancia: del instituto, lo que nos parecen las clases, las asignaturas que nos gustan y las que no, el equipo de fútbol, y criticamos a los profesores. Cam me hace reír bastante, porque siempre ha sido un graciosillo, y yo no había querido reírle las gracias, pero ahora, a solas con él, me doy cuenta de que es bastante ingenioso. Sin embargo, a pesar de las bromas, noto que él no está tan alegre como lo estaba esta mañana y, de vez en cuando, lo envuelve un halo de algo parecido a la melancolía por unos segundos. Y será porque me he bebido ya una cerveza y acabamos de dar cada uno un trago largo a la botella de licor de mora, que a mí me gusta, pero a él le horroriza, compartiendo la misma boquilla y sin preocuparme por los gérmenes. Será por eso, pero busco sus ojos y me atrevo a hacerle la pregunta.

—¿Estás bien? —Lo digo con el tono más empático del que soy capaz, aunque no estoy todo lo sobria que debería. Con solo una cerveza, Ashley, debería darte vergüenza—. ¿Por qué has venido a buscarme a la una de la madrugada?

Él aparta la mirada. Por unos segundos no dice nada y se dedica a abrir otras dos cervezas y la bolsa de Doritos que coloca entre los dos. Me pasa un botellín y él se queda otro. Esta vez no brindamos. Y estoy casi segura de que no va a contestar. Pero, como siempre, me sorprende.

—He tenido una bronca con mi madre —explica en voz baja sin entrar en más detalles—. Necesitaba despejarme y he pensado que me iría bien la compañía.

Yo no pregunto por la bronca, ni por su madre. La manera en que me ha dado esa respuesta me ha dejado bastante claro que no le apetece hablar de eso.

—¿Y por qué me has elegido a mí precisamente? —indago.

Me mira de nuevo e incluso solo con la luz de la farola puedo ver cómo brillan sus ojos verdes.

—Porque tú me haces reír, Ashley —confiesa a media voz.

Ese sonido y la manera en que ha dicho mi nombre me ponen la carne de gallina.

—Ah, así que disfrutas riéndote de mí —digo, burlona, para rebajar la tensión que estoy sintiendo.

Mierda, Ashley, relájate, que solo son unos ojos verdes.

—Me he expresado mal —corrige él entonces sonriendo de medio lado ante mi protesta—. Tú me haces sonreír —cambia la frase.

Me estoy reflejando en esos ojos increíblemente verdes e increíblemente bonitos, y la frase que me acaba de soltar, como si nada, se me acaba de clavar con una chincheta en medio del pecho. Y prefiero no quitármela. Es probablemente lo más bonito que un chico me ha dicho nunca. Y está muy cerca y huele demasiado bien. Y, por un momento, se me pasa por la mente la idea de que podría besarme. Es más, por un momento, se me pasa por la mente la idea de que me gustaría que me besara. Pero él baja la vista y da un sorbo largo a su cerveza, rompiendo la intimidad en la conexión de nuestras miradas.

—A veces se te olvida, ¿no? —Y me atrevo a meterme en su vida porque sí, porque estoy un poquito achispada y porque él me ha enseñado que tengo que decir lo que quiera decir y hacer lo que quiera hacer. Sin miedo—. Sonreír —aclaro cuando me mira de nuevo para tratar de entender lo que digo—. A veces se te olvida sonreír —digo la frase completa. Él no dice nada, así que me atrevo a seguir—. En los ratos que hemos pasado juntos sonríes y te ríes mucho, pero me he dado cuenta de que, otras veces, no tanto. Ayer al volver del centro comercial cuando hablaste con tu hermano —ejemplifico—. El jueves creo que no te vi sonreír ni una vez. Ni el viernes por la mañana en clase.

—¿Eres una espía de sonrisas? —pregunta, pero no parece molesto por mi intromisión, aunque tampoco dispuesto a darme demasiadas explicaciones—. Por eso he ido a buscarte —me recuerda—, para sonreír un poco más.

—Pues creo que te hará sonreír saber que me parece que ya estoy medio borracha —confieso, y suelta una carcajada que me hace reír a mí también.

—Entonces ha merecido la pena hacer cosas ilegales —me pica, y yo cambio el gesto rápidamente a mi más genuina expresión de culpabilidad.

—¿Cómo sabes que estaba pensando en eso?

Él vuelve a reír.

—¿Aún te sientes mal por una botella de licor de mora?

Podrías haber cogido un buen whisky para sentirte mal con razón, al menos —bromea.

—No tiene gracia.

—No te sientas mal, Ash —dice, y me coge de la barbilla con el índice y el pulgar de su mano derecha para que le mire a la cara—. El tipo es amigo de mi hermano. Ya le había dicho que íbamos a ir y le he dejado veinte pavos por la botella.

—¿Qué? —me sorprendo ante la noticia. Suspiro pesadamente, aliviada, y me cubro la cara con las manos aun sujetando el botellín en la derecha. Lo oigo reír suavemente junto a mi oído—. ¡Eres idiota! —le regaño pegándole en el brazo con el puño cerrado—. ¡Ya me veía en la cárcel! ¡Estaba pensando en ir mañana a pagarle la botella al tío!

Él se ríe mucho más al escucharme y yo me río un poco también, contagiada.

—No vas a la cárcel por una botella de licor de mora, Ashley —asegura—. A no ser que tengas antecedentes. Además, no podía permitirlo, yo soy un ciudadano ejemplar. No un ladronzuelo cualquiera como tú.

—Entonces, ¿no he cometido un delito?

—Tu ficha policial sigue intacta. Aunque en la práctica sí que has cometido un delito, solo que yo lo he arreglado para librarte de ir a prisión. Me debes tu libertad, Ashley Bennet —bromea, y yo le pego de nuevo, pero más suave esta vez.

—Me has hecho pasarlo fatal.

—Eres demasiado mona —dice, negando un poco con la cabeza al mirarme, pero con una sonrisa tierna pegada a los labios. Mierda, Cameron Parker acaba de decir que soy mona y a mí se me ha vuelto el estómago del revés—. Aun así, lo has hecho —me recuerda, y suena casi orgulloso—. Enhorabuena, chica, eres toda una rebelde.

—Y ahora estoy medio borracha y no quiero beber más —le digo cuando vuelve a brindar contra mi botellín.

—Está bien —cede demasiado rápido cogiéndome el botellín de las manos para terminárselo él—. Vamos a tener que trabajar tu tolerancia al alcohol antes de ir a una fiesta —avisa—. Y, ahora, veamos cómo te va lo de hacerte la chica guay.

Saca un paquete de tabaco de la mochila y luego rebusca en ella hasta encontrar un mechero. Protesto enérgicamente, pero él enciende un cigarrillo y me lo pasa en cuanto da una sola calada. Me convence con un «¿qué vas a decirle a Tyler cuando te ofrezca un cigarrillo?». Doy mi primera calada y eso me sitúa al borde de la muerte. Literal. Toso tanto que pienso que se me van a salir los pulmones por la boca. Y Cameron se ríe, pero ya al final parece un poco preocupado. Durante el tiempo que tardamos en consumir el cigarrillo me enseña a hacer como que fumo de verdad sin tragarme el humo y otros trucos para fumadores de pega. Por lo menos daré el pego delante de Tyler si a él lo que le va son las chicas-chimenea.

—Solo en caso de que sea estrictamente necesario, ¿eh? —advierte—. No queremos que te enganches al tabaco y te destroces los pulmones. Ni siquiera por Tyler Sparks.

—¿Tú no fumas?

A ver, lleva un paquete de tabaco en la mochila. Sospechoso cuando menos.

—Es un vicio asqueroso. —Lo niega—. Alguna vez fumo uno para hacerme el chulito delante de las chicas —medio bromea, y yo me río con ganas—. Pero no me gusta.

—Mejor, porque te estropearía los dientes, y tienes la sonrisa muy bonita —me atrevo a decir.

—Otra vez con mi sonrisa —dice como si se sintiera halagado—. Cualquiera diría que te parezco un chico mono, Ash —bromea, mirándome de reojo.

Yo bajo la vista y seguro que me pongo roja, pero con

solo la luz de la farola espero que no pueda apreciarse demasiado.

—Solo quiero que no te olvides de sonreír. Es mi nueva misión. Ayudarte con los juicios de Salem y que no te olvides de sonreír —digo en tono de guasa, y él frunce un poco el ceño.

—¿Los juicios de Salem? —repite en forma de pregunta.

—Sí, ya sabes. La quema de brujas —aclaro, y él suelta un par de carcajadas con bastantes ganas.

—Me encanta. Creo que acabas de bautizar nuestra misión. Así podremos hablar en clave.

Yo sonrío ante su entusiasmo y luego recuerdo algo y me lanzo sobre su brazo derecho para subirle la manga de la cazadora y la del jersey. Y él ni siquiera protesta y se limita a mirarme como si me hubiera vuelto loca, pero dejándome hacer. Yo observo su piel a la luz de la farola y está intacta. Nada escrito.

—¿Ya le has enviado el calendario a Ryan? —curioseo.

—Calendario enviado —confirma.

—¿Y para esta noche no tenías nada que recordar?

—Bueno, la idea era estar contigo, así que me ha parecido más adecuado improvisar.

—Siempre hay cosas que recordar, Cameron Parker.

Me giro de golpe y le doy la espalda para coger mi mochila y empezar a rebuscar en ella. Estoy segura de que tenía uno por alguna parte. Por fin, lo rozo con la punta de los dedos. Saco un boli de color azul y vuelvo a cogerle el brazo. Él me mira con expresión divertida, debe de estar pensando que debería darme alcohol más a menudo. Quiero escribirle algo en su agenda personal, pero el ángulo no es el correcto. Así que ni me lo pienso, me incorporo y paso mi culo por encima de su pierna para sentarme en el hueco que le queda entre las dos y con mis piernas estiradas sobre la suya derecha. Le cojo el brazo y empiezo a escribir marcando un uno seguido de un punto.

—Voy a anotarte las cosas realmente importantes en la vida que no deberías olvidar —anuncio.

Sigo centrada en su brazo, pero noto sus ojos fijos en mi cara. Y están muy cerca.

Respira.

Lo escribo, y puedo notar cómo sus ojos han pasado a interesarse por lo que el bolígrafo marca en su piel.

Hidrátate.

Y suelta una carcajada bajita.

Sonríe.

Vuelvo a ponerle la tapa al boli. Él se inclina un poco hacia delante, hacia mí, mientras rodea mi cuerpo con los brazos. Acerca su boca a mi oído y murmura:

—Intentaré seguir tus instrucciones al pie de la letra, Ashley Bennet.

Domingo por la tarde. Me he pasado toda la jornada intentando ponerme al día con mis deberes. Y no es que tuviera tantos, pero tengo que reconocer que he estado bastante distraída rememorando cada detalle de la pasada noche con Cam. Me lo estaba pasando tan bien con él que caminé excesivamente lento en nuestro camino de vuelta a casa, solo para poder alargar la noche unos cuantos minutos más. Él me acompañó hasta la misma puerta y, por suerte para mí, no quiso obligarme a subir por la ventana porque sabía que mi tolerancia al alcohol resulta vergonzosamente limitada, y ya se había dado cuenta al ayudarme a saltar la verja del parque para salir. Así que, teniendo las llaves en la mano, no había razón para poner en peligro mi integridad física. Me besó en la mejilla antes de irse y nos despedimos hasta el día siguiente. O sea, hasta hoy. Y yo entré en casa tratando de ser lo más silenciosa posible, pero tenía ganas de bailar por todo el salón.

Esta mañana me he despertado con un mensaje suyo en mi teléfono móvil. Decía que lo sentía pero que le había surgido algo y no íbamos a poder quedar hoy. Lo había enviado muy temprano. Así que me he pasado el día en casa y, por lo menos, he hecho los deberes de los que ya prácticamente me había olvidado por completo.

Y, ahora, ya está empezando a anochecer y no he tenido noticias de Cameron Parker en todo el día. Y lo estoy echando de menos. Mi madre me pega un grito desde la planta baja y dice que, ya que debería castigarme y no lo hace, que saque la basura y riegue las plantas de la parte de atrás de casa. Voy a hacerle caso porque, la verdad, anoche me largué de casa sin avisarla de dónde iba o con quién. Claro, eso es lo que hace una cuando es una rebelde que se escapa de casa. Pero yo no soy exactamente así. Mi madre me vio largarme con Cam desde la ventana de su cuarto. Y ni estaba preocupada, la verdad. Me ha dicho que esperaba que lo hubiera pasado muy bien, pero que ni se me ocurra volver a hacer algo así en lo que me queda de vida o me castigará para los restos. Que, si quiero salir de noche, avise. Una madre demasiado moderna la mía.

Tiro la basura en el contenedor que compartimos con los vecinos. Cuando vuelvo al jardín, lleno la regadera y cargo con ella hasta la parte trasera del edificio, pasando por delante de mi piscina. No puedo evitar lanzar una mirada de reojo hacia la casa de Tyler. La fuerza de la costumbre. Y casi se me doblan las rodillas, casi se me cae la regadera, casi me muero de puro amor allí mismo. Porque mi rubio favorito en todo el mundo entero está ahí, apoyado en la pared de su casa, con cara de mala hostia, pero mirando también hacia donde estoy yo. Cuando se encuentran nuestras miradas, me parece verlo sonreír un poco. Deben de ser visiones. Alucinaciones. Como ver un oasis en medio de un desierto. Y debo de sufrirlas en forma auditiva también porque su voz me llega más clara que nunca.

—Ey, Ash —saluda.

—Hola, Tyler —correspondo, porque es la única forma educada de proceder.

Y casi voy a seguir mi camino como si nada, que es lo normal en estos casos, pero él vuelve a hablar y la situación deja de ser normal a todas luces.

—¿Estás ocupada? —pregunta.

Vaya estupidez. Me está viendo con una regadera en la mano, ¿o no? Pero yo, por no llevarle la contraria, voy y la suelto y la dejo ahí al borde de la piscina, porque cualquier cosa que quiera Tyler va a ser sin duda muchísimo más importante que regar las malditas plantas.

—No, no demasiado. —Decido darle la oportunidad de seguir la conversación.

No llevo la ropa más adecuada para una conversación con Tyler. No nos pasamos una tarde enterita de compras para que, llegado un momento como este, yo vaya en leggins y sudadera, con las Converse más viejas de mi repertorio y con el pelo recogido en un moño mal hecho del que se me escapan más mechones a cada minuto que pasa. Pero, en fin, las cosas vienen como vienen, y no tengo el poder de congelar el tiempo y ponerme más presentable para continuar con el diálogo, así que esto es lo que hay. Lo siento, Cameron. Tanto trabajo para que luego vaya el guaperas y me pille desprevenida.

—¿Quieres dar una vuelta?

Y tan desprevenida. Desprevenida del todo. No lo habría visto venir ni aunque me lo hubieran traído a la puerta de casa en un tráiler de treinta y seis toneladas.

—Eh, sí, claro. ¿Por qué no? —me pronuncio tratando de sonar despreocupada y segura de mí misma.

Aunque no sé si lo consigo mucho.

Me señala con la cabeza las puertas de atrás de nuestros jardines y yo me dirijo allí en paralelo al camino que está siguiendo él. Nos encontramos frente a frente cuando hemos salido a la calle. Le sonrío un poco a modo de saludo, pero él no corresponde el gesto. Es obvio que sí, que está cabreado. A saber por qué. Recuerdo las palabras de Cam la primera vez que me monté en su coche. Eso de que todo el mundo sabía que estaba loca por Tyler y él también. Así que borro mi sonrisa. Para que no se crea que soy una niñita tonta que está coladita por él. Aunque en realidad sí lo sea.

—Ven. —Tyler me señala un callejón entre dos casas al otro lado de la calle.

Voy detrás de él y nos adentramos entre los edificios. Mi amor platónico se sienta en el escalón más bajo de una escalera de incendios y yo hago lo mismo a su lado, esperando que diga algo más.

—Necesitaba salir de casa —habla por fin—. Tengo los padres más jodidamente pesados del mundo —se queja.

—Seguro que mucha gente estará dispuesta a poner eso en duda —rebato con una media sonrisa.

Él me mira contrariado, pero enseguida sonríe un poco también. Saca un paquete de tabaco del bolsillo trasero de sus pantalones y luego rebusca en los delanteros hasta encontrar un mechero.

—¿Te importa que fume? —pide permiso.

Yo le digo que por supuesto que no y, por unos segundos muy largos, nos quedamos en silencio mientras él enciende el cigarrillo y le da un par de caladas.

—Hacía mucho que no hablábamos, ¿no? —comenta sin ni siquiera mirarme.

Como quien lo dice porque el día anterior no charlasteis en la frutería. Mierda, Tyler, tío, que hace casi cuatro años ya.

—Hacía bastante, sí —admito en el mismo tono indiferente que ha usado él. Noto que entonces sí me mira de reojo por unos segundos—. ¿Cómo te va? —pregunto de manera casual.

—Sigo teniendo los padres más pesados del mundo, pero ahora fumo cuando me sacan de mis casillas —medio bromea—. ¿Y cómo te va a ti?

—Bastante bien, los padres más pesados del mundo te tocaron a ti, así que gracias por cargar con ellos para que el resto podamos vivir un poquito más tranquilos —bromeo, y lo veo sonreír de medio lado, pero no quiero mirarlo demasiado porque corro el riesgo de quedarme atrapada en esa sonrisa y mirarlo con cara de boba el resto de la tarde.

—Perdona —cae en la cuenta de repente y me tiende el cigarro—, ¿quieres una calada?

Vaya, vaya. Cameron no podía haber sido más oportuno con sus lecciones de ayer por la noche. Es que no podía haber sido más oportuno, aunque lo planeara. Así que, sabiendo que este es mi momento de gloria, digo que sí y le quito el cigarrillo de entre los dedos, con toda la seguridad que me permite mostrar el hecho de tener a Tyler tan cerca. Es que hasta huelo el gel que ha usado para ducharse. Estoy medio mareada. Más que con la cerveza y media de anoche y el licor de moras. Doy una calada con toda mi concentración puesta en no toser y creo que me sale bastante bien.

Lo miro cuando le tiendo el cigarro de nuevo y Tyler me está mirando muy serio. Y, aparentemente, muy sorprendido. Perfecto. Le sonrío, con superioridad, cuando él alza una sola ceja.

—Vaya —dice por fin cogiendo la colilla de entre mis dedos y rozándomelos un poco demasiado como para que haya sido casualidad—. No me esperaba eso para nada. No sabía que fumaras.

—Hacía mucho tiempo, Tyler —le recuerdo lo que él mismo acaba de decir—. Creo que ya no me conoces como antes. —Doy mi opinión bajando el tono de voz.

Joder, estoy a tope. Misteriosa. Eso es lo que dijo Cam. Así que estoy tratando de seguir sus instrucciones al pie de la letra, como él dijo ayer que seguiría las mías. Y aunque, estando tan cerca de Tyler que podría tocarle con solo respirar un poco más fuerte, mi nivel de autocontrol no es el óptimo, debo esforzarme al máximo para que esto salga bien. Y solo saldrá bien si sigo las enseñanzas de mi mentor.

—Eso parece. —Sonríe un poco mirándome bien antes de llevarse el cigarrillo de nuevo a los labios.

El móvil se pone a vibrar en el bolsillo de mi sudadera y veo que Tyler mira hacia la fuente del sonido, así que no puedo ignorar la llamada como si no se estuviera produciendo. Qué oportuno sea quien sea. Oportunísimo, sí. Lo que yo decía.

Llamada entrante: Cameron Parker.

No sé si Tyler ha llegado a leer o no el nombre de su amigo en la pantalla, pero es bastante probable que lo haya hecho antes de que me haya dado tiempo a pulsar la tecla de «rechazar».

—Perdona —le digo, girándome un poco para escribir un mensaje con disimulo.

Estoy con Tyler fumando un cigarro.

Su respuesta no tarda literalmente nada de nada en llegar.

¿En serio? No jodas. Recuerda no tragarte el humo, todos te preferimos viva.

Sonrío ante esa respuesta. Luego me vuelvo hacia Tyler, que me está mirando y parece bastante interesado.

—¿Algo importante?

—No. No. Un amigo —dejo caer para darle algo más en lo que pensar. Hay que crear un halo de misterio a tu alrededor. Todo se basa en el postureo.

El móvil me vibra en la mano con un nuevo mensaje y lo abro asegurándome de que Tyler no pueda ver ni un solo milímetro de mi pantalla.

No le des la oportunidad de terminar él la conversación. Dile que tienes algo que hacer y lárgate de ahí.

Contesto con un mensaje cargado de interrogaciones. Él vuelve a responder enseguida.

Déjalo con ganas de más.

Parece un buen consejo. Sonrío a la pantalla, solo para que Tyler me vea, y luego la apago y me guardo el teléfono de nuevo. Le quito el cigarrillo casi acabado de la mano, como si tuviera derecho a hacerlo, y le doy otra calada, reteniendo el humo un momento y luego soltándolo muy poco a poco, como me enseñó Cam, mientras sostengo la mirada de Tyler. Casi me quemo los dedos y los labios. Y, coño, vaya ojazos color avellana. Madre mía. Madre mía. Tengo que mantener el tipo. Venga, Ash, céntrate, que tú puedes. Le devuelvo la pequeña colilla y sonrío un poco de medio lado.

—Tengo que irme, Tyler —digo, levantándome de su lado. Noto cómo me sigue con la mirada—. Gracias por la nicotina —añado de espaldas a él y ya alejándome.

—¡Ashley! —me llama el amor de mi vida.

Giro la cara solo hasta que me pueda ver el perfil.

—Tenías razón con lo que has dicho —dice, al ver que yo no pienso hablar de nuevo—. Y creo que deberíamos volver a hacerlo.

Me giro un poco más e intento alzar una sola ceja como ha hecho él antes.

—Conocernos, digo.

Le lanzo una sonrisa canalla, robándola del repertorio de Cam. Y espero que me haya quedado igual de irresistible que a él. Me doy la vuelta y camino de vuelta a casa. Me tiemblan las piernas como si no fueran a ser capaces de sostenerme.

Solo espero que mirándome por la espalda no se note.

6
We are never ever getting back together

Me estiro las mangas del jersey porque empieza a hacer un poco de frío, aquí sentados sobre la piedra húmeda de la puerta trasera de la iglesia. Todavía no es de noche, pero el sol hace ya rato que no calienta. Y estoy intentando por todos los medios que no se me note que las condiciones ambientales no me son del todo favorables, porque la compañía es, sin ninguna duda, inmejorable. Aunque no hable. Aunque esté tan enfadado que podría romper algo... que ya ha roto algo. Me gustaría poder sentarme un poquito más cerca y compartir así el calor que noto emanar desde su cuerpo. Pero no me atrevo. No porque me asuste él. No porque me asusten sus prontos y sus ataques de mala leche. Sé lo que hay detrás de todo eso. No es más que una fachada. Simplemente, porque me da miedo estropearlo. No quiero perder este momento. Aunque tenga que congelarme para, solamente, poder sentirlo respirar cerca de mí.

Ya son muchos los ratos que hemos pasado aquí, los dos. Cuando él necesita alejarse sabe que nunca tiene por qué hacerlo solo. A veces quiere irse solo. Pero muchas veces no. Y, esas veces, siempre recurre a mí. Me dan ganas de decirle que no está solo, que yo siempre estoy, que yo lo que quiero es estar siempre. Pero tampoco me atrevo. Y hay cosas que solo sabe mi diario. Como que lo mejor de mi día es ver su sonrisa. Como que me rompe el corazón cuando llora. Como que me muero por acurrucarme a su lado, aunque solo sea por una vez, y saber lo que se siente al estar entre sus brazos. Como que me muero por besarlo.

Lanza un suspiro largo. Yo continúo en silencio. Pero solo escuchar su respiración ya me acelera las pulsaciones como si acabara de salir de la clase de gimnasia. Me gustaría poder contarle los latidos, a ver si se aceleran tanto como los míos cuando la que suspira soy yo. Aunque ya sé que no.

Se gira hacia mí y alzo la mirada para encontrarme con mis ojos favoritos en todo el mundo entero. Están tristes.

—Vete a casa, Ash —aconseja—. No hace falta que te quedes aquí conmigo, seguro que tienes algo mejor que hacer. Yo volveré en un rato —asegura—. Sé que ahora mismo soy un coñazo...

Niego con la cabeza, lentamente, una sola vez.

—Me gusta mucho estar contigo, Tyler.

Entre los dos se instala el silencio más hermoso que haya podido escuchar en toda mi vida. Un silencio de palabras, pero una cacofonía de latidos y respiraciones que en este preciso momento sé que recordaré con todo lujo de detalles hasta el día que me muera. Recordaré el olor de su camiseta, el mechón rebelde de su pelo que le cruza la frente, el tacto de la suave brisa del sur poniéndome la piel de gallina.

Nos miramos a los ojos y no recuerdo haber visto nunca el brillo que ahora reflejan los suyos. Lo siento cada vez más cerca, viniendo imparable hacia mí. Buscándome. Necesitándome. Cierro los ojos cuando su aliento cálido se posa sobre mis labios. Justo antes de que lo hagan los suyos.

Y sé que recordaré el sonido de este beso hasta el día en que me muera.

—Buenos días.

La voz de Mia, mientras se deja caer a mi lado en los

asientos centrales del autobús escolar, me saca de mis ensoñaciones. Le sonrío levemente devolviéndole el saludo, mientras enrollo mis auriculares alrededor del teléfono móvil y lo guardo todo en el bolsillo pequeño de mi mochila.

—¿Qué tal fue tu domingo de amor? —me burlo, bajando la voz, para que nadie nos oiga.

Ayer Mia pasó todo el día con Gina, por lo que me dijo. La veo poner una sonrisita tonta y yo también sonrío. El amor es maravilloso. Y yo ayer fumé un cigarrillo con Tyler Sparks, así que hoy nadie en el mundo puede darme envidia.

—Muy bien —se limita a responder, sin entrar en detalles—. Quiero que la conozcáis, Ash —confiesa, y yo alzo las cejas antes de guiñarle un ojo. Baja la mirada, pero enseguida vuelve a buscar mi cara—. Pero antes tengo que decírselo a Em y a Grace.

—No seas tonta. Sabes que les va a parecer igual de bien que si les dijeras que vas al baile con el tío más bueno del instituto, la tranquilizo, y, al pronunciar esas palabras, se me viene a la mente la imagen de Cam sacudiendo la cabeza para apartarse un mechón rebelde de los ojos.

—Supongo que sí. Pero es que, aun así, da miedo —confiesa, y noto que se muerde la parte interna de la mejilla—. ¿Estarás conmigo cuando se lo diga?

—Claro que sí.

Le sonrío y le cojo la mano apretándola con la mía. Viajamos un rato en silencio, mientras yo pierdo mi vista por la ventanilla. Veo el instituto al girar la última esquina. Ya estamos aquí.

—Ah —añade mi amiga para llamar mi atención—. Y me parece que la que ahora mismo tiene más papeletas para ir al baile con el tío más bueno del instituto eres tú —asegura con una sonrisa traviesa—. Y no me refiero a Tyler Sparks —susurra antes de levantarse para bajar del autobús.

Frunzo el ceño y la sigo rápido para alcanzarla antes de que entre por las puertas del edificio sin mí.

No podemos seguir hablando del tema, y no me da tiempo a asegurarle que no va a pasar nada entre Cameron Parker y yo, y que no va de eso precisamente nuestro acercamiento de la última semana, porque Grace se nos une corriendo hacia nosotras desde el aparcamiento. Y Grace sigue sin saber que Cameron me ha dirigido alguna vez la palabra, claro.

Las tres estamos ya en nuestras taquillas cuando Emily se nos acerca, dando saltitos alegres, y con Scott pegado a los talones.

—¿Alguien por aquí va a ir al baile de graduación con Joe Richardson? —pregunta con una amplia sonrisa.

Grace levanta la mano derecha siguiéndole el juego y luego las dos se ponen a saltar cogidas de los brazos y soltando grititos ilusionados.

—Tranquilas, chicas, no estáis llamando para nada la atención —ironiza Mia.

Nos sonreímos entre nosotras, porque esas dos siempre están igual. Cruzo una mirada con Scott y ponemos los ojos en blanco a la vez, lo que me hace reír. Los tres nos ponemos a charlar sobre el fin de semana y cómo se presenta el inicio de la semana, mientras ellas siguen cotorreando sobre citas y vestidos para el baile en un tono demasiado elevado como para que la gente no se dé cuenta de que somos una panda de pringadas que se emocionan en exceso por tener pareja para el baile. Al menos, ellas lo son. Yo ni siquiera tengo pareja para el baile.

—Shhhhh, vamos a comportarnos que por ahí viene el hombre de la vida de Ash y no queremos dejarla en ridículo. —Oigo decir a Grace, y luego las dos bobas se ponen a disimular como si no llevaran tres minutos sin parar de soltar grititos.

Miro por encima del hombro de Scott y sí. Ahí está. Tyler Sparks pasándose la mano por el pelo para ordenar los mechones rubios, más largos por la parte central que a los lados de su cabeza. Menudo bombón. No soy la única que lo piensa, porque, a medida que avanza por el pasillo, veo volverse muchas miradas para seguir su estela. Podría ser por él o por su acompañante, claro. Porque justo a su lado camina otro tío que también está bastante bueno. Cameron.

—Buenos días —saluda este último a nuestro grupo en general cuando pasan por nuestro lado.

Contestamos casi al unísono, pero cuando nuestras miradas se cruzan sé que él hubiera preferido dirigirse solo a mí. Le sonrío levemente y él me guiña un ojo con disimulo mientras continúa su camino con el chico de mis sueños. Tyler ni siquiera ha saludado. Ni un «¿qué tal, Ash?», aunque no quisiera saberlo en realidad. Y yo que estaba tan contenta por haberle dado dos caladas a su cigarrillo anoche. Madre mía, Ash, con qué poquito te conformas. Los sigo con la mirada y sé que hasta ahí ha llegado su camino juntos, porque Blair Wells se acerca desde el otro lado y no dice ni una palabra antes de plantarle un beso de película al chico que debería ser mío. Vaya loba. Desde luego que la tía está segura de sí misma. Y Cam se limita a apartarse de ellos y acercarse a Vanessa y a Troy, que están junto a la taquilla de ella y no se besuquean tanto. Y ya perdió a Tyler para el resto del día. Entiendo que quiera recuperar a su amigo. Si Emily fuera así con Scott, yo también habría intentado quitarlo de en medio hace tiempo. Blair aún no se separa de los labios de mi rubio y parece que no le importa que puedan llegar a quedarse sin aire. No me extraña. A mí tampoco me importaría. Pero ¿qué demonios es lo que ve él en ella? Me giro para mirar a Mia, aún haciéndome la misma pregunta. Ella entiende mi gesto sin necesidad de palabras y se encoge de hombros con expresión ligeramente divertida antes de cogerme del brazo y empujarme camino de nuestra primera clase.

No sé nada más de ninguno de mis dos chicos populares hasta la clase anterior a la hora del almuerzo. Ahí estamos, de nuevo en biología. Así que tengo una estupenda vista de la nuca de Tyler y a un capullo graciosillo en el asiento de al lado. Cam apenas dice nada cuando se deja caer en la silla a mi lado, y la clase comienza antes de que yo pueda intentar establecer una conversación con él. No parece muy contento. Tampoco lo estaba el sábado, aunque eso creo que conseguimos mejorarlo con nuestra escapada nocturna. Y tampoco ayer cuando hablamos por teléfono tras mi cigarrillo con Tyler. Parecía satisfecho con lo que le conté acerca del encuentro, pero para nada contento, y esa melancolía ya la arrastraba desde antes de descolgar mi llamada. Dijo que había pasado el día con su padre y por eso habíamos tenido que cancelar nuestros planes. No sé muy bien lo que pasa en su familia, pero desde luego que no parecen estar en su mejor momento. Me paso la mitad de la clase sin enterarme de nada de lo que cuenta el señor Woodward y, por primera vez en todo el curso, ahora no es culpa de la espalda de Tyler Sparks. Casi ni me he fijado. Si me preguntaran ahora mismo qué lleva escrito su camiseta por detrás no acertaría a decirlo, y eso es algo que no me pasa jamás, ni un solo día desde hace cuatro años. Pero hoy, por primera vez en cuatro años, me preocupa más otra cosa. Y es qué demonios le pasa a Cameron Parker. No me ha pasado ni una notita, aunque tampoco creo que esté atendiendo mucho a la explicación del profesor. Una clase de biología sin notitas ya no es lo mismo desde el martes pasado. No para de garabatear algo en la parte de atrás de su cuaderno, pero, como tiene un par de páginas sujetas con la mano derecha, no hay manera de que yo vea lo que es. Hora de asumir el mando, Ashley. Recorto un cuadradito de papel de la parte trasera de mi propio cuaderno y escribo una sola palabra.

Sonríe. —A.

Hasta hago un corazoncito pequeño en vez del punto de la letra «i» porque el muy tonto me dijo que le sorprendía que no lo hiciera cuando le escribí en el brazo el sábado en el parque. Que tenía pinta de ser una ñoña que ponía corazones en vez de puntos. Pues ahí tienes, listillo.

La pongo en el borde de su mesa cuando el señor Woodward me da la espalda. Cam mira el papel y lo tapa con la mano derecha antes de mirarme a mí por entre los mechones oscuros que le cubren la mirada. Le hago un gesto con la cabeza para que lo lea. Hace una mueca de exasperación, imitando mi reacción a sus notitas la semana pasada, y a mí se me escapa una sonrisa. Luego, me quedo seria inmediatamente al ver que el profesor se gira hacia nosotros de nuevo. A pesar de que no quiero que el señor Woodward tenga que llamarme la atención, necesito ver la reacción de Cam, así que le dirijo constantes miradas de reojo hasta verlo desdoblar mi nota para leerla. Cuando vuelve a mirarme la sonrisa le brilla más en los ojos que en los labios. Y menuda sonrisa. Genuina.

No me manda ninguna notita de vuelta, pero cuando suena el timbre que anuncia el final de la clase, se inclina hacia mi mesa antes de que yo haya terminado de recoger mis cosas.

—Un cigarrillo no es el puñetero baile de fin de curso, aún nos queda trabajo que hacer —susurra, y yo asiento. Tiene razón—. ¿Mañana por la tarde? Hoy, el miércoles y el jueves tengo entrenamiento, ya sabes —explica como si yo tuviera que saber qué días entrena el equipo de fútbol. Quizá debería. Al fin y al cabo, seguro que la mayoría de las chicas del instituto lo saben.

—¿Qué dice tu agenda que toca ahora? —me intereso poniéndome en pie justo a la vez que él.

Estamos a pocos centímetros y puedo oler el aroma de su colonia mezclado con el *aftershave* del que conservo el recuerdo intacto desde que le besé la mejilla en el coche. Huele escandalosamente bien, y debería estar prohibido ir oliendo así por la vida cuando no vas a respetar el espacio personal de una chica como yo. Pero, en fin. Casi tengo ganas de que se tome algo más de confianza y me toque, aunque solo sea un roce.

Él se levanta la manga de la sudadera para consultar su brazo. Lo que yo le escribí en el parque ya no está. Ni rastro. Claro, Ashley. ¿Qué te creías? ¿Que iba a dejar de ducharse solo para conservar tus tres tonterías? Lleva algo escrito, pero no me da tiempo a leerlo antes de que vuelva a taparlo.

—Tienes que aprender a ser una chica sexy —dice, buscando mis ojos.

Yo aparto la mirada. ¿Me va a enseñar él? Me muero de vergüenza. Está claro que esta parte de mi preparación no es la que más me apetece. Y Cameron lo sabe perfectamente porque ha usado el tono más burlón de su repertorio.

—¿Qué pasa con tu confianza? —me regaña al verme esconder la mirada y seguramente ponerme un poquito roja también.

Trato de pensar en qué debería responder para convencerlo de que el fin de semana de trabajo intenso que hemos pasado ha servido para algo. Pero no sé muy bien cómo hacerlo. Ayer con Tyler ya quemé todos mis cartuchos de misterio. Y, de todas formas, Cam ya sabe perfectamente lo que hay. En una semana ya ha podido darse cuenta de lo que soy y no soy de verdad. Pero entonces recuerdo que estoy hablando con él, y que es solo Cam y que, si digo una imbecilidad o la cosa más ridícula del mundo, él simplemente soltará una carcajada y después podremos reírnos los dos. Levanto la mirada para clavar mis ojos en los suyos y me humedezco los labios con la lengua antes de hablar, con una media sonrisa.

—¿Es que le parece que no soy ya lo suficientemente sexy, señor Parker? —me atrevo a decir a media voz.

A él se le dibuja la sonrisa al instante.

—Usted puede ser todo lo que se proponga ser, señorita Bennet —responde en el mismo tono y acercándose un poco más a mi oído.

A mí me da un escalofrío cuando su aliento cálido roza el lóbulo de mi oreja. Mierda. Menos mal que la clase ya está casi despejada por completo. Y no sé ni quién hay a nuestro alrededor en realidad, pero imagino que habrá más de un par de ojos fijos en nosotros. Cameron Parker y una don nadie charlando después de clase es un hecho que podría llamar la atención de cualquiera.

—Aunque ayudaría bastante que empezaras a usar tu nuevo vestuario. —Señala mi ropa en tono de reproche.

—¡Vaya! —finjo estar muy decepcionada—. Y yo que pensaba que te tenía en el bote... —bromeo haciendo un mohín con los labios.

—A mí me encanta lo que llevas puesto —aclara, pero su tono no me deja discernir si habla en serio o en broma—.

Pero, por desgracia, no es mi opinión la que cuenta... —sigue, con una media sonrisa burlona, mientras se aleja un par de pasos—. Mañana por la tarde, ¿vale, princesa? —repite, y me señala con un dedo a medida que retrocede un poco más.

Alzo las cejas en gesto de incredulidad, intentando imprimir a mi expresión unas gotitas de desprecio.

—¿Princesa? —imito, indignada.

—Eh, aún no eres reina... pero estás cerca —bromea.

Y me guiña un ojo otra vez antes de dar la vuelta para caminar hacia la puerta de clase. Y entonces yo también miro hacia allí. Y no me equivocaba. Hay más de un par de ojos observando nuestra escenita. Y un par en concreto son de precioso color avellana.

—¿Perdona? ¿Qué era eso que acabo de ver? ¿Estabas tonteando con Cameron Parker? —empieza a preguntar Emily, sin respirar, en voz muy baja, cuando me reúno con ella en la puerta de clase.

—No seas idiota —respondo intentando apartarme un poco cuando se me agarra al brazo para que no pueda escapar de su interrogatorio—. Claro que no. ¿Tengo cara de saber tontear? —añado en tono lastimero.

—A mí me parece que sí. —Sonríe de medio lado—. No sé si eras tú, o él, o los dos, pero que se sentía el tonteo desde el pasillo, te lo digo yo. Y Tyler estaba ahí plantado sin quitaros los ojos de encima...

—Mejor. —La sorprendo con mi seguridad tras escuchar el nombre de Tyler—. Esa es la idea. No sé si te acuerdas de que mi relación con Cameron Parker es meramente profesional. Tenemos un trato, y eso es todo.

—Uff, chica, mucha sangre fría tienes tú —alaba ella—. A mí me ponen a ese tío tan cerquita y ya te digo yo que Scott iba a llorar...

—Sí, seguro —lo pongo en duda—. No cambiarías a Scott ni por tres Camerons.

—Probablemente, no —concede mientras marca la combinación de su taquilla. Su fecha de aniversario con Scott, por cierto—. ¿Y qué hablabas con el señor ojitos bonitos? —cotillea—. ¿Cuál es el siguiente paso de vuestro maquiavélico plan?

Cierro el libro de historia con un golpe seco cuando pierdo la paciencia. Es inútil que siga intentando estudiar algo cuando queda menos de una hora para que Cam pase a buscarme para enseñarme a ser una chica sexy. Requeriría de muchísima concentración y, la verdad, últimamente de eso no voy muy sobrada. Por culpa de Cameron Parker y su sonrisa canalla y su tonito burlón. Y también por culpa de ese Tyler y su «conocernos, digo» y que después de eso lleve dos días ignorándome como resulta habitual en él. Ignorarme quizá no es exactamente lo que hace. No me habla ni me saluda, pero parece bastante pendiente de lo que hago o dejo de hacer cada vez que Cameron está alrededor. Así que no sé muy bien qué pensar. Y, por si fuera poco, hace unos diez minutos que he escuchado cómo él y su madre gritaban bastante. Y no he llegado a entender de qué iba la bronca, pero, vaya, seguro que no ha sido bonito.

Decido empezar a prepararme para cuando mi instructor de seducción haga sonar su claxon para que me dé prisa en salir de casa. Mi madre se ha ido a recoger a mi hermano de su clase de kárate, y así al menos no estará revoloteando y opinando sobre el aspecto adecuado para irme «otra vez» con el chico de los pelos locos. Abro el armario y rebusco entre mis últimas adquisiciones, esas que aún llevan colgando la etiqueta. Es una clase magistral sobre cómo ser una chica sexy, así que me decido por la minifalda plisada que mi estilista insistió en que tan bien me quedaba. Eso sí, con medias calentitas, que aún no estamos como para ir con las piernas al aire. Y voy a estrenar mis botas nuevas. Esas que costaban más de lo que nunca me había gastado en calzado. Y un jersey que combine. Perfecto.

Oigo sonar el timbre y miro la hora en el móvil con el ceño fruncido. Aún queda media hora larga hasta la hora en la que he quedado con Cam. Y no espero a nadie. Y no tengo ninguna notificación que indique que ha decidido venir antes. Salgo de mi cuarto y, mientras bajo las escaleras a saltitos, el timbre suena una vez más. Qué impaciente sea quien sea. Pues sí. Debe de ser Cam. No me imagino otra persona más pesada que pudiera estar llamando a mi timbre en una tarde de martes. Cuando abro con la media sonrisa ya puesta en la cara, esta se me congela al encontrarme con quien yo menos podía esperar.

Es Tyler Sparks. Llamando a mi timbre. Insistentemente. No tiene cara de estar muy feliz. Y me está buscando a mí.

Me quedo callada, y debe de haberse dado cuenta de que la sonrisa que venía preparando no era para él, porque sonríe un poco, burlón, antes de hablar.

—¿Estabas esperando a otra persona? —pregunta a modo de saludo.

—Eh... no —desmiento cruzándome de brazos—. ¿Tú qué haces aquí?

—Parece que te alegras de verme —ironiza.

—Llamémoslo sorpresa —decido, sin desviar la mirada de sus increíbles ojos—. ¿Necesitas algo? —meto un poco de presión al ver que no tiene intención de decir nada.

Tyler baja la mirada entonces. Y deja caer un poco los hombros. No parece estar muy bien. Me recuerda a hace años cuando necesitaba alejarse un poco de su casa y no quería estar solo. Entonces recurría a mi compañía. Pero ahora ya esas cosas no pasan. Hace mucho que ya no.

—Necesito alejarme de casa antes de reventar la puerta a patadas —confiesa, y me muerde un poco el corazón el tono frustrado y triste de su voz—. Pero si me voy a dar vueltas solo por ahí, me volveré loco. He pensado que a lo mejor no tenías nada que hacer...

Parece no estar muy seguro de su petición. Como si le diera vergüenza. O como si pensara que a mí va a parecerme mal la propuesta. Obvio que me parece bien. Obvio que es como si mis sueños se estuvieran haciendo realidad poco a poco.

—Te acompaño —concedo, y, al volver a mirarme a los ojos, parece realmente sorprendido de que haya accedido—. Espérame, voy a por mi bolso.

Me doy la vuelta y subo corriendo hasta mi cuarto para coger mi mochilita donde están todas las cosas que pueda necesitar. Le envío un mensaje rápido a Cam para explicarle la situación y disculparme por el plantón. Pero tiene que entenderlo, ¿no? Al fin y al cabo, este es el propósito de todo su descabellado plan.

Cuando ya camino por la calle al lado de Tyler, los dos en silencio, suena el bip que indica un mensaje entrante en mi teléfono móvil.

¿Debería estar celoso? Pásalo bien,
pero recuerda que eres una chica mala.
Y que él es un capullo. Llámame luego.

Lo leo por encima sin prestarle demasiada atención. Listo. Plantón justificado y ya solo queda no portarme como una niña tonta con mi amor platónico. Concéntrate, Ashley, y vamos allá. Miro de reojo a mi acompañante. Solo con verlo ya tengo todo mi mundo patas arriba. Mi organismo se vuelve loco del todo con la mera mención de su nombre. Así que, teniéndolo tan cerca, hasta me sorprendo de que mis órganos vitales sigan funcionando. Mejor. Sería el peor momento de mi vida para morir. Yo lo que quiero ahora es estar muy viva y muy muy consciente.

Tyler camina cabizbajo y con las manos en los bolsillos de los vaqueros. Nunca he visto a nadie a quien le siente tan bien un gorro. Le da más aspecto de chico malo si cabe. Lleva sus botas negras estilo militar y lo único que no me gusta de todo su *look* es que la cazadora negra que lleva me impide echarle un buen vistazo de cerca a su tatuaje. Respeto su silencio, porque parece necesitarlo y porque no sé qué demonios se supone que debería decirle. Y no sé si tiene muy claro adónde vamos exactamente. Pero, llegados a este punto, lo seguiría hasta el fin del mundo, así que tampoco es que el destino que tenga en mente me preocupe en exceso. Pero, tras un rato, empiezo a intuir adónde nos conduce el camino que seguimos, y se me encoge el corazón en el pecho. Imposible. Él no me haría esto, ¿no? No me ignoraría durante cuatro años para luego aparecer un día en mi puerta y llevarme de nuevo al lugar donde nos dimos aquel primer y único beso. Eso no se le hace a alguien a quien has besado para, al día siguiente, empezar a actuar como si ya no existiera. Durante casi cuatro años. Empieza a darme un poco la impresión de que Tyler Sparks se está riendo de mí. «Si se ríe, se olvidará en dos días», me dice la vocecita de Cam en la cabeza. Y solo se reirá si yo dejo que lo haga. Así que, si acabamos en la puerta trasera de la iglesia, al refugio de los árboles, protegidos de miradas curiosas, solo tengo que demostrarle que aquello no significó nada para mí. Como si no lo recordara. Fácil de decir. Pero es que llevo rememorando ese momento demasiado tiempo y demasiadas veces como para poder fingir algo así. Si tan solo fuera una chica mala de verdad...

Mis peores previsiones se cumplen cuando Tyler abre la puertecita del jardín de la iglesia y pasa, manteniéndola luego abierta para que pase yo también. Lo hago con toda la seguridad de la que dispongo y miro a mi alrededor como si el lugar fuera enteramente nuevo para mí.

—Ahora va a resultar que eres devoto —murmuro con indiferencia.

Noto que me clava los ojos y yo también vuelvo la vista hacia él. Tiene el ceño ligeramente fruncido. Pero no parece sorprendido o confundido, sino más bien decepcionado. ¿Qué esperaba? ¿Que yo dijera «oh, Tyler, el lugar de nuestro beso» y me lanzara a sus brazos para poder reírse luego en mi cara? Eso no va a pasar. Hoy no. Eso seguro. Debo agradecérselo a Cam, que me ha advertido sobre cómo no actuar si lo que quiero es atraer al chico de mis sueños. Y, en realidad, debo agradecérselo a Cam igualmente, porque si no fuera por nuestro acercamiento en la última semana, Tyler Sparks jamás se hubiera vuelto a fijar en mí.

—No. Para nada —responde mi acompañante a mi comentario tras unos segundos de silencio—. Pero es el sitio más tranquilo de los alrededores. Y a veces lo necesito.

Avanza hacia el banco de piedra que rodea la parte trasera de la iglesia y se sienta muy cerca de la pequeña puerta. Yo diría que casi casi en el punto exacto en el que nos besamos aquella tarde de enero. Me acerco y me siento a su lado, porque se supone que es lo que debería hacer, pero esta situación me empieza a resultar insoportablemente confusa y estoy casi segura de que no voy a poder salir de esta tan airosa como a Cam le gustaría.

Tyler no dice nada más. Rebusca en sus bolsillos y saca su paquete de tabaco. Y, mierda, a mí no me apetece nada tener que hacerme la guay y fumar para impresionarlo una vez más. Pero ¿qué se supone que debo hacer? Tendría que haberme traído a Cam de apuntador, como un Cyrano de Bergerac moderno, a lo mejor con un pinganillo nos apañábamos bien. Pero estoy sola ante el peligro y la única certeza que tengo es que, si soy yo misma, la voy a cagar. Mi chico rubio saca algo más de su otro bolsillo. Es una bolsita transparente y, a pesar de ser tan inocente como yo soy, lo reconozco al instante. Marihuana. Mierda. Me he puesto nerviosa solo con verlo, porque el chico de mis sueños resulta que se droga, y me lo podría haber imaginado, pero lo cierto es que me pilla de sorpresa. Y el tío se está preparando un porro con toda la tranquilidad del mundo, como si fuera algo que todo el mundo hace todos los días. Esta vez no me pregunta si me importa que fume. Se lo enciende y da una calada larga, apoyando la cabeza en la fría pared que tenemos detrás. Apesta. Esa es la verdad. Apesta a marihuana y yo voy a acabar apestando igual. Cam no me había advertido de esto. Pero ¿cómo iba a imaginarse él que Tyler me traería a la parte de atrás de la iglesia a fumar marihuana?

—¿Necesitabas mi compañía porque te apetecía fumarte un porro? —le echo en cara. Y es que, la verdad, estoy un poco mosqueada con la situación.

—No —dice recorriéndome el rostro con sus ojos avellana—. Me apetecía tu compañía y necesitaba fumar un porro. —Corrige el orden de los factores—. A veces es la única manera de no pensar.

Pierde su vista otra vez en el frente y da otra calada, casi como si yo no estuviera allí.

—¿Por qué quieres no pensar? —me atrevo a preguntarle.

Sonríe de medio lado y tarda en contestar el tiempo suficiente para que yo empiece a sentirme incómoda.

—Mis padres quieren que sea algo que yo no soy —murmura como si estuviera hablando consigo mismo y no conmigo—. «Sé un buen chico, Tyler.» «Estudia más, Tyler.» «No bebas, Tyler.» «No salgas por la noche, Tyler.» —recita en tono burlón imitando a su madre—. «Tienes que estudiar medicina como toda la familia, Tyler» «Olvídate de la mierda del fútbol y haz algo importante de verdad, Tyler.» «No manches el buen nombre de los Sparks, Tyler.» —sigue, con la voz más grave, imitando a su padre. Niega con la cabeza con una sonrisita irónica—. Ni siquiera soy un puto Sparks de verdad, ¿no? Solo llevo un apellido de sustitución... Eso es lo que le jode de verdad. Pensar que me dio un apellido para que yo le dé mala fama. Gilipollas —añade entre dientes.

Casi me dan ganas de llorar al escucharlo así. Es como haber retrocedido hasta ese tiempo en que éramos amigos, cuando era yo la única confidente a la que le contaba todas estas cosas. La diferencia es que ahora lleva tres años y medio más de rabia acumulada. Mucho más difícil de controlar.

—Estoy segura de que solo quieren lo mejor para ti, aunque es probable que no lo expresen de la mejor manera posible —opino.

Tyler me mira interesado. Parece que no se esperaba que nadie contestara a su discurso.

—Son tus padres —digo mirándolo a los ojos—. Aunque el ADN no sea el mismo. Eso es lo de menos en realidad. Son los que siempre te han cuidado, los que te quieren...

—Tú no tienes ni idea —escupe, apartando la mirada de mí de nuevo.

Pobre Tyler. Mi chico de ojos avellana que siempre supo que sus verdaderos padres no lo querían. Que siempre pensó que no estaba a la altura de sus padres adoptivos. Y parece que en cuatro años eso tampoco ha cambiado.

—Perdona. —Me sorprende su voz pasados unos segundos—. Es que no tenía que haber sacado el tema. Es solo que estando aquí contigo parecía lo más natural lamentarme —medio bromea—. Nunca hablo de esto con nadie. De hecho, nadie lo sabe. Solo tú.

Mi corazón late tres veces más rápido de lo normal porque es que, coño, acaba de decirme que soy la única con la que se ha sincerado acerca de cosas tan íntimas.

—Bueno... y Cam —añade luego.

Está bien. Puedo compartir con Cam. No demasiado. Pero al menos no ha dicho que tenga conversaciones profundas acerca de su vida con la bruja. Algo es algo.

—No tienes que disculparte. Para eso has venido a buscarme, ¿no? Para alejarte un poco de eso y poder desahogarte.

—No necesito desahogarme —deja claro con un tono mucho más duro—. Lo que necesitaba era distraerme. No pensar —repite, una vez más.

—A veces eso no es lo mejor —trato de razonar con él con voz suave—. Puedes hablar conmigo si...

—No necesito un puto psicólogo, Ashley —me corta con un gruñido.

Me quedo callada. Ahora está realmente cabreado y ni siquiera sé qué es lo que he hecho mal. Probablemente nada. Es él el que no está bien. Pero no puedo pretender que se abra a mí como si el tiempo no hubiera pasado. Aún necesito demostrarle más para que confíe en mí de esa manera.

—Bueno, pues, ¿qué necesitas? —indago por fin, cambiando yo también mi tono a uno más desagradable.

Que se dé cuenta de que no es el único que tiene genio, o el único que se comporta como un borde a veces.

—Necesito no pensar.

Gira la cara hacia mí. Se me corta la respiración. Porque

estamos demasiado cerca. Y si él no apestara a marihuana, sería la situación perfecta para que se me fundieran todas las neuronas. Y las tengo atontadas, pero no en la agradable forma que me gustaría. Me está clavando los ojos y me da miedo que pueda llegar a verme el alma y saber lo estúpidamente enamorada que estoy de él en realidad. Porque este no era el plan. No la puedo cagar ahora. Necesito mi puñetero baile de graduación. Y Cam necesita recuperar a su mejor amigo. Y estoy casi segura del todo de que esta no es la manera. Tyler baja la mirada a mis labios. Y me cuesta hasta tragar saliva. Quiero tanto esto que todas mis células están luchando para acercarse más a él. Pero, a la vez, esto no debería ser así. No quiero un segundo beso con sabor a marihuana. No quiero un segundo beso solo para «no pensar». Primero aparto la mirada y, luego, vuelvo la cabeza para dejarle claro que no va a suceder. Y me hace falta toda mi fuerza de voluntad y las pocas neuronas funcionales que me quedan. Pero sobre todo me hace falta escuchar la voz de Cam en mi cabecita: «Recuerda que eres una chica mala» y «recuerda que él es un capullo».

—Yo no soy una de esas chicas para no pensar, Tyler —le dejo claro en tono cortante—. Me parece que si lo que buscabas era un polvo de distracción en la iglesia has llamado a la puerta equivocada.

Madre mía, ni me reconozco. Cam estaría orgulloso. Hasta yo estoy orgullosa de mí misma. Aunque una pequeña parte de mí está gritando horrorizada, acusándome de tirar mi única oportunidad de volver a besar a Tyler Sparks a la basura.

—Nunca me ha parecido que lo fueras. —Y su tono es tan tranquilo y tan cálido que me obliga a buscar sus ojos otra vez. Parece sincero—. No pretendía darte esa impresión —continúa—. ¿Quieres? —ofrece tendiéndome el porro con la mano derecha. Me ve dudar y sonríe burlonamente—. ¿Nunca has fumado marihuana? No —se responde él solo—. Me acabas de alegrar el día —dice con una media sonrisa—. Venga, dale una calada. ¿No te atreves? Te prometo que no va a pasarte nada malo...

—Claro que me atrevo —decido yo quitándoselo de las manos.

Mierda, Ashley, ¿qué estás haciendo? Lo único que quiero es gustarle al chico que tengo delante. Impresionarlo. Sorprenderlo. Mostrarle que no soy la niña tonta que él se pensaba. Demostrar que soy alguien que, en realidad, no soy. Pero, como dijo Cam, no debo tener miedo.

Es ya la hora de la cena cuando volvemos caminando hasta nuestras casas. Mi madre me ha llamado ya tres veces y ni he contestado al teléfono. Le he mandado un mensaje de texto para decirle que volvía pronto. Cam también me ha escrito para saber si ya estaba en casa o aún seguía con su amigo. Pero no he tenido tiempo de responder. Ni tiempo ni ganas, porque tenía que centrar toda mi atención en no babear delante de mi quarterback. Una sola calada, juro que solo ha sido una. Bueno, dos. Y la verdad es que no noto nada de nada. Creo que estaba tan nerviosa que mi cuerpo está en estado de alerta y no se permite relajarse con el efecto de la droga. O puede ser que lo haya hecho mal, porque una fumadora de pega no tiene muchas artes en eso de tragar humo, precisamente. Pero nos hemos reído y bromeado y, por un momento, ha sido como volver a ser amigos otra vez. Como antes. Pero con marihuana. Echaba mucho de menos a mi chico favorito.

—Eh, Ash —me llama justo en el punto en que nuestros caminos se separan para entrar cada uno en una casa.

Me vuelvo para mirarlo.

—¿Puedo hacerte una pregunta?

—Claro que sí —concedo al instante.

No es que nos sorprenda a ninguno de los dos. Seguro que a esas alturas él también se ha dado cuenta de que le diría «sí» a cualquier cosa que pidiera.

—¿Qué hay entre Cam y tú?

Me quedo en silencio por un momento. No me esperaba esa pregunta. Él no aparta los ojos de los míos y parece muy interesado en la respuesta.

—¿Entre Cam y yo? —repito—. Nada. Somos amigos, nada más —aseguro, por si no le había quedado claro cuando fue Cameron quien se lo dijo—. Es un gran chico —añado con una sonrisita, a ver si le da por ponerse celoso.

—Ya. Pues sí que lo es. —Mi amor platónico está de acuerdo.

No dice nada más, pero sigue mirándome con mucha intensidad. Hora de cortar la tensión, Ashley.

—Bueno, me voy antes de que mi madre llame a las fuerzas de seguridad para rastrear el bosque en mi busca —bromeo, y lo veo sonreír—. Buenas noches.

—Buenas noches, Ash —responde simplemente antes de meterse en su jardín.

Yo sigo mi camino flotando. Será el amor. O la marihuana. No notaba nada hasta ahora, pero tengo una ligera sensación de mareo y no sé si se debe al porro o a Tyler. Drogas adictivas, en cualquier caso.

Mi madre me está esperando en el recibidor cuando entro en casa. Y no parece muy contenta. Mierda.

—¿Se puede saber de dónde vienes, señorita, y por qué demonios no contestas a tu teléfono? —pregunta a modo de saludo.

—Lo siento, ya te he mandado un mensaje para...

—No he oído el coche de Cam —comenta haciendo caso omiso a mis intentos de explicaciones.

—No estaba con Cam —reconozco, y ella alza las cejas y se acerca un poco a mí.

En cuanto lo hace frunce el ceño y se acerca un poquito más para olerme el jersey. Oh, oh. No creo que mi madre sea experta en drogas, pero, aun así, seguro que sabe a qué huele la marihuana. Coño, lo sabía hasta yo.

—¡Ashley! Pero ¿qué narices...?

Mi hermano aparece en el marco de la puerta de la cocina entonces y las dos nos quedamos calladas al verlo.

—Eric, ve a ver la tele. Cenamos un poco más tarde —decide mi madre antes de cogerme del brazo y empujarme escaleras arriba hacia mi habitación—. ¿Con quién estabas? ¿Y por qué hueles a marihuana? —Me da la oportunidad de explicarme antes de sacar conclusiones precipitadas, una vez que ya ha cerrado la puerta de mi cuarto con las dos dentro.

—Estaba con Tyler.

No tengo ganas de inventar mentiras o andar con jueguecitos. Noto el estómago un poco revuelto y empiezo a tener ganas de vomitar.

—¿Con Tyler? —Mamá está muy sorprendida, diría yo—. ¿Fumando?

—Sí... ¡no! —Me apresuro a rectificar—. Solo le he dado una calada, mamá, te lo juro...

—¡Pero ¿tú te has vuelto loca?! —grita—. ¿Quién eres y dónde está mi hija Ashley? Mira, vale que salgas una tarde entre semana, vale que el fin de semana te escapes de casa para ir a besuquearte por ahí con Cameron. —Intento puntualizar acerca de eso último, pero ella no me deja hablar—. Pero esto no, Ashley. Esto no te lo paso. ¡Y me da igual que haya sido una calada o trescientas! —exagera cuando ve que voy a decir algo—. Creía que eras más inteligente...

—Mamá —digo con la idea de defenderme un poco. Pero para cuando capto su atención ya solo tengo otra cosa en mente—: Tengo ganas de vomitar.

Salgo corriendo del cuarto y, para cuando vuelvo, me siento tan idiota y tan ridícula por haber hecho algo así por un chico, que me autocastigo marchándome a la cama sin cenar. Creo que a mi madre le parece bien. Aunque sus amenazas dicen que ya hablaremos mañana.

A la mañana siguiente, estoy cerrando mi taquilla sin prestar atención a los parloteos de mis amigas cuando, de repente, noto que alguien me coge del brazo y me arrastra hasta una zona despejada de gente. Protesto débilmente, pero es que ni me da tiempo a reaccionar. Lo reconozco por su olor mucho antes de que pueda zafarme de su mano en mi codo y girarme para mirarlo a la cara. Cameron Parker. Y no parece muy contento.

—¿Tú estás mal de la puta cabeza? —Es lo primero que dice, en voz baja, pero suena prácticamente como si lo gritara—. ¿Es que te has vuelto jodidamente loca?

—No creo que hagan falta tantas palabrotas para decir lo que sea que quieres decir, Cameron —me pronuncio.

No tengo ni idea de qué mosca le ha picado.

—¿En serio que ayer estuviste fumando marihuana con Tyler? —me aclara la situación.

—¿Te lo ha contado?

Hasta sonrío un poco. Punto para mí si Tyler Sparks habla de nosotros con su mejor amigo.

Tengo que borrar la sonrisa ante el ceño fruncidísimo de Cameron. Nunca lo había visto tan serio.

—No respondiste ni a uno solo de mis mensajes, te llamé y tu teléfono estaba apagado —acusa—. Tuve que llamarle a él para asegurarme de que seguías viva —me echa en cara.

—Pues claro que seguía viva —me molesto ante su tono

de voz—. No sé desde cuándo eres mi madre tú también —gruño.

—No creo haber dicho nunca que te drogues para ligarte a tu amorcito —me deja claro en tono de reproche.

—No creo haber dicho nunca que me fuera a convertir en tu marioneta —me rebelo al escucharlo—. No ha pasado nada, ¿vale? —Relajo el tono al ver su cara. La típica expresión que suele poner mi padre cuando está muy cabreado, pero de preocupación. Qué mono—. Solo fue una calada y estoy bien. Y por si te lo estás temiendo, tranquilo, no pienso volver a hacerlo nunca. Fue una gilipollez. Y hay ciertos límites a lo de ser una chica mala —decido, y le veo relajar la expresión mientras me escucha—. Siento haberte preocupado.

—No estaba preocupado. —Lo niega cuadrando los hombros, como haciéndose el duro—. Necesito que te ciñas a nuestro plan.

—Sí, señor.

Le hago un saludo militar y se da la vuelta con gesto exasperado, aunque, mientras se aleja, puedo adivinar una media sonrisa en la comisura de su boca.

Y veo algo más. Todo el pasillo al completo nos está mirando. Hemos dado un espectáculo, por lo que parece. Ah, y Tyler Sparks está entre el público también.

El jueves quedo a comer con Cam. Me ha costado dos días de notitas en clase y susurros por los pasillos convencerlo de que quiero seguir adelante con la misión y no estoy yendo por libre para hacer lo que me dé la gana en cuanto a mi amor platónico. Al final, ha accedido a una breve sesión improvisada de «cómo ser una chica sexy», mientras nos comemos unas hamburguesas, entre las clases del día y su hora de entrenamiento.

Casi lo mismo me ha costado hacerle ver a mi madre que sigo siendo la misma de siempre y que no me hace falta ir a reuniones de exdrogadictos y que he tenido un pequeño desliz, pero puede seguir confiando en mí exactamente igual que antes. La buena mujer ha decidido darme otra oportunidad en la vida antes de encerrarme en una torre custodiada por un dragón. Eso sí, me ha hecho prometer que no volveré a ir a ningún sitio a solas con Tyler Sparks y, claro, he tenido que decir que vale. Pero he cruzado los deditos por debajo de la mesa mientras lo decía.

Y en cuanto a Tyler, no hemos vuelto a hablar por el momento, excepto por los saludos cuando nos cruzamos por el pasillo. Pero, de vez en cuando, nos lanzamos alguna mirada y alguna sonrisa. Enhorabuena, Ashley, pasos de gigante.

—Esperaré a que te termines ese bocado de hamburguesa y te limpies el kétchup de la cara, porque, si no, el entrenamiento podría no resultar eficaz —me pica Cameron, que ya ha acabado con su hamburguesa hace como cinco bocados de los míos.

—No tengo kétchup en la cara, idiota —protesto.

Pero me limpio bien con la servilleta por si acaso, y él se ríe con ganas al verme. El muy capullo.

—Vale. —Decide que ya es el momento cuando he terminado mi comida—. Te voy a dar algunos consejos sobre gestos de las chicas que a los tíos nos vuelven locos —empieza la explicación mirándome de frente desde el otro lado de la mesita—. Pero he de advertirte que funcionan mejor si parece que no te das cuenta de que lo estás haciendo. Quiero decir que, si una chica me mira y se muerde el labio, obviamente me encanta, pero, si se nota que lo está haciendo solo para seducirme, pierde bastante encanto.

—Muy bien. Morderse el labio. —Finjo apuntar en una servilleta.

—No seas boba. No tienes que hacer una lista, tienes que practicarlo.

Y yo lo intento. Morderme el labio. Pero mi profesor de mímica sexual no para de reírse con mis interpretaciones. «Pestañea.» Y el tío se descojona. «Mira a tu acompañante por encima de tu copa mientras bebes.» Y yo lo hago con el vaso de cartón de refresco, y él se ríe tanto que me contagio y casi muero ahogada. En fin, tras jugueteos distraídos con mi pelo, toqueteos del colgante convenientemente colocado en mi cuello y sobre mi canalillo, y establecimientos de contacto físico con el brazo de mi seducido cuando dice algo gracioso, Cam ya ha dejado de reírse y empieza a dar el visto bueno a algunos de mis coqueteos. Y mientras intento concentrarme en cómo debería y no debería cruzar las piernas cuando lleve una falda corta, me muerdo el labio sin querer, porque es lo que me requiere aspirar al nivel máximo de concentración. Cuando miro a Cam me está observando muy fijamente. Y muy serio. Coge el menú plastificado que hay sobre la mesa y lo coloca sobre sus piernas. Frunzo el ceño.

—¿Qué haces?

—¿Qué? —se hace el tonto—. Ah, esto. Nada, solo estoy intentando que no se note lo cachondo que me estás poniendo...

Capullo. Solo me hace falta un bufido para que estalle en carcajadas y no puedo hacer otra cosa que reírme con él. El muy idiota.

—Créeme que siento muchísimo tener que decir esto justo ahora, pero tengo que irme —se disculpa—. Te acerco a casa antes de ir a entrenar —ofrece.

Me levanto con él y lo sigo hacia el exterior del local y rumbo al aparcamiento, mientras le aseguro que no hace falta. No me sorprende que insista. A estas alturas ya me he dado cuenta de que Cameron Parker es un perfecto caballero, aunque lo negaría si se lo hiciera notar. Me monto en el asiento de copiloto de su coche, que está empezando a convertirse casi en mi segunda casa.

—Por lo menos he aprendido algo hoy, ¿no? —provoco para que me suelte algún cumplido que, de vez en cuando, vienen bien.

—No tenía nada que enseñarte, Ashley Bennet —asegura él mientras arranca el motor, pero sin mover el coche de su plaza. Me mira a través de un mechón oscuro que cruza su ojo derecho—. En realidad, ya hacías todas esas cosas, pero no te habías parado a pensar en que les podías sacar provecho.

—¿Tú crees? —Jugueteo colocándome un mechón de pelo tras la oreja muy lentamente y mirándolo con cara inocente.

Sonríe de medio lado al ver mi juego, pero no aparta sus ojos de los míos. Al menos no hasta que lo miro entre mis pestañas y me muerdo el labio juguetonamente. Entonces desvía la vista un poco más abajo en mi cara. Y yo solo pretendía hacerle reír, como antes, y echarnos unas últimas carcajadas los dos. Pero, ahora que noto sus pupilas verdes recorriendo mis labios, se me tensa el estómago en anticipación. Y yo también le he mirado los labios. Y, mierda, tiene unos labios preciosos, y bastante apetecibles. Se ha instalado el silencio entre los dos y estamos cerca, pero a la vez muy lejos, y pienso que tendría que moverse demasiado para poder besarme. Y eso me decepciona un poco. Pero ¿qué demonios me pasa? Hace dos días casi beso al amor de mi vida. No puedo querer besar a su amigo en un coche. Ashley, coño, céntrate. Hay una explicación para todo esto. Y la tengo muy clara. Y es que hace mucho, mucho tiempo que nadie me besa, desde aquella cita con Kevin en el cine a principios de curso, así que, a estas alturas, un chico guapo es mucha tentación para mis hormonas. El problema es que, tenga explicación o no la tenga, Cameron Parker y yo nos estamos mirando los labios y los ojos alternativamente y el desenlace puede ser fatal. Sobre todo, porque cuanto más lo miro, más dudas tengo sobre qué me gusta más, si esos labios o esos ojitos verdes.

El teléfono de Cam empieza a sonar y, como tiene el motor encendido, la llamada se ha conectado a los altavoces del coche. Los dos volvemos la mirada rápidamente a la pantallita. Llamada entrante: Tyler. Mierda. Ni que nos estuviera viendo. Cam me dirige otra mirada rápida, pero más relajada, antes de pulsar el botón y descolgar. Yo apoyo la cabeza en el respaldo del asiento y pierdo la vista por la ventanilla, aún parados en el aparcamiento.

—Eh, Tyler —saluda Cameron—. ¿Qué pasa, tío?

—Hola, colega. —Oigo la voz de mi amor platónico a través de los altavoces—. Oye, necesito un favor...

—¡Qué raro! —ironiza mi acompañante, aunque no parece molesto.

—Ya. —Tyler ríe un poco—. Mira, he tenido una bronca con Blair y me ha dejado tirado en el Southgate Plaza —lo pone en antecedentes. Nosotros no estamos demasiado lejos de ese centro comercial—. ¿Puedes pasar a por mí para ir a entrenar?

—Ah, pero ¿es que hoy pensabas ir a entrenar? —pregunta en tono de reproche.

—Obvio que no, pero ya que no tengo nada mejor que hacer —trata de bromear Tyler—. ¿O es que tú no pensabas ir? ¿Estás haciendo algo más interesante?

Cameron me mira y, al captar mi atención, se lleva un dedo a los labios para indicarme que me esté calladita.

—No. Ya no. He comido con Ashley —cuenta despreocupadamente—. Pero ya estoy libre para hacerte a ti de chófer.

—¿Con Ashley? Para repetir tanto los dos que no hay nada entre vosotros os veis mucho, ¿no? —Parece molesto.

—Somos amigos. También te veo mucho a ti y no eres mi amante. ¿Es que tienes algún problema con que Ash y yo seamos amigos? No sé, parece que te molesta...

—No seas estúpido.

—Oye, que yo no me interpongo, en serio, ella y yo solo somos amigos. Ya sabes, si tienes interés... —insinúa con voz pícara.

—Oye, tío, deja de decir gilipolleces y pasa a buscarme. Que te quede clarita una cosa: ni loco volvería a liarme con Ashley Bennet.

7
Breathe

«Ni loco volvería a liarme con Ashley Bennet.» La frasecita lleva un día entero repitiéndose en mi cerebro como un maldito disco rayado. Y no es mi disco favorito, precisamente.

Ayer, justo después de escucharla, salí corriendo del coche de Cam. Es que no me molesté ni en cerrar la puerta, vaya. Y me imagino que salió detrás de mí, pero antes tuvo que acabar la llamada con Tyler, así que, para cuando fue a buscarme, yo ya estaba lo suficientemente lejos. Y no quería que me encontrara. Me fui directa a casa y lloré con mi almohada hasta que se me agotaron las lágrimas. Por suerte mi madre estaba de compras con Eric y no me pilló en pleno berrinche. Habría sido todo un drama tener que explicarle la situación al completo.

Y desde entonces llevo ignorando las llamadas de Cameron. Que han sido muchísimas. Casi al límite del acoso telefónico. Y todos sus mensajes de texto. Ah, y, claro, sus notitas en clase esta mañana. Ni las he leído. Él debería haberse dado cuenta a estas alturas exactamente igual que yo: nuestro plan ha fracasado de extremo a extremo. No eligió a la chica correcta. Ya no hace falta que siga relacionándose conmigo. Creo que aún tendrá tiempo de encontrar a una candidata más adecuada para su plan.

Pero precisamente ahora no debería estar pensando en esto, ni repitiendo la dichosa frasecita de Tyler en mi cabeza. No. Porque estoy en casa de Emily en una reunión superimportante con mis tres amigas. Y es que Mia acaba de contarles que le gustan las chicas, que tiene una novia medio secreta y que va a ir con ella al baile. Y esas dos, menudas están hechas, es que casi ni se han sorprendido, ni le han preguntado cómo es que le gustan las chicas y no lo había dicho antes. Nada. Ellas se han puesto a dar saltitos y a pensar en el vestido para el baile de Mia y también el de Gina, para que vayan conjuntadas. Vaya panda de pringadas más raritas me fui a buscar. Una vez pasada la histeria de ir al baile emparejadas, ya están interrogando. Y son más duras que yo. Están pidiendo detalles. Muchos detalles. Pero Mia no les dice lo de Blair Wells. Mierda, yo que necesitaba compartir mi secreto con alguien... pero no. Parece que aún me lo tengo que llevar a la tumba.

Mi teléfono se pone a sonar. Otra vez. Y no me sorprende comprobar que es él. Otra vez. Cameron Parker. El tipo más pesado del universo. No me molesto ni en colgarle y dejo que la llamada se agote sola al no descolgar. Mis amigas preguntan mucho, pero yo no doy explicaciones. Ya me conocen. A veces no me gusta hablar. Saben que ya se lo contaré cuando esté lista para hablar de ello. Así que vuelven a lo suyo y no insisten más. Pasa solo medio minuto y bip, me llega un mensaje.

Voy camino de tu casa.

Cameron. Joder. Lo que me faltaba. Este tío es capaz de presentarse en mi casa y ponerse a charlar con mi madre si no me encuentra a mí allí. No me queda otra que responder. Después de casi veintisiete horas ignorándolo, va y me obliga a responder.

No estoy ahí. Ahórrate el viaje.

Ni veinte segundos. De verdad. Ni veinte. Y contesta.

No importa. Te espero.

Mierda. Espero que esté de coña. Espero que no se le ocurra plantarse frente a la puerta de mi casa y montar guardia como un pervertido hasta verme regresar. Y encima justito al lado de la casa de Tyler. Aunque es raro que Tyler esté en casa un viernes. Decido no dejarme coaccionar por sus amenazas. Voy a hacer como si nada y seguir con mi reunión con las chicas. Si me vuelvo a casa pronto solo para pedirle que me deje tranquila, aprenderá que insistiendo consigue lo que quiere. Y eso no puede ser. Son problemas para el futuro. Es como educar a un perro.

Así que para cuando Emily me acerca a casa en el coche de su madre, después de ponerla al día de los nuevos acontecimientos cuando Grace y Mia ya se han ido, yo ya ni me acuerdo de Cameron Parker y sus mensajes. Al menos no hasta que Emily enfila mi calle y veo un coche grande y blanco aparcado justo en la puertita de mi jardín.

—Ashley —pronuncia mi nombre Emily muy despacio, no sé si para crear más tensión o para no asustarme. O a lo mejor es mientras procesa lo que ve y puede decir algo más que suene coherente—. Dime que son alucinaciones mías y no estoy viendo a Cameron Parker en tu jardín jugando al béisbol con tu hermano.

¿Qué...? Y yo solo me había fijado en el coche. Pero es que sí. Ahí está. Lanzando pelotas con efecto para que Eric las recoja en su guante. Y parece que se lo están pasando muy bien los dos. Cuando Emily para el coche, justo detrás del de Cam, podemos oír sus risas muy claras.

—Voy a tener que matarlo —suspiro.

Aunque la verdad es que verlo así, tan relajado, y enseñando a mi hermano a atrapar la pelota, con lo torpe que es el pobre Eric, me ha enternecido un poco el corazón. Lo veo echarse el pelo hacia atrás, pero en dos segundos ya lo tiene de nuevo en la frente.

—Bueno, yo me voy a ir porque no soy quién para cotillear vuestro momento de máxima tensión —se disculpa Emily—. Pero, tía, llámame en cuanto se vaya. ¡En cuanto se vaya! —insiste—. Para darme todos, pero todos los detalles.

—Sí, sí —concedo distraídamente—. ¡Cállate! —exclamo al ver que empieza a insistir de nuevo con lo de los detalles.

Me bajo del coche y cierro de un portazo sin decir ni adiós. Como si la pobre Em tuviera la culpa de que Cameron Parker haya resultado ser un plasta de primera. Pero sé que no me lo tendrá en cuenta, hay ciertas confianzas y ciertos malos modos que solo puedes tomarte con tus mejores amigas. Entro en el jardín y esos dos ni me han visto venir, así de concentrados están en el juego. Eric es el primero en reparar en mi presencia cuando yo me he plantado frente a los dos con los brazos en jarras.

—¡Ashley! —saluda con entusiasmo—. ¡Mira lo que me ha enseñado Cam!

Corre hacia el otro lado del jardín mientras le pide a Cameron que repitan lo mismo una vez más. El pobre obedece lanzándole una bola con efecto para que mi hermanito pueda lucirse atrapándola.

—Sí, alucinante. —Contento a Eric cuando me mira orgulloso en espera de mi veredicto—. ¿Me dejas hablar con Cam un momentito?

Mi hermano pone cara de fastidio cuando ve que voy a robarle a su compañero de juegos, pero accede a darnos algo de intimidad y se aleja unos cuantos pasos tirando la pelota al aire y volviéndola a atrapar en su guante.

—Ya —me frena Cameron levantando las manos en señal de rendición—. Estás a punto de pedir una orden de alejamiento —bromea—. Pero en mi defensa he de decir que si me hubieras cogido el teléfono la primera vez no tendría necesidad de ser tan pesado —se justifica.

—¿Qué quieres? —pregunto manteniéndome seria.

Cam se acerca más a mí hasta quedar solo a un paso. Un paso más y nuestros cuerpos podrían rozarse con el vaivén de nuestras respiraciones.

—¿Estás bien?

Me sorprende su tono. Casi me dan ganas de echarme a sus brazos y llorar como una niña pequeña. Porque suena preocupado de verdad, y tierno y cálido. Lo miro a los ojos y tengo que apartar los míos enseguida. Nunca un chico me ha mirado así. Con esa dulzura.

—Oye, Cam, ya oíste lo que dijo Tyler. —Hablo rápido para que no se me quiebre la voz al recordarlo de nuevo—. Siento que hayas perdido el tiempo conmigo, pero es obvio que tu plan ha fallado, así que hagamos como si esta locura nunca se te hubiera ocurrido y vamos a volver a la normalidad... La normalidad no es que tú estés en mi jardín, por cierto —apunto, por si no había pillado la indirecta.

—Me da igual el plan y lo que Tyler diga o deje de decir, y si está con la bruja esa o con cualquier otra tía parecida —dice firmemente—. He venido a preguntarte si tú estás bien.

Me quedo callada por unos segundos. Cameron Parker el capullo. Y no le pega nada lo de capullo ya, la verdad. A no ser que se diga en el tono adecuado. Es que no sé ni qué contestar.

—Estoy bien. —Me decido por la respuesta más fácil, aunque no sea toda la verdad.

—Ya. No tomes en serio a Tyler —dice entonces con una

media sonrisa—. También dijo que nunca tendría nada serio con Lauren Bale y salió con ella cinco meses. Es un capullo con la boca muy grande.

—Permíteme que lo dude en mi caso —suspiro tristemente.

—Estoy convencido de que el plan aún puede salir bien.

Me sorprende y alzo las cejas al mirarlo.

—Pero no tenemos por qué seguir con ello si tú no quieres...

—Yo no quiero —confirmo en mi tono más seguro.

—Eh, date una noche para pensártelo al menos —sugiere al ver mi rotunda negativa.

—Ya lo he pensado. Agradezco que hayas venido hasta aquí, pero nuestro trato ha acabado. Puedes irte a casa.

Mi madre abre la puerta principal para asomarse al exterior y nos sonríe al vernos a los dos hablando de pie junto a la puerta del jardín.

—La cena casi está. Cam, cariño, ¿te quedas a cenar con nosotros?

Eh, eh, eh. Un momento. ¿Cómo que cariño? ¿Y cómo que cenar? Mi madre se está extralimitando en lo de ser una madre moderna y abierta de mente.

—No, Cameron ya se iba... —empiezo a contestar yo por él.

—Me encantaría, señora Bennet —dice el muy traidor, justo a la vez, pero más alto, plantado a mi lado—. Mi madre trabaja en el turno de noche esta semana, así que en casa tendría que cenar solo.

—¡Uy, no! De eso nada. Asunto zanjado, te quedas a cenar. Hay comida de sobra —asegura la mujer que me dio la vida entrando a casa de nuevo, pero dejando la puerta abierta esta vez.

Me giro hacia él echando chispas por los ojos. El muy descarado me sonríe inocentemente, casi pidiendo disculpas con esos ojitos verdes. Yo gruño y no digo nada más, para que le quede claro que no me ha hecho ninguna gracia. Y cuando me alejo para entrar en casa, oigo a mi espalda cómo Cam le pregunta a Eric, tan contento, si quiere probar con un último lanzamiento antes de entrar a cenar.

Para cuando entro en el comedor dispuesta a echarle una mano, mi madre ya ha puesto la mesa. Mucho más bonita de lo que suele. Ha sacado hasta los platos buenos. ¿Por Cameron Parker? Venga ya, mamá. Menudo par se han ido a juntar. Espero que esta no sea la cena más larga de mi vida.

Cam se sienta a mi derecha, donde mi madre le indica. Yo dejo que el pelo me tape la cara para no tener que aguantar sus miraditas burlonas. Se lo está pasando de miedo sabiendo que yo no quiero que esté aquí ahora mismo. Menudo capullo. Y sí, ya vuelve a serlo. Aunque mi madre y Eric no parecen pensar lo mismo. Mi hermano está poniéndolo por las nubes mientras le cuenta a mamá todo lo que le ha estado enseñando sobre béisbol.

—¿Tú juegas al béisbol, Cam? —se interesa mi madre después de que el pelota de Cameron Parker alabe su pastel de carne con mucho entusiasmo.

Y ella encantada, claro. Casi da la impresión de que preferiría tenerlo a él de hijo en vez de a cualquiera de nosotros dos. Ah, el encanto de lo desconocido. Y Cameron ha hecho como que no notaba la patadita que le he dado yo por debajo de la mesa. Qué encantador él, cuando quiere.

—No, qué va —desmiente en respuesta a su pregunta—. La verdad es que me gusta mucho el béisbol, pero yo tenía que seguir la tradición de la familia y jugar al fútbol.

A mí me sorprende escuchar algo que no sea que el fútbol le apasiona. ¿Le gusta mucho el béisbol? Casi parece que juega al fútbol por obligación. No puede ser, es uno de los mejores del equipo. Por no decir el mejor.

—Ah, el fútbol, claro. —Mi madre asiente. Ella, siempre tan comprensiva—. ¡Claro! Así que tú eres el hijo de Robert Parker. —Parece que acaba de caer en la cuenta. Cam casi parece ligeramente incómodo al confirmarlo—. Entonces, ¿cómo te va con el fútbol? ¿Quarterback? —Trata de adivinar con una sonrisa.

Mierda, mamá. Me están dando ganas de mandarle callar de una vez. Y es que aún recuerdo nuestra conversación sobre llevar el fútbol en el ADN y cómo el suyo decía quarterback y no receptor, pero el caso es que debería estar condenadamente orgulloso de ser el mejor receptor de todos los equipos de instituto de la ciudad.

—Cam juega de receptor. —Hablo como si yo tuviera alguna idea de fútbol, tratando de echarle una mano, tras escucharle decir un «no» triste como respuesta para la cotilla de mi madre—. Es casi una leyenda del fútbol en el instituto —alabo—. Dicen que no se le escapa ni un pase.

Lo miro de reojo y él me dedica una sonrisa leve. Solo una curvatura de labios que no llega a dejar ver sus dientes, pero suficiente para que me lo tome como un agradecimiento en toda regla.

Mi madre vuelve a requerir toda su atención mientras parlotea sin parar acerca de fútbol y de cómo ella estuvo coladita por un corredor del equipo de su instituto. ¿En serio, mamá? Yo pensaba que iba a ser la presencia de Cam lo que me iba a indigestar la cena. Pero no. Mamá y sus historietas. En fin. Luego pasan a hablar de los estudios y de si quiere ir a la universidad, pero mi madre no insiste mucho en el tema al notar a su interlocutor incómodo. Menos mal que muestra un poco de empatía. Eso conmigo nunca lo hace. Los temas incómodos son sus favoritos. Al final, terminan hablando otra vez de béisbol, incluyendo a Eric en la conversación. Y oigo a Cam asegurarle que quedarán otro día para enseñarle a batear, si él quiere. Si él quiere. Madre mía, no sabe con quién está hablando. No se va a librar de Eric en lo que le queda de vida. Y, ¿qué derecho se cree que tiene el señor Parker a hacer buenas migas con mi hermano? ¿Qué creerá que está haciendo diciendo que le enseñará a jugar? Esto se nos está yendo de las manos. Mantengámonos dentro de los límites de lo estrictamente profesional, Cameron Parker. Por si no me estuviera ya poniendo lo bastante nerviosa, su brazo no deja de chocar con el mío, porque yo manejo el tenedor con la derecha y él con la izquierda y nos hemos colocado, definitivamente, del lado equivocado. A él no parece importarle, pero yo hay ratos que tengo ganas de cortarle el brazo. Drástico, pero una solución eficaz.

Cam parece estar como pez en el agua cenando con mi familia. Y no le importan mis pataditas, ni mis codazos. Ni que le llame pelota en voz baja cuando se ofrece a ayudar a mi madre a recoger la mesa. Ella, por supuesto, dice que no es necesario con una sonrisa encantadora. Justo antes de lanzarme a mí una mirada bastante menos agradable que me indica que la ayude yo. Pero Cameron es un caballero. Ya lo había dicho, ¿no? E insistente. Eso también. Así que nos levantamos los dos a la vez para empezar a recoger platos y cubiertos y llevarlos a la cocina. Yo ayudo a mi madre a cargar el lavavajillas y él es despachado rápidamente de vuelta a la mesa, con la excusa de que vaya llevando el postre y entretenga a Eric. Ese mocoso ni ha movido un dedo para recoger. Menudo malcriado.

En cuanto nos quedamos solas en la cocina, mi madre me mira con una amplia sonrisa pícara. Y ya sé lo que viene a continuación. Por eso precisamente no quería que Cam se quedara a cenar... entre otras razones.

—Ashley, me gusta mucho Cam —dice, como si me diera su aprobación para salir con él o algo así, qué ilusa, la pobre, no tiene ni idea de lo que pasa en realidad—. Qué educado, es un encanto. Y muy guapo —añade, guiñándome un ojo.

—Mamá, por favor, sé que papá está al otro lado del mundo, pero es menor de edad y podría ser tu hijo, contrólate un poquito —bromeo para picarla.

—¡No digas tonterías! —Ríe—. Me gusta para ti. Para ti. Hacéis muy buena pareja.

—No digas tonterías tú. —Río yo al escucharla—. Solo somos amigos. No hay nada entre nosotros, ni va a pasar —dejo claro.

—Pues no veo por qué no... —insiste, la muy pesada—. ¿Es que no te parece guapísimo? —empieza a presionar.

Pongo los ojos en blanco.

—Es guapísimo, mamá —concedo.

No me queda otra. Es un hecho tan objetivo que sería muy descarado por mi parte mentir y decir que no me atrae.

—¿Y no es un chico simpático?

Sonrío un poco. No puedo evitarlo. Porque mi primer impulso es decirle a mi madre que es un capullo adorable. Pero no creo que suene muy bien para ella.

—Es un encanto —debo reconocer.

Mierda. Es que lo es. Es un encanto, el muy capullo.

—Os lleváis muy bien, ¿no? —intenta conseguir la respuesta que busca.

—Mamá, no te vuelvas loca —pido en un susurro—. Somos amigos y nada más. No vamos a ser nada más. Y Cameron no está interesado en mí —añado, para dar más énfasis a mi explicación.

—¿Ah, no?

Mi madre no me da tiempo a decir más y sale de la cocina de vuelta hacia el comedor con una sonrisita intrigante pegada a los labios. Como diciendo «ahí te dejo eso, para que lo vayas pensando». Siempre igual. No tiene ni idea de lo que hay. La sigo y, al entrar en el comedor, Eric y Cam están enfrascados en un vídeo que se reproduce en el móvil del nuevo favorito de mi madre. Algo de béisbol. Mejor dejarlos a lo suyo. Estamos con el postre cuando el móvil de mi madre empieza a sonar. Una videollamada.

—¡Nos hemos olvidado de vuestro padre! —exclama con cara de culpabilidad al mirar la hora.

Y sale corriendo para recuperar su móvil y volver con él a la mesa. Para cuando vuelve con nosotros ya está hablando y oigo la voz de mi padre, alegre, desde el otro lado del mundo.

—Se ha quedado a cenar un amigo de Ashley —le va explicando mientras se sienta de nuevo en su sitio, frente a nosotros—. Decid hola, chicos —pide enfocándonos con la cámara del móvil.

Y ahí veo a mi padre. Parece relajado, con una sonrisa. Pero sé que nos echa mucho de menos. Eso seguro.

Cam también saluda, con educación. Para ganar más puntos con mi madre. Y parece que con mi padre también.

—Bueno, Cameron. —Oigo a mi padre, y cierro los ojos y escondo la cara entre las manos apoyando los codos en la mesa, porque lo temo. Lo veo venir, y lo temo. Mucho—. ¿Y qué intenciones tienes exactamente con mi hija? —pregunta en tono de broma.

Por favor, papá. ¿Por qué a mí? ¿No había otra familia en espera cuando el universo decidió hacerme aparecer en el mundo?

—Solo las mejores, señor, se lo aseguro —responde el tío con toda su parsimonia.

Y con una sonrisa encantadora. Qué cuentista. Cómo le gusta ganarse a la gente con un par de gestos monos.

—Papá —lo callo yo al ver sus intenciones de añadir algo más—. Solo somos amigos —aclaro, para todos los presentes también, que parece que se olvidan—. Haz el favor...

—Bueno, bueno —me calma, divertido.

Y luego se pone a charlar con Cam. O sea, de verdad. Que si qué tal tus padres, que si cómo va el fútbol. Parece que conoce a su padre más de lo que yo imaginaba. Y parece que no se acuerda de que ha llamado para hablar con sus hijos. Pero, por una noche, se lo voy a dejar pasar.

Después de colgar con mi padre, Cam aún se queda un rato más. Estoy a puntito de insinuarle, casi de malas maneras, que debería largarse a su casa, cuando lo decide él solito. Y se despide de mi madre como si fueran amigos de toda la vida. Y vuelve a hacerle la pelota, con lo buena que estaba la cena, lo a gusto que se ha sentido. Ah, y que gracias otra vez por la invitación. Mi madre dice que puede volver cuando quiera, faltaría más. Y él pregunta si me puede tomar prestada mañana por la mañana, porque quiere llevarme a un sitio. Y le pide permiso a mi madre. ¿De qué va? Mi madre dice que por supuesto, que lo pasemos bien. Como si mi opinión no contara. Vamos. Lo que me faltaba.

Salgo con Cam y lo acompaño hasta el coche, solo para poder echarle la bronca por... no sé muy bien por qué. ¿Por ser encantador con mi familia? ¿Por jugar al béisbol con mi hermano? ¿Por alabar el pastel de carne? ¿Por ayudar a recoger la mesa? No lo sé. Simplemente, por sacarme de mis casillas. Y estoy a puntito, pero a puntito de gruñirle. Pero él se gira hacia mí en la puerta del jardín y me sonríe. Y se me olvida lo que iba a decir.

—Me encanta la dinámica de tu familia —admira, risueño—. En fin, tengo el permiso de tu madre, pero creo que es más necesario tu consentimiento que el suyo —dice buscando mis ojos—. ¿Quieres venirte conmigo mañana por la mañana? Paso a buscarte a las diez. Esta vez va en serio, a las diez —insiste con una media sonrisa, y yo sonrío un poco también ante la advertencia—. Juro que no quiero acosarte, y no intentaré convencerte de seguir con los juicios de Salem —promete levantando la mano derecha—. Sé que lo de Tyler te ha afectado y quiero ser un buen amigo...

—Para el carro —interrumpo al ver que no piensa dejar de hablar—. Creía que habíamos hecho un trato de mutuo beneficio. ¿Somos amigos? —digo en tono de duda.

—Es lo que no paramos de decirle a la gente, ¿no? Que solo somos amigos —me recuerda—. Déjame llevarte a un sitio donde puedas respirar, ¿vale? —propone.

—¿Respirar? ¿Eso qué quiere decir?

—Quiere decir que deberías aplicarte tus propios consejos. La primera cosa de tu lista para no olvidar, ¿no? Respirar. Deberías acordarte de respirar hondo y ver las cosas con perspectiva.

—No tengo perspectiva —suspiro alzando las cejas. ¿Será una crítica?

—No —insiste—. Tyler Sparks es un capullo de primera —añade en voz baja.

Lo miro y sonrío levemente al reflejarme en sus ojos verdes. Probablemente tiene razón.

—Está bien. Mañana a las diez —accedo, y lo veo hacer un gesto triunfal—. Dejaré que me sorprendas.

—Genial. Ponte ropa cómoda —aconseja.

—¿Qué...?

No me deja terminar porque me rodea con los brazos y me estruja por un momento contra su pecho. No me da tiempo a protestar. Aunque creo que tampoco quiero hacerlo.

—Tyler es un imbécil, Ash —me susurra con la boca rozando mi pelo, cerca de mi oído—. Hasta mañana —dice de pronto, apartándose y cortando el momento. Me guiña un ojo mientras rodea el coche caminando hacia atrás—. ¡A las diez! —insiste, señalándome con el dedo antes de sentarse tras el volante.

—¡Sí, señor! —le grito, y me llega su carcajada desde el interior del vehículo mientras hace maniobras para dar la vuelta y alejarse calle arriba.

Al día siguiente, aún no estoy lista del todo cuando oigo el claxon del coche de Cam sonar una sola vez en la calle. Cojo las zapatillas y mi mochila y bajo las escaleras corriendo, dispuesta a pegarle un grito para que me dé dos minutos más. Pero luego decido que no, que se aguante. O que se baje del coche y llame al timbre si tanta prisa tiene. Me siento en el último escalón para ponerme las zapatillas y veo pasar a mi madre hacia la ventana.

—No seas tan cotilla —pido, y río al ver que se sobresalta al oír mi voz.

—He oído un claxon delante de mi casa. Pensaba que sería para mí —trata de justificarse poniendo cara de inocente.

—Sí, claro, para ti —la hago de menos en tono de broma—. Es Cam y yo me voy ya.

Termino con los cordones de mi segunda zapatilla y me pongo en pie de un salto. A pesar de mis aclaraciones, mi madre ha terminado por acercarse a la ventana y está mirando hacia fuera, medio escondida entre las cortinas.

—No está solo, así que tampoco te des prisa por si se aburre —aconseja.

—¿Qué?

Me acerco hasta donde está ella y miro por la ventana yo también. Cameron se ha bajado del coche y está apoyado en el capó con los brazos cruzados mientras habla con alguien que está de pie frente a él. Tyler Sparks.

Debo recoger mi malherido orgullo y salir ahí como si no supiera lo que Tyler dijo sobre mí. Porque, supuestamente, no lo sé. Y, como me aconsejó Cam, tendré que hacerme caso a mí misma y respirar hondo. Muy bien, Ashley, inspira y espira. Y ahora, para afuera. Que eres tú la que ha quedado con Cameron Parker. Le digo adiós a mi madre antes de que le dé tiempo a preguntar si también va a venir con nosotros ese porrero, como ahora lo llama. Salgo y, al escuchar la puerta, los dos chicos más guapos que he conocido nunca se giran a la vez para mirarme. Uff. Concentración para caminar sin caer al suelo, por favor. Me acerco hasta ellos con toda la seguridad de la que dispongo en esta mañana de sábado. Para cuando llego a su altura, Cam ya se ha separado del capó y me dedica una sonrisa.

—Buenos días, chicos —saludo devolviéndole un gesto parecido. Espero.

Ni miro a Tyler. Creo que es mejor así.

—¿Se te han pegado las sábanas? —se burla Cam—. Tienes cara de sueño.

Estoy a punto de protestar por el comentario, que en circunstancias normales podría interpretarse como un «vaya careto traes, Ash», pero el tono que ha utilizado no corresponde precisamente con eso y, al mirarlo a la cara, veo esa expresión tierna otra vez. Así que decido interpretarlo como un «tienes cara de sueño, qué mona estás». Y me dejo envolver por sus brazos en un abrazo como el de anoche. Podría acostumbrarme. Y me gusta. Se lo devuelvo a medias y luego, sin mirar a Tyler ni de reojo, abro la puerta del copiloto para tirar mi mochila al interior del coche.

—¿Ya me dices adónde vamos? —curioseo.

—Cuando lleguemos. Bueno, tío. —dijo girándose de nuevo hacia Tyler—. Nos vamos ya. Hablamos luego.

En ese momento los dos chocan la mano y se la estrechan. Tíos. Qué raros son.

—Me encargaré de que no falte cerveza —asegura Tyler, y veo que Cam hace una mueca—. Nos vemos esta noche.

Hasta luego, Ash —añade luego clavando sus ojos avellana en mí.

—Hasta luego —murmuro.

Me monto en el coche para no tener que seguir mirándolo. No porque no me apetezca. Pero aún oigo su voz diciendo la maldita frase. Y no lo puedo soportar. Cam se sube de un salto a mi lado y se pone el cinturón antes de arrancar, apartándose el pelo de la cara.

—¿Lista, señorita? —consulta conmigo.

—Ni idea —respondo, y él ríe.

—Perfecto. Pues vámonos.

Tras un par de minutos en silencio, le pregunto si voy con la ropa más adecuada para lo que sea que tiene planeado. Me echa un vistazo rápido y me asegura que estoy perfecta. Me intriga un poco porque, al decir que fuera cómoda, yo decidí tomármelo al pie de la letra. Y me he puesto la ropa más deportiva que tenía. Parece casi como si fuera a ir al gimnasio. Pero me fijo en él y también lleva un chándal y deportivas, así que parece que he acertado. No tengo ni idea de dónde vamos a acabar.

Casi tres cuartos de hora por carreteras por las que no había transitado en mi vida. Y ganando altitud con cada kilómetro. Aun cuando aparca en un parking de tierra, donde hay solo un par de coches más, no entiendo qué es lo que estamos haciendo aquí. Me bajo del coche cuando él lo hace y lo observo mientras abre el maletero y empieza a sacar cosas. Cuerdas, arneses, argollas. Pero ¿qué...?

—¿Es eso material de escalada? —pregunto lo obvio.

—Tan lista como la pintaban —se burla un poco de mí cargando con las cuerdas al hombro—. Nunca decepcionas, Ashley Bennet.

Me pierdo en sus ojos por unas décimas de segundo. Pero solo durante ese pequeño lapso, porque hay algo más acuciante bullendo en mi interior ahora mismo.

—¿En serio? No he escalado en mi vida —le advierto—. ¿No pretenderás que me ponga a trepar por la montaña como una cabra montesa?

—Lo imaginaba. —Sonríe de medio lado—. Es una pared para principiantes, Ash. La más sencilla en kilómetros a la redonda. Yo la di por superada a los siete años —añade como si nada, y echa a andar por un camino de tierra haciéndome una seña para que lo siga.

—¿Hay algún deporte que no se te dé bien, Cameron? —indago casi corriendo detrás de él.

—El hockey sobre hielo —responde al instante—. Me aterran las cuchillas de los patines.

—¿En serio? ¿Al señor «sin miedo» le dan miedo unas cuchillitas? —me burlo.

—¿Cuchillitas? —repite incrédulo—. ¡Son de este tamaño, Ash! —exagera separando mucho las manos y volviéndose un poco hacia mí. Luego ríe contagiado por mi propia risa—. Confieso que tengo un poco de miedo a las cuchillas. Hasta hace un par de meses no he superado el trauma de afeitarme —medio bromea—. Y un poquito a las agujas también.

—Ah, así que he descubierto el talón de Aquiles del señor Parker —digo juguetonamente, andando a saltitos, ya a su altura—. ¿También te desmayas cuando ves sangre?

—No, pero tengo que tumbarme durante una hora cada vez que voy al reconocimiento médico. Y mi madre es enfermera, así que imagínate.

Sonrío, pero enseguida me vuelve el gesto serio cuando llegamos frente a la pared «para principiantes». Y, para ser justos, parece fácil porque los únicos que están allí son un par de familias con niños. Niños que escalan. Pero yo no he hecho esto en mi vida. Y, a veces, tengo un poquito de vértigo.

—Vamos —me anima Cam—. A mí escalar siempre me ayuda a respirar cuando necesito alejarme un poco del mundo.

Lo miro con demasiado detenimiento. Él termina alzando las cejas como preguntando qué demonios me pasa. Y yo estoy pensando en Tyler. En Tyler y en Cameron. Y en lo diferentes que son aun siendo tan amigos y compartiendo equipo de deporte y popularidad. Tyler que fuma cuando necesita alejarse. Y Cam... Cam cuando necesita desconectar viene a la montaña y escala. Respira. Y prefiero un poco de vértigo a un poco de marihuana, a decir verdad.

—Vale. Vamos allá —me decido.

Mi entrenador personal lo prepara todo para mi iniciación a la escalada. Y lo veo escalar a él primero para enganchar una de las cuerdas a una argolla, ya preparada, que está muy pero muy alta. O eso me parece a mí. El tío tiene una agilidad pasmosa. No debería sorprenderme después de ver cómo saltó la verja del parque. Y ha dicho que era una escalada para principiantes. Eso parece. Me dejo hacer mientras él me coloca el arnés y me engancha con seguridad a la cuerda.

—Lo estás haciendo muy bien, Ash —asegura cerca de un cuarto de hora después cuando estoy como a tres metros del suelo—. Busca apoyo para la mano derecha un poco más arriba.

—¡Quiero bajar de aquí! —le respondo en un grito, pero solo oigo su risa como respuesta.

La verdad es que no es mi actividad favorita, pero me siento bastante segura sabiendo que Cameron está sujetando mi cuerda. Si ahora mismo me soltara de la pared, me quedaría colgando a la misma altura a la que estoy, porque él me está haciendo de contrapeso desde abajo. Decido seguir un poco más. Porque no quiero ser una cobarde. Porque hay que aparcar eso del miedo a un lado, según Cam. Y porque si lo hago me sentiré muy orgullosa de mí misma. Y Cam también. Estoy segura. Casi llego hasta la parte más alta y estoy agarrada a los salientes de la pared como si realmente me fuera la vida en ello. No quiero ni mirar alrededor y mucho menos hacia abajo. Solo quiero ver el siguiente saliente al que agarrarme. Un pasito más. Ya casi acabo. Y no quiero plantearme cómo demonios voy a bajar. Pero entonces la voz de Cameron me llega desde abajo. Y me está pidiendo que mire alrededor. Que no tenga miedo. Y que mire. Está como una puñetera cabra el tío. Estoy yo como para romper mi concentración en no resbalar. Pero insiste y lo hago. Un vistazo rápido. Y luego otro. Madre mía. Las vistas desde aquí arriba son alucinantes. Se ve toda la ciudad. Una pasada. Justo lo que necesitaba. Y casi ni me acuerdo de que estoy colgada en lo alto de una pared. No me extraña que aquí él pueda respirar.

Cam me deja todo el tiempo que necesito, mientras yo ni me molesto en preocuparme de agarrarme bien, porque sé que él me tiene muy segura. Desde aquí arriba todo lo demás parece muy pequeño. Incluso Tyler Sparks. Y aquí soy yo la que tiene el poder. Bueno, Cam un poquito también. Aquí soy yo la que puede decidir si quiere volver a liarse con él o no. Y no al revés. Pero quiero. Mierda, claro que quiero. Y a la hora de la bajada, casi tiene que trabajar más Cam que yo, porque estoy mucho más relajada y casi ni tengo miedo de caer. Estoy a poco más de dos metros cuando Cameron me anuncia que va a darme más cuerda para que baje un poco más deprisa. Que me suelte de la pared y me dé impulso con las piernas para bajar. Que es muy divertido, dice. Ya se me está pasando el estado de paz que acababa de conseguir. Pero tengo que fiarme de él. Que es quien tiene la cuerda. Así que lo hago. Bajo rápidamente por el borde de la pared.

Y cuando casi puedo ya poner los pies en el suelo, noto la cuerda suelta del todo. Y caigo. Pero aterrizo en blando. En concreto en unos brazos que me cogen por la cintura y cargan con mi peso, antes de dejarme suavemente en tierra firme. Y me estoy riendo, aun sin quererlo, mientras escucho su risa suave en mi oído. El roce de su cuerpo me ha encogido el estómago. Casi parecen mariposas. Casi. Si no fuera porque sé que eso no puede ser...

—Gracias por traerme aquí, Cam —digo quedándome seria cuando él me suelta y puedo volverme a mirarlo.

Se limita a dedicarme una sonrisa y luego se pone a recoger todas sus cosas en silencio. Yo le ayudo, y, mientras regresamos al coche, voy parloteando a su lado sobre lo increíbles que eran las vistas y lo buenísima escaladora que soy. Él se ríe. Conmigo, claro.

Me monto en el coche mientras él lo guarda todo en el maletero. Luego se sienta en el asiento del conductor, a mi lado, y recoge su móvil del salpicadero, donde lo había dejado totalmente abandonado. Me parece ver que la pantalla está llena de notificaciones, pero no quiero ser cotilla, así que aparto la vista mientras él revisa sus mensajes nuevos. Lo oigo suspirar pesadamente y lo miro interrogándolo con la mirada.

—Nada. —Sonríe un poco al ver mi interés. Vuelve a dejar el móvil y busca mis ojos—. Aún nos queda una parada más antes de volver a casa. Y parece que va a haber tormenta, así que vamos a darnos prisa.

—¿Qué? ¿Dónde vamos? —Lo quiero saber ya, pero él hace una mueca, como si fuera una chica muy pesada. Precisamente él—. Oye... ¿me dejas conducir a mí? —pido, poniendo cara de buena. Tiene un cochazo, y yo estoy de subidón.

—Ni de coña —dice, firme, pero con una sonrisa burlona.

Arranca sin más y volvemos a escuchar a Taylor Swift. Me pongo el cinturón, intrigada por nuestro próximo destino. Y no tardo mucho en averiguarlo, porque Cam, en vez de seguir el camino por el que hemos venido, se desvía por el primer cruce para rodear la montaña. Acaba aparcando en un mirador que no parece estar en muy buenas condiciones. Pocos coches deben transitar ya estas carreteras.

Me bajo del coche en cuanto apaga el motor y me acerco al borde. Las vistas son impresionantes. Desde aquí no se ve la ciudad si no una extensión vastísima de tierra y, no tan lejos como yo podría pensar, el lago Folsom.

—Este también es un buen lugar para respirar —dice, justo detrás de mí.

Hago amago de volverme para mirarlo, pero está demasiado cerca y mi hombro choca con su pecho. Murmuro una disculpa, muy bajito, y siento como un ligero temblor me recorre el cuerpo. Él ha debido notarlo también.

—¿Tienes frío? —se preocupa—. Está empezando a levantarse aire —cae en la cuenta.

Se aparta de mí, de vuelta hacia el coche, y a mí me dan ganas de decirle que no. Que no ha sido por frío. Pero no digo nada. Lo veo reaparecer tras la puerta trasera que acaba de abrir y la cierra de nuevo, y vuelve conmigo con una chaqueta en la mano. Me la pone sobre los hombros. Y me queda enorme. Pero me la ajusto en torno al pecho porque es calentita y huele a él.

—Un buen lugar para respirar.

Me muestro de acuerdo con su comentario anterior a la interrupción.

Y cierro los ojos y respiro. Al borde de la montaña. Oímos sonar su móvil en el interior del coche y eso me perturba un poco la paz. En fin. Estoy dispuesta a perdonárselo. Él sale corriendo para contestar y, cuando lo hace, se aleja del coche y de mí hablando a través del aparato. Está lo suficientemente lejos como para que no me entere de su conversación, pero no como para que no me dé cuenta de cuando cambia el tono y la situación se vuelve tensa. Cuando cuelga, vuelve al coche y se mete dentro, tras el volante, y después cierra de un portazo. Frunzo el ceño. ¿Qué narices ha pasado? Vuelvo hasta allí rápidamente y me siento en el asiento del copiloto, a su lado.

Cam tiene los brazos apoyados en el volante y la cabeza entre ellos. Le toco la espalda con cuidado, solo para hacerle saber que estoy aquí. Pero no se mueve. Casi me da la impresión de que está llorando. Cuando por fin se echa hacia atrás y apoya la cabeza en el respaldo del asiento no veo lágrimas en sus ojos. Pero tampoco me hace falta. Su expresión deja muy claro que la falta de lágrimas es solo física.

—Eh —digo intentando hablar con el mismo tono tierno que él ha utilizado conmigo alguna vez—. ¿Qué pasa? ¿Qué ha pasado?

Él niega con la cabeza, sin mirarme.

—Nada. No es nada, Ash.

—Pues no parece que no sea nada. —Le llevo la contraria y, por fin, me mira—. ¿Quién te llamaba?

—No... —empieza a excusarse para no responder. Luego lo piensa mejor—. Era mi padre —confiesa al fin.

A estas alturas ya estoy empezando a darme cuenta de que cada vez que esos ojitos verdes se ponen tristes, algo relacionado con su padre revolotea alrededor.

—¿Qué ha pasado?

—Es una larga historia —dice, como cuando la gente no quiere dar explicaciones—. Necesito respirar —gruñe, y sale de nuevo del coche para acercarse al borde del mirador.

No tengo otro remedio que salir tras él y ponerme a su lado. Prefiero no decir nada. Simplemente me acerco un pelín más a él y apoyo mi mejilla en su hombro. Porque no quiero ser una pesada ni una cotilla, pero quiero que sepa que no está solo. No dice nada. Tampoco se aparta. Cerca de un minuto después mueve un poco el brazo. Solo para buscar mi mano. La coge apartando la manga de su chaqueta, que llevo encima, y entrelaza sus dedos con los míos. Y yo le acaricio el dorso y su pulgar con el mío. Lentamente. Oigo un trueno. Suena cerca. Pero no importa. Todo lo que importa es que Cameron Parker pueda respirar.

Al menos hasta que, de pronto y sin previo aviso más allá de un par de truenos, empieza a llover con fuerza. Pero con mucha fuerza.

—Mierda. —Le oigo decir—. ¡Vamos!

Tira de mi mano hacia el coche y nos soltamos al llegar frente al morro, para montarnos cada uno por una puerta. Han sido solo unos segundos bajo la lluvia, pero ya tengo que sacudirme un poco el pelo. Y él lleva los mechones negros pegados a la frente. Se los aparta y esta vez la cara se le queda despejada.

—Jolín —protesto—. Dos segundos más y tendría que escurrir la ropa —exagero.

—Joder, no quería que nos pillara la tormenta —se lamenta él mirando hacia el exterior por el parabrisas—. Deberíamos volver.

—¿Estás loco? Ahora llueve demasiado. No se ve nada —señalo lo evidente—. Es mejor esperar a que amaine un poco.

—Puede ser —concede apoyándose en el respaldo del asiento y tamborileando con los dedos en el volante por un momento—. ¿Y qué sugieres para pasar el rato?

—Tengo tiempo para una larga historia —insinúo.

Cameron me mira y hace una mueca.

—Tendrás que darme algo a cambio por mis más oscuros secretos. —Parece que bromea, pero su expresión sigue seria.

—Oscuros secretos por oscuros secretos —pacto—. No saldrá de aquí. Solo entre tú y yo —prometo, y le ofrezco mi meñique como hizo él hace una semana.

Engancha su meñique con el mío durante más tiempo del estrictamente necesario y así sellamos el acuerdo.

—Es mi padre —suspira mesándose el pelo una vez más. En el fondo, parece que tenía ganas de poder desahogarse con alguien—. Mis padres..., bueno, están separados. Están en proceso de divorcio. Y mi padre no... No veo mucho a mi padre, la verdad. Siempre me he llevado muy bien con él, pero desde que se fue de casa da la impresión de que no quiere saber demasiado de mí. Ni de mí ni de nadie, supongo. —Me mira y yo le sostengo la mirada, pero no digo nada, quiero que continúe hablando—. No sé muy bien lo que ha pasado entre mis padres, pero estoy casi seguro de que es por mi hermano. —Se mordisquea la parte interna de la mejilla derecha antes de seguir—. Siempre he sabido que mi hermano es gay. Siempre. Quiero decir, no lo he visto jamás con una chica, y él y yo siempre hemos hablado prácticamente de todo. Y mi madre también lo ha sabido siempre. Pero mi padre no. A mi padre no se lo quería decir nadie. —Esboza una media sonrisa triste—. Hasta el año pasado. Entonces mi hermano conoció a un tío que sí le gusta de verdad y necesitaba no tener que esconderse. Digamos que mi padre no se lo tomó muy bien. Y de ahí ha venido todo lo demás. —Hace una pausa y creo que no va a decir más, pero vuelve a mirarme y sigue hablando—. Hace prácticamente un año que no se habla con mi hermano; mis padres empezaron a tener broncas diarias después de eso y al final mi padre se largó de casa. Y ahora yo soy el único que sigue hablando con él, pero no lo veo más de una vez al mes desde el verano pasado. Solo llamaba para decirme que no puede verme esta tarde como había prometido, y que tampoco vendrá mañana al partido —dice bajando la mirada.

Mierda, casi me dan ganas de salir del coche e irme a buscar a su padre para patearle el culo.

—Tampoco es que me sorprenda —continúa—, hace meses que no viene a ninguno. Tampoco soy quarterback, ¿no? Así que da igual.

—Siento decirlo, Cam, pero tu padre parece un poco capullo.

Me atrevo a decirlo. Porque es Cameron. Y porque estoy cabreada con su padre, aun sin conocerlo de nada. Por un segundo, según lo digo, tengo miedo de que se cabree por mi comentario. Pero él esboza una media sonrisa triste, sin mirarme.

—Ya. Cosa de familia —bromea—. A veces yo también lo pienso. Pero es mi padre, Ash —dice alzando la mirada hacia mí. Se me rompe el corazón ante su tono—. Me enseñó a jugar al béisbol, me enseñó a jugar al fútbol, a montar en bicicleta, a escalar. Es que siempre había estado ahí. Siempre. En todos los partidos. En los entrenamientos importantes. Sé que le decepcioné no llegando a quarterback, pero, aun así, no había dejado de venir. Ahora...

No sigue hablando y yo le pongo una mano sobre el brazo, porque no se me ocurre otra forma de reconfortarlo.

—¿Todo porque tu hermano es gay? ¿Se le ha ido la olla por eso? —intento entenderlo.

—Para mi padre es difícil aceptar que las cosas no son cómo él quería que fuesen —suspira mirando por el parabrisas hacia la lluvia torrencial—. Y sé que es él el que se equivoca en todo esto y el que está haciendo las cosas mal, pero a veces necesito saber que sigue ahí, ¿sabes? Me siento como cuando tenía diez años, y lo único que quería era que mi padre estuviera orgulloso de mí... Aún es eso lo que quiero, a veces. ¿Tiene sentido eso? —me pregunta buscando mis ojos de nuevo.

Parece perdido. Yo asiento.

—Claro que lo tiene. —Lo tranquilizo acariciando su brazo con la mano que antes había posado en él—. ¿Por eso es tan importante el fútbol?

—Sí y no. —Sonríe un poco, mirándome—. Porque no sé si te has dado cuenta, Ashley, de que no tengo la mejor media del instituto, precisamente. El fútbol es mi manera de ir a la universidad y poder estudiar lo que quiero —explica—. Veintinueve de abril, partido contra los del St. Francis y el favorito de los ojeadores. Necesito impresionar a alguien de la Universidad de Oregón ese día, sea como sea. Sin presión —bromea un poco, y yo sonrío al oírlo.

—Sin presión —repito—. Estoy bastante segura de que impresionarás a más de uno, Cameron Parker —digo con toda mi convicción—. ¿Se puede saber qué quieres estudiar?

—Medicina deportiva —responde, y veo cómo le vuelve el brillo a los ojos al mencionarlo.

—Guau. Suena bien, aunque duro.

—No voy a entrar en otra universidad, Ash —se lamenta, sin hacer mucho caso a mi comentario—. Necesito que me quieran para el equipo de los patos de Oregón.

—Eh, sin presión. Habría que ser muy idiota para no quererte...

Me escucho a mí misma y sé que ha sonado exactamente como yo quería, pero también como no quería. Él no dice nada, pero yo tengo que apartar mis ojos de los suyos ante la intensidad de su mirada.

—¿Ya has pensado lo que quieres hacer con Tyler? —Me sorprende el repentino cambio de tema—. Oscuro secreto por oscuro secreto —me recuerda.

—Bueno, no estoy segura —reconozco. Aparto mi mano de su brazo y me recuesto en mi asiento—. Soy una idiota, y probablemente demasiado romántica y ñoña. Pero es que llevo cuatro años enamorada del mismo chico. Enamorada hasta los huesos. —Sonrío un poco, tristemente—. Pido el mismo deseo siempre que soplo una vela o que veo una estrella fugaz. Siempre el mismo. Hasta escucho una canción de la puñetera Taylor Swift y me imagino cantándosela al oído. —Tengo que reírme de mí misma, no me queda otra—. Imagínate. Soy penosa, ¿no?

—Claro que no. —Me lleva la contraria.

Pasa unos segundos con la vista perdida más allá del parabrisas antes de volver a hablar.

—Creo que sí has decidido lo que vamos a hacer con Tyler —dice como si estuviera dentro de mi cabeza. Gira la cara y me mira—. Vamos a conseguirte al chico de tus sueños, Ashley Bennet.

Voy a decir algo respecto a eso, pero el sonido de su móvil nos interrumpe, una vez más. Él mira quién llama y pulsa el botón de rechazar sin contemplaciones.

—¿Qué pasa hoy? No para de sonar.

—Ya. Es que es mi cumpleaños —dice, y sonríe de medio lado, como avergonzado.

—¿Qué? ¿Por qué no me habías dicho nada? —Le regaño, pero luego pienso en qué día es hoy y caigo en la cuenta de que es uno de abril. El Día de las Bromas—. ¿Me estás vacilando? —Dudo entonces—. Es una broma, ¿no?

Suelta una carcajada y niega un par de veces con la cabeza.

—Una broma fue para mi madre, me adelanté tres semanas. Te lo juro. Mira.

Rebusca en sus bolsillos hasta sacar la cartera y me enseña el carnet de conducir. Ahí lo pone. Fecha de nacimiento. Uno de abril. Hoy cumple dieciocho años.

—¡Felicidades! —digo por fin, y le doy un abrazo como puedo estirándome sobre el reposabrazos central y la palanca del coche—. ¡Tenías que habérmelo dicho! Es tu cumpleaños y te has pasado el día aquí animándome a mí...

—No me imagino un plan mejor —asegura. Lo dice en

tono burlón, pero siento que lo dice muy en serio—. Está dejando de llover —dice. La lluvia es menos densa ahora—. Deberíamos volver. He prometido a mi madre que iba a comer con ella.

—Sí, claro.

Me coloco bien en mi asiento y me pongo el cinturón. Él arranca y conduce con mucho cuidado bajo la lluvia hasta llegar a la carretera principal.

—Ya es hora de que desacoples mi móvil de tu coche —digo, solo medio en broma—. Debes de estar harto de Taylor Swift.

—¿Qué? Ni de coña —exagera su negativa—. ¿Sabes qué, Ash? —Lo miro alzando las cejas y él me dedica una sola mirada de reojo antes de decir—: Me encanta Taylor Swift.

Justo como lo hice yo la semana pasada. Qué idiota. Pero me río. Y él también. Y se pone a cantar con ella. Precisamente *Sparks fly* y poniéndole mucho sentimiento cada vez que dice *smile*.

Rebusco en mi mochila y saco un bolígrafo para después subirle la manga de la sudadera mientras conduce y escribirle como puedo en el antebrazo. *Smile*. Con un corazoncito en la «i».

Para cuando para el coche delante de mi casa ya se ha reproducido gran parte de mi lista de música. Está sonando *Fearless* y él me quita el boli para escribir con él en mi antebrazo como yo lo he hecho en el suyo.

Fearless.

—Te va que ni pintado. Recuérdalo porque nos va a hacer falta —aconseja—. Eres una valiente, Ashley Bennet. Sin miedo.

Sonrío y niego un poco con la cabeza.

—Ah —añade antes de que pueda bajar del coche—, y no hagas planes para esta noche. Doy una fiesta en mi casa, y tú y tus amigas estáis invitadas.

8
Shake it off

Mi madre entra en mi habitación con un estuche enorme y unas brochas en la mano. Aquí, Emily, Mia y yo nos empujamos las unas a las otras para ganar espacio frente a mi espejo. Mis dos amigas han llegado a mi casa hace una hora con un par de vestidos recién comprados. Parece que les hace mucha ilusión esto de la fiesta. Al fin y al cabo, es la primera fiesta de gente popular a la que estamos de verdad invitadas. No como cuando Emily y Grace se colaron en la fiesta que daba Tricia Simons el año pasado. Se lo pasaron bien, pero acabaron mal. En fin, en esta ocasión Grace ha dicho que tenía una cita con su nuevo amorcito, y que pasaba de colarse en fiestas ajenas y menos con esa pandilla. Ir a casa de Cameron Parker era una locura total. No me ha dado tiempo ni a decirle que, en realidad, estamos invitadas por el anfitrión. Pero Emily y Mia han cancelado sus planes para el sábado noche y aquí están. Todo un ejemplo de lealtad y apoyo moral a una amiga en apuros. Porque ir a esa fiesta yo sola podría ser lo más incómodo que he hecho en la vida. No viene mal llevarte un par de apoyos en casos como este. El principio de la introducción al grupo social, como dice el *planning* de Cameron, puede ser menos drástico arrastrando a un par de amigas conmigo.

—Estáis muy guapas, chicas —piropea mi madre con una sonrisa traviesa. Es casi como si el chico guapo la hubiera invitado a ella a la fiesta. Deja de vivir a través de mí, mamá—. Dejadme que os eche una mano con el maquillaje —se ofrece, y despliega todo su arsenal. Sienta a Mia en el borde de mi cama y ella se coloca al lado—. ¿Y cómo va a ser esa fiesta? Espero que seáis responsables, niñas —advierte, mientras embellece a mi ya preciosa amiga—. No habrá alcohol, ¿verdad?

—Mamá —suspiro, aburrida—. Es una fiesta en casa de Cam. Te encanta Cam, ¿no?

—Me encanta Cam, pero hace una fiesta en su casa y su madre está esta semana de turno de noche. Quiero que lo paséis bien, pero que no os metáis en líos.

—No, señora. Seremos las más responsables de la fiesta —aseguro.

—Eso seguro —murmura Emily, y yo le pego un codazo para que se calle.

—Hija, pero ¿cómo no me habías dicho que era el cumpleaños de Cam? Habría salido esta mañana a felicitarle —sigue parloteando mi madre.

—Yo tampoco lo sabía, mamá. Me lo ha dicho cuando ya estaba con él. —Y de otra manera tampoco se lo habría dicho, pero eso ahora no hay necesidad de explicárselo a mi madre.

—¿Va a estar por ahí Tyler Sparks? —cotillea, y, por lo menos, me alegro de que no le haya llamado «el porrero» esta vez y delante de mis amigas.

—Pues supongo que sí, mamá. —No me queda más remedio que admitirlo—. Son amigos, sería raro que no lo invitara a su fiesta de cumpleaños, ¿no?

—¿Puedo confiar en ti? —Mi madre centra toda su atención en mí. Muy seria.

—Mamá, por favor...

Tres cuartos de hora después, las tres nos acercamos a la casa de Cameron Parker caminando por la acera. Ya podemos escuchar la música y las voces de la gente. Parece que ya ha llegado casi todo el mundo. Cam me ha advertido de que intentáramos llegar más tarde que pronto, y también ha dicho que iba a ser una fiesta pequeña. «Reunión de amigos», la ha llamado. Y aún no estoy dentro, pero ya me parece que eso no la define exactamente.

Emily lleva un vestido turquesa palabra de honor que le cubre hasta medio muslo. Y no sé cómo puede ir cómoda, y menos con esos tacones, pero ella ya camina como si fuera el alma de la fiesta. Mia lleva un vestido azul de tirantes suelto que se ajusta a su cintura con un cinturón negro. Y su calzado son unas sandalias con cuña. Más cómodo que el de Emily, al menos. Y yo voy vestida como me ha sugerido Cam, claro. Para eso fui de compras hace poco más de una semana con mi estilista personal. Mi vestido es gris con brillos y es el más ajustado de los tres, y demasiado corto. Tanto que me sorprende que mi madre no haya dicho nada cuando me ha visto salir así de casa. Pero no tiene escote y se ajusta al cuello, así que una cosa por otra. Un par de esos zapatos imposibles que compré la semana pasada se han venido conmigo, pero no sé si los aguantaré en los pies toda la fiesta. Ya empiezo a notar la incomodidad en mis pobres deditos apretujados en la punta.

—No había estado nunca en casa de Cameron Parker —comenta Emily mientras atravesamos el jardín.

—No sabía ni dónde vivía Cameron Parker —está de acuerdo Mia, llegando un poco más allá—. ¿Qué tal, Ash? ¿Preparada? —consulta volviéndose hacia mí, que estoy un paso por detrás. Al verme dudar me coge de la mano y tira de mí—. Vamos. Hay cerveza gratis.

Y no sé desde cuándo Mia ha dejado de ser la más tímida del planeta Tierra, o desde cuándo bebe cerveza, pero tampoco me da tiempo a preguntar. Debe de ser cosa de esa tal Gina que, por lo que yo sé, es bastante más atrevida que cualquiera de nosotras. Entonces pienso en Cam escribiendo en mi brazo esta mañana en su coche. *Fearless*. No lo olvides, Ashley.

—Ey, bienvenidas a la fiesta —saluda Cam al abrirnos la puerta, pero solo me mira a mí.

Sonríe y me da un abrazo corto, de esos que parecen estar convirtiéndose en costumbre, antes de dejarnos pasar. Lo oigo saludar a mis dos amigas por sus nombres, dar las gracias ante las felicitaciones, y se encarga de recoger nuestras chaquetas para guardarlas en otra habitación. Aquí dentro hace mucho calor. Puede que fuera verdad lo de que era una simple reunión de amigos. Pero Cameron Parker tiene muchos, muchos amigos.

—Chicas, podéis beber lo que queráis, hay de todo en la cocina. —Señala el camino hacia allí al volver junto a nosotras—. También hay alguna cosilla para picar. Como si estuvierais en vuestra casa. Pasadlo bien —se apresura a desearnos, cuando un chico lo llama desde el otro lado del salón—. Ash —me reclama cogiéndome del brazo cuando yo ya voy a avanzar tras mis amigas—. Estás muy guapa —asegura antes de nada y yo sonrío un poco perdiéndome en sus ojos verdes—. Tyler está por ahí con Blair, pero cuando ha llegado lo primero que me ha preguntado es si ibas a venir tú. —Alzo las cejas, sorprendida, y él repite el gesto frente a mí como si se tratara de un espejo—. Pásalo bien. Y cuidado con lo que bebes, que tu tolerancia al alcohol no es espectacular, que digamos —se burla.

Luego se da media vuelta y desaparece entre la gente. Y me deja ahí sola. Sola ante el peligro. Sola ante la posibilidad de encontrarme frente a Tyler pegadito a la boca de la bruja. Me dirijo a la cocina lo más rápido que puedo. Una gallinita siempre está más protegida en grupo.

Mia y Em ya están con una cerveza en la mano cada una y cuchicheando entre ellas, cuando llego a su lado. Mia me tiende una lata a mí también. La cojo porque, si no lo hago, seré la rarita de la fiesta.

—Esto está lleno de musculitos del equipo de fútbol —dice Emily con una sonrisita—. Menos mal que no le he dicho exactamente a Scott adónde íbamos —medio bromea—. ¿Creéis que podría ligarme a alguno?

—A todos los que quieras —le respondo yo poniendo los ojos en blanco. Siempre está igual.

—Eso pensaba yo. Chicas, estamos en una fiesta en casa de Cameron Parker —se emociona—. Propongo un brindis por Ash que, sin saber ni cómo lo ha hecho, nos ha traído hasta aquí.

Las bobas de mis amigas se ríen. De mí. Pero, aun así, brindo con ellas. Porque las necesito esta noche. Las necesito para no estar sola en un rincón viendo como toda esa gente tan alejada de mi propio mundo se lo pasa de muerte bebiendo sin control y enrollándose unos con otros por los rincones.

Estamos a punto de salir de la cocina con nuestras cervezas en la mano cuando entran dos personas bloqueándonos la salida. Vanessa Miller y Jessica Harris. Bienvenida a la fiesta, Ash. Y aquí tus nuevas mejores amigas.

—Vaya, vaya, vaya —dice Jessica al vernos a las tres ahí. Sonríe de medio lado con superioridad—. Pero si es el nuevo perrito faldero de Cam —insinúa centrando su vista exclusivamente en mí—. ¿Alice? —prueba, aunque estoy segura de que sabe perfectamente cómo me llamo.

—Ashley —corrijo dedicándole la misma sonrisa falsa que ella luce.

Vanessa ha pasado de largo sin dirigirnos la palabra y está en la mesa preparando un par de vasos de combinados.

—Jess. —Oigo que la llama.

Pero Jessica no le hace caso y se acerca un poco más. Su actitud es un poco intimidante, cuando menos, y, a pesar de mis nuevos zapatos, es más alta que yo. La melena rubia casi le llega hasta la cintura y va tan pintada que nadie le pediría el carnet para comprar alcohol.

—Mira, Ashley —repite mi nombre con un deje de desprecio—. No me gusta tener problemas con nadie, ¿sabes? Así que un consejito para ti: mejor mantente alejada porque está fuera de tu alcance. Cameron Parker es mío —dice en voz más baja, y casi me da la impresión de que es porque no quiere que Vanessa la oiga.

—Vaya, no sabía que tuviera dueña —habla Emily a mi lado plantándose delante de Jessica—. A lo mejor deberías ponerle la correa cuando lo saques a pasear, Jess. Ya sabes, para que no haya confusiones —termina burlonamente.

Luego tira de mi mano y salgo de la cocina tras ella y escoltada por Mia. Caminamos hasta mitad del salón y paramos en el centro de una improvisada pista de baile.

—¡Ha sido una pasada! —Mia se ríe chocando su lata contra la de Emily—. ¡Vaya, Em! Eres una tía dura.

—Eh, eh. Nadie se mete con mis amigas. Y nadie se apropia así de un bombón como Cameron Parker, todas tenemos derecho a fantasear con su soltería.

Me tengo que reír con ellas. Porque puede que tenga razón. Que todas tengamos derecho a fantasear con su soltería. Miro a Emily agradecida. Mi mejor amiga en el mundo. Me defendería hasta la muerte. Bueno, yo a ella también, claro.

Oímos un coro de voces jaleando a alguien justo antes de que se corte la música. Cameron se ha subido a una silla en medio del gentío. Todo el mundo se queda en silencio, pendientes de él. Vaya cuajo. El tío parece estar como pez en el agua. Totalmente en su salsa, con toda la atención centrada en él. Y seremos más de cincuenta personas, así que eso es mucha atención para uno solo. Con el rabillo del ojo veo a Jessica avanzar junto a Vanessa y situarse frente al anfitrión mirándolo con una sonrisita. Yo diría que hasta un poquito embobada. En el fondo, a todas nos pasan las mismas cosas con los malditos chicos populares.

—¡Corta el discurso y pon la música, capitán! ¡Queremos beber! —Oigo gritar a Troy Cruz entre el gentío antes de que Cam pueda decir nada.

El resto de los chicos del equipo ríen y Cameron también. Qué guapo. No me extrañaría que cuatro o cinco chicas cayeran desmayadas ahora mismo. Pero parece que todas se mantienen conscientes por el momento.

—Muchas gracias a todos por venir —dice Cam con voz firme por encima del murmullo general—. No me imagino gente mejor con la que celebrar un cumpleaños. —Sus amigos se burlan por su cursilería—. Muchachos, bebed con moderación, que mañana tenemos partido. —Unos cuantos abucheos y él manteniendo esa sonrisa canalla. Madre mía—. Animadoras, bebed con moderación, que mañana tenemos partido... ¡Qué coño! ¡Bebed y pasadlo bien que mañana vamos a ganar igual con o sin resaca!

Los vítores de los integrantes del equipo son ensordecedores. Sobre todo porque tengo un tío al lado del tamaño de un armario empotrado silbándome casi, casi en el oído.

—¡Esperemos que empiecen ellos la ofensiva y así tenemos más tiempo para pasar la resaca! —Oigo un grito detrás de mí. Hace reír al resto de los jugadores.

—¡Que alguien vigile a Sparks para que pueda lanzarla mañana! —dice otro.

—Lanzo los mejores pases incluso puesto hasta las cejas.

—Oigo la voz de mi amor platónico entre el gentío—. Te lo demuestro dentro de un ratito si quieres, pedazo de capullo —se vanagloria.

—Mientras aparezcas por el campo ya tenemos bastante tratándose de ti —se mete Cam con su amigo, pero luce una sonrisa divertida—. Señores, señoritas... ¡que no pare la fiesta!

La música vuelve a sonar con fuerza y todo el mundo a mi alrededor grita, silba y canta a pleno pulmón. Esto es una fiesta de verdad. O eso creo. Tampoco había estado nunca en ninguna.

Una hora y media después de que hayamos llegado, o quizá algo más (estoy empezando a perder la noción del tiempo), vuelvo del baño para encontrarme con que mis dos amigas han desaparecido. Llevo ya dos cervezas y media. La otra media se la ha bebido Mia de un trago. Sorprendente para lo pequeñita que ella es. Y ya voy bastante contentilla y, por si eso fuera poco, me hago pis como cada cinco minutos. Esta vez he tenido que ir al piso superior en busca de un baño, porque en el de abajo alguien se había encerrado y se oían sonidos demasiado sospechosos como para pensar que habían ido a utilizar el baño realmente. Y cuando he conseguido volver justo al punto donde las he dejado, esas dos ya se han largado. A saber dónde se han metido. Seguro que han ido a la cocina a por más bebida. Como si no hubieran tenido ya bastante. Están borrachas y les da igual. Esto es nuevo para mí, supongo que para las tres, pero lo cierto es que lo estamos pasando de muerte. Eso es lo que no para de decir Emily. Y esas dos descaradas no desaprovechan el desparpajo que les da el alcohol. Hablan con todo el mundo. Quién las ha visto y quién las ve. Exacto. ¿Quién las ve? Porque yo no tengo ni idea de dónde se han metido. Y no parece que se acuerden de que deberían comportarse porque hoy duermen en mi casa, y la bronca de mi madre no les va a caer a ellas, precisamente, como volvamos las tres borrachas. Decido probar suerte en la cocina, porque me parece el sitio más probable. Cuando voy a dirigirme hacia allí, oigo una voz conocida proyectada justo hacia mi oído izquierdo.

—Ey, preciosa. ¿Qué tal? ¿Estás sola?

Me giro para encontrarme unos mechones oscuros enmarcando unos brillantes ojos verdes. Me sonríe y yo le devuelvo la sonrisa. ¿Cómo no? No para de contagiármela.

—He perdido a mis amigas —confieso encogiéndome de hombros—. Son rápidas y escurridizas... y están un poco borrachas —añado bajando la voz como si fuera un secreto.

—Uf, menos mal que te he encontrado —dice en tono burlón—. Una chica sin amigas en una fiesta como esta es como miel para los moscardones.

—¿Eso es lo que eres tú? —provoco con mi mejor sonrisa.

—Bueno, es lo que tú piensas —me echa en cara, pero está sonriendo al decirlo—. ¿Lo estáis pasando bien?

—Demasiado bien.

—¿Cuánto has bebido?

No contesto porque, en ese momento, a su espalda, veo salir a la parejita que estaba encerrada en el baño de abajo. Son Tyler y Blair. Ella se está ajustando bien los tirantes del vestido negro que lleva. Parece más que obvio lo que ha pasado ahí dentro. Cam también se gira para ver qué me ha dejado tan impresionada. Enseguida se vuelve hacia mí de nuevo.

—Ah, típico de Tyler y las fiestas. Por lo menos esta vez no le ha dado por usar mi cama —gruñe.

Intento centrar de nuevo mi atención en él y, cuando voy a dar un paso atrás, casi me caigo de mis tacones nuevos al pisar mal. Cameron me sujeta por el codo al instante y la inercia me empuja hacia él. Justo contra su pecho.

—¿Cuánto has bebido? —repite la pregunta sin dejar que me aleje ni un centímetro.

—Dos cervezas —recuento por lo bajo.

—Eres demasiado floja para una fiesta como esta —se burla de mí en tono cariñoso—. Hazme un favor y bébete una Coca-Cola antes de volver a la cerveza, ¿vale?

No me suelta aún así, y yo veo, justo tras él, que Jessica Harris nos está mirando con mucha atención desde cerca de la puerta del baño. Tiene cara de querer asesinar a alguien. Y está clavando sus ojos concretamente en mí.

—Cam —protesto para que me deje apartarme un poco—, tu novia nos está mirando.

Él frunce el ceño al escucharme, mirando hacia abajo para encontrarse con mis ojos.

—¿Qué novia? —pregunta, y parece ligeramente divertido ante mi comentario.

—Jessica Harris.

Él hace una mueca en cuanto escucha su nombre.

—Ha venido antes a amenazarme un poquito. Que me mantenga alejada de ti o algo así.

Alza las cejas, sorprendido.

—Ignora a Jess —me aconseja—. Ladra mucho pero no muerde.

—¿Es tu novia? —pregunto directamente, buscando sus ojos.

Él suelta una carcajada.

—Claro que no. Nos hemos enrollado un par de veces, nada más. Y nunca habrá nada más. Jess no es mi tipo.

—¿Y cuál es tu tipo? —lo provoco, y me separo un poco de él, pero aún agarrada a su brazo. Veo que aún lleva mi *smile* escrito en él.

—Ashley... —empieza, y me está clavando tanto los ojos que casi siento ese verde intenso tiñendo mis neuronas—. Tu novio nos está mirando —repite lo que he dicho yo antes y busco a mi alrededor con la mirada. Tyler nos observa bebiendo de un vaso de cartón no muy lejos de nosotros. Blair no está a la vista—. Haz como si te hubiera dicho algo muy gracioso —aconseja Cam cuando vuelvo a mirarlo a él.

Y me echo a reír. Pero de verdad. Él parece sorprendido por mi reacción, pero luego termina riendo conmigo, contagiado por mis carcajadas. Y es que casi tengo que doblarme para sujetarme el estómago.

—Es que has dicho algo muy gracioso de verdad —reconozco mientras me sigo riendo.

Cameron Parker, en medio de su propia fiesta de cumpleaños, pidiéndome que me ría como una tonta para que Tyler Sparks se ponga celoso. En el fondo es lo más gracioso que he oído en mi vida.

—Tus amigas también se lo están pasando bien.

Me las señala y yo sigo la dirección que indica su mano con la vista. Ahí están las dos, con más cerveza en la mano y jaleando a Ryan Johnson, el corredor del equipo, para que se beba un vaso de litro lleno de vete tú a saber qué de un solo trago. Increíble lo de esas dos. No parece que se acuerden de que existo y me han dejado tirada.

—Voy a echarles la bronca por abandonarme.

—No seas aguafiestas y déjalas disfrutar. Quédate conmigo un rato más —propone.

Se me tensa el estómago otra vez al oír eso. Que me quede con él. No hay nada que me apetezca más en el mundo, excepto quizá quedarme con Tyler Sparks a solas un ratito. Pero la mirada de Jessica está empezando a incomodarme mucho.

—No quiero que tu novia me dé una paliza —me disculpo en tono burlón.

—Y yo no quiero que me la dé tu novio —repite siguiéndome el juego—, pero correría el riesgo —asegura intensificando su mirada.

Mierda. Debería dar un solo paso hacia él y besarlo. Besarlo con todas las ganas que estoy acumulando hasta que desaparezca todo el resto de la fiesta. No sé ni qué siento, con Cam delante de mis narices y Tyler con sus ojos fijos en mi espalda. Es Cameron Parker, él jamás se fijaría en una chica como yo. No teniendo a Jessica Harris a sus pies. Y yo no debería fijarme en él. Ni siquiera estoy segura de lo que estoy haciendo. Llevo enamorada de su mejor amigo toda mi maldita vida.

—No quiero monopolizarte en tu fiesta de cumpleaños. —Doy un par de pasos más hacia atrás, alejándome de él—. Te veo luego.

Me doy media vuelta y me alejo en dirección a mis amigas. Él no dice nada más, pero sigo notando su mirada mientras me alejo.

Me mezclo entre la gente y, cuando casi estoy llegando hasta Emily, una melena rubia se me coloca delante, haciéndome frenar la marcha. Lo único que me faltaba. No creo que Jessica sea capaz de tirarme de los pelos delante de tanta gente. Pero, quién sabe, mi máxima en el instituto siempre ha sido que no puedes fiarte de una animadora.

—Pareces sorda, Ashley —dice, con cara de pocos amigos—. A lo mejor necesitas que te repita lo de que dejes a Cam en paz. No pierdas el tiempo y no te molestes —aconseja—. Tú no juegas en esa liga.

—Para tener tan claro lo fuera de mi alcance que está, te veo bastante preocupada —le respondo, envalentonada por el alcohol—. No te lleves mal rato. Cam no me interesa —digo altivamente—. ¿Te importa?

Le indico con un gesto que me deje pasar y, para mi sorpresa, ella se aparta a un lado. Menos mal. Decido cambiar mi rumbo e ir a por algo de beber a la cocina, si es que queda, antes de unirme a los juegos alcohólicos que Emily se trae con unos cuantos chicos del equipo. Mia no está a la vista e imagino que debe de haber ido al baño.

Parece que no es mi día de suerte, porque de nuevo tengo a alguien interponiéndose en mi camino. Pero, esta vez, no es ninguna molestia. Porque al alzar la mirada me encuentro con unos ojos color avellana y una media sonrisa. Tyler me está tendiendo un vaso lleno hasta el borde, pero no sé de qué.

—¿Qué es? —prefiero preguntar antes de cogerlo.

—Ron con Coca-Cola. Pruébalo, te gustará.

Cameron ha dicho que beba Coca-Cola, pero no ha especificado si puedo o no mezclarlo con algo más. Me tomaré la libertad de decidir que sí. Le quito el vaso de las manos a mi amor platónico y bebo un sorbo. Sabe muchísimo a alcohol. Pero ahora soy una de estas chicas malas y tengo que beber como ellas lo hacen. Miro a Tyler de nuevo y él tiene su propio vaso en la mano, así que... ¿ha preparado este para mí? ¿O lo había preparado para su novia, pero me vio a mí antes? Me da igual. Solo me alegro de que ahora esté aquí conmigo.

—¿Lo estás pasando bien? —me pregunta entonces.

Yo asiento con la cabeza esbozando una sonrisa.

—No te había visto nunca en una fiesta —dice.

—Nunca me habías invitado —digo, coqueta, como si la culpa fuera exclusivamente suya.

—Si hubiera sabido que estarías tan guapa, te habría invitado a todas —asegura mirándome a los ojos.

Está borracho. Se le nota mucho más de lo que él cree y el aliento le huele a alcohol. Pero, aun así, se me disparan las pulsaciones al oírlo. Es que casi ni me creo que haya entendido bien lo que ha dicho, debe de haber algún error.

—A lo mejor estaba así de guapa todos los días, pero no me habías mirado bien, ¿no, Tyler?

Sonríe. Mucho más que antes. Se inclina hacia mí y se acerca a mi oído.

—Tú has estado guapa todos los días, Ash —dice en voz baja, pero lo escucho por encima de la música y se me empiezan a derretir todas las neuronas, una a una. Un efecto dominó devastador—. Y sí que te he mirado bien. Muchas veces.

Se separa unos diez centímetros escasos y me quedo atrapada en sus ojos por más segundos de los que debería. Luego, me aparto para mirar alrededor. Si ya la he tenido con Jessica, lo último que necesito es tener que vérmelas con Blair. Pero, al barrer las caras de la gente con la mirada, no la encuentro a ella. Encuentro los ojos verdes de Cam. Y nos están mirando a nosotros. Sonrío un poco para hacerle saber que nuestro plan está empezando a tomar forma de nuevo, pero él no me devuelve el gesto esta vez. Está muy serio. No sé qué demonios le pasa. Solo sé que se bebe todo el contenido del vaso que tiene en la mano de un solo trago y tira el cartón a un lado, sobre una mesa de madera. Me mira por última vez y se da la vuelta para alejarse hasta el otro extremo del salón.

Vuelvo a centrar mi atención en Tyler, que tiene los ojos rojos y arrastra un poco las palabras, pero que me resulta tan irresistiblemente atractivo como siempre. Solo que eso no se lo puedo decir, claro.

—Estás borracho —lo acuso, y lo empujo un poco hacia atrás para que no esté tan cerca de mi cara.

—Dicen que los borrachos no mienten, ¿no? —recuerda él con una sonrisa traviesa—. A ti no puedo mentirte, además. Le miento a todo el mundo, pero a ti no. A ti no puedo mentirte. Por eso no te quiero mirar porque ves... a través de mí. —Utiliza dos dedos para ponerlos frente a mis ojos y luego llevarlos a los suyos, y después gesticula como si le estuviera estallando la cabeza. Se ríe—. Pero siempre has sido tan... tan guapa... Ash..., —baja el tono al decir mi nombre.

Yo niego con la cabeza enérgicamente.

—No me cuentes historias. Y deja de beber de una vez, que mañana tienes partido —le recuerdo, más por Cameron que porque a mí me importe.

—Me gustabas mucho, ¿sabes? —continúa, como si no me hubiera escuchado. Probablemente no lo ha hecho—. Me gustabas mucho entonces. Y te he echado de menos.

Debería estar flotando en una nube. Debería estarlo y no sé por qué no lo estoy. A lo mejor porque no me creo ni una palabra. Porque está borracho. A lo mejor porque yo también lo estoy un poco y, aun así, no paro de beber del vaso que él me ha dado, aunque no me guste. O tal vez porque hace un cuarto de hora el tío estaba echando un polvo con su novia en el baño de casa de Cam.

—No fui yo la que te dejó de hablar de un día para otro —le recuerdo.

Paso por su lado empujándolo un poco con el hombro. Está demasiado borracho como para que esto sea una broma del Día de las Bromas, eso seguro. Pero también está demasiado borracho como para tomar en serio nada de lo que diga. Y yo recuerdo perfectamente cómo fueron las cosas hace casi cuatro años. Yo recuerdo perfectamente que me dio el beso de mi vida una tarde en la fría piedra del banco de la puerta trasera de esa maldita iglesia de nuestro barrio. Recuerdo perfectamente que al día siguiente no supe nada de él. Y que apenas ha vuelto a hablarme en cuatro años. Lo recuerdo y me moría por escuchar estas palabras de su boca. Me moría por tenerlo tan cerca y volver a ver saltar las puñeteras chispas de sus ojos color avellana. Sí, me moría por todo esto. Pero no así. No con su novia en algún lugar de una maldita fiesta llena de idiotas que ni se habían dignado a dirigirme más de un vistazo en la vida. No con él así de borracho. Quizá incluso colocado. No tenía que ser así. No era así como lo había soñado. Y tendré que ir adaptando mis sueños poco a poco al estado de cosas actual. Pero esta noche no. Esta noche tengo la mente nublada. Y no puedo ir más allá.

Pero él me agarra del brazo y me hace girarme hacia él una vez más.

—Ash, si me alejé de ti no fue porque tú no me gustaras —dice mirándome directamente a los ojos y hablando muy serio—. El problema fue que me gustabas. Que me gustabas demasiado.

Estoy muy confusa. Cada vez más. Esto es demasiado complicado. Se está volviendo demasiado complicado. Pero aún recuerdo sus palabras cuando estaba sobrio. Y sin alcohol de por medio, él lo dijo muy clarito. Cristalino, de hecho. Que no volvería a liarse conmigo. Y es mi momento de dejarle claro que ya no soy la misma. Que soy una chica mala. Que conmigo no lo tiene tan fácil.

—El pasado, pasado está —recito, y le sonrío con chulería antes de seguir—: Ni loca volvería a liarme contigo, Tyler Sparks.

Sacudo el brazo para librarme de su mano y me alejo. Me tiemblan las piernas un poco. Bueno, mucho. Me bebo lo que queda en mi vaso de un trago para intentar darme fuerzas para seguir como si nada. Ahora soy una chica dura. Ahora soy yo la que lleva las riendas de esto. Ahora soy yo la que debe manejar a Tyler como un muñequito, lo mismo que él ha podido hacer conmigo durante años. Si hubiese querido.

Hago esfuerzos para no volver la vista atrás y voy directa hacia la cocina. Que era mi objetivo, en realidad, antes de este encuentro. Probablemente no necesito beber más. Probablemente no debo hacerlo, pero ahora que empiezo a sentirme tan desinhibida no me parece una mala idea tomar otra.

De hecho, me parece una idea genial. Paro en el marco de la puerta y no llego a entrar porque delante de mis ojos se está desarrollando una escena que no podría imaginarme para nada. Ni en mis peores pesadillas, vaya. Y acabo de entender por qué Blair Wells aún no ha acudido a mi encuentro para matarme. Está ahí, charlando con Mia, bastante cerca la una de la otra, diría yo. Y mi amiga se ríe y la bruja tiene uno de sus mechones rubios entre sus dedos y juguetea con él como si Mia fuera su Barbie a tamaño natural. Y yo, decididamente, no quiero ver más. Mia ya me dará explicaciones mañana. Muchas. Pero ahora no puedo más con esta maldita fiesta y su montaña rusa de emociones. El miedo al llegar, la incomodidad de las amenazas de Jessica, las ganas absurdas de besar a Cam, la confusión más absoluta con la declaración de Tyler... y ahora esto. Demasiado para una sola noche.

Giro sobre mis talones para escapar. De la imagen de esas dos pegaditas como si fueran muy buenas amigas... o algo más. De mi propio lío mental y del mareo que está empezando a causarme el maldito ron que Tyler me ha dado. Voy camino de las escaleras a ver si en el piso de arriba encuentro un poco de paz, aunque sea encerrada en el baño. Pero noto a alguien pegarse a mi espalda y empujarme contra la pared y se me corta la respiración cuando el cuerpo de Tyler se pega a mi cuerpo y su boca queda a una distancia ridículamente pequeña de la mía.

—Mierda, Ash... —murmura, y casi suena a deseo.

Y si hay que hablar de deseo, el mío está creciendo en mi interior y extendiéndose por todas mis fibras nerviosas. Quiero fundirme con esa boca. Quiero besarlo con todos mis puñeteros sentidos, con cada una de las células que me componen. Quiero que me toque y quiero tocarlo tanto que se me acaben formando llagas en los dedos. Eso es lo que quiero. A la mierda la confusión. Quiero a Tyler Sparks. Y lo quiero ya. Borracho o sobrio. Colocado. Alegre o triste, o aunque sea completamente desequilibrado, loco de remate. Lo quiero. Nunca he querido a nadie más. Nunca lo voy a hacer. Y quiero darle ese beso con el que llevo soñando cuatro largos años. Pero mejorado. Y no va ser como el primero. Porque ya la ternura y la inocencia las he quemado por el camino. Quiero hacernos arder a los dos.

—Tyler —pronuncio a media voz, y creo que ni siquiera él me ha escuchado.

Me acaricia el labio inferior con su dedo pulgar y se aparta para darme un poco más de espacio, aunque no quiero que lo haga. Me dan ganas de gritarle que vuelva. Un poco más cerca. Mucho más cerca. Hasta que no pueda acercarse más.

—Ashley, Ashley —repite mi nombre en tono lastimero—. ¿Qué estás haciendo? ¿Qué estás haciendo conmigo?

Da un par de pasos atrás mientras niega con la cabeza. Parece desolado. Y yo lo quiero consolar. Puedo consolarlo. Olvidémonos de todo lo demás de una maldita vez. Solos él y yo. Como debería ser. Como siempre debería haber sido.

Estoy a punto de acercarme de nuevo a él cuando oigo una voz a mi derecha.

—Tyler.

Es Blair. Y creo que ni ha reparado en mi presencia. Mi amor la mira y no dice nada. Casi parece más confundido que yo. La bruja se acerca y le rodea la cintura con un brazo.

—Anda, vámonos ya. Estás muy borracho —dice, como si los demás no nos hubiéramos dado cuenta.

Yo me quedo allí, con la espalda apoyada en la pared. No sé ni siquiera lo que ha pasado. No lo entiendo. No lo proceso. Ahora que Tyler está a más de un metro de mí, al menos puedo volver a funcionar como una persona. Siento cómo empiezo a volver poco a poco a mi ser. No del todo. Solo un poco. Lo que me permite el alcohol que me he bebido. Y, a lo mejor, esa es la clave para terminar la noche sin volverme loca. Un poco más de alcohol.

Voy directa a la cocina y entro esperando encontrar a Mia allí, pero ella ya no está. Rebusco entre las botellas, pero casi no sé ni qué es cada cosa. Veo una en la que pone «ron». Perfecto. Dicen que es mejor no mezclar. Podía haber pensado en eso antes de beber cerveza y luego ron. Pero ya es tarde, y supongo que, con no mezclar más, servirá. Me preparo un ron con Coca-Cola sin estar muy segura de las proporciones que debo poner. Le doy un trago. Y está bastante menos cargado que el que me ha dado Tyler hace un rato. Mi yo del futuro me lo agradecerá, estoy segura. Bebo sorbos cortos, apoyada en la encimera de Cam durante un rato. Casi llevo medio vaso cuando Troy y Ryan entran en la cocina empujándose entre sí y riendo. Apenas se percatan de mi presencia y yo me escabullo hacia el enorme salón de nuevo. Será mejor que busque a mis amigas. Hace mucho rato ya que no las veo y necesito compañía. Aunque ahora mismo no son la compañía que más me apetece. Me apetece ver a Cam. Me apetece escuchar su tono preocupado preguntando de nuevo cuánto he bebido y su tono burlón cuando tenga que criticar otra vez mi tolerancia al alcohol. Quiero que me diga que Tyler es un idiota, pero que lo conseguiremos para mí, si es el chico de mis sueños. Quiero poder reírme de todo lo que ha pasado esta noche. Quiero que me contagie su risa cuando le cuente que le he dicho a Tyler que ni loca me volvería a liar con él, pero que luego casi me derrito, que me pican los labios de impaciencia por no besarlo. Quiero miradas intensas de un verde irresistible. Y, a lo mejor, querer besarlo otra vez. Y no sé qué demonios me pasa, o qué estoy haciendo con mi vida. O por qué, de repente, creo que me gustan los dos chicos más populares del maldito instituto.

Doy vueltas por el salón, buscando en cada rostro, esperando ver el suyo. Mechones de pelo negro y ojos verdes brillantes. ¿Dónde narices se ha metido? Por fin lo encuentro y, cuando lo hago, me quedo completamente paralizada al mirarlo. Normal que me costara dar con él. La verdad es que no se está dejando ver mucho la cara. Está sentado en el borde de un sofá y tiene una chica, con un vestido rojo diminuto y una melena rubia hasta la cintura, sentada encima de él. Se la está comiendo a besos. Casi literal. La besa con ansia, casi con rabia. Con una mano enredada en su pelo rubio y la otra oculta bajo el borde inferior de su vestido. A lo mejor Jessica Harris tenía razón: a lo mejor Cameron Parker es suyo. Un poquito, al menos. Por lo menos, por esta noche.

Y a mí se me ha bajado la borrachera tan rápido que creo que me voy a desmayar. Se me ha vuelto el estómago del revés y me late el corazón a toda velocidad. Ni siquiera sé lo que siento. No sé qué es lo que me pasa. Solo sé que necesito salir de aquí. Necesito salir de aquí ya. Estoy empezando a notar una presión horrible en mi cabeza, se me nubla la vista, me escuecen los ojos. Y no puedo dejar de mirar, aunque quiero dejar de hacerlo. Veo a Cam besarle el cuello mientras mueve la mano bajo su vestido, y Jess echa la cabeza hacia atrás y se muerde el labio. Y es mucho más guapa que yo, mucho más sexy, mucho más atrevida. Me acaricio el brazo, justo donde aún llevo escrito *Fearless* con su letra. Y sé que eso es lo que ella es y yo nunca seré. «Jess no es mi tipo.» Vuelve a besarla en la boca y yo siento que me muero un poquito más.

—Ashley —me llama una voz a mi lado—. Ashley, ¿dónde estabas? Llevo un buen rato buscándote.

Me giro hacia ella. Desesperada.

—Em, sácame de aquí. Sácame de aquí ya —suplico.

Entre ella y Mia me arrastran fuera de casa de Cam. Emily

se queda conmigo mientras Mia vuelve dentro para recuperar nuestras chaquetas. Debe de hacer mucho frío en la calle, pero yo no noto nada. Me quito los zapatos y enredo las tiras traseras entre mis dedos para echar a andar con ellos en la mano. Emily no me deja sola y Mia tiene que correr para alcanzarnos. Me ponen la chaqueta sobre los hombros. Las oigo hablar, pero no entiendo lo que dicen.

Lo único que es real para mí en este momento son las lágrimas que me corren salvajes por las mejillas.

Y ni siquiera tengo idea de por qué estoy llorando.

9
I almost do

Despierto en mi cama con un agudo dolor en la sien y asfixiada de calor. Los cuerpos de mis amigas son como estufas, cada uno a uno de mis lados bajo el edredón. Ni siquiera tocamos el colchón que mi madre había preparado en el suelo. Estamos las tres apretujadas en la cama. Y creo que es porque ellas pensaron que yo necesitaba consuelo. El primer recuerdo que acude a mi mente es la imagen de Cam besando a Jessica Harris, muy entregado a su labor, con la mano debajo de su falda. Aumenta de manera repentina la presión que siento en el pecho y me falta el aire. No puedo respirar. Me incorporo y me destapo para tratar de hinchar los pulmones.

—Ash. —Oigo murmurar a Mia, a mi derecha—. ¿Qué pasa?

Emily se incorpora conmigo y me mira preocupada. Yo le hago un gesto con la mano para indicarle que estoy bien.

—Chicas —digo, tras unos segundos, cuando empiezo a encontrarme mejor—, ¿qué coño me pasó anoche?

—Viste a Cameron Parker enrollándose con Jessica y saliste de allí llorando como una magdalena —dice Emily con toda tranquilidad.

Se levanta de la cama y rebusca por el suelo de la habitación hasta encontrar su bolso. Saca de ahí unos analgésicos y luego coge una botellita de agua de mi mesilla. Se la tiende a Mia primero. Me da la impresión de que todas nos estamos arrepintiendo de haber bebido anoche en la maldita fiesta.

—Estaría bien que nos lo explicaras un poco —opina Mia tras haberse tragado dos comprimidos—. Por lo que nosotras sabíamos, tu relación con Cameron Parker era meramente profesional, ¿no? —repite mis propias palabras.

—No sé lo que me pasó. —Tengo que reconocerlo, tomando un par de analgésicos yo también—. Estaba muy confusa, acababa de tener un momento tenso con Tyler, y quería hablar con él y... cuando lo vi... —Trato de recordar lo que sentí, lo que pensé, si es que fui capaz de pensar algo—. Es que no lo sé...

—Habías bebido, lo viste prácticamente follando en el sofá y te pusiste celosa —recuenta Emily—. Eh, no te vuelvas loca, me puse celosa hasta yo —medio bromea.

Lo pienso por un momento. ¿Celosa? ¿Eran celos lo que sentí al verlos? Es que no lo sé. No tengo ni idea y siento que hasta me estoy traicionando a mí misma. A esa Ashley que lleva cuatro años enamorada fielmente del mismo chico. No puedo sentir nada por nadie más. No puedo hacerle eso a Tyler.

—Chicas, creo que me gusta Cam —digo a media voz, y las oigo soltar una exclamación de sorpresa. Menudas reinas del drama—. Creo que me está empezando a gustar... Pero no puede ser, ¿no? Estoy loca por Tyler. Vosotras lo sabéis. Todo el mundo lo sabe. Yo lo sé. Estoy enamorada de él desde siempre. Así que no puede ser que, de repente, tenga ganas de besar a su mejor amigo, ¿no?

Las miro alternativamente, sentadas cada una a un lado en mi cama. No dicen nada por un momento, y yo ya me estoy empezando a poner un poquito histérica con mi drama personal.

—Es perfectamente normal que te atraiga alguien, aunque sientas cosas muy fuertes por otra persona —opina Mia, por fin.

—¡Joder, claro que sí, Ash! Yo también tengo ganas de besar a Cameron Parker cada vez que se me pone delante —asegura Emily con una media sonrisa soñadora—. El tío está buenísimo y, la verdad, es más agradable de tratar que Tyler —dice, y se encoge de hombros—. No significa nada. Simplemente que es un chico atractivo y como atractivo que es atrae a las chicas como nosotras. A Mia no. —La excluye con un gesto de desprecio, pero luego ríe—. Pero a nosotras sí. Mira mi ejemplo. Yo estoy muy enamorada de Scott, lo sabéis, no lo cambiaría por nada en el mundo. Pero, mierda, cada día me gusta un tío diferente y más en una fiesta como la de ayer. ¿Significa eso que traicionaría a Scott? Pues no —se responde ella sola—. Significa que por mucho que lo quiera, sigo teniendo ojos en la cara.

—Vale, vale —accedo. Creo que me está convenciendo—. O sea, que el hecho de que anoche me confundiera la situación con Cam, en realidad no significa nada. —Trato de resumir sus palabras—: Llevo enamorada de Tyler mucho tiempo, lo de Cam es una tontería.

Creo que estoy intentando convencerme más a mí misma que a ellas. Pero las dos asienten con la cabeza, de acuerdo con mi argumento.

—¡Niñas! —Oímos la voz de mi madre acercándose por el pasillo.

En un momento está asomando la cabeza por la puerta, y Emily ha escondido la tableta de analgésicos bajo la colcha rápidamente.

—¿Qué tal la fiesta? —pregunta mamá alegremente—. ¿Lo pasasteis bien?

Las tres respondemos que sí al instante.

—¿Os portasteis bien? —insinúa entonces.

—Claro que sí, mamá —nos defiendo.

—No os oí llegar.

—Fuimos muy silenciosas. No queríamos despertaros.

—Ya. ¿Queréis bajar a desayunar? —ofrece.

Emily mira el reloj y se levanta de un salto de la cama.

—No, yo ya tengo que irme —dice empezando a recoger su ropa del suelo.

—Mia y yo bajamos en un rato, mamá —le aseguro para ver si se da por satisfecha y nos deja de nuevo un poco de intimidad.

Cuando Emily se va, y con mi madre en el piso inferior sin interferir en nuestra conversación, yo clavo la mirada en Mia, muy interesada. Ella alza las cejas, un poco intimidada.

—¿Qué pasa? —pregunta al fin.

—Dime qué demonios estabas haciendo anoche en la fiesta con Blair Wells —le pido sin relajar mi expresión. La mejor cara de poli malo que tengo.

—¿Con Blair? No pasó nada con Blair anoche...

Sigo mirándola esperando transmitirle solo con mi lenguaje corporal que no me estoy tragando ni una palabrita de lo que dice.

—Os vi en la cocina. Ya sabes...

Le cojo un mechón de pelo y juego con él como vi que hacía Blair anoche cuando estaban las dos tan pegaditas la una a la otra. Mia sonríe un poco, parece que le divierte mi actitud.

—Estábamos hablando. No pasó nada. Un poco de coqueteo si acaso —añade, despreocupadamente, y yo abro mucho la boca con sorpresa al oírselo decir tan tranquila—. Venga, Ash. Es lo mismo que lo tuyo con Cam. Me gusta muchísimo Gina, no haría nada que estropeara eso. Pero tengo que reconocer que Blair Wells me pone un poquito.

—¿Que te pone? ¿Qué...? —me escandalizo.

Ella se ríe bajito por mi reacción.

—Debo decir que no es precisamente una buena persona. No te creas que me cae bien y que sería su amiguita. Ni loca, vamos. Solo es que tiene algo que me da morbo. Nada más.

Nada más. Lo dice tan tranquila. Desde que Mia ha salido del armario parece una mujer nueva. Y da la sensación de que empieza a tener las cosas muy claras. Y a lo mejor eso es lo que me pasa a mí también cuando tengo esos ojitos verdes de Cam tan cerca. Aunque no podría definirlo como morbo. No es eso. Más bien ternura. A mí Cameron Parker me da mucha ternura.

No vuelvo a saber nada de Cam hasta el lunes por la mañana en clase de biología. Ni siquiera me lo he cruzado por el pasillo. He visto su coche pasar de largo mi casa para recoger a Tyler esta mañana, claro. Pero nada de contacto entre nosotros. Hasta se me hace raro un día entero sin un solo mensaje suyo. Tampoco he sabido de Tyler, eso por supuesto, pero en su caso no podía esperarme otra cosa. Y yo sé perfectamente por qué no le he mandado a Cameron ningún mensaje. Sé por qué ayer pasé todo el día pensando en él, pero no quise llamarle. Y es que estoy enfadada. Estoy enfadada y no sé ni qué demonios me pasa, ni si tengo ningún derecho a estarlo. Pero decirme que Jessica no es su tipo para luego meterle mano en el sofá no estuvo bien por su parte. O sí. No lo sé. Y no me debería importar. Pero me importa. ¿Estoy celosa? No sé lo que es. Pero trato de convencerme a mí misma de que solo es porque esa maldita Jess es la persona más odiosa del planeta Tierra. Aparte de Blair, claro. Y a nadie le gusta que sus amigos se alíen con el enemigo, ¿no? La cuestión es que tengo claro por qué yo no le escribí a él. Pero no tengo ni la más mínima idea de por qué él no me escribió a mí. Ni un mensajito. Ni un «¿qué tal acabasteis la fiesta? No os vi iros». Nada. Como para despedir a la gente estaba él...

Me siento en mi sitio dos minutos antes de la hora a la que debe sonar el timbre. Pero es que Emily está con Scott besuqueándose en el pasillo. Mia ya se ha ido a su clase de matemáticas, así que estará lanzándose miraditas con Gina. Y Grace no sé ni dónde demonios está, apuesto a que besuqueándose con Joe Richardson en la puerta de alguna clase también. Ah, vida cruel, que me dejó soltera mientras todas mis amigas se enamoraban. Un poco de paciencia, Ashley, que Tyler Sparks está al caer. Abro mi libro de biología para entretenerme mientras tanto, a ese nivel de soledad he llegado, tan joven. Y, en mi estuche, me encuentro una bolita de papel.

Permíteme que lo dude (lo de que no te gustan los capullos). —C.

Sonrío sin poder evitarlo. Es del primer día que hablamos. Cuando no dejaba de enviarme notitas. Qué tío más pesado. Pero el caso es que tenía razón, ¿no? Parece ser que sí que me gustan los capullos.

Suena el timbre y la gente que taponaba la puerta empieza a entrar en clase. Los veo llegar. A los dos juntos. Están hablando entre ellos y veo a Cam poner los ojos en blanco cuando Tyler le dice algo con cara de travieso. Se aleja de él mientras Tyler ríe a carcajadas. Viene directo hacia la mesa de al lado, pero ni me mira. Y yo miro a mi rubio favorito y él sí me está mirando. Me sonríe un poco sin llegar a enseñar los dientes y yo le devuelvo el gesto, tampoco puedo hacer otra cosa. Es automático. Luego me da la espalda y se sienta en su sitio. Así que vuelvo a mirar a Cam, que está dejando su mochila en el lado izquierdo de la mesa.

—Hola, Ash —murmura, sin mucho entusiasmo, antes de sentarse.

—Hola —respondo yo, en el mismo tono.

Y eso es todo. Lo miro de reojo una vez más justo cuando el profesor entra en la clase. Él está abriendo su cuaderno. Y totalmente en su mundo. Me da la impresión de que está exactamente igual de enfadado que yo. Y no tengo ni idea de por qué. ¿Qué mosca le ha picado a él ahora? Aunque puede ser que él se pregunte lo mismo sobre mí, ¿no?

Pasamos la clase lanzándonos miraditas de reojo. Yo noto cada vez que sus ojos se posan en mí, así que me imagino que él también puede notar los míos. Pero, cuando coincidimos, los dos apartamos la vista rápidamente. Como unos críos. Y quiero decir algo que nos permita terminar con toda esta tontería, pero no sé el qué. Y es que yo ni siquiera tengo motivos racionales para estar enfadada, y necesito saber qué es lo que le pasa a él. Al final, es él quien termina por poner fin a nuestra guerra de miradas silenciosas, cuando me pasa una notita. La cojo y la abro sin perder ni un segundo, sin preocuparme de si el señor Woodward me ve o no. Es que da igual. Esto es más urgente.

¿Qué pasó en la fiesta? —C.

Frunzo un poco el ceño. No me queda otra. ¿Cómo que qué pasó en la fiesta? Lo que pasó en la fiesta fue que él se morreó con Jessica Harris como si se estuviera acabando el mundo. Eso es exactamente lo que pasó. Le doy la vuelta al papel y escribo por detrás rápidamente.

Eso digo yo, ¿qué pasó en la fiesta? —A.

Se lo dejo encima de la mesa y, cuando lo lee, lo veo dedicarme una mirada incrédula. Se da mucha prisa en arrancar otro cuadradito de papel y escribir en él.

Te estoy preguntando por Tyler. —C.

Lo recibo y asiento un poco. Claro. Por Tyler. Casi no me acordaba de nuestro plan. Pero es que ahora mismo es lo que menos me importa, así que le doy la vuelta al papel y le contesto.

Y yo te estoy preguntando por Jessica. —A.

Después de leerlo, lo veo fruncir los labios, como enfadado. Ni me mira. Hace una pelotita con él y me lo lanza de medio lado. Me golpea la mejilla y cae al suelo, pero me apresuro a recuperarlo antes de que se lo encuentre el profesor o cualquier otra mirada indiscreta. Este tío es un idiota.

En cuanto suena el timbre cierro el libro con un golpe seco y recojo mi mochila dispuesta a salir cuanto antes de esta maldita clase. Cam se pone de pie a la vez que yo, sin haber recogido nada, y me sujeta del brazo antes de que pueda alejarme. Tira de mí para acercarme a él y me habla en voz baja, cerca de mi oído.

—¿Se puede saber qué coño te pasa? —me espeta, mosqueado.

—¿Se puede saber qué coño te pasa a ti? —Le devuelvo la pregunta en un tono menos discreto—. Creía que Jess no era tu tipo —repito sus propias palabras con un tono burlón.

Lo veo sonreír de medio lado cuando digo eso. La sonrisa más canalla que le he visto esbozar en estas dos semanas desde que empezó nuestro plan.

—¿Estás celosa, Ashley Bennet? —acusa, con un tono mucho más burlón que el mío, casi rozando con sus labios el lóbulo de mi oreja.

Suelto un bufido y me aparto, sacudiendo el brazo para que lo libere de la presión de su mano.

—No flipes —digo mirándolo con cara de pocos amigos.

—Ya me parecía a mí. —Asiente lentamente con la cabeza mientras habla—. Al fin y al cabo, tú ya tenías bastante con Tyler. Y Jessica me dijo que le habías dicho que no estabas interesada en mí —recuerda, y yo frunzo un poco el ceño al escuchar eso.

—¿Estás celoso, Cameron Parker? —lo provoco entonces yo también. Los dos sabemos jugar a este juego.

—No flipes —repite él mis palabras—. Pero creía que ya te habías dado cuenta de que Tyler solo te presta atención cuando cree que estás conmigo. —Da donde duele—. Así que no me parecía lo más inteligente ir por ahí pregonando que soy el último hombre con el que te liarías en todo el planeta Tierra. —Casi lo gruñe.

Así que es eso.

—Tampoco sería lo más inteligente pegarte un polvo con Jess en tu fiesta de cumpleaños para que Tyler sepa que no estás para nada interesado en mí.

—Eh, que era mi cumpleaños. Dame un poco de cancha —pide, pero lo sigo notando tenso—. Los polvos de cumpleaños son mis favoritos —dice y suena muy lascivo. Tanto que me veo obligada a esconder la mirada—. Tenemos un trato, Ashley. ¿Vas a cumplir tu parte o no?

Su voz suena molesta, quizá también un poco insegura al mismo tiempo. Desde luego que no está en el día más feliz de su vida. Y eso que ayer ganaron el partido. No me quiero ni imaginar cómo estaría de haber perdido.

—Claro que sí —respondo a su pregunta, altivamente.

—Bien. Pues entonces mañana por la tarde nos vemos a las cinco en San Juan con El Centro —nombra dos calles—. ¿Sabes dónde es?

Asiento, está un poco lejos y, que yo sepa, no hay nada que hacer por allí.

—¿Podrás coger el coche de tu madre? —pregunta.

—Sí, sin problema —imagino aun sin estar segura.

Y tampoco estoy segura de querer ir mañana con él a hacer lo que quiera que tenga planeado ahora, pero es que, maldita sea, sea lo que sea que está haciendo, está funcionando para atraer a Tyler. Y eso seguro que sí es lo que quiero.

Cam no dice nada más y recoge todas sus cosas en apenas un segundo. Me deja atrás sin que me dé tiempo a preguntar qué demonios pretende hacer mañana.

—¡Tyler! —lo oigo llamar cuando ya va hacia la puerta.

Miro hacia allí. Casi hasta me hace gracia ver a Tyler y a Emily, el uno junto al otro, los dos espiando nuestra escenita. Yo también salgo de la clase y al pasar junto a ellos oigo retazos de su conversación.

—¿Me dejas la moto mañana por la tarde, tío? —le está pidiendo Cameron.

Mierda. ¿La moto? Pero ¿qué narices pretende ahora?

—Eh, claro, sí —cede Tyler enseguida—. ¿Es para impresionar a alguien? —pregunta pícaramente.

—Podría decirse que sí...

Emily y yo avanzamos tras ellos hacia nuestras taquillas. Continúan su camino cuando nosotras ya hemos llegado a nuestro destino. Aún sigo mirando la espalda de los dos. Los dos chicos que me están volviendo loca últimamente. Entonces, mientras Emily parlotea y no para de preguntar qué me ha dicho Cam al acabar la clase, me llama la atención una larga melena rubia acercándose desde el otro lado del pasillo. Directita a Cameron. No oigo lo que dicen, pero Tyler se despide y los dejas solos, y Jessica parece muy contenta de tener a mi mentor para ella solita. Cam no tanto. De hecho, se le nota incómodo teniendo a Jess tan cerca. Yo diría que su actitud es seca, quizá hasta cortante. Y cuando se va, sin apenas mirarla, veo muy claramente la carita que se le queda a Jessica Harris. En el fondo, no somos tan diferentes. Yo tengo a Tyler Sparks y ella, a Cameron Parker. Y las dos estamos enamoradas de chicos que no nos corresponden.

Llego al cruce de San Juan con El Centro a las cinco menos diez. Culpa mía por salir con más tiempo del necesario por si me perdía. No hay ni rastro de Cam todavía. Aparco el coche a un lado de la carretera, semisubido a la acera para no entorpecer el paso, pero dejo la llave en el contacto para que la música siga sonando. La radio. Empiezo a estar hasta un poquito cansada de la lista de reproducción de Taylor Swift de tantas veces que la hemos escuchado en el coche de Cameron. No puedo ni imaginarme qué tiene previsto para hoy, y quizá debería haberle advertido que odio un poco las motos. Pero mi amor platónico es un apasionado, y tiene una y es seguro que el día que tengamos una cita de verdad querrá llevarme en ella. Madre mía, ya estás haciéndote ilusiones absurdas otra vez, Ashley. Controla esa cabecita, por favor. La cuestión es que es buena idea por parte de Cam demostrarme que no pasa nada por montarme en una moto, solo para que no me acobarde como una niña tonta cuando Tyler me tienda un casco y me pida que me agarre a su cintura, cualquier día de estos. Es una buena idea, sí, pero las cosas entre Cameron Parker y yo aún siguen un poco tensas, así que no me siento tan a gusto con la idea de pasar la tarde con él como me sentía la semana pasada. De hecho, ni siquiera sé si al final va a aparecer o no, porque no hemos vuelto a hablar desde que me propuso quedar aquí, ayer tras la clase de biología.

El móvil emite el sonido que me indica la entrada de un mensaje nuevo y yo miro el reloj. Las cinco menos cinco minutos. Rebusco en mi bolso, que está sobre el asiento del copiloto, para recuperarlo y poder leer el mensaje. Como sea Cam para cancelar nuestro encuentro, tendré que matarlo. Desbloqueo la pantalla y se me para el corazón. Literal. O sea, no literal, aún sigo viva y con un poco de suerte no precisaré atención médica, pero creo que he sufrido una arritmia grave y ahora mi pobre corazoncito está intentando compensarlo con una taquicardia a lo bestia. Estoy haciendo sufrir mucho a mi músculo cardiaco últimamente. Mi organismo y yo estábamos más tranquilos hace dos semanas y un día. Pero es bueno, aunque peligre mi salud. Es buenísimo. Porque mi pantalla me está notificando que tengo dos mensajes nuevos de Tyler Sparks. Y tengo ganas de gritar y de saltar y de golpear el volante y de sonreír como una imbécil. Y eso que todavía no los he leído. Pulso sobre la pantalla para que me los muestre de una maldita vez. Tyler Sparks. Parece que aún tiene mi número. No lo he cambiado en cuatro años. Tampoco él.

Ey, Ash. Soy Tyler. Parece que sigues teniendo el mismo número.

Me gustaría hablar contigo, algún día, si tienes un rato. ¿Haces algo esta tarde?

Madre mía. Madre mía. Madre mía. Me muero. Mierda, me muero del todo. Ya mismo, a los diecisiete, pero feliz y satisfecha con la vida que me ha tocado vivir en las dos últimas semanas. Le gustaría hablar conmigo. Ya. Esta tarde. Ahora mismo. Maldito Cameron, siempre tan oportuno. ¿No podía haber seguido con mi preparación otro día? No, claro que no. Tiene entrenamiento tres días a la semana. La culpa de todo es del fútbol. Porque Tyler también tiene el resto de los días ocupados con el equipo. Así que los martes son los días libres de mis chicos favoritos. Aunque tampoco es que acaben tan tarde el entrenamiento el miércoles... o el jueves. Eso da igual. Lo importante es que ahora mismo podría estar quedando con Tyler. Pero no. Estoy en medio de la nada esperando a Cameron. Suponiendo que va a venir. Podría darme la vuelta ahora mismo y ser yo la que lo deje plantado. Pero, a lo mejor, ahora que estoy aprendiendo a relacionarme con el sexo opuesto gracias al segundo capitán del equipo de fútbol, sea más efectivo dejarle un poquito con las ganas. Hacerme la dura. La difícil. Demostrarle a Tyler Sparks que soy una chica muy ocupada que no corre tras él como un patito improntado. Así que bloqueo de nuevo la pantalla y respiro hondo. Tardaré un poco más en contestarle. Ya lo haré luego.

Escucho el rugir de un motor y lo reconozco al instante como la moto de Tyler. Es un sonido que tengo grabado a fuego en el cerebro. Lo he oído muchísimas veces, siempre que sale o entra con su moto en el garaje. Miro por el retrovisor y ahí la veo venir. Una Yamaha SCR 950. Negra, con el depósito de gasolina blanco y rojo. Y es el único modelo de moto del mundo que sería capaz de reconocer. Sí, mi obsesión roza un poquito la enfermedad. A medida que se acerca, me da cada vez más la impresión de que podría ser él. Vaqueros, botas y la chaqueta de motorista es la suya, eso seguro. Y su casco. Para justo al lado de mi ventanilla, sin apagar el motor, y yo bajo la luna para escuchar lo que tenga que decirme. A ver, tengo clarísimo que es Cam, pero es que casi parece Tyler hasta que se sube el visor del casco y me encuentro con esos ojos verdes.

—¿Es que vas a unirte a los Ángeles del Infierno? —me burlo ante su indumentaria.

—Hay que saber meterse en el papel —bromea desde el interior del casco—. Sígueme.

Estoy a punto de preguntar adónde, pero él ya se ha bajado el visor de nuevo y le está dando gas a la moto para salir a toda velocidad. Tengo que pisar el acelerador más de lo que me gustaría para no perderlo de vista. Lo sigo hasta que dejamos las casas atrás y todavía un poco más allá. Desde que hemos pasado la última gran casita con su perfecto jardín no hemos vuelto a cruzarnos con un solo coche. A los dos lados solo puedo ver extensos campos de cultivo. Cam gira la moto y se cruza en la carretera para parar delante de una pequeña verja metálica que corta el paso a una pista de gravilla. Yo giro también y dejo el coche a un lado para no bloquear el acceso al camino, si es que alguien quiere tomarlo.

Aún desde el interior del vehículo, lo veo quitarse el casco y sacudir la cabeza. El pelo, que se le había quedado algo apelmazado, se revuelve y le cae sobre la frente, más desordenado que nunca. Tengo que obligarme a tragar saliva para no morir ahogada. Vaya imagen, vestido de motorista y con la Yamaha entre las piernas. Es como un James Dean moderno. Diría que más guapo, incluso. Me bajo del coche y lo rodeo para poder acercarme a él.

—¿Qué es esto? —pregunto señalando a nuestro alrededor—. ¿Me has traído al medio de la nada por alguna razón en particular?

—Yo no hago las cosas sin motivo —asegura él, pero da la impresión de que no quiere mirarme mucho a la cara—. Deja el bolso en el coche —me ordena al ver que lo tengo agarrado con la mano derecha—. No creo que nadie vaya a venir a robarte aquí —me tranquiliza en tono burlón. Coge otro casco que va enganchado a la parte trasera del sillín y lo tiende hacia mí—. Vamos. Te llevo a dar una vuelta.

Dejo el bolso metido bajo el asiento del copiloto y me aseguro de cerrar bien el coche antes de guardarme la llave en el bolsillo y coger el casco que me tiende. Voy mucho menos acorde a la situación que él, aunque me he puesto mis nuevos vaqueros rotos y un jersey gris muy ajustado que me regaló Emily y llevo una cazadora de cuero falso de color azul oscuro encima. Pero voy en zapatillas, no en botas de motera. Fallo mío.

—No sabía que también eras motorista —comento como sin darle importancia mientras me aparto el pelo de la cara para poder ponerme el casco—. Eres una caja de sorpresas, Cameron Parker.

Entonces clava sus ojos en los míos. Por un par de segundos. Luego vuelve a apartar la mirada.

—Tyler me enseñó a llevarla —dice echándose el pelo hacia atrás como hago yo—. Sube de una vez.

Casi ha gruñido la última orden. Yo me pongo el casco y, para mi sorpresa, se me ajusta perfectamente bien. Típico de Tyler, tener un casco de mujer en la moto, siempre listo por si tiene que ligarse a alguna y llevarla a dar una vuelta. Ahora me toca a mí ponerme el casco de ligar. Me subo a la moto, detrás de Cam, un poco insegura. Siempre me ha parecido que ir en moto era viajar excesivamente desprotegido. Un coche da mucho más cobijo, al menos. Me parece oír otro gruñido de Cameron, una vez que ya se ha puesto el casco, y dice algo así como «agárrate». Gira la mano derecha en el manillar y la moto emite un ruido ensordecedor al acelerarse, luchando por salir de una vez. Me agarro a la cintura de Cam. Ya estoy empezando a acobardarme. Y cuando la moto se pone en movimiento y se cuela por el hueco que queda entre la verja metálica y la acequia que rodea los campos, enfilando el camino de gravilla, pienso que tampoco es para tanto. Pero entonces Cam le imprime mucha más velocidad y la rueda derrapa lanzando unas cuantas piedrecillas al aire y salimos casi volando en línea recta. Entonces sí tengo que agarrarme de verdad. Le estrujo mucho la cintura con los brazos y trato de refugiar mi cabeza tras su espalda ancha, todo lo que el casco me permite. Rodamos a toda velocidad durante unos cinco minutos que a mí se me hacen bastante eternos. Cuando por fin para y gira un poco la cabeza hacia mí, yo aún no soy capaz de soltarme de su cintura.

—¿Has pasado miedo? —Su voz me llega amortiguada por los cascos de los dos, pero, aun así, lo escucho.

Me echo para atrás y niego con la cabeza. Lo oigo reír. Parece que no se lo ha creído del todo.

—Venga, te toca —dice.

Pone la patilla para que la moto quede sujeta y se baja, dejándome sola sobre el sillín.

—¿Qué? —Espero no haberlo entendido bien. Que haya sido efecto del casco, por favor.

—Ahora conduces tú. —Confirma mis peores temores y me empuja sobre el asiento para moverme hacia la parte delantera y montarse detrás de mí—. ¿No me digas que no sabes llevar una moto? —se burla, y es obvio que sabe perfectamente que no sé—. Vale —dice en un tono más tranquilizador.

Noto cómo se quita el casco detrás de mí y luego me ayuda a quitarme el mío con delicadeza. Los echa a un lado en el suelo de gravilla y enseguida noto sus brazos pegándose a los míos. Se acerca un poco más hasta que mi espalda queda perfectamente amoldada a su pecho. Estoy a punto de empezar a hiperventilar y ya no es por tener que conducir una moto. Eso ya hasta se me ha olvidado.

—Unas lecciones básicas —murmura junto a mi oído, y yo intento que no se note que tengo que respirar despacio para controlar mis latidos. Coge mi mano izquierda y la lleva al manillar—. Aquí está el embrague. —Luego hace lo mismo con la derecha—. Aquí el acelerador. El freno delantero —señala entrelazando los dedos con los míos para poder ponerlos sobre esa parte.

—Soy un poco torpe con los vehículos —protesto, pero solo a media voz. Me es imposible hablar más alto—. Me costó cuatro intentos sacarme el carnet de conducir.

Se ríe bajito en mi oído izquierdo una vez más.

—¿Quieres impresionar a Tyler Sparks, sí o no? —pregunta en un tono más alto y a punto de apartarse de mí.

—Sí —respondo enseguida—, pero no sé si lo impresionaré mucho estando muerta —exagero, y él se limita a reír.

—Aquí no va a morir nadie, princesa —asegura, diciendo la última palabra en tono burlón—. No, si haces caso a mis instrucciones... —Suelta mis manos para manejar mis piernas con sus brazos. Primero me mueve la derecha—. Freno trasero —indica haciéndome palpar con la planta del pie una palanca. Luego va con el lado izquierdo—. Cambio de marchas. La primera abajo, el resto hacia arriba. —Da una somera explicación como si eso fuera suficiente—. No te olvides de presionar el embrague cuando tengas que cambiar.

Estoy intentando prestar atención. De verdad que sí. Porque sería una auténtica pasada poder pedirle a Tyler que me deje conducir a mí cuando por fin me lleve a dar una vuelta en su moto, en plan cita. Eso sí que lo impresionaría de verdad. Me convertiría en la chica más sensual con la que ha salido nunca. A no ser que Blair sepa llevar una moto, claro. Así que quiero atender a las lecciones de Cam. Pero me lo está poniendo difícil con el tono de su voz, la cercanía de su cuerpo y el olor de su colonia. Qué bien huele.

—¿Cómo sé cuándo tengo que cambiar la marcha? —expongo mis primeras dudas.

—Cuando te lo pida la moto —me responde de manera críptica.

Cuando me lo pida la moto. Creo que ni él sabe de lo que está hablando.

—Espero que hable más claro que tú —mascullo. Y no lo oigo reír, pero noto su sonrisa casi pegada a mi cuello.

—Vamos a empezar con el embrague, ¿vale? —propone.

Me enseña a manejarlo y hacemos un simulacro de cómo debería cambiar las marchas, sin movernos del sitio. Luego me explica cómo acelerar y cómo frenar suavemente para no salir volando por encima de la moto si piso el freno de golpe. Y con eso ya piensa que estoy preparada para echar a andar.

—Arrancar y parar, ¿vale, princesa? —repite su apodo y ríe cuando me oye bufar una vez más—. Luego probaremos a meter segunda. Y, cuando lo tengas controlado, nos ponemos los cascos y rodamos. Venga, dale caña.

Intento concentrarme al máximo y hacer todo tal y como me ha explicado que debo hacerlo. La cosa va bastante bien, embrague controlado, primera metida, acelerador... hasta que suelto el embrague. Porque Cam ha dicho poco a poco pero mi organismo al completo está demasiado acelerado como para tomarme las cosas con calma. Así que la moto sale con un acelerón brusco y yo me asusto tanto que estoy a punto hasta de soltar el manillar. Por suerte, Cam tiene sus manos sobre las mías y manipula los controles para dominar la moto, y la cosa se resuelve sin ningún herido.

—Mierda. Lo siento —digo rápidamente.

—Vale, tranquila. —No parece para nada asustado. Ni un poquito—. Vamos a hacerlo otra vez, pero más despacio, ¿eh? No tienes tanta prisa por morir, Ashley Bennet —bromea—. Recuerda que a mí me gusta poquito a poco..., pasando por todas las bases... —me provoca junto a mi oído, y a mí me da un escalofrío al escucharlo y se me tensa el bajo vientre.

—Gilipollas —acuso, pero solo consigo hacerle reír.

Me anima de nuevo para volver a intentarlo y pasamos un buen rato arrancando y parando hasta que le cojo lo suficiente el tranquillo como para que Cameron no tenga que estar en tensión, preparado para manejar él la moto cuando a mí se me subleve. Luego damos un paso más allá y vamos avanzando y volviendo en unos cuantos metros alrededor de la zona donde han quedado los cascos para que yo pueda salir y meter segunda e imprimirle un poco más de velocidad. Estoy empezando a cogerle el gusto a esto, porque es lo que me pasa con todo: cuanto mejor se me da algo, más me gusta.

Pero entonces Cam se baja para recuperar los cascos y me pone el mío antes de ponerse el suyo y acomodarse detrás de mí otra vez, rodeando mi cintura con los brazos. Me encanta la sensación que eso me produce.

—¿Me das un paseo, princesa? —pide hablando lo suficientemente alto para que me llegue su voz a través de los cascos.

Y lo voy a hacer. Solo para que se trague lo de «princesa» y alucine con lo rápido que he aprendido.

Empiezo bien y muy segura, pero vamos despacio porque me da miedo ganar velocidad y porque sé que si acelero tendré que cambiar las marchas y aún no he pasado de segunda. Cameron se suelta de mi cintura para estirar de nuevo los brazos sobre los míos, sin decir nada, y obligarme a tensar el acelerador. Y tengo que concentrarme mucho más. Porque no quiero morir. Al menos, me chiva los cambios de marcha a medida que vamos avanzando. Y, para ser justos, casi está llevando más la moto él que yo, porque no relaja sus manos sobre las mías ni un momento hasta que casi estamos llegando al final de la pista. Cuando por fin paramos, es él quien se encarga de poner la patilla y yo apago el contacto y me quito el casco rápidamente para poder respirar.

—¿Estás bien? —me consulta al quitarse el suyo.

Yo asiento con la cabeza.

—Sí, sí. Ha sido una pasada, la verdad. Pero estoy un poco acojonada. Me tiemblan las piernas.

—¿Sí? Pues aún tienes que llevarme de vuelta hasta tu coche —me pica, y yo hago una mueca al escucharlo—. Venga, si tampoco has resultado ser tan torpe con los vehículos. Me parece que te tienes en muy baja estima, Ashley Bennet.

—O tú me tienes en muy alta, Cameron Parker —respondo al instante.

Nos quedamos los dos en silencio. No he querido que sonara así. O sí. No lo sé. Me bajo de la moto para sentir que tengo los pies en tierra firme de nuevo. Doy unos cuantos pasos, pero luego vuelvo y me siento justo en el hueco que sigue habiendo delante de él, de medio lado.

—Ash —me llama Cam mientras su rodilla derecha me roza la cadera—. Quería proponerte algo —dice, y no parece demasiado seguro de querer hacerlo de verdad.

—¿Otra propuesta del señor Parker? —pongo voz de cansancio, medio en broma—. Miedo me da lo que tengas que decir esta vez.

Con el rabillo del ojo lo veo sonreír de medio lado.

—Forma parte del plan —asegura, antes de nada—. Mi padre me ha dejado las llaves de la cabaña del lago Tahoe para que vayamos el fin de semana si queremos. Dicen que va a hacer tiempo de verano a partir de mañana. Así que he invitado a unos cuantos amigos. Vienen Tyler y Blair, y Troy y Vanessa, vendrá también Ryan y seguramente Jess —recuenta—. Quiero que vengas tú también.

Ha dicho «quiero que vengas». No ha dicho «deberías venir» o «puedes venir si quieres» o «será una buena manera de introducirte en el grupo social». Ha dicho «quiero que vengas». Y he sentido licuarse mi corazón por unos segundos. Pero es que también ha dicho que va a ir Jess. Jess. En diminutivo. Tanta confianza se tienen. Aunque a mí también me llama Ash y no soy su amante, pero, en fin.

—¿Cuándo has visto a tu padre? —Es lo primero que pregunto, y él me clava la mirada, sorprendido de que ese sea mi primer punto de interés.

Y es que recuerdo lo triste que estaba porque su padre pasaba de verlo el día de su cumpleaños y tampoco pensaba ir al partido del domingo.

—El domingo —responde a media voz.

—¿Fue al partido? —pregunto, casi hasta ilusionada.

—No —dice, y veo pasar una sombra por sus ojos verdes. Eres una bocazas, Ashley—. Pasé a verlo por la tarde. Y me dio las llaves. Para redimirse por ser tan mal padre, supongo. —Lo dice en tono de broma, pero puedo notar que en el fondo lo está diciendo de verdad—. ¿Te apetece venir? No veo mejor momento para seducir a tu amor platónico que un fin de semana, de viernes a domingo, en una cabaña en el lago Tahoe.

—Sí, con su novia delante. —Veo los contras de la propuesta.

—Lo vamos a pasar bien —promete.

—¿Y Jessica va en calidad de novia? —pregunto entonces, porque será una gilipollez, pero me sigue molestando.

Esboza una media sonrisa burlona.

—En calidad de amiga, como todos los demás —aclara.

—No sé si mi madre me va a dejar largarme un fin de semana entero con una panda como vosotros. Sobre todo, si viene Tyler Sparks. —Y eso lo digo en serio.

—Puedo llamarla y hablar con ella. Se me da muy bien convencer a madres de que sean más flexibles con sus hijos —dice, como con orgullo.

—No lo dudo —suspiro. Recuerdo perfectamente cómo se metió a mi madre en el bolsillo desde el primer día que la vio—. Pero mejor déjame a mí que lo intente sin tu ayuda.

—¿Eso es un sí?

—Eso es un lo intentaré —dejo claro sin terminar de comprometerme.

—Me vale de momento. Si te viera Tyler ahora mismo encima de su moto, se moriría. —Sonríe, divertido.

—¿Quieres decir si me viera contigo encima de su moto? —puntualizo y me sale mi voz más coqueta sin darme cuenta siquiera.

—Eso es un extra —coincide—. Os vi hablando en la fiesta —dice entonces y yo me pongo tensa al notar que él también lo está. No sé por qué el tema de la fiesta nos incomoda tanto a ambos. Bueno, sé por qué a mí sí—. ¿Algún avance? ¿Pasó algo? Estabais muy pegaditos —recuerda, y me da la impresión, por un momento, de que eso le cabrea.

—Estaba muy borracho. Creo que no sabía ni lo que decía. Me ha mandado antes un mensaje —le cuento, sin haberlo planeado—. Dice que quiere hablar conmigo.

—¿Y qué le has dicho?

—Aún no he contestado.

Él asiente, pero está muy serio.

—Mejor. Posponlo hasta el fin de semana. Así tendrá más ganas de verte —imagina. Yo asiento levemente—. Parece que el plan está funcionando. —Parece que lo dice más para sí mismo que para mí—. A Tyler le gustan las chicas que saben llevar una moto. —Medio sonríe al decirlo, burlón.

—A Tyler le gustan las tipas duras que dan un poquito de miedo, ¿no? —Me baso en el prototipo de Blair.

—Y con tatuajes —añade él siguiéndome el juego, pero luego me mira fijamente y alza las cejas—. ¿Tienes algún tatuaje?

Yo lo miro de medio lado y pongo cara de incredulidad ante su pregunta. Debe de ser ya bastante obvio que no tengo ninguno, ¿no?

—No, no tengo. —Luego lo pienso por un momento—. Aunque no me importaría hacerme uno —medito en voz alta—. Algo pequeño, claro. —Pongo límites, en cualquier caso.

—Me parece que es muy sexy una mujer con un tatuaje pequeño. Te quedaría bien uno. Aquí —opina, y me aparta el pelo para rozarme con su mano izquierda la nuca.

Ese roce recorre mi piel desde ese punto hacia todo el resto de mi cuerpo concentrándose en la parte baja de mi abdomen. Tengo un poco de calor. Espero no estar poniéndome roja porque sus ojos no se apartan de los míos ni un momento.

—O aquí —continúa, y me acaricia la parte posterior del hombro derecho sobre la cazadora que llevo—. O aquí —sigue sugiriendo lugares cogiendo mi brazo con la mano derecha y apartando las mangas para acariciar la parte interna de mi muñeca con el pulgar.

Tengo el corazón muy acelerado y me sorprendería que él no esté escuchando claramente mis latidos. No puedo apartar mi mirada de sus ojos verdes, que brillan mientras reflejan los míos.

—O aquí —termina, y mete su mano bajo mi cazadora para acariciar con la punta de los dedos la piel sobre mis costillas, justo siguiendo la línea del sujetador bajo mi axila derecha.

Mierda, tengo la respiración entrecortada y no quiero que se dé cuenta de que me está afectando. Pero tiene que saber perfectamente ya lo que me está haciendo. Soy incapaz de decir nada, aunque casi es mejor, porque si pudiera hablar creo que solo sería capaz de decirle que, por favor, siga tocándome.

—¿Te atreverías, valiente? —pregunta de pronto, apartando sus manos repentinamente de mi cuerpo, y yo no puedo más que alzar las cejas en respuesta—. He tenido una idea —dice, ilusionado—. Vamos. Conduzco yo.

Protesto, pero es inútil. No me queda más remedio que ponerme el casco y montarme en la moto detrás de él. Por lo menos así puedo agarrarme a su cintura y pegarme a su cuerpo. Que es lo que más me apetece en estos momentos.

En veinte minutos aparca la moto en una calle llena de locales con carteles que anuncian servicios de lo más diverso. Estamos al sur de la ciudad y creo que nunca había pisado este barrio. Se cuelga el casco del brazo y yo hago lo mismo con el mío antes de que me arrastre de la mano hasta la puerta de un estudio de tatuajes.

—¿Qué? —Me freno en seco obligándole a él a frenar la marcha conmigo—. ¿Qué es esto? ¿Te has vuelto loco?

—Has dicho que te gustaría hacerte un tatuaje, ¿no? Y te juro que Tyler se muere si te ve este fin de semana con un tatuaje recién estrenado en la piel. ¿Qué mejor momento que este? —presiona.

Yo dudo un poco. Tengo ganas de ser espontánea, atrevida, divertida. La clase de chica que decide en veinte minutos hacerse un tatuaje y no se arrepiente cuando oye el zumbido de la máquina. Pero es que un tatuaje es para toda la vida. O esa es la idea. Y me está entrando un poquito de miedo.

—¿Ahora? ¿Así? ¿Aquí? —expongo mis dudas sin poder argumentar más allá de eso.

—Es el tatuador de mi hermano —explica señalando el local—. Un tío de confianza.

—Entonces... ¿te haces uno tú también?

—Ya. Ni de coña —deja claro él, quedándose serio.

—Ah, claro. Pánico a las agujas. Cobardica —digo la última palabra camuflada en una tos falsa.

Me mira con los ojos entornados.

—No es que me dé miedo —se defiende. Yo me río—. Es que mira qué piel más perfecta tengo —se jacta acariciándose la mejilla—. Esto, amiga mía, es suelo sagrado —deja claro, parafraseando a Taylor Swift.

Me hace sonreír. Qué tonto es.

—Lo que yo decía. Un cobardica —desprecio, y paso por delante de él para entrar en la tienda con paso firme.

Ahora soy una mujer nueva y esto es lo que quiero ser. La chica lanzada que luce un tatuaje. La valiente que no se echó atrás en el último momento.

Cameron se apresura a seguirme y, cuando me giro a mirarlo, veo que parece genuinamente sorprendido. Bien. Ese era el efecto que yo quería causar.

Parece ser que el dueño de la tienda lo conoce y charlan un momento y bromean sobre si ya ha superado su aversión a los tatuajes, pero parece que no va a tener tanta suerte como para marcarle la piel a Cameron Parker. Mi amigo le dice que venimos por mí, y el tipo enseguida empieza a interesarse por lo que me gustaría lucir y en qué parte del cuerpo me lo haría. Me sugiere que si lo que quiero es algo pequeño debería decidirme por el tobillo o la muñeca. Y a mí me llaman la atención algunas de las imágenes que me muestra, de tatuajes pequeños en la muñeca. Me gustan los que muestran frases o palabras escritas. La clase de letra que él tatúa me parece preciosa. Solo tengo que decidir qué debería decir. Así que los tres empezamos a decir palabras sueltas o frases completas que me puedan inspirar. Ninguna termina de convencerme hasta que Cam lo dice, con una sonrisa traviesa. *Fearless*.

—Podemos hacerlo ahora mismo, si quieres —ofrece el tipo, lleno de tinta de colores por toda su piel visible.

—No voy a meter más presión —se disculpa Cam levantando los brazos cuando yo lo miro a él—. Si estás dispuesta a marcarte la piel por un tío, me parece muy bien y seguro que te va a quedar de puta madre, pero no seré el último responsable —determina en tono burlón.

—Vale. Hagámoslo —decido. Luego me giro hacia Cam de nuevo—. Vas a entrar conmigo, ¿no?

—¿Eh? —Parece un poco confuso—. ¿Yo? ¿Ahí dentro? ¿Con las agujas y eso, dices?

Vuelvo a llamarlo cobardica con una tos fingida, y los dos nos sonreímos un poco antes de que yo pase al interior de otra sala con el tatuador. Me pide que me siente en una butaca mientras él saca la plantilla del ordenador para poder probar sobre mi piel cómo quedaría. Probamos varias posiciones y en ambas muñecas hasta que me decido. Pero justo cuando estoy a punto de decir que sí, me empieza a entrar el agobio. No por el tatuaje. Que me encanta. No por el dolor. Que creo que podré soportarlo. No por la bronca de mi madre. Que la capearé como pueda. Simplemente por los motivos que me han empujado a hacer esto. Porque voy a hacerme un tatuaje para impresionar a Tyler. Es que es de locos. Quiero ser la chica atrevida del tatuaje. Pero no quiero ser la tonta que se hizo un tatuaje por un tío que pasaba de ella. Eso seguro que no es lo que quiero ser.

Me disculpo como mil veces con el pobre hombre que se

ha molestado en perder su tiempo con una niñata tonta como yo. Pero él dice que no pasa nada, que peor es cuando la gente se arrepiente después de haber abierto ya las agujas. Me ofrezco a pagarle algo, pero no quiere ni oír hablar de eso. Así que finalmente vuelvo junto a Cam, bastante avergonzada.

—O es el tatuador más rápido del mundo o has decidido tatuarte un punto —bromea al verme aparecer.

—O he decidido no hacerlo —completo yo.

—Cobardica. —Tose igual que he hecho yo antes.

Y es que no puedo evitar que se me escape una sonrisita mientras me sujeta la puerta para que pueda salir a la calle. Se queda atrás con el tipo un momento y luego viene hasta mí, que ya estoy lista para volver a la moto.

—No me digas nada. No es que me haya dado miedo. Es que no me ha parecido que impresionar a un tío fuera el mejor motivo para hacerme un tatuaje.

—Respeto tu decisión —asegura con una sonrisa—. Ahora eres de las mías. Suelo sagrado —repite, en tono de broma antes de ponerse el casco—. Se ha hecho tarde para más jueguecitos con la moto. Te llevo a por tu coche.

No digo nada más. Me pongo el casco y me monto tras él, dejando atrás el intento frustrado de marcar para siempre mi piel por el amor de mi vida.

Llegamos hasta el coche de mi madre en poco menos de media hora y sé que Cam ha alargado un poquito el camino, solo para hacer más placentero el paseo en moto. A lo mejor porque ahora que parece que ya no estamos enfadados, aún no le apetece separarse de mí. Igual que a mí no me apetece separarme de él.

Le devuelvo el casco y lo encaja en la parte trasera del sillín otra vez. Yo recupero mi bolso del coche para consultar el móvil. Por suerte, a mi madre no le ha dado por llamar mientras yo no estaba pendiente. Tampoco ha vuelto a escribirme nadie. Cam se quita el casco y se sacude el pelo con la mano, pero no se baja de la moto. Dice que, antes de irse, quiere supervisar lo que respondo a Tyler. Así que sigo sus consejos para responder y le mando un mensaje diciendo que lo siento pero que estaba liada esta tarde y que ya le diré algo si tengo algún hueco esta semana. Muy digna, muy indiferente y muy misteriosa. Perfecto.

—No entiendo lo que ves en un tipo como él. —Me sorprende de pronto Cam, con una mano en el manillar de la moto y la otra sujetando el casco, sin mirarme.

—No entiendo lo que ves tú en una chica como Jessica —contraataco en el mismo tono.

Lo veo esbozar una sonrisa irónica. Luego niega con la cabeza.

—No te confundas, Ash —pide clavando su vista en mí por fin—. Jess es solo un entretenimiento. Y yo para ella también. —Lo dice seguro de sus palabras, pero yo lo dudo bastante—. No tendría una relación con ella. Soy un tío. —Sonríe de medio lado, con chulería. Y no le pega decir eso en ese plan—. Simplemente, a veces me apetece echar un polvo, y Jess está ahí. No hay nada más.

—Así que echasteis un polvo de cumpleaños y ya está —resumo.

—Sí, se quedó un ratito después de la fiesta —reconoce sin ningún pudor—. Eh, no culpes siempre a los tíos. Tenía ella más ganas que yo —alardea.

—No lo entiendo —suspiro. Y es que es verdad. No entiendo, para empezar, qué ve en ella—. Así que sois amigos y os acostáis de vez en cuando, cuando os apetece. Pero no te gusta como para tener algo más con ella.

—Bueno, ya sabes lo que dicen, ¿no? Si no puedes estar con la persona a la quieres, quiere a la persona con la que estás —recita, y noto un tono amargo en su voz.

—¿Y quién es la persona a la que quieres entonces, Cameron?

Me dedica una media sonrisa críptica.

—No tienes ningún secreto tan oscuro como para negociar esa respuesta, princesa.

Se pone el casco y arranca la moto con energía, antes de alejarse de donde yo estoy sin ni siquiera decir adiós.

10
Treacherous

—Juro solemnemente que la traeré de vuelta el domingo sana y salva, señora Bennet —le está diciendo Cameron a mi madre en tono de broma mientras yo meto mi pequeña maleta en su coche.

—No espero otra cosa de ti —le sigue el juego la mujer. Casi me da la impresión de que cualquier día de estos se pondrá a coquetear con él. Por favor, mamá—. Pasadlo bien, anda. Conduce con cuidado —advierte como si fuera él su hijo en vez de yo.

Pongo los ojos en blanco, aunque no me vean, y me acerco a los dos, que siguen bromeando entre ellos como si fueran colegas de toda la vida.

—¿Lista? —me pregunta Cam, que, para ser tan caballero, ha dejado que cargue mi maleta yo solita.

—Yo sí —aclaro, y luego miro a mi madre—. ¿Mamá? ¿Has acabado? ¿Podemos irnos ya?

—¡Faltaría más! —responde ella, casi indignada—. Marchaos, marchaos y pasad buenos días. Llámame al llegar —pide, una vez más, mientras me da un abrazo y yo pongo los ojos en blanco, una vez más—. Cuídamela, Cameron. Te hago plenamente responsable de su seguridad. Si le pasa cualquier cosa a mi niña, te perseguiré incansable —amenaza en tono de guasa.

—¡Mamá! —la regaño.

—No espero otra cosa de usted. —Cam se la devuelve tal y como ha dicho ella antes, y mi madre se ríe.

Papá, por favor, vuelve ya, antes de que mamá se ligue a mi amigo Cameron.

—Adiós, mamá —digo para frenar esta locura—. Tendremos muchísimo cuidado, me portaré estupendamente bien y te llamaré en cuanto lleguemos —prometo de carrerilla.

—Esta es mi chica —dice ella acariciándome la mejilla—. Pero, sobre todo, no te olvides de pasarlo bien —repite. Me da otro abrazo cuando Cam se mete en el coche—. He metido una caja de preservativos en el bolsillo pequeño de la maleta —susurra en mi oído.

La aparto de un empujón.

—¡Mamá!

—Solo por si acaso, para que tengas cuidado. No te presiono para que tengas sexo, solo te pido que, si lo tienes, sea sexo seguro.

—Adiós, mamá —repito abriendo la puerta del copiloto—. Ya no estoy segura de llamarte cuando llegue. Ah, y a lo mejor no vuelvo —bromeo, me meto en el coche y cierro rápido la puerta.

Mi madre da un par de toquecitos en la ventanilla y me hace señas como si su mano fuera un teléfono, poniéndola contra su mejilla, mientras vocaliza «llámame, Ashley». Yo asiento pacientemente mientras le pido a Cam que arranque de una vez, en voz baja. Él se ríe, pero obedece y toca el claxon una sola vez para despedirse de mi madre, que se queda plantada en la acera agitando su mano derecha.

—Me encanta tu madre. —Es lo primero que comenta Cam, en tono divertido.

—Lo siento, es una mujer casada —lo pico, y él hace una mueca.

—Qué pena.

Le golpeo en el brazo con suavidad y se ríe. Mi móvil acaba de acoplarse a su reproductor y la música llena el interior del vehículo. Bajo el volumen para poder hablar con él. Y eso que suena *Sparks fly* y ambos sabemos que es mi canción favorita.

—¿Puedo conducir yo? —pruebo suerte, aunque ya me espero la respuesta.

—Ni de coña —responde mientras yo lo vocalizo justo a la vez.

Sonrío.

—¿Cuál es el plan?

—El plan es ir a casa de Ryan, desde donde hemos quedado para salir todos. Llenaremos los coches de alcohol y rumbo al sur del lago Tahoe. Iremos en dos coches, el mío y el de Ryan.

—¿Por qué me has recogido a mí, pero no a Tyler? —pregunto, al caer en la cuenta de que podríamos haber ido los dos en su coche. Al fin y al cabo, vivimos al lado.

—Tyler ha ido con la moto a recoger a Blair —explica escuetamente.

—Ah.

Claro. ¿Qué me esperaba? La bruja se viene con nosotros y es lógico que su novio pase a recogerla como todo buen novio hace alguna vez, ¿no? Llevo toda la semana sin hablar con Tyler Sparks. Desde que le dije que lo avisaría si tenía un hueco. Y lo cierto es que toda mi semana ha sido un hueco enorme de vacío de vida social, pero tenía que hacerme un poco la dura, así que he intentado pasar mucho tiempo en casa de Emily o de Mia, para que Tyler me viera volver tarde a casa y pensara que tengo millones de cosas interesantes que hacer. Y no era verdad. Hasta ahora. Porque irme todo un fin de semana con la pandilla más popular del instituto es toda una aventura. Y un riesgo. Y creo que voy a tener que mantener mi teléfono apagado si no quiero tener a mis amigas acosándome a mensajes para conocer la última hora. Y eso que Grace está semidesaparecida, absorbida por un lanzador de béisbol. Si Grace llega a estar pendiente de esto también, mi vida sería una tertulia del corazón. Así que no he hablado con él, pero hemos pasado toda la semana de miradita en miradita, en clase y en los pasillos. Creo que nunca me habían mirado tanto esos ojitos avellana. Puede que ni siquiera cuando éramos amigos.

Oigo a Cam silbar bajito la melodía de *Today was a fairytale* y no puedo evitar que se me escape una sonrisita tonta. ¿Quién iba a imaginarse hace poco menos de tres semanas que Cameron Parker era un chico tan encantador? Tarareo un poco como acompañamiento y lo veo sonreír también, con el rabillo del ojo. Sé que él sabe que los dos vamos a cantar a pleno pulmón el estribillo, así que tengo que contener la risa para poder hacerlo. Y allá vamos: *Can you feel this magic in the air? It must have been the way you kissed me...* Y ya no aguanto más y tengo que reírme al escuchar el sentimiento que le pone. Se ríe conmigo y, cuando llegamos a la entrada de la enorme casa de Ryan Johnson, estoy segura de que nuestras risas se pueden oír desde el final de la calle. Y ya están todos allí, en corrillo, en el jardín. Y todos se vuelven a mirarnos.

Me bajo del coche a la vez que Cam para hablar con el resto de los invitados a la casita de su padre. En la entrada del garaje de Ryan veo la moto de Tyler y el coche de Vanessa Miller. Imagino que Vanessa ha pasado a recoger a Troy y a Jessica. El coche de Ryan está aparcado en la calle, justo delante de donde ha parado Cameron. Todos me prestan más atención a mí que a Cam, desgraciadamente, y yo saludo bajito, un poco intimidada. Cuando cruzo la mirada con Tyler, me está mirando muy fijamente y me sonríe como si se alegrara de verme, o algo así. Aparto la mirada porque no me atrevo a devolverle la sonrisa con su novia delante, esa es la verdad. Prefiero mirar a Jessica, que está también sonriendo a Cam, aunque él ni la esté mirando.

—Ya era hora. Estábamos a punto de no esperarte —bromea Ryan, dándole a su amigo una palmadita en el hombro.

—Mal negocio haríais siendo que yo tengo las llaves y la dirección de la casa —dice Cam, devolviéndole el toque—. ¿Cargamos o qué?

Los chicos se ponen a trasladar packs de cerveza y bolsas enormes cargadas de comida y botellas de cristal y plástico, del coche de Vanessa al de Cameron. Ya deben de haber cargado el resto en el de Ryan, que no es tan grande como el de Cam, pero también tiene maletero de sobra. Ahora solo queda saber quién irá en cada coche y casi cruzo los dedos para no tener que ir con Jessica, ni con Blair.

—Bueno, ¿cómo nos repartimos? —Es precisamente Jessica quien saca el tema y me doy cuenta de que está mirando exclusivamente a nuestro chico de los ojitos verdes.

—Cuatro y cuatro —se pronuncia Ryan—. ¡Yo voy en mi coche! —bromea.

—¿Cuánto tardamos en llegar hasta allí? —pregunta Vanessa.

—Unas dos horas —responde Cam—. ¿Os venís vosotros con Ashley y conmigo, Vanessa?

Vanessa y Troy están de acuerdo y no tardan en llevar sus maletas para tratar de acomodarlas en el maletero. Pero la cara que se le ha quedado a Jessica es digna de mirar. Y pasa en un momento de la incredulidad a la tristeza. Y de la tristeza a la rabia. Y esa última emoción va dirigida enteramente a mí. Me mira como si fuera a matarme cualquiera de estas noches mientras duermo. Me esperan un par de días muy largos, por lo que parece. Enseguida tiene que ponerse en marcha y llevar su equipaje al coche de Ryan también. Tyler y Blair llevan menos cosas que ella. Una mochila y una bolsa pequeña. Y menos mal, si no, no habrían podido cargar con ello en la moto. Tyler va a montarse en el asiento del copiloto, pero espera mientras Ryan se pone al volante y Blair entra en el asiento trasero. Jessica tampoco se monta de momento, hasta esperar a ver cómo vamos a repartirnos nosotros.

—Eh, tú, para atrás —ordena Cam a Troy en tono divertido cuando lo ve hacer amago de montarse en el asiento del copiloto.

Y yo me siento un poco cohibida cuando Troy obedece con una mueca y Vanessa y él se montan detrás. Sobre todo, porque Tyler y Jessica nos miran a los dos. Y no parece que les haya hecho gracia, o que Cam les haya parecido monísimo como a mí, precisamente.

Cameron sale primero para que Ryan siga su coche. Lógico, teniendo en cuenta que es el único que conoce el camino realmente. Nuestro coche permanece en silencio durante los tres primeros minutos antes de que Vanessa lo rompa.

—¿De verdad llevas a Taylor Swift en el coche? —pregunta, incrédula.

Yo siento que me pongo roja. Ni me había dado cuenta de que seguía sonando mi lista de música, tan acostumbrada como estoy ya a escuchar estas canciones en el coche de Cam.

—Ojalá. Solo sus canciones —bromea él—. Es la música del móvil de Ash —explica luego, como si fuera lo más normal del mundo.

Yo prefiero no decir nada y me encojo un poco más en mi asiento, porque estoy notando los ojos de la exnovia de Cam fijos en mi perfil, desde el sitio de detrás del conductor.

—Ah —se limita a decir. Pero su tono lleva implícita cierta sospecha.

Por suerte no insiste con el temita. Troy interviene, gracias al cielo, y deja atrás el momento incómodo.

—Aún sigo en recuperación desde la fiesta del sábado, tío —comenta con su amigo, y Cam ríe bajito sin apartar la vista de la carretera.

—Te haces viejo, colega.

—¿Sabes? Se echó de menos a *Sir Roger.* Las fiestas no son lo mismo sin él —comenta con nostalgia.

¿Quién narices es *Sir Roger*? Miro a Cam en busca de una explicación y lo veo esbozar una sonrisa triste.

—Se lo echa de menos, sí. —Me mira de reojo al percatarse de mi insistente mirada—. Era mi gato. Se murió en Navidad. Diecinueve añazos vivió el tío —añade con media sonrisa orgullosa.

—El de tus fondos de pantalla.

—El mismo. Todo un juerguista hasta sus últimos días.

—Y que lo digas. —Oigo a Troy de nuevo—. Siempre en medio de las movidas, vigilando las fiestas y tirando vasos de las mesas y derramando alcohol desde la primera fiesta que se hizo en esa casa.

—Dicen que los gatos se acaban pareciendo a sus dueños —alardea Cam en tono de broma.

—Desde luego, tú también eres experto en derramar alcohol. —Troy ríe ante el comentario.

—Dicen eso de los perros —corrige Vanessa.

—Sí, lo que dicen de los gatos es que no tienen dueño. —Entro también en la conversación girándome un poco en mi asiento.

Intercambio una mirada con Vanessa y hasta me sonríe un poco. Vaya. Eso sí que no me lo esperaba. ¿La abeja reina siendo agradable conmigo? Debo de estar alucinando.

—No me queda más remedio que estar de acuerdo con eso —concede Cam.

Pienso en las fotos de ese gato decorando sus fondos de pantalla. Tenía más años que él así que fue su mascota durante toda su vida entera. Debió de ser duro para él perderlo. Lo imagino y me muerde un poco el corazón pensar en el último año de la vida de Cameron Parker. Que yo sepa, desde hace un año hasta ahora sus padres se han separado, su padre ha dejado de ser su padre prácticamente, lo dejó con Vanessa que parece ser la única chica por la que ha sentido algo de verdad y ni más ni menos porque ella le puso los cuernos en su propia cama no quiere decir con quién, y, por si fuera poco, se muere su gato. No me extraña que a veces tenga que recordarle que sonría. Pero bueno, a mí no me importa ser su alarma para eso. Podría seguir recordándole que debe sonreír toda la vida, si hiciera falta.

En un par de minutos, Troy y Cam tienen monopolizada la conversación del coche, hablando sobre fútbol y los más y los menos del equipo en los últimos entrenamientos. Eso dura cerca de veinte minutos y yo estoy centrada en la música y cantando mentalmente *Blank space*, desconectada de sus desvaríos deportivos. Pero cuando la canción está terminando me doy cuenta de que la conversación ya se ha agotado y que vuelve a haber silencio en el vehículo. Entonces empieza a sonar *Shake it off* y Cam me aprieta la rodilla con la mano derecha. Lo miro y me está lanzando miraditas de reojo, con una sonrisa traviesa. Y no lo dice, pero yo lo entiendo igual, me está diciendo que cante. Niego con la cabeza, pero entonces él empieza a entonar, con la voz más aguda de su repertorio y no puedo evitar reírme. Y luego pienso que a la mierda el resto del mundo. Y me pongo a cantar con él.

—Me estás vacilando. —Oigo decir a Vanessa, pero se adivina un toque de diversión en su comentario.

Apenas en unos segundos ella ya se nos ha unido, y Troy se suma en el estribillo. Y yo lo que menos me imaginaba en el mundo al pensar en este viaje era que me lo iba a pasar de miedo y me iba a reír como una tonta, cantando con dos chicos del equipo de fútbol y la animadora más popular del instituto al completo. Pero aquí estoy. Y me alegro de que sean Vanessa y Troy los que comparten coche con nosotros. Seguimos buena parte del camino destrozando las canciones de la pobre Taylor, hasta Vanessa y yo clavamos a la vez la parte hablada de *We are never ever getting back together* y nos miramos entre nosotras orgullosas al terminar, mientras los chicos berrean el estribillo una vez más.

Llevamos algo más de una hora de camino cuando Cam pone el intermitente para señalar al coche de Ryan que vamos a salir de la carretera principal y se desvía hacia una gasolinera. Para junto a un surtidor, y él es el primero en bajarse, pero después lo hacemos todos. Ryan ha parado detrás y ellos también se bajan a estirar las piernas.

—Pero ¿qué pasa, tío? —protesta el otro conductor.

—Tengo que llenar el depósito —se disculpa Cam mientras coge la manguera del surtidor, pero Troy se la quita de las manos suplicando que le deje hacerlo a él—. Además, estoy bastante seguro de que Vanessa tendrá que ir al baño —añade con voz de paciencia.

—Ahora que lo dices... —admite ella, y los dos intercambian una mirada cómplice.

Bueno, no puede extrañarme que tengan alguna bromita entre ellos y que él la conozca bien. Estuvieron juntos casi un año, así que... Tampoco es que esté celosa. No. Seguro que no lo estoy.

—Voy contigo. —Se le une Blair, y las dos se alejan caminando hacia los baños.

—¡Eh, Ryan! ¡Mira qué larga la tengo! —bromea Troy con

la manguera entre las piernas mientras llena el depósito—. Así es como te gustan a ti, ¿no? —lo provoca, y los demás ríen ante el chiste.

—A mí me gusta la de Cam, eso todo el mundo lo sabe —bromea el otro a su vez, y Cam hace una mueca al escucharlo—. Tú la tienes muy pequeña.

—¿Pequeña? Pero ¿no me la estás viendo? —continúa moviéndose hacia los lados con cada pierna a un lado de la manguera.

Hombres. Vaya sentido del humor tienen. Pero no me queda otra que atender a sus tonterías porque la otra opción es acercarme a Jessica. Y eso no, claro. Ni loca.

—¿Cómo vamos a dormir? —interviene Tyler cambiando el tema—. Hay cinco habitaciones, ¿no?

—Cinco habitaciones y un sofá-cama —confirma Cam, mientras Troy ya cuelga la manguera de nuevo en su sitio.

—Yo duermo en el sofá-cama —pide Ryan sin dudar—. Paso de volver a dormir con Cam, que la última vez hubo mucho mariconeo e intentó meterme mano —lo acusa entre risas.

—¿Quién me puede culpar? ¿Tú te has visto? —le sigue la broma Cam, y echa a andar hacia la tiendecita para pagar la gasolina.

—¡Siempre supe que tenía posibilidades contigo, bombón! —le grita Ryan, y Cam le devuelve una carcajada—. Por eso eres mi favorito.

Yo me apresuro a correr tras Cam mientras el resto sigue con las bromitas y las risas. Y noto los ojos de Jessica atravesando mi espalda, pero me da un poco igual, la verdad. Menos mal que las miradas no matan. Todavía.

—Ey —llamo la atención de Cameron al alcanzarlo—. Déjame pagar a mí la gasolina.

—¿Qué? Ni de coña.

Todo un caballero.

—Ni de coña. Tu respuesta favorita en todo lo relacionado con tu coche —acuso en tono burlón—. Es lo menos que puedo hacer, ¿no? Ya que sospecho que no piensas decirme cuánto es mi parte de la comida y la bebida —adivino, y él esboza una sonrisa que confirma mis temores.

—Eres mi invitada —aclara, y me lanza una mirada que me deja claro que significa «fin de la discusión».

—Bueno, tendré que meterte cincuenta pavos en la cartera entonces.

—Vale. Pero solo los aceptaré si antes hay sexo —avisa burlonamente.

Suelto un bufido y me doy media vuelta para dejarle que vaya a pagar, volviendo hacia el coche envuelta en el eco de su risa. Me uno a los chicos y entonces es el turno de Jessica para ir tras Cam. Qué tía más pesada. Lo mismo debe de pensar ella de mí. Y Tyler me mira mucho, pero no se atreve a venir y hablarme delante de sus amigos, o eso me parece a mí. Cuando Vanessa y Blair vuelven del baño, decido que voy a aprovechar para ir yo también. Al salir y volver hacia los coches oigo a Jessica y Cam hablando en la puerta de la tiendecita.

—¿Y si duermo contigo este fin de semana? —propone ella en un ronroneo.

—No me gusta dormir acompañado, Jess —dice él, cortante—. Este fin de semana no estoy de humor. Si has venido es porque Vanessa insistió, no porque yo quiera tenerte en mi cama.

Ella se queda callada. Y casi me da pena, la pobrecita. Tampoco hace falta ser tan borde con alguien que está coladita por ti, ¿no?

Los sigo a cierta distancia cuando vuelven con los demás. Una vez junto a los vehículos, Cam me llama la atención.

—Ey, Ash.

Cuando lo miro me lanza las llaves del coche y yo las cojo al vuelo alzando las cejas con sorpresa.

—Conduces tú. —Y echa a andar tranquilo hacia el lado del copiloto.

—¿Qué?

—¿En serio? —Oigo a Vanessa.

Suena hasta un poco indignada y cuando la miro tiene la cara de sorpresa más graciosa que yo haya visto en la vida. Parece ser que a ella tampoco le había dejado nunca conducir su preciado coche antes.

—Date prisa, antes de que me arrepienta —advierte Cam en tono de broma, y entra en el coche.

Corro a montarme en el asiento del conductor y empiezo a ajustarlo para poder llegar a los pedales. Luego ajusto los retrovisores y veo que los demás aún están de pie, hablando entre ellos.

—Oye, Cam... —empiezo.

—Si dices algo sobre dejarte el coche te quito el sitio cagando leches —amenaza, divertido.

—No. —Sonrío al escucharlo. Hay otra cosa que me ronda la mente desde los chistes de los chicos hace un rato—. ¿Ryan es gay?

—Joder, Ash —responde él, incrédulo—. Claro que sí. Lo sabe todo el mundo. En serio, ¿a qué instituto vas? —bromea.

Puede que tenga razón. Parece que no voy al mismo instituto que ellos. Es eso, o que no me entero de nada.

Vanessa y Troy no tardan en subir al coche, y yo arranco para volver a la salida a la carretera principal. Se conduce exactamente igual que el coche de mi madre, solo que es bastante más grande. Pero estoy segura de que podré con ello.

—Oye, tío. —Oigo a Troy desde el asiento de atrás—. No

hemos terminado de responder a lo que ha preguntado Tyler. ¿Cómo vamos a dormir?

—No os preocupéis, parejita —dice Cam en tono pícaro—. Una habitación será vuestra.

—No, si no lo pregunto por nosotros...

—A mí me da igual dónde dormir —suspira Cameron volviéndose en el asiento para mirarlos—. Pero no quiero meter a Jess en la misma habitación que a Ashley —explica, y yo no digo nada, pero me parece estupendamente.

—Mejor. —Vanessa se muestra de acuerdo.

Me sorprende oírla decir eso tan tajantemente. Parece que Jessica le ha dicho algo sobre mí, y no ha debido ser nada bonito. Yo sigo centrada en la conducción, siguiendo la carretera principal en dirección a Carson City, Nevada. Cameron me ha dicho que solo tengo que seguir la carretera hasta que él me avise del desvío, así que voy bastante relajada en ese aspecto. Aún queda un rato.

—¿Puedes desacoplar mi móvil de una vez? —le pido pasado un rato, en un parón de la animada conversación que mantiene con sus amigos—. Estoy empezando a detestar a Taylor Swift.

Él ríe y busca mi móvil en mi mochilita para poder cambiar la conexión en los ajustes.

—Objetivo conseguido —bromea—. Desbloquéamelo —pide poniéndome la pantalla delante y yo lo hago sin apenas desviar la vista de la carretera.

Por fin Taylor Swift desaparece del reproductor de música.

—¿Por qué has hecho eso? —protesta Vanessa dirigiéndose a mí—. Ahora tendremos que escuchar a Justin Timberlake todo el resto del viaje.

—Eh, ni una palabrita en contra de Justin —advierte Cameron, divertido.

Pero la primera canción que suena en el repertorio integrado en su coche es *Something just like this,* de The Chainsmokers & Coldplay. Y me encanta esa canción.

—Me encanta esta canción —digo en voz alta, con más sentimiento del que pretendía.

Cam me mira con una sonrisa pegada a los labios.

—A mí también.

Durante tres cuartos de hora conduzco el coche de Cameron Parker escuchando la música que a él le gusta. Coldplay, Ed Sheeran, Bruno Mars y, claro, Justin Timberlake. Y tengo que reconocer que a mí también me gusta. Aunque ría con las protestas de Vanessa cuando Cam se emociona con según que canciones. Luego mi copiloto me señala el desvío hacia el sur del lago Tahoe. Yo señalizo para que Ryan pueda seguirme con facilidad. Estamos casi llegando a nuestro destino cuando mi móvil empieza a sonar en mi bolso. Cam lo coge y mira la pantalla.

—Es mamá —señala con voz burlona al leer la pantalla.

—Mierda. ¿Puedes ponerlo en altavoz para que no piense que hemos muerto?

—Ya le contesto yo. —Decide unilateralmente, y no muestra piedad ante mis protestas—. Hola, señora Bennet —saluda alegremente—. Ashley está conduciendo.

Miro por el retrovisor y veo la expresión de Vanessa. Tiene los ojos muy abiertos en extrema sorpresa, y mira a Troy con cara de «¿qué coño pasa con estos dos?». Lo entiendo. Se me está haciendo sospechoso hasta a mí.

—¿No debería fiarme de ella para llevar mi coche? —bromea Cameron con mi madre—. Bueno, no lo está haciendo tan mal. No, ya casi estamos llegando, nos quedarán unos diez minutos. Sí, ella te llama en cuanto aparquemos.

Yo no digo nada cuando cuelga. Bastante tienen ya Vanessa y Troy para cotillear con sus amiguitos durante este fin de semana.

La cabaña está situada en una hilera de cabañitas parecidas justo al borde del lago. El pequeño jardín que la rodea tiene los suficientes árboles como para proporcionar un poco de intimidad respecto a los vecinos de al lado. Y, desde el final, hay unas escaleras que bajan directamente hasta el agua. Las vistas son preciosas y se pueden admirar desde el enorme ventanal que hace las veces de pared exterior del salón. La planta baja se completa con una cocina grande y un baño. Las habitaciones están arriba. Cinco habitaciones. Y dos baños más. Y, en el reparto, me toca la más pequeña, pero me parece perfecto mi pequeño rinconcito y mi cama individual. La otra opción sería compartir cuarto con Jess. Y no, gracias. Cameron se queda solo en su habitación de toda la vida, o al menos desde que su padre compró la cabaña. Al llegar, he visto a Cam hablando con Ryan muy serio, y creo que es por eso por lo que al final él ha convencido a Jessica de que compartan la habitación de dos camas que hay al final del pasillo. Aunque ella ha llevado sus cosas allí con la actitud de una niña con una rabieta. Mejor, es la que más lejos está de la mía, y yo tengo a Cam justo enfrente. Y compartiendo pared con Tyler y Blair, mientras que entre la habitación de Cameron y la de Jess y Ryan, están Vanessa y Troy. Me parece un reparto adecuado. Mejor sola que mal acompañada. Aunque no me importaría compartir con Tyler, claro. O con Cam. Mierda, no, eso no, Ashley. Tengo que recordar mi conversación con Mia, es normal que me guste un chico guapo. Pero tengo que tener claro mi objetivo. Tyler Sparks, ¿cómo no?

Cuando he dejado mi pequeña maleta y he sacado un par de cosas de ella, como el pijama, el neceser y alguna de esas prendas demasiado tendentes a arrugarse, salgo para reunirme con el resto en el piso inferior. Me ha parecido oír bajar a casi todo el mundo. Una vez en el rellano, oigo voces desde la habitación de enfrente. La puerta está entornada, pero se escucha perfectamente la voz de Cam.

—Hablo en serio. Quédate quietecita en tu cama. No tengo ganas de jueguecitos este fin de semana. —Le está advirtiendo, muy serio.

—No vas a usarme como te convenga solo cuando a ti te da la gana, Cam. —Oigo a Jessica, en el mismo tono—. No seas cabrón, vamos a pasarlo bien este fin de semana, anda... —Ha cambiado su voz a una mucho más seductora.

—Para —pide Cam, más débilmente—. Hablo en serio.

—Ya lo veo —murmura ella, pero burlonamente.

No quiero ni imaginarme lo que está pasando ahí, y creo que es mejor que me vaya abajo y les dé un poco de intimidad. Lo único que me faltaba es que alguien me pille escuchando detrás de las puertas. Pero entonces oigo algo que me llama la atención.

—He rechazado ya muchas propuestas esperándote a ti. ¿Cuándo demonios piensas invitarme al baile?

—Ya hemos hablado de esto. No voy a invitarte al baile. Ve con quien tú quieras ir.

—Yo quiero ir contigo —responde ella al instante, y hasta me da lástima el oírla así—. ¿No irás a llevar a tu nueva zorrita? ¿A Ashley?

—Yo no tengo ninguna zorrita —se burla Cam—. Y no voy a llevar a Ashley. No voy a ir al puñetero baile y punto, Jess, no sé por qué te cuesta tanto entenderlo —suspira en tono cansado.

Vuelvo a oír a Jessica hablar con vocecita de chica mona. Pero ya he oído bastante. Es mejor que me quite de en medio antes de que salgan y me encuentren ahí.

En el piso de abajo, los chicos están metiendo una gran cantidad de cerveza en la nevera y algunas latas al congelador. No sé cuánto alcohol tienen intención de beber esta noche, pero yo diría que mucho. Busco a Vanessa y a Blair y las veo juntas en el jardincito. Están limpiando una mesa y unas sillas de plástico con unos trapos. Salgo para ayudarlas y, aunque Blair no me dirige ni una mísera mirada, Vanessa me recibe con una sonrisa y me pasa un trapo para que me una al equipo. Cameron tenía razón al decir que al final de la semana iba a hacer tiempo de verano. Hace un calor un poco húmedo y, aunque no queda mucho para que caiga la noche, aún estoy a gusto en manga corta en el exterior.

En algo menos de una hora ya lo tenemos todo listo, y todos bromean y ríen en el jardincito tomando cerveza mientras yo le echo una mano a Cam para hacer en el horno las pizzas que hemos comprado para cenar. La cena transcurre tranquila, aunque las latas y botellines vacíos se acumulan muy muy rápido en el centro de la mesa de plástico. Yo me lo estoy pasando mejor de lo que esperaba, a decir verdad. Pero apenas hablo con las chicas. He descubierto que Ryan y Troy son muy simpáticos y, sobre todo el primero, no para de interesarse por mí y de incluirme en la conversación. Vanessa también es bastante agradable conmigo. Y lo único que me inquieta es que Blair y Jessica no dejan de cuchichear entre ellas y, no sé por qué, pero estoy segura de que están hablando de mí. Y no bien precisamente. Cameron está sentado a mi lado y los dos bebemos cerveza a un ritmo mucho más moderado que el resto del grupo. Yo porque conozco mis límites, y él, probablemente, por acompañarme. Y a Tyler lo tengo justo enfrente y no para de lanzarme miraditas disimuladas.

La situación se torna un poquito más incómoda cuando la comida se ha terminado, y el resto de los presentes ya van bastante contentos debido al alcohol ingerido, y Blair propone que juguemos a un juego que parece bastante popular entre ellos. Y lo llaman «verdad, acción o resacón». No me suena muy tentador. Pero los chicos parecen encantados con la idea y Tyler se adentra en la casa para volver con un montón de vasos de chupito en una pequeña bandeja en la mano derecha y dos botellas de tequila en la izquierda. Las reglas son sencillas y Cam me las explica en voz baja mientras se reparten los vasos de chupito entre los participantes: uno hace girar una botella y a quien apunte se le propone verdad o acción en base al lanzamiento de una moneda: cara para verdad, cruz para acción. Y si se niega a responder o a realizar lo establecido, tiene que beber tantos chupitos de tequila como marque un dado lanzado por él mismo. Así que, si te niegas a responder, ya sabes lo que te espera. Resacón. No deberían haberme quedado dudas tras oír el nombre. Troy pone una moneda y un dado sobre la mesa. Parece que este chico lleva de todo en los bolsillos.

—¿Quién empieza? —trata de organizar Ryan terminando de un trago un botellín de cerveza y sacudiéndolo para eliminar las últimas gotas sobre el césped antes de asegurarse de que gira perfectamente sobre la mesa.

Cam ha metido toda la basura en unas bolsas para despejar la superficie de plástico.

—Las damas primero —ofrece Tyler.

—Perfecto —aplaude Vanessa—. ¿A la más joven, chicas? ¿Cuándo es tu cumpleaños, Ashley? —me pregunta.

—Veintitrés de septiembre —respondo, y la veo hacer una mueca.

—Jess. —Le tiende el botellín.

—Noviembre, gracias —dice Jessica casi canturreando, y coge el botellín.

Yo creo que necesitaría bastante más alcohol para poder aguantar esto. Sobre todo, siendo Jessica la que va a hacer girar el botellín. Cojo mi tercera lata de cerveza, aún sin abrir, y la abro para beber un par de sorbos largos. Cam me mira como si me hubiera vuelto loca, pero parece que nadie más me presta atención.

—Espera, Jess. —Tyler frena la tirada—. Vamos a tenerlo todo preparado.

Abre la primera botella de tequila y se inclina sobre la mesa para llenar los vasitos de todos hasta el borde. Luego, le hace un gesto a la rubia para que haga girar el botellín cuando quiera. Veo el vidrio dar vueltas y más vueltas mientras rezo en mi interior para que no me señale a mí. Casi lanzo un suspiro de alivio cuando veo que el cuello para apuntando a Ryan.

—Ryan —dice Jess con una sonrisa traviesa.

—Jessica —responde él, burlándose de su manera de hablar—. Troy es el de la moneda, ¿no? Dale de una vez.

—Troy siempre es el de la moneda —aclara Cameron.

El aludido coge la moneda de la mesa y la lanza al aire dejando que caiga libre y rebote en el plástico antes de que todos nos asomemos a ver lo que ha salido. Cruz. Acción.

—Acción —dice Jessica, y se apoya en el respaldo de su silla para pensar en qué mandarle por unos segundos—. Te reto a salir a la calle y gritar que haces mamadas gratis.

—¿Qué? —Ryan sonríe de medio lado mientras los chicos lo jalean—. Chica, reto aceptado. Yo hago eso todos los días en los vestuarios —bromea—. Pero nadie nunca acepta la oferta...

Sale corriendo hacia la parte delantera de la casa y todos van detrás para comprobar que cumple el reto. Yo no me muevo de mi sitio. Cam se queda a mi lado.

—Deja de beber —me pide en voz baja mientras yo doy otro sorbo largo a mi cerveza—. Como tengas que beberte seis chupitos en una de estas, te vas a querer morir —avisa.

—¿Tú crees que yo puedo jugar a esto sobria?

—Llevas dos cervezas y media. Ya no estás sobria ni de coña —acusa con una sonrisita.

Y yo también tengo que sonreír un poquito. En ese momento oímos a Ryan gritar y los dos nos reímos. Cuando por fin vuelven, continuamos con la ronda, el turno pasa en la dirección de las agujas del reloj, así que es Blair la siguiente en lanzar. Y la botella apunta a Vanessa y la moneda dice «verdad». La bruja pregunta algo sobre echar un polvo debajo de las gradas del campo de fútbol en el descanso de un partido y Vanessa reconoce haberlo hecho, sin ningún pudor. No sé por qué todos se ríen tanto, hablando de cosas tan íntimas. Pero de eso va el juego, ¿no? El siguiente en lanzar es Tyler y le toca proponerle un reto a Jessica. La mira a ella y me mira a mí, y yo no entiendo qué narices estará maquinando.

—Te reto a besar a Cam —dice, pero vuelve a mirarme a mí de reojo tras la propuesta.

Los demás protestan, parece que lo ven demasiado fácil.

—Mejor que bebas —opina Cam, de mal humor. Jessica niega con la cabeza y se levanta caminando lentamente hacia nuestro lado de la mesa—. ¿Puedo beber yo por ella?

El resto de los chicos lo abuchean mientras rechazan el cambio de reglas del juego. Jessica pasa de lado justo entre mi silla y la de Cam y creo que hasta me mira con un pelín de desprecio antes de sentársele a él en el regazo. Le coge la cara entre las manos, y Cam no parece muy contento, pero a ella eso no le afecta y estrella sus labios contra los de él. Yo tengo que mirar hacia otro lado, porque me resulta incómodo, y no solo eso. Pero los demás los jalean con ganas. Cuando Jessica se va de nuevo a su sitio y yo vuelvo a mirar a los reunidos en la mesa, me doy cuenta de que Tyler me está mirando con mucho interés. ¿Se habrá dado cuenta de la poca gracia que me hace que Cam bese a otra?

Una vuelta y media a la mesa después solo me ha tocado una vez, y Ryan me ha retado a quitarme la camiseta. La otra opción es beber tequila, así que aquí estoy, en sujetador, delante de toda esta gente, y empieza a hacer un poquito de frío. Por lo menos llevo un sujetador bonito. Algo es algo. Además, no soy la única que ha perdido prendas. Mal de muchos... Pero ahora parece que mi buena suerte se ha acabado, porque el cuello de la botella vuelve a apuntarme a mí. Pero ya llevo tres cervecitas enteras, y quien la ha lanzado ha sido Cam, así que creo que puedo relajarme, un poco por lo menos. La moneda dice «verdad» y Cameron Parker no tiene que pensar mucho antes de volverse hacia mí y preguntar, con sus ojitos verdes clavados en los míos como si estuviéramos solos en la mesa:

—El otro día, cuando te lo pregunté, ¿estabas celosa sí o no?

Él también ha bebido más de la cuenta. Sobre todo porque se ha negado a responder a la pregunta de con quién de los presentes le gustaría tener sexo esta noche. El dado ha mostrado un tres y se los ha tomado uno detrás de otro sin apenas pestañear, mientras Ryan gritaba emocionado que la respuesta era él, segurísimo. Así que ahora puede que ni le importe estar estableciendo este nivel de intimidad en su pregunta y en el contacto entre nuestras miradas. Y yo tampoco estoy del todo en mis plenas facultades, y no quiero mentir, pero tampoco estoy segura de querer decir la verdad. Todos sus amigos están entonando un «uuuh» en tono burlón, como si nos hubiesen pillado declarándonos o algo así. Y sus burlas se acrecientan cuando yo aparto mis ojos de los de Cameron y cojo el dado para tirarlo sobre la mesa. Sale un uno. Y menos mal. Mientras me tomo el chupito de un solo trago noto los ojos de Cam atravesándome. Luego toso y protesto por lo asqueroso que sabe el maldito tequila, con lo tranquilos que se lo beben los demás, y hasta él tiene que reírse un poco.

En mi turno la botella apunta directita a Tyler Sparks y

tengo que tragar saliva con cuidado mientras nos miramos a los ojos esperando el veredicto de la moneda. Esos ojos color avellana van a volverme loca. Y la manera en que fuma sin apartar los ojos de mí me parece lo más sexy que he visto en mi vida. Definitivamente, no estoy bien de la cabeza. La moneda dice «verdad», y yo sé exactamente lo que quiero preguntar, aunque también sé perfectamente que si no fuera por la cerveza y el tequila jamás me atrevería a hacerlo.

—¿Cómo fue tu primer beso? —pregunto, esperando que mi exterior denote calma, aunque mi interior sea un maldito tsunami de emociones.

Noto cómo Cam se tensa a mi lado, pero Tyler se limita a mirarme igual que antes. Sonríe de medio lado y da una calada tranquila a su cigarro antes de responder.

—Fue perfecto.

Eso dice, y a mí se me revuelve todo el alcohol que he tomado y me mareo un poco más. Ojalá estuviéramos solos para poder recrear ese beso perfecto otra vez. Porque lo que está claro es que para mí también lo fue. Sus amigos están burlándose de él por moñas, y pidiendo más detalles, pero él solo me mira a mí.

—Me vale la respuesta —me doy por satisfecha.

Y a pesar de las protestas de los demás, el turno pasa a Vanessa que está sentada a mi izquierda. Le toca proponerle acción a Cam.

—Te reto a besar a Ashley —dice la tía, con toda su tranquilidad, y toda su mala leche, porque vaya chistecito.

Yo me vuelvo para mirar esos ojitos verdes. Me está mirando y alza las cejas como pidiendo permiso, y yo no me muevo ni un poco, pero la advertencia que le estoy mandando con mi mirada debe de quedarle más clara que cualquier cosa que pudiera decir. Se me disparan las pulsaciones a niveles nunca antes experimentados cuando lo veo inclinarse hacia mí, y no despega sus ojos de los míos y yo estoy un poquito aterrada, porque quiero, pero no quiero, y no aquí, en cualquier caso. Cam para cerca de mi boca, pero no llega a rozar mis labios. A cambio desvía el curso de los suyos y me besa en la mejilla, aunque cerca de la comisura, y yo ya lo siento más íntimo que la mayoría de los besos que me han dado en mi vida. Sus amigos, que estaban guardando un silencio expectante, empiezan a protestar cada vez más alto.

—Eso es hacer las cosas a medias —acusa Troy—. Besa o bebe.

Y todos empiezan a repetir «besa o bebe» como idiotas.

—Vale. —Vanessa se hace escuchar por encima de todo el resto—. Como Ashley no tiene la culpa de nada y no se merece tus babas por culpa de un estúpido reto, voy a conmutarte el beso con Ash por un beso con Tyler. Besa a Tyler o bebe, Cameron —dice burlonamente.

—¡Injusticia! —grita Ryan, poniéndose de pie y todo—. ¿Y yo qué? ¿Por qué yo no? —bromea dramáticamente—. Qué manía me tenéis todos en este grupo. Voy a cambiar de amigos...

Tyler está mirando a Cam y alzando las cejas en un intento de parecer seductor, aunque resulta bastante hilarante en realidad. Cameron se levanta y va hacia él, y mi rubio se levanta para recibirlo. Tengo que unirme a los vítores cuando los veo labio contra labio. Y es un solo segundo, pero no puedo dejar de pensar lo irónico que es que las dos bocas que más me apetecen en el mundo estén unidas entre ellas ahora mismo.

—Joder, qué puto tabaco más asqueroso fumas —protesta Cam al volver a su sitio.

—No jodas. Te ha encantado, putita. —Tyler ríe guiñándole un ojo.

—Hacía falta más lengua, pero lo daré por bueno porque

ahora tengo una joya para Instagram —decide Vanessa maliciosamente, enseñando su teléfono móvil, con el que les ha hecho una foto.

—De lengua nada, que tampoco tenemos tanta confianza —protesta Tyler—. Y no creo que quieras empezar la guerra de Instagram con tan poca ventaja, monada.

Eso calla a Vanessa, pero la veo sonreír divertida.

A partir de aquí, ya no tengo más suerte en este maldito juego. Porque la tirada de Jess apunta directamente hacia mí y, aunque la veo hacer un mohín decepcionado cuando la moneda dice «verdad», sé que no puedo relajarme ni un poquito porque cualquier pregunta que se le pueda ocurrir no va a ser agradable.

—¿Cuántas mamadas le has tenido que hacer a Cam para conseguir pase directo a su casa del lago? —pregunta, y, aunque tiene una sonrisa falsa en la cara, cada pequeña parte de ella desprende mala leche.

Sus amigos empiezan a protestar, todos menos Blair, que parece encantada con la pregunta. Le piden que no sea cabrona, que estamos jugando y no tiene gracia y cosas parecidas. Cam ha pegado un golpe en la mesa y parece muy cabreado. Me parece que está a puntito de decir algo, pero yo me adelanto.

—Seguro que menos que tú, Jessica —respondo tranquilamente y lo suficientemente alto como para que se me oiga por encima del murmullo.

Los demás se quedan callados, casi conteniendo el aliento, mientras nosotras nos sostenemos la mirada enfrentadas a ambos lados de la mesa. Jessica hace una mueca para luego volver a mostrar su sonrisa falsa.

—Vale, vale —cede levantando las manos—. Cambiaré la pregunta, ¿sí? —pide permiso al resto de los participantes—. ¿Es verdad que aún eres virgen, Ashley?

Oigo a Cam gruñir bajito a mi lado. Y sé que, respondiendo con sinceridad a esta pregunta, voy a ser el bicho raro del grupito. Pero la cuestión es que no quiero beber otro chupito de tequila. Y podrían ser seis. Y no tengo nada de lo que avergonzarme, ¿no? Así que respondo.

—Sí.

Todos se quedan en silencio y sé que es porque soy la nueva y no se atreven a burlarse, o bien no se atreven a quitarle importancia, porque no saben qué es lo que pienso o cómo reaccionaré yo.

—¿Y qué estás esperando? ¿Al príncipe azul? —se burla Jess, y veo a Blair sonreír burlonamente a su lado.

—Bueno, vale. Siguiente. —Tyler se hace oír por encima de sus risitas.

Blair lo mira entre sorprendida y mosqueada por la interrupción. Pero luego coge la botella y la hace girar sin que nadie diga nada más. Vuelve a apuntarme, y yo cierro los ojos un momento, maldiciendo mi mala suerte. Luego me enfrento a los ojos oscuros de Blair, en espera de lo que pueda venir. Y la moneda vuelva a decir «verdad». No sé si es mejor o peor.

—Expondré lo que todos estamos pensando y preguntaré lo que todos tenemos curiosidad por saber —introduce su pregunta—. ¿Con quién te mueres por perder la virginidad este fin de semana, Ashley Bennet, con Tyler o con Cam? —Su tono es muy burlón—. Si tienes huevos a contestar a eso, te lo presto esta noche —añade, con una sonrisa maliciosa, dando la respuesta por supuesta.

—Ya vale —oigo decir a Cam, cabreado, a mi lado.

Le pongo una mano en el brazo para que se calle. Lo único que me faltaba es que tuvieran que burlarse de mí por ser la protegida de Cameron Parker. Como si no tuviera ya bastante.

—Apuesto a que preferirías oírme decir que contigo, Blair —ataco, y ella me mira quedándose muy seria. Veo en sus ojos que sabe perfectamente lo que yo sé—. Ah, no, perdona. No soy tu tipo. Las rubias te ponen más, ¿no?

Nadie dice nada tras mis palabras y Blair me está mirando como si fuera a levantarse de la mesa, romper la botella y clavarme los cristales en cualquier momento. La situación es muy tensa para todos, creo. Pero no he sido yo la que he empezado esta guerra. Aun así, soy yo la que tiene ganas de llorar y esconderme en un agujero bien profundo, o teletransportarme a casa y meterme en la cama durante unos cuantos meses. Me levanto de la mesa sin que nadie se atreva a hablar.

—Perdonadme —me disculpo con todos.

Intento permanecer serena hasta entrar en la casa, pero, para cuando he empujado la puerta de cristal que da acceso al jardín para que se cierre tras mi paso, ya noto las lágrimas quemándome tras los párpados. A mi espalda oigo un montón de voces hablando todas a la vez, pero la de Cam es la que suena más alta. Parece que le está echando una buena bronca a alguien, aunque no entiendo lo que dice. Eso hasta que abre la puerta para entrar tras de mí.

—Sois gilipollas —lo oigo decir como colofón a lo que quiera que lo haya precedido—. Ash —me llama con voz suave y oigo el clic de la puerta al cerrarse, separándonos de los que quedan fuera.

No quiero que me vea llorar como una tonta porque un par de chicas malas se han metido conmigo, pero no creo que llegue hasta mi habitación antes de empezar a moquear, así que voy a la cocina esperando que no me siga. Él lo hace, claro. Cierra también la puerta de la cocina tras nosotros y me coge la mano para tirar suavemente de mí y obligarme a volverme y mirarlo a la cara.

—Ey —dice, con voz dulce al ver mi expresión.

Ya se me ha escapado una lágrima, pero no quiero que se me salte ninguna más, así que trato de respirar hondo mientras me la seco con mi camiseta, que llevo en la mano. Después me aparto de él y me la pongo encima del sujetador otra vez. Ya no hay necesidad de que vaya por ahí semidesnuda. Menuda gilipollez de juego.

—Ash, no les hagas caso —casi susurra, y su voz me da más ganas de llorar de las que ya tenía—. Son expertas en decir barbaridades...

—No es por ellas, Cam. —Me planto, y parece sorprendido—. Es por mí —digo lastimeramente mientras me señalo con una mano—. Mírame, soy penosa —me acuso, y él empieza a negar con la cabeza, pero no le dejo decir nada—. Estoy aquí intentando hacerme pasar por una chica mala, por alguien como ellas, pero en realidad esta no soy yo. Y todo por un tío que ni me miraba cuando era yo misma, y que ahora solo me hace caso cuando piensa que soy lo suficientemente guay como para atraer a su mejor amigo. En realidad, soy una de esas chicas invisibles, una don nadie del instituto, una pringada patética que está enamorada del quarterback que está totalmente fuera de su alcance. Y ellas lo saben. Lo sabe todo el mundo. Y ser yo misma es una mierda, pero tampoco puedo ser lo que no soy...

—No te hace falta ser nadie más que quien tú eres, Ash —asegura, y me aparta el pelo del lado derecho de la cara, con mimo.

Yo doy un paso atrás, para que no me toque.

—¿Ah, no? Tú mismo lo dijiste, ¿no? Siendo como soy, Tyler Sparks jamás se iba a fijar en mí, tengo que ser más... menos... —lo imito en aquella primera conversación en su coche.

—Eh, tía, soy Cameron Parker... —Se señala a sí mismo—.

Soy un capullo —me recuerda, y sorbo un poco por la nariz, pero no puedo evitar un amago de sonrisa—. Adorable. Pero un capullo. —Ahora sonrío al escuchar eso—. Siento haber dicho que tenías que cambiar, Ash. Porque la verdad es que cuando dije eso no te conocía y no tenía ni idea de lo increíble que eres —trata de animarme.

—Eso solo lo dices porque estoy llorando —matizo, enjugándome las lágrimas con los dedos de mis dos manos.

—No. —Lo niega, con esa voz dulce de nuevo—. Si a Tyler no le gustas como eres, que le den por culo, Ashley. —Me sorprende y lo miro entre las lágrimas. Tiene sus ojos verdes clavados en mí y está muy serio—. Que le den. Él se lo pierde. No eres tú la que pierdes, es ese maldito idiota. Hay montones de tíos por ahí que matarían por estar contigo, Ashley Bennet —termina, bajando la voz, casi en un susurro.

—¿Sí? —lo dudo—. Pues nómbrame uno...

—Lewis Cooper —prueba él en tono de broma, y yo suelto una especie de carcajada entre las lágrimas—. ¿Qué? ¿No? —se extraña, divertido.

—Pues va a llevar a otra al baile, así que creo que ese barco ya zarpó —trato de bromear.

Pero él no se ríe. Me coge por la barbilla y me obliga a levantar la vista para encontrarme con sus ojos.

—Sé de, al menos, un tío más que se muere por estar contigo... —sigue en voz baja.

—¿Quién? —pregunto, conteniendo el aliento, mientras me pierdo en sus ojos verdes.

—Ash... —dice mi nombre en un susurro, muy cerca de mí.

Se aparta a un lado cuando la puerta de la cocina se abre de golpe. Tyler Sparks entra como si tuviera todo el derecho del mundo a interrumpir este momento.

—Ashley —me llama, y lo veo fruncir el ceño cuando se percata de mis lágrimas—. Eh, ¿qué pasa?

Yo no contesto y miro a Cam, pero él está mirando al suelo y, cuando Tyler se acerca a mí, se da media vuelta y sale de la cocina, cerrando la puerta tras él y dejándonos a los dos a solas.

Mi rubio favorito me mira y me pone una mano en el brazo. Parece que no sabe muy bien qué debería decir. Y yo no quiero que me vea llorar así. Una cosa es que me vea Cam, y otra muy distinta que el testigo de mis lágrimas sea Tyler.

—Siento lo de esas dos. Ignóralas y ya está. Aquí nadie las toma en serio —medio bromea.

—Ya. Da igual. El problema no son ellas —aseguro con la mirada clavada en el suelo.

—¿Y cuál es el problema? —se interesa—. ¿Por qué no quieres hablar conmigo? —continúa al ver que yo no digo nada—. Llevas toda la semana dándome largas.

—Ahora no es el momento para esto, Tyler —le pido que pare. Y es que es cierto. No puedo con lo que sea que quiera Tyler Sparks ahora—. Hablamos mañana.

Paso por su lado, dispuesta a irme a mi habitación. Suficiente por hoy. Ya ha sido un día demasiado largo para mí. Abro la puerta de la cocina y vuelvo a oír su voz a mi espalda.

—Hablamos cuando quieras, Ash. Te prometo que no muerdo —añade en un tono ligeramente burlón.

Mis conexiones neuronales me llevan a la nota de Cam el primer día que hablamos. «No muerdo.» Ni siquiera me vuelvo. Tampoco digo nada. Sigo mi camino y, al atravesar el salón, veo que todos los demás siguen fuera. Ryan y Troy están aún sentados en la mesa, bebiendo cerveza. Jessica y Blair están al fondo del jardín, hablando entre ellas, y prefiero no saber de qué. Y Cam ha vuelto al exterior y solo puedo ver su espalda, sentado en un escalón de los que bajan al césped, con Vanessa al lado. Ella le está diciendo algo, y veo cómo le acaricia la nuca suavemente mientras él apoya la cabeza entre las manos. Yo me voy a mi habitación. Mañana será otro día.

Sentada sobre el colchón de mi cama, le mando un par de mensajes a Emily. Pero le digo que todo va bien. No tengo ganas de dramas telefónicos ahora. Ya habrá tiempo para contarle todo cuando vuelva. Pero, entonces, me llega un mensaje que no es de Emily. Es de Cam. Es una invitación para seguirlo en Instagram. Y, luego, unas palabras más: «Mira mi última foto». Lo hago. Tengo acceso a todas las fotos de Cameron Parker, y su última publicación es del sábado pasado, el día de su cumpleaños. Es una foto de su brazo con mi *smile* escrito en él. Con corazoncito en la «i» y todo. El pie de foto dice «Lo único que recordaré en mi cumpleaños». Y yo obedezco a mi propio mandato. Y sonrío. Y luego aprovecho para cotillear todas sus fotos desde 2014. Mucho fútbol, muchos coleguitas, y mucho gatito gris. Y también bastante Vanessa. Hay muchas fotos de los dos, de cuando estaban juntos. No las ha borrado. Y lo único que todas las fotos tienen en común es que él está condenadamente guapo.

Cerca de una hora después oigo a la gente empezar a subir para acostarse. Por goteo. El último «buenas noches» que llega a mis oídos es de Tyler y Cam. Y no sé si voy a poder dormir, pero al menos ahora habrá silencio y no tendré que estar preguntándome si están hablando sobre mí. O eso es lo que yo me creía. Que iba a haber silencio. No pasa mucho rato antes de que los gemidos de Blair me taladren el cerebro a través de la pared. No oigo a Tyler, pero por lo que puedo oír de ella, es porque debe de tener la boca ocupada. Y yo creo que la bruja está exagerando. Solo para joderme a mí. Solo para asegurarse de que los escucho. Pues lo está consiguiendo. Cojo un cárdigan abrigadito de encima de mi maleta y me lo pongo antes de salir de la habitación y volver a cerrar la puerta con cuidado. Voy descalza hasta el piso de abajo y salgo al pequeño porche que da al jardín, donde hemos cenado. Me siento en el escalón, donde antes he visto a Cam con Vanessa. La ausencia de contaminación lumínica deja ver un cielo más estrellado de lo que yo había llegado a ver nunca. Aquí también se puede respirar. Y voy a darles un buen rato a los de arriba para que terminen con todo lo que quieran hacer.

—Hola. —Una voz a mi espalda me sobresalta cuando ya llevo aquí como unos veinte minutos.

Me giro para ver quién es. Vanessa. Lleva unas chanclas de playa y una sudadera demasiado grande encima del pantalón corto de pijama, del equipo de fútbol, con el número sesenta y dos. El número de Troy.

—Hola —le respondo, y trato de esbozar una sonrisa.

—¿Te importa si me siento contigo un rato?

No contesto, pero le hago un gesto con la mano que la invita a hacerlo. Ella da un par de pasos y se sienta en el escalón, justo a mi lado. Saca un cigarrillo del paquete que lleva en la mano y me ofrece por si yo quiero coger otro.

—¿Fumas?

—No —lo rechazo.

Ella deja el paquete a un lado y se enciende el cigarrillo dejando luego el mechero sobre el cartón.

—Mejor. Es un vicio asqueroso —reconoce. La miro al reconocer las mismas palabras que usó Cam—. Eso es lo que no paró de decirme Cam todo el tiempo que salimos. —Sonríe un poco—. Eso, y que me comiera un caramelito de menta antes de besarlo. —Suelta una risita y yo sonrío un poco también—. Siento lo de Blair y Jessica antes —se disculpa ella también por sus amigas—. No le des vueltas. Jess está celosa. Y Blair... Blair atacaría a cualquiera que mirara a Tyler, aunque sea de reojo. Menos mal que hay muchas cosas que ella no sabe —termina, traviesa.

—No. Da igual. No es que me quiten el sueño tampoco. —Me hago la dura.

—¿No? Ah, entonces son los escandalosos de Tyler y Blair. —Cae en la cuenta y asiente con la cabeza—. No saben ser discretos cuando echan un polvo. Les da igual quién esté en la habitación de al lado.

—¿Y tú por qué no puedes dormir? —me intereso para alejar el tema de la parejita.

—El cigarrito de después —bromea moviendo la colilla entre sus dedos—. Troy no me deja fumar en la cama —se queja con un mohín—. Y se queda dormido en el segundo dos tras el orgasmo. Ni mimos, ni arrumacos, ni charla poscoito. Me roba lo mejor del sexo. Pero está tan mono que me da pena despertarlo —asegura después, y yo sonrío levemente al oírla—. La culpa de que yo no me quede dormida al segundo también es de Cam, claro, que me tenía muy mal acostumbrada —dice con sorna—. Y hablando de Cam... —Cambia el tono de voz y se gira para mirarme de frente, doblando una pierna bajo su cuerpo—. ¿Qué está pasando entre él y tú?

—No hay nada entre Cam y yo —repito, y ya voy perdiendo la cuenta de cuántas veces he tenido que decir lo mismo—. Jessica no tiene motivos para estar celosa.

—Aunque se lo dijera, no se lo creería. Y yo tampoco. He venido con vosotros en el coche —me recuerda—. ¿Sabes cuántas veces ha dejado Cam que alguien conduzca su coche? Ninguna. Nunca. Jamás. Ni a Tyler —enfatiza su argumento.

—No hay nada entre nosotros. En serio. Somos amigos y ya está. Yo no... —Dudo antes de hablar—: No va a pasar nada entre nosotros.

—¿Y eso ya lo sabe Cam?

Me sorprende la pregunta. La miro y frunzo el ceño antes de murmurar un «claro».

—Si tú lo dices... —cede, como si lo dudara—. Debo advertirte de que Cam es un chico que vale mucho la pena, Ashley. Vale la pena mucho más que Tyler Sparks.

La veo sonreír de medio lado cuando la miro alarmada por sus palabras. Lo único que me faltaba es que ella también se uniera a Jessica y a Blair, burlándose de mí por ser la fan número uno del quarterback del instituto. Pero Vanessa no dice nada más.

—Si vale tanto la pena, ¿cómo es que ya no estás con él? —Juego yo mi baza.

—Te lo ha contado, ¿no? Te lo ha contado todo, pero apuesto a que no te ha dicho con quién estaba yo. —Su sonrisa se ensancha, casi irónica, al ver en mi expresión que ha acertado de pleno—. En mi defensa diré que Cam y yo ya hacía tiempo que no estábamos bien, aunque admito que eso no es excusa. Hacía tiempo que sabía que le pasaba algo, pero no hablaba conmigo. Me enteré por mi madre de que su padre se había ido de casa y que iban a divorciarse, ¿te lo crees? Él no me había dicho nada. Así que cada vez estábamos más distantes. En realidad, creo que a ninguno de los dos nos importaba porque ya no sentíamos lo mismo que al principio. Y a finales de agosto lo convencí de hacer una fiesta en su casa. Y lo que pasó en esa fiesta fue que Cam estaba siendo un rollazo y yo encontré a alguien que me hacía más caso que él —admite encogiéndose de hombros—. Pero, claro, a él no le importa si la gente sabe lo que pasó o no. Lo único que le importa es proteger a sus amigos y su reputación. Y yo no entiendo ni por qué le sigue hablando siquiera, pero los amigos son lo primero, ¿no? —Suspira con un deje amargo.

—¿Era Troy? —trato de adivinar.

Vanessa sonríe, irónica.

—¿Troy? —repite en forma de pregunta—. No. Lo de Troy empezó bastante después. —Y la veo suavizar la expresión al pensar en su novio.

—¿Quién era?

No sé por qué pregunto, si en realidad no necesito confirmación. Si, en el fondo, lo sé desde el momento en que Cam me contó la historia. Y la verdad es que no quiero oír su nombre en voz alta y que sea así de real. Pero ya he preguntado. Y Vanessa no va a dejar de responder.

—Era Tyler —dice, sin emoción en la voz—. Cam me pilló en su cama con su mejor amigo.

11
Girl at home

Es un nuevo día a la orilla del lago Tahoe y, aunque anoche me acosté tarde, he sido la primera en levantarme esta mañana. Lo bueno de estar despierta mientras todos los demás duermen es que el baño ha sido todo mío para darme una ducha tranquila. Hace mucho calor en el interior de la cabaña, y mi móvil me ha chivado que en el exterior también, así que me he puesto un pantalón vaquero corto y una camiseta de tirantes, y me he calzado mis deportivas para salir a dar un paseo.

Ayer el día terminó raro. Muy raro. Porque ya me esperaba no ser santo de la devoción de Jessica o de Blair. Pero no me esperaba para nada acabar compartiendo risas y una tableta de chocolate con Vanessa Miller a las dos de la madrugada. No se me habría ocurrido pensar en toda mi vida que precisamente ella fuera alguien con quien se pudiera conversar. Pero ha resultado ser una chica simpática. Mucho más agradable de lo que yo habría apostado. Cam ya me lo advirtió, claro. Y lo de Cam es otro tema aparte porque, cuando Vanessa y yo nos íbamos a la cama, vimos a Jess salir del cuarto del chico de los ojitos verdes. Ella no nos vio. No parecía precisamente satisfecha. Diría que no hubo sexo. Estaba cabreada. Muy muy cabreada. Espero que esta vez no decida echarme la culpa a mí como siempre.

Vuelvo a la casa caminando lentamente por la orilla. Hace tiempo de verano, pero el agua está helada. Lo he comprobado metiendo solo los dedos de la mano derecha y casi los pierdo. Bueno, quizá no está tan, tan fría. Pero demasiado como para darse un chapuzón, eso seguro. Cuando subo las escaleras que dan acceso al jardín, me sorprende encontrar a Cameron al borde del mismo, mirando las aguas del lago. Me dedica una sonrisa que le hace brillar los ojos mientras me acerco a él lentamente.

—Buenos días —saluda, y yo le respondo igual plantándome frente a él—. He estado buscándote. Ya pensaba que me habías robado el coche y te habías largado a casa.

Lo dice en tono de broma, pero es posible que esa idea se le haya pasado por la cabeza después de cómo me vio ayer por última vez.

—No. Estoy bien. Además, no soy una ladrona, ¿no?

—Cualquiera lo diría viéndote beber licor de mora en el parque una madrugada cualquiera —me pica, y yo tengo que reírme. Bajito.

—¿Aún no se ha levantado nadie más?

Niega con la cabeza lentamente y me sigue mirando a los ojos como si se hubiera quedado atrapado en mis pupilas. Y yo tengo ganas de retomar la conversación de anoche. Esa que interrumpió Tyler. Y preguntarle quién es ese chico que se muere por estar conmigo. Solo para que me diga que es él. Pero tampoco estoy segura del todo de que esa sea su respuesta. Y no me atrevo a decir nada.

—¿Qué te dijo Tyler ayer? —cotillea, y rompe el momento con solo la mención del nombre de su mejor amigo.

—No hablé apenas con él. No tenía ganas —reconozco, y él se queda serio al oír eso—. Aún no me ha invitado al baile, si es eso lo que quieres saber —añado, burlonamente.

—La paciencia es una virtud, Ashley Bennet.

—No le pidas paciencia a una chica que no tiene pareja a un mes del baile de graduación —bromeo.

Y me acuerdo de Jess. De Jess y su conversación de ayer con Cam. Solo le faltaba suplicar que la invitara. Me da hasta un poco de pena. Y él diciendo que ni piensa ir al baile. Tampoco es que me sorprenda. No deja de llamarlo «puñetero baile» desde la primera vez que hablé con él.

—¿Tan importante es un puñetero baile?

Ahí está. Lo ha dicho otra vez.

—Presión social —me lamento—. Todas mis amigas tienen pareja. Seré pasto de los memes de solterona con gatos si me presento sola ese día —exagero.

—No vas a ir sola —asegura, con todo su convencimiento, con una sonrisa.

—Díselo a tu amigo y no a mí. Seamos realistas —le pido, un poco más seria—, es probable que no tenga invitación para el baile en un futuro cercano...

—Qué poco confías en mí. —Se hace la víctima con una mueca—. Yo siempre cumplo mi parte de los tratos, princesa. Te prometí un baile y lo tendrás. Te prometí una corona y..., si no vas con un rey, irás con el segundo aspirante al trono en la línea de sucesión —decide con una sonrisa traviesa.

—¿Qué quiere decir eso? —indago, con el ceño fruncido.

—Quiere decir que no des nada por perdido todavía. Y si Tyler no te lleva al baile, te llevaré yo.

—¿Tú? —Casi hasta se me escapa una risita, pero consigo controlarla—. Tú ni siquiera vas a ir al baile.

—¿Quién ha dicho eso? —Según lo pregunta, me muerdo la lengua un poquito, porque, claro, se supone que yo no estaba escuchando la conversación que tuvo con Jessica ayer.

—Lo he asumido a fuerza de oírte llamarlo «el puñetero baile».

Uf, muy bien salvado, Ashley. Bala esquivada.

—Es verdad que no quiero ir al baile. Con el año de mierda que llevo solo me faltaba tener que estar preocupándome de algo tan estúpido. Sin ánimo de ofender —se disculpa al caer en la cuenta de que está hablando con la chica que quiere ser invitada al baile desesperadamente—. No tenía pensado aparecer por allí porque, la verdad..., no hay nadie con quien quiera ir. —Un par de segundos de silencio y vuelve a hablar—: Solo contigo.

Me quedo sin nada que decir ante eso y, por un momento eterno, nos miramos a los ojos sin emitir ni un solo sonido. Mi corazón late muy fuerte, y ya estoy empezando a acostumbrarme.

—¿Quieres un café? —ofrece de pronto, rompiendo el silencio tenso que acababa de formarse entre los dos—. O un batido de chocolate... —se burla a continuación.

Le doy un golpecito suave en el brazo.

—Un café estará bien. Ya soy mayor —bromeo, y él suelta una carcajada antes de tenderme la mano para invitarme a acompañarlo a la casa.

La cojo. Es íntimo. Y a la vez inocente. Me encanta. Me encanta que nuestras manos se toquen, que nuestros dedos se entrelacen. Y me encanta cómo tira de mí suavemente hacia la casa, mientras yo lo sigo dócilmente, un pasito por detrás. Cuando miro hacia el lugar al que vamos, veo que Vanessa acaba de asomarse a la puertecita entreabierta de salida. Y nos está mirando con una media sonrisa. Cruzo una mirada con ella. No dice nada, pero lo dice todo: «¿Segura de que no pasa nada con vosotros dos?». Damos los buenos días al unísono cuando pasamos junto a Vanessa y Troy. Cam no me suelta la mano hasta que entramos en la cocina.

Estamos ya desayunando y charlando acerca de los planes para el día cuando Ryan se nos une. En tan solo unos segundos ya ha revolucionado a todo el mundo y está haciéndonos reír, llamando a gritos a los que aún no se han levantado.

Y, así, conseguimos salir de la cabaña cerca de las once de la mañana. Para lo en forma que deben de estar las señoritas animadoras, han protestado mucho ante la propuesta de los chicos de ir a hacer una excursión al bosque que rodea toda la zona de cabañas. Y, además, son ellos cuatro los que llevan las mochilas llenas de provisiones, así que no seré yo quien se queje. Yo camino un poco rezagada, con Cam. Y es porque no quiero ir por delante con esas dos, que no paran de lanzarme miraditas de desprecio de vez en cuando. Quizá era mejor cuando yo era una chica invisible, y ni sabían de mi existencia. O, a lo mejor no, porque Tyler también me ha mirado un poquito, al inicio de nuestra caminata. Ya llevamos más de media hora de camino y Cam ya no me habla y se limita a mantenerse más o menos a mi paso, en silencio. La voz de Blair se me está empezando a hacer un poquito insoportable, porque lleva cerca de diez minutos largos monopolizando la conversación, y se la oye por todo el bosque. Ni siquiera me deja tranquila con mis propios pensamientos.

Noto la vibración del móvil en el bolsillo trasero de mis vaqueros cortos y lo recupero para ver quién me escribe. Me sorprende ver el nombre de Cam en la pantalla y le dirijo una mirada interrogante. No me había dado cuenta de que iba con su propio teléfono en la mano. Lo guarda en su bolsillo y sigue andando como si nada. Yo abro el mensaje. Es una imagen. El cartel de la película *El proyecto de la bruja de Blair*. Suelto una carcajada escandalosamente alta y me llevo la mano a la boca, arrepentida, al instante. Me tenía que haber reído, pero más bajito. Y ahora todos se han vuelto a mirarme y yo miro de reojo a Cam, que se está descojonando también. Menuda ayuda.

—¿Qué pasa? —me pregunta Ryan esperando que comparta el chiste.

—No. Nada. Perdón —me disculpo mientras bloqueo rápidamente la pantalla, por si les da por venir a mirar—. Mis amigas que me han mandado una foto muy graciosa —miento.

Pero es que Cam se sigue riendo bajito y yo no puedo evitar acompañarlo un poco más.

—¿Y tú qué? —le pregunta Vanessa.

—¿Yo? —se hace el despistado—. No, a mí me ha contagiado ella —se excusa.

Vanessa me mira a mí, y yo digo con los ojos que no hay nada entre nosotros, pero ella vuelve a poner cara de «a otro perro con ese hueso». Y Cameron y yo nos seguimos riendo porque, cada vez que intentamos parar, a uno de los dos se le escapa una risita y terminamos por empezar otra vez. Los demás nos dan por imposibles y siguen su camino dejándonos un poco más atrás.

Enseguida Troy exige realizar el primer alto en el camino para beber unas cervezas, porque dice que le pesa la mochila térmica con la que carga, y que necesita alcohol con urgencia. Así que paramos en un pequeño claro y se reparte una lata para cada uno. Yo no creo que me haga mucha falta beber, la verdad, porque aún me entra la risa floja cada vez que cruzo una mirada con Cam. El mero hecho de abrir las latas, agitadas como han llegado, ya supone un entretenimiento para los chicos. Cuánta felicidad, con tan poco. La parada termina alargándose más de lo previsto y yo me dedico a charlar con Vanessa mientras las otras dos nos miran y siguen con sus cuchicheos, un poco alejadas del resto. Y los chicos ahí están, jugando como críos. Lanzándose latas de cerveza de un lado al otro del claro como si fueran el balón de fútbol, pero con un poquito más de mala leche, a ver si se dan. Vanessa y yo decidimos alejarnos juntas para hacer pis en el bosque lejos de miradas indiscretas. Y ya estamos haciendo el camino de vuelta cuando Vanessa se adelanta y me deja unos cuantos pasos atrás.

—Te veo ahora, Ash —se despide.

Antes de que me dé tiempo a decir nada, o a expresar mi sorpresa por el abandono, me doy cuenta de que Troy la está esperando, apoyado en el tronco de un árbol. Así que van a enrollarse un poquito en el bosque. Qué suerte la suya. Yo sigo mi camino y enseguida los pierdo de vista. Ya oigo la voz de Ryan proveniente del claro. Estoy cerca. A punto de llegar, de hecho. Pero, entonces, una mano firme me agarra del brazo y tira de mí para ocultarme detrás de un grueso pino. Podría haber gritado, pero el susto ni me lo ha permitido. Y la sorpresa es aún mayor cuando me encuentro con los ojos color avellana más bonitos que he visto nunca, clavaditos en los míos, mientras el resto del cuerpo de su portador se está pegando al mío sin dejar ni un milímetro de aire entre nosotros.

—Tyler —murmuro sin poder elevar la voz, pero está lo suficientemente cerca como para haberme oído.

—¿Podemos hablar ahora? —pide.

—No creo que sea el mejor momento. —Me acobardo—. Tu novia está ahí mismo.

Y no señalo hacia ningún lugar en particular, pero ambos sabemos que me refiero al claro, y que estamos a escasos metros del resto de la pandilla.

—¿Te preocupa que nos vea Blair, o que nos vea Cam? —me sorprende entonces.

Y estoy a punto de repetir una vez más que entre Cam y yo no hay nada. Pero me callo. Me callo porque la verdad es que no quiero que Cam nos vea, tampoco.

—¿De qué quieres hablar? —Le doy pie, perdiendo todo lo demás de vista cuando mis pupilas se reflejan en las suyas.

Siento su corazón palpitar a través de su camiseta de los Giants de Nueva York. Y va bastante deprisa, casi compitiendo con el mío, pero creo que aún le llevo algo de ventaja. Está tan pegado a mí que puedo sentir cómo se le tensan los músculos cuando mueve los brazos para ajustarlos a los lados de mi cintura y apoyar las manos en el tronco del árbol.

—De lo que pasó en la fiesta.

Me sorprende esa respuesta. Me extraña que se acuerde.

—¿Qué pasó en la fiesta? —Intento utilizar mi voz más burlona, pero me da la impresión de que he sonado como un ratoncillo asustado.

—Mierda, Ashley. —Suena parecido a como sonó aquella noche cuando me tenía contra la pared exactamente igual que ahora me tiene atrapada contra un tronco. A deseo—. No me vuelvas loco...

—¿Yo a ti? —casi exclamo—. ¿Qué quieres, Tyler?

Nos quedamos en silencio y mi agitada respiración se acopla rápidamente a la suya. Y yo tengo que entreabrir los labios para poder seguir respirando porque mis fosas nasales en solitario ya no dan más de sí. Lo veo mirarme los labios. Tiene los ojos clavados en mi boca y yo no puedo ni moverme. Se me ha cerrado el estómago y el nudo que tengo en su interior es tan grande que tengo miedo de que él pueda notarlo a través de mi camiseta.

—¿Puedo besarte?

Lo pregunta. Tyler Sparks está pidiendo permiso. Y nada menos que para besarme. Para besarme a mí. O sea, esto no puede ser real. No puede estar pasando. Me he caído en el bosque y me he dado un golpe en la cabeza. Tiene que ser eso. Pero está mirándome a los ojos de nuevo. Y mi cuerpo está gravitando hacia él, pegándose más a su abdomen sin haberme pedido permiso. Y habría que estar completamente loca para decir que no. Eso en caso de que aún tuviera el control de mí misma.

—Sí —dejo escapar en un susurro.

Porque quiero gritarlo, pero soy incapaz de levantar la voz. Como en esos sueños en los que intentas gritar como una loca y te das cuenta de que no puedes emitir sonidos.

Siento cómo se le tensan todos los músculos de nuevo. Todos. Y eso que no lo noto moverse. Quizá es solo la anticipación. Quizá es solo lo mismo que me está pasando a mí. Trago saliva como puedo antes de que se incline lentamente hacia mi boca. Se mueve tan lento que casi resulta una tortura. Levanto la cara hacia él. Ahora mismo me da igual el resto del mundo. Soy toda suya. Cierro los ojos. El primer roce de sus labios contra los míos es suave, lento. Y descansa por un momento su labio inferior entre mis labios antes de separarse un solo milímetro. Sabe a cerveza, y ahora mismo para mí, la cerveza acaba de convertirse en mi bebida favorita. Aunque hace apenas un cuarto de hora la estuviera bebiendo a disgusto. No puedo moverme, y sigo con los brazos caídos a ambos lados de mi cuerpo. Todo a mi alrededor es silencio. Mi cerebro solo procesa el sonido de su respiración, solo la de él. Y el resto de mis sentidos están saturados exclusivamente de Tyler Sparks: de su olor, de su tacto, de la imagen de su boca acercándose que permanece en mi retina mientras yo no me atrevo a abrir los ojos de nuevo, de su sabor. Y no quiero nada más. Entonces él se mueve, pero no lejos sino más cerca. Hacia mí. Como si pudiéramos pegarnos más. Sus brazos se cierran en torno a mí mientras me estruja contra su cuerpo y yo tengo que reaccionar y agarrarme a su cintura como si me fuera la vida en ello. Y sus labios se estrellan contra los míos de nuevo. Esta vez sin suavidad, esta vez sin lentitud. Esta vez me está besando con ganas y yo dejo que mi boca se ajuste a la de él y que mi lengua reciba la suya, impaciente. Llevábamos cuatro años esperándote, Tyler Sparks. Bienvenido a casa.

El beso más increíble de mi vida. El beso más emocionante de mi vida. Y aún me tiemblan las piernas cuando se aparta de mí. Tarda en separar nuestros cuerpos más tiempo del que cabría esperar, mirándome a los ojos. Y cuando lo hace siento frío. Y vacío. No debería tener que irse. Nunca. Y yo soy incapaz de decir ni una sola palabra.

—¿Qué coño voy a hacer contigo?

Lo dice en un gruñido. Y parece cabreado. Muy cabreado. Así que las mariposas de mi estómago, que revoloteaban como locas subiendo hasta mi garganta, se recluyen en un rinconcito esperando permiso para poder volar de nuevo. Si es que llega. Y mi rubio niega con la cabeza, varias veces, y me da la espalda y le pega una patada al árbol de enfrente. Saltan varios trozos resecos de corteza, y a mí el sonido me resulta ensordecedor, aunque el eco se apague en décimas de segundo.

Y ahí se va él. El chico de mis sueños se aleja hacia el interior del bosque sin volverse a mirar atrás. Sin volverse a mirarme a mí. Con mi beso en los labios y los puños apretados.

Aún tengo que esperar un par de minutos desde que lo pierdo de vista, para dar tiempo a mi organismo a volver a funcionar. A medias, al menos. Y si me pongo en marcha, al final, no es porque quiera moverme ni un poquito de este lugar, sino porque pienso que los demás ya estarán preguntándose dónde narices me he metido. O dónde se ha metido Tyler. Y es mejor que no piensen que estamos los dos juntos. Así que vuelvo. Al llegar al claro, Vanessa y Troy tampoco están allí todavía, y eso me libra de las sospechas de la jefa de animadoras. Algo es algo. Pero Cam se me acerca en cuanto me ve rebuscando en mi mochilita para consultar el móvil.

—Ya pensaba que te habías perdido e iba a tener que salir a buscarte —acusa en tono de broma.

—Estaba con Vanessa, no había peligro en el bosque para mí —decido responder del mismo modo jocoso, de espaldas a él.

—Pues has vuelto bastante solita, y todo el mundo sabe adónde ha ido Troy. Así que, si esos dos están echando un polvo contra el tronco de un árbol, dime: ¿tú qué estabas? ¿Espiando? No sabía que te iba ese rollo, princesa —me pica.

—Claro que no —bufo girándome para mirarlo.

Me está observando muy serio y sé que sabe perfectamente que he estado con Tyler. No hay que ser muy listo para sumar dos y dos, y somos los únicos que no estábamos en el claro.

—Y deja de llamarme princesa —añado, con la voz un poco menos firme.

Me aparto de su lado y me uno a Ryan, que es el único con el que puedo hablar sin que quiera asesinarme, o me lance insinuaciones sobre mis preferencias sexuales o Tyler Sparks. Si es que no son la misma cosa.

Troy y Vanessa no tardan en volver, cogidos de la mano, diciéndose cosas al oído y riendo. Hacen buena pareja. Y parecen muy enamorados. Mucho más de lo que yo podía intuir solo con cruzarme con ellos por los pasillos del instituto.

—Eh, ¿dónde está Tyler? —pregunta Troy cuando por fin puede apartar los ojos de su novia.

El señor Sparks aún tarda en volver otros larguísimos cinco minutos. Y no parece dispuesto a dar muchas explicaciones sobre dónde ha estado o qué ha estado haciendo él solito perdido en el bosque. Sus amigos tampoco insisten mucho. Será normal para él desaparecer de vez en cuando. O a lo mejor piensan que ha ido a fumarse un porro. Quién sabe. En cualquier caso, a mí ni me mira. Deja que Blair lo coja de la mano y, pasado un rato, cambia la postura para caminar rodeando los hombros de la bruja con un brazo.

Llegamos a una pequeña playita al borde del lago. Está enmarcada de vegetación y no parece muy transitada. Los chicos dejan las mochilas en un montoncito, a la sombra del último árbol.

—¡Vamos a darnos un baño! —sugiere Ryan quitándose la camiseta y lanzándola sobre el montón.

—Ya está aquí el exhibicionista —protesta Tyler al ver que también piensa desabrocharse los pantalones.

—Maricón el último —provoca Ryan.

Tyler entra en el juego rápidamente, quedándose en calzoncillos a la velocidad de la luz. Vaya espectáculo. Bienvenido, tiempo veraniego. Y, a partir de ahora, espero verlo mucho más en su piscina.

Parece que soy la única a la que lo de la propuesta del baño no le ha hecho la misma ilusión que al resto. Porque las chicas también están quitándose la ropa y quedándose en ropa interior para meterse en el agua fría del lago. Y la vergüenza está jugando un pequeño papel en mi caso, eso está claro. Pero no es solo eso. Porque yo he metido la mano esta mañana en esas mismas aguas. Y están heladas. Vanessa y Jessica charlan entre ellas mientras doblan con cuidado cada prenda que se quitan para dejarlas en la orilla. Blair ya está con el agua a la cintura y protesta cuando Tyler le salpica. Yo no he hecho amago de quitarme ni un calcetín. Y Cam se me acerca, ya sin la camiseta, para ver qué demonios pasa con la sosa que ha venido a amargar al grupo. Me fijo en sus abdominales cuando viene hacia mí. Imposible no hacerlo. Porque llevo muchos veranos viendo cómo se tonificaba, cada año más, el cuerpo de mi vecino. Pero nunca había visto a Cameron Parker sin camiseta. Y no tiene nada que envidiarle a su amigo. Quizá tiene los pectorales un poco menos marcados, pero es que le quedan perfectos. Y sobre todo esa V que forma la parte baja de su abdomen y se pierde en el pantalón de deporte corto que aún no se ha quitado. No puedo evitar echarle un buen vistazo. Y creo que se ha dado cuenta. Aunque no hace referencia a ello al llegar a mi altura.

—¿No te vas a bañar? —pregunta—. No será porque llevas esas bragas tuyas de abuela, ¿no, Ash? —me pica en voz baja.

—¿Perdona? Yo no tengo bragas de abuela —aclaro, indignada. Lo veo dibujar una sonrisita burlona—. El agua está congelada. Vosotros mismos.

—Vaya... así que es eso. —Asiente lentamente con la cabeza—. Cobardica —dice en una tos mal fingida, como el día que me llevó al estudio de tatuajes. Yo entorno un poco los ojos—. Ah, perdona. ¿No me has oído bien? —se burla—. Cobardica —repite claramente.

Vanessa y Jess nos están mirando. No me vuelvo hacia ellas, pero siento sus ojos clavados en la escena. Aun así, no puedo evitar sonreír al escuchar al idiota de Cameron y sus tonterías.

—Una neumonía no es lo que yo venía buscando este fin de semana —aclaro altivamente.

—¿No? —finge extrañeza mi capullo adorable—. Y ¿qué venías buscando entonces? —Lo dice de un modo mucho más sensual de lo que me esperaba y se acerca un poco más a mí.

—Verte a ti en calzoncillos de abuelo —bromeo, siguiéndole el juego.

Él mete los dedos en la goma de su pantalón y la baja un poco, para dejar después que caiga al suelo. No puedo evitar mirar. O sea, ¿cómo no voy a hacerlo? Lo ha hecho para que yo mire, ¿no? Lleva unos bóxers negros con la goma gris, y no me quiero detener mucho para ver si marcan o no marcan, pero es que sí que marcan y no me ha hecho falta mucho detenimiento para darme cuenta.

—Deseo concedido —vuelve a burlarse de mí—. Ahora tú.

—De eso nada. Ni siquiera hemos traído ni una toalla. Moriremos de hipotermia. Los cobardes escriben la historia, Cameron.

—Y yo que creía que tú no eras una cobarde... —suspira, como disgustado. Me señala con la cabeza disimuladamente hacia el agua y yo miro para allí y veo a Blair jugueteando con Tyler. Maldita sea—. Anda, déjame esto.

Me quita mi mochilita y rebusca en el interior mientras yo protesto. Saca mi bolígrafo y se coloca detrás de mí cogiendo mi muñeca derecha y manejándola a su antojo mientras su brazo izquierdo me rodea para escribir con esa mano. *Fearless*. No sé ni quién nos está mirando y no quiero saberlo. El calor de su cuerpo es un bálsamo para mi miedo a la neumonía. Me giro para quedar de frente a él y me suelto el botón de los vaqueros cortos, bajo su atenta mirada. No dejo de mirarle a los ojos mientras los bajo un poco y lo veo tragar saliva. Sonrío de medio lado. Me quito las zapatillas con los pies y termino de quitarme los pantalones. Me alegro de haberme puesto la ropa interior conjuntada hoy.

—¿Quieres que te ayude? —se ofrece Cam intentando sonar canalla, pero no lo logra del todo.

Porque yo estoy nerviosa, pero el señor Parker no se queda atrás.

—No hace falta. Solo voy a meter los pies. —Le hago rabiar dándole la espalda y echando a andar hacia el lago.

Me pone una mano en la cadera, haciéndome parar.

—Diez segundos para quitarte la camiseta si no quieres que te lance al agua con ella puesta —advierte—. Diez... nueve... —empieza la cuenta atrás.

Y yo intento mantenerme firme, pero es que sé que es capaz de cumplir su amenaza, así que en el dos me quito la camiseta y la lanzo a un lado, y luego echo a correr hacia el lago para meterme yo sola antes de que él me tire de golpe. Pero no llego muy lejos sin que me alcance. Me coge las piernas y me levanta en el aire, cargándome en su hombro. Y, por un momento, soy muy consciente de que estoy en ropa interior, de color granate, y que mi culo está probablemente demasiado cerca de su cara así que puede echarle un buen vistazo y muy tranquilo, si quiere.

—No, no, para —suplico—. Me meto yo sola —prometo, y él frena la marcha como si dudara—. Me meto yo sola, te lo juro —insisto. Entonces hace un sonido de duda y sigue su camino hacia el agua sin soltarme—. ¡No! —grito a su espalda mientras mi risa se entremezcla con la suya—. ¡Para! Va, suéltame. ¡Cam! ¡No! —Me revuelvo, pero es inútil y, en realidad, no quiero que me suelte—. ¡Cameron, va en serio! —Y solo consigo que suelte una carcajada al oír su nombre completo.

Y sigo gritando y riendo y revolviéndome mientras ya veo cómo nos adentramos en el agua poco a poco. Y a él no parece que le importe lo fría que está. Y a mí está empezando a no importarme que me lleve colgada al hombro como un saco de patatas. Porque desde mi posición tengo una buena vista de su culo. Y Cameron Parker tiene el culo muy bien puesto. Me suelta en el agua de golpe, cuando a él ya le llega casi por la cintura y yo intento encoger los pies para no mojarme. Inútil. De repente, estoy mojada por completo. Pelo incluido. Y cuando emerjo a la superficie, él se está riendo bastante. Me froto los ojos y lo primero de lo que soy consciente es de que tenemos mucho público. Y que, si Jessica ya estaba celosa, ahora va a meterme la cabeza debajo del agua hasta ahogarme en cuanto tenga ocasión. Sacudo la cabeza para mojarlo con el agua de mi pelo, pero a Cam le da igual. Así que intento hundirlo en el agua saltando sobre su espalda y tirando de su cuello. Pero es inútil para alguien tan canija como yo. Mientras lucho con él veo frente a nosotros a Tyler. Tiene a Blair colgada del cuello. Pero, aun así, me está mirando a mí. A nosotros. Y no parece muy contento con lo que ve.

Cam se deja hundir un poco, lo justo como para que yo resbale agarrada a su cuello y quede frente a él. Me sujeta por la cintura y, sin apenas darme cuenta, mis piernas están rodeando su cadera mientras él me desestabiliza. Estamos muy cerca y me acerca aún más de un tirón, pero solo por debajo del agua. En la superficie sigue pareciendo que nuestros cuerpos están más lejos de lo que en realidad están. Pero, por debajo, noto cómo la parte baja de mi abdomen está rozando partes de su cuerpo que yo no debería rozar.

—¿No te parece que el agua está perfecta, Ash? —me pregunta con una media sonrisa, clavándome sus ojos verdes.

—Bastante más agradable de lo que pensaba.

Le empujo el pecho con las manos para darme impulso hacia atrás y separar mi cuerpo del suyo. Si está decepcionado no lo demuestra y se limita a hundir la cabeza en el agua para emerger sacudiéndola y lanzándome un montón de gotitas de agua. Protesto, pero sonrío. Con él tan cerca es imposible morir congelada.

Está empezando a anochecer cuando cuelgo el teléfono con mi madre, tras asegurarle por cuarta vez que estoy bien, que lo estamos pasando muy bien y que no he gastado ni uno solo de los preservativos que me metió en la maleta. He salido al jardincito porque dentro de la casa no había manera de escuchar lo que se decía al otro lado del teléfono. La pandilla de los populares ya ha empezado la fiesta. Y eso que aún ni hemos cenado. Miro las aguas tranquilas del lago por unos segundos. No sé a qué darle más vueltas en mi cabeza ahora mismo, si al intenso beso que Tyler me ha dado o al roce del cuerpo de Cam en nuestros jugueteos en el agua. Debería ganar el beso. Lleva cuatro años ganando siempre el mismo. Y no me gusta tanto eso de que las cosas cambien.

Estoy lista para volver al interior y castigar a mi hígado con una cerveza más, ya que beber parece ser el pasatiempo favorito de mis compañeros. Me encuentro con Tyler sentado en el porche, terminando de fumar un cigarro mientras me observa. ¿Cuánto tiempo lleva ahí? ¿Habrá escuchado la conversación con mi madre? ¿Y lo de los preservativos? Ay, mierda. Me sonríe levemente cuando nuestros ojos se encuentran. Este chico debe de ser bipolar. Primero me besa, luego se larga hecho una furia, ahora sonríe. Loco de remate. Da igual. Lo quiero, aun así. Apura el cigarro y lo apaga en el cenicero que ha dejado a su lado. Luego se levanta y viene hacia mí. Yo también doy dos pasos, a su encuentro. Nos paramos uno frente al otro a medio metro de distancia.

—Si vas a decir que tienes que hablar conmigo para luego salir corriendo cabreado, ahórratelo —le pido antes de que pueda abrir la boca.

Parece sorprendido.

—Iba a decir que lo siento. —Ahora la sorprendida soy yo—. Pero, Ashley, tú no entiendes... En la fiesta...

—En la fiesta estabas muy borracho, Tyler. Imagino que tienes considerables lagunas de lo que pasó esa noche.

—Me acuerdo de lo que dije —me interrumpe, con voz firme—. La culpa es tuya —gruñe entonces, y yo alzo las cejas, casi indignada—. Solo tenías que mantenerte en tu sitio, seguir con tus amigas, no venir a las fiestas y, sobre todo, no salir con Cam.

Se me cae el móvil al suelo de entre las manos. Me ha puesto nerviosa con su discurso. Me acuerdo de las palabras de Cameron. Tyler Sparks no soporta pensar que su amigo tiene una chica que él no puede tener. Y parece que es verdad. Me agacho frente a él para recuperar mi teléfono y veo las marcas de quemazos en sus vaqueros desgastados antes de alzar la vista hacia su cara. Me está tendiendo la mano para ayudarme a incorporarme de nuevo, pero la rechazo y me vuelvo a enfrentar a él, guardándome el móvil en el bolsillo al ponerme en pie.

—Cam y yo solo somos amigos —digo una vez más.

—Me da igual lo que seáis —gruñe de nuevo—. Necesito que salgas de mi mundo.

—Tu mundo —repito, incrédula—. ¿Qué pasa? ¿Es que no soy lo suficientemente buena para tu grupito de gente popular? ¿Para las animadoras? ¿Para el equipo de fútbol? ¿Tampoco valgo para ir al mismo instituto que tú? ¿Debería mudarme de casa?

—Cállate —me ordena, y yo lo hago porque no me esperaba el tono firme que acaba de usar—. Cállate porque me están dando ganas de callarte a besos, y no quiero que me hagas esto otra vez.

—Estás jodido de la cabeza. —Me cabreo, pero el corazón me va a toda velocidad—. ¿Que te haga qué? Yo no te estoy haciendo nada, eres tú el que viene y va como si tuvieras doble personalidad.

—Sí —suspira—. El problema no eres tú, Ashley. Nunca has sido tú. El problema soy yo. Estoy jodido, soy un puto gilipollas y un capullo. Y es más fácil serlo cuando tú no estás alrededor.

—¿Qué problema tienes conmigo?

—Eres demasiado buena para mí, Ash —dice, y casi tengo un *flashback* sobre todas las veces que ha dicho lo mismo acerca de sus padres. Si solo él supiera la cantidad de veces que yo he pensado justo lo contrario—. A ti no voy a hacerte daño. Así que no me pongas las cosas tan difíciles, hostia. Aléjate de mí.

Y me deja sola con el eco de sus últimas palabras. «Aléjate de mí.» Pero es él quien se aleja y no al revés, de vuelta al interior de la casa.

Estoy muy confundida. Y eso que pensaba que ya llevaba una buena ración de confusión hoy. Así que para eso quería Tyler hablar conmigo. Para decirme que no quiere hablar conmigo, en realidad. Que me aleje de él. Que salga de su mundo. Yo, que llevo cuatro años soñando con volver a entrar. Además, ahora su mundo tiene mucho más de lo que yo había imaginado. Porque su mundo también tiene a Cameron Parker.

Es precisamente Cam quien me pone un botellín en la mano cuando vuelvo al salón. Me pregunta por mi madre e intenta bromear, pero yo no tengo ganas. Estoy bastante fuera de ambiente de todos estos chicos populares ahora mismo. Con mis pensamientos ya tengo bastante.

—No le quites la etiqueta —me susurra Cam al oído y suena como una orden.

Ni me había dado cuenta de que estaba rompiendo poco a poco la etiqueta del botellín de cerveza. Pero ¿a él qué más le da? Le dedico una mirada dura con cara de pocos amigos, no estoy para jueguecitos. Él me lanza una advertencia con sus ojos verdes. Y yo decido pasar de sus idioteces, pero, aun así, no le quito la maldita etiqueta a la cerveza.

Durante la cena y el resto de lo que la noche da de sí, Cam se dedica a asegurarse de que nunca me falte un botellín en la mano. Pero nosotros dos somos los únicos que sabemos que es siempre el mismo. Y que cada vez que se escabulle a la cocina para tirar nuestros botellines vacíos y traer otros nuevos, el mío viene relleno de limonada. Y, casi hasta me había enfadado de verdad con el capullo adorable y sus órdenes de no quitar los papelitos a las botellas, pero me alegro de haberle hecho caso. Porque seguir el ritmo al que beben los demás podría acabar conmigo. Y ahí está Cameron Parker para cuidar de mí. Hay otras que no tienen tanta suerte, o sí, depende de con qué perspectiva se mire, porque sus novios las jalean para que beban más y más chupitos de tequila a ver cuál tiene más aguante. Y me da la impresión de que va a ganar Blair porque Vanessa ya está prácticamente rodando por el suelo. Jessica, por su parte, bebe a su ritmo, pero sin parar. No parece que esté teniendo la mejor noche de su vida. Asumo que es culpa mía. Entiendo que me culpe. Si yo no estuviera aquí, puede o no que echara un polvo con Cam, pero, en cualquier caso, no tendría que verlo pegado a mí constantemente. Qué malos son los celos.

Al final Ryan y yo somos los últimos en irnos a dormir. Y es que nos quedamos en el sofá hablando acerca de series de televisión. Tenemos unas cuantas favoritas en común y la conversación se nos alarga mientras nos hacemos recomendaciones de otras que alguno de los dos no ha visto. Para cuando subimos al piso de arriba, toda la planta está a oscuras y en silencio. Nos damos las buenas noches en la puerta de mi habitación, y él se aleja hacia la suya, al final del pasillo. Me cambio de ropa y me pongo mi pantalón de pijama. Largo, fino y enteramente de color verde, porque no me pareció lo más apropiado llevar mis estampados de gatitos o corazones. Y una camiseta de tirantes blanca como parte de arriba, porque había llevado una de manga larga, pero sigue haciendo calor en la cabaña. Cojo mi neceser y voy al baño, para poder hacer pis y lavarme los dientes. Cuando vuelvo y entro de nuevo a mi habitación, tengo que llevarme la mano al pecho para asegurarme de que mi corazón sigue ahí. Un infarto será poco para todo lo que me puede pasar. Menos mal que no soy de gritar como una de esas chicas de las películas de terror cuando me llevo un susto. Porque hay alguien ahí. Esperando. Sentado en mi cama. Y, si no fuera por la conversación que hemos tenido hace unas pocas horas en el jardín, juraría que se trata de Tyler Sparks.

—Esta versión de alejarme de ti es nueva, ¿estás seguro de que aprendiste bien lo que es cerca y lejos? —siseo, molesta, tras cerrar la puerta para que nadie nos oiga.

Él se ha puesto de pie frente a mí. Me mira con cara de culpabilidad. O eso me parece a mí. Pero no dice nada. De hecho, tampoco me deja a mí decir más. Da dos pasos seguros para anular la distancia que nos separa y me agarra por la nuca, tan fuerte que hasta me hace un poco de daño, pero no me quejaré. No mientras el dolor me lleve a pegar los labios a los suyos como si nos necesitáramos para poder respirar. Y respirar es precisamente lo que se me ha olvidado hacer. Pero no importa. Que muera ahogada si así tiene que ser. El empuje de su cuerpo buscando fundirse con el mío nos hace trastabillar hasta chocar con el armario y a mí se me cae el neceser al suelo y temo que alguien lo haya oído. Pero él no para de besarme, y yo me dejo aplastar contra el mueble y respondo a su beso lo mejor que sé. La lengua se hace imprescindible llegado este punto y dejamos que las nuestras jugueteen como mejor les convenga, sin ponernos límites, que después de cuatro años creo que están de más. Las mariposas ya están de nuevo invadiendo cada recoveco de mi cuerpo y las voy a dejar volar. Muy alto. Enredo mis dedos entre los mechones rubios de su nuca y es mucho más increíble que en todas esas ocasiones en que he tenido que imaginármelo. Él cuela las manos bajo mi camiseta y, sin dejar de besarme, me acaricia la piel de la cintura y mis costados. Luego deja que su mano derecha descubra que yo ya me he quitado el sujetador. Y cuando pone su mano cálida sobre mi pecho y atrapa mi pezón con dos dedos, yo me siento morir. Pero es la mejor falsa muerte que he experimentado nunca.

—Joder —murmura apartándose solo un poco de mis labios—. Joder, Ashley. ¿Qué hago? ¿Qué hacemos? —Habla tan bajito que parece que no quiere que yo lo escuche, y está borracho, claro.

Tiro del cuello de su camiseta con la mano izquierda, mientras la derecha sigue en su nuca y me ayuda a empujarlo hacia mí. Y esta vez soy yo la que beso. Y él el que responde. Con muchas ganas. Aprieto mi cuerpo contra el suyo tanto como me es posible y él pone las manos en mis glúteos y me empuja firmemente contra sus caderas. Nunca he tenido tanto calor en mi vida. Ni tan pocas ganas de que vuelva el frío. Pero, cuando siento su mano buscando mi pecho otra vez, me retiro. Mierda. Mierda, Ashley, eres imbécil. Pero hay algo en el fondo de mi mente que me está mandando parar. Y no es la virgen que hay en mí, precisamente. Lo aparto empujando su pecho y me mira, confundido.

—Tyler, para. No, así no —advierto—. Blair está en la habitación de al lado.

—Está inconsciente prácticamente —dice él como si eso debiera tranquilizarme—. No se va a enterar.

—Pero yo sí.

—Ashley, por favor... —susurra acercándome a su cuerpo de nuevo. Y yo me dejo hacer porque no me sobra la fuerza de voluntad ahora mismo—. No puedo irme —murmura con la boca pegada a la mía—. No puedo irme. Tú te mereces alguien mejor. Mucho mejor. Alguien como Cam. Pero no quiero... —Casi pienso que está empezando a desvariar—. No quiero que estés con Cam. Por favor, no estés con él. Quiero que estés conmigo. Conmigo. Solo conmigo...

Vuelve a besarme. Me estoy derritiendo entre sus brazos.

No hay quien pueda parar mi corazón ahora mismo. Y yo también quiero estar con él. Eso es lo que quiero. Estar con él. Pero tengo que recordarme una vez más que sigue teniendo novia. Y que esto no debería ser así.

—Para —pido, dando un paso atrás—. Esto no va a pasar mientras estés con Blair.

—No quiero estar con Blair, joder. Quiero estar contigo —confiesa, y tengo que creerlo al explorar esos ojos avellana suyos. Parece sincero—. Pero no te convengo.

—Eso no lo puedes decidir por mí —dejo claro sin apartar la mirada de sus ojos—. No digas que no eres suficiente. Ni para mí ni para nadie. Ni para tus padres. No es verdad, Tyler.

—Tú siempre has visto lo bueno... —dice, como con amargura.

—Porque yo creo en ti. —Me clava los ojos de nuevo y veo que ha bajado todas las defensas. Casi parece un niño perdido que necesita que lo reafirmen—. Y por eso no voy a ser tu vía de escape. Ni tu polvo de no pensar.

—No lo eres —casi suena indignado—. No es eso, Ash. Solo que te necesito..., ahora..., te necesito...

Suelta el segundo «te necesito» pegado a mi oído y luego me besa detrás de la oreja y en el cuello. Y yo ya estoy a punto de dejarme llevar otra vez. Pero tengo que recordarme que no era así como yo lo había soñado. El chico borracho con un conflicto emocional no es lo que quiero que destaque en mi primera vez. Ni siquiera en el encuentro con el chico de mis sueños que llevo cuatro años planeando. No tiene que ser así. No va a ser así. Cuando Tyler Sparks quiera besarme de nuevo tendrá que ser estando sobrio y sin una novia en la habitación de al lado.

Me aparto y salgo de la habitación. Lo oigo justo detrás de mí. Necesito un lugar donde poder pensar. Donde poder alejarme y donde esté segura de que él no se atrevería a seguirme. Y sé exactamente el sitio donde me gustaría estar. El único sitio del mundo que puede hacerle la competencia a los brazos de mi quarterback. Así que me meto en la habitación de Cam y cierro la puerta despacio detrás de mí, dejando a Tyler en el pasillo.

Veo su silueta en la cama, con la sábana tapándole solo hasta la cintura. Está de medio lado y no se mueve, así que debe de estar dormido y no me ha oído entrar. Me acerco hasta la cama y me cuelo bajo la sábana a su lado. Se mueve, incómodo, y suelta una especie de gruñido.

—Soy yo —susurro en la penumbra.

—Ash —murmura, y no sé si sigue dormido o está despierto—. ¿Qué pasa?

—¿Puedo dormir aquí contigo, por favor?

Recuerdo que le oí decirle a Jessica que no le gustaba dormir acompañado. Pero, a lo mejor, con un poco de suerte, solo lo decía para librarse de ella, ¿no?

—Claro que sí —susurra, y se mueve ligeramente hacia mí.

Se acurruca a mi lado, rozando mi brazo con su torso y me doy cuenta de que no lleva camiseta. Acomoda la cabeza en la almohada, muy cerca de la mía. Y se queda quieto. Me siento bastante segura aquí a su lado. Y su respiración regular me relaja enseguida. Y lo cierto es que este no es precisamente un lugar donde pueda pensar mucho.

Pero es donde quiero estar ahora mismo.

12
Tell me why

Me despierto por la mañana con el brazo de Cam rodeándome la cintura. Estoy acostada de medio lado y él está justo detrás, en la misma postura, con su torso casi rozando mi espalda y una pierna semiflexionada, que pone su rodilla en contacto con la parte de atrás de mi muslo. Siento su respiración perfectamente regular en mi nuca. Sigue dormido. Y quiero girarme para verlo dormir. Pero, cuando me muevo, muy despacio, creo que mi pelo le hace cosquillas en la cara y aparta la cabeza lentamente. Al mirarlo, veo cómo se va despertando, hasta que abre esos ojitos verdes cargados de sueño. Me ve. Y sonríe. Todo lo que le permite estar aún medio dormido.

—Perdona —dice enseguida. Me da un beso suave en el hombro, aparta el brazo y me deja más espacio en la cama—. ¿Qué haces aquí? —pregunta escondiendo la cara en la almohada.

—Me dijiste que podía quedarme a dormir —aclaro, pero le doy un toque pícaro a mi respuesta.

—Ajá. —Está de acuerdo, incorporándose, boca abajo en la cama, y apoyándose con los brazos en el colchón para mirarme de medio lado entre su pelo revuelto—. Me has dejado ya los cincuenta pavos en la cartera, ¿no? Por el polvazo que nos pegamos anoche —bromea.

Le pego en el brazo y lo veo sonreír.

—No hubo ningún polvo anoche.

—¿Ah, no? Mierda, debió de ser un sueño, entonces. —Finge meditar—. ¿Segura? —insiste, y me mira con media sonrisa canalla en la cara.

Yo me río.

—Gilipollas —lo insulto, y ahora es él el que ríe—. Siento haber tenido que buscar refugio en tu cama —digo luego, más seria.

—Yo no —aclara él sin despegarme la mirada—. ¿Qué te pasó ayer?

Pienso un momento antes de contestar. ¿Hasta dónde puedo contarle a Cam? No estoy segura de querer que lo sepa todo, aunque lo que pasó con Tyler fuera un gran avance en nuestro plan de los juicios de Salem. Me giro de medio lado para poder mirarlo de frente y él hace lo mismo, quedando con las caras enfrentadas sobre la almohada.

—Tyler vino a mi habitación —le cuento, en voz baja—. Estaba borracho y diciendo cosas incongruentes. —Me callo lo de los besos y las lenguas y sus manos debajo de mi camiseta. Eso mejor no compartirlo—. Decía que me alejara de él y que lo dejara en paz, y al mismo tiempo decía que quería estar conmigo...

Me quedo callada porque ni siquiera sé explicarme. O no sé muy bien lo que le quiero explicar. Cam me está mirando, muy serio. Deja transcurrir unos segundos antes de hablar.

—Creía que eso era lo que querías. Que él quisiera estar contigo.

—No así. Además, el plan es quitar a la bruja de en medio y que me lleve al baile, ¿no? No un rollo con un borracho en el lago Tahoe y nada más. Esto no es lo que yo quería —medito en voz alta.

—A lo mejor Tyler no es como tú te lo imaginabas —dice Cam con un deje amargo en la voz.

Busco sus ojos, pero él ya no está mirando los míos.

—¿Qué quieres decir?

—Nada —suelta, como resignado.

Se levanta de la cama y yo me incorporo para mirarlo. ¿Qué demonios le pasa ahora? Está en calzoncillos y no puedo evitar darle un buen repaso a su cuerpo cuando él no me mira. Es hora de irme. Me levanto de la cama yo también y voy a la puerta, despacio. Lo oigo decirme que me deja ser primera en la ducha. Qué caballero. Escucho antes de abrir, y el pasillo está en silencio, pero cuando salgo me encuentro a Vanessa y a Troy pasando justo por delante de esta puerta. Me miran sorprendidos, y sé que pueden ver perfectamente a Cam en calzoncillos justo detrás de mí. Mierda. Tierra, trágame. Nadie en el mundo se va a creer que aquí no ha pasado nada.

—Buenos días —saluda Vanessa como si nada, y nosotros respondemos al unísono.

Siguen su camino sin decir nada más y yo le lanzo una mirada a Cam, que se encoge de hombros. Luego, cierro la puerta para darle un poco de intimidad. No he dado ni un paso hacia mi habitación cuando Tyler sale de la suya. Y de Blair, claro. Nos miramos, pero no dice nada. Solo baja la mirada y se cruza en mi camino para bajar al piso inferior. Bonita manera de empezar el día, Ashley.

Antes de bajar a desayunar ya dejo todas mis cosas recogidas, para la vuelta a casa. Han sido un par de días muy intensos. Y tengo ganas de estar en casa y hablar con Emily y poder pensar. Y tengo mucho en lo que pensar. Está claro que aquí no puedo hacerlo. Cuando por fin nos sentamos todos juntos a desayunar, Blair no tiene muy buen aspecto y oculta sus ojos detrás de unas enormes gafas de sol. Y Vanessa está alardeando de que en realidad fue ella la ganadora del concurso de beber chupitos por saber parar a tiempo y aceptar la derrota. Jessica está muy seria. Demasiado, para lo que es ella. Y ya no parece ni siquiera que quiera matarme. Bueno, tal vez un poquito sí. Pero la noto más triste que otra cosa. Me voy a ver obligada a intervenir. Por muy mal que me caiga esa tipa.

—Tienes que hablar con Jessica —le susurro a Cam al seguirlo a la cocina para ayudarle a recoger las tazas del desayuno.

Él se vuelve a mirarme con las cejas alzadas, frenando su camino hacia el fregadero para limpiar los utensilios.

—¿Cómo? —me pide que se lo repita.

—Mira, no sé lo que pasa entre ella y tú. Ni lo quiero saber —aclaro antes de que vuelva a acusarme de estar celosa—. Pero es obvio que no te has enterado de que no eres para ella lo mismo que ella para ti. —No dice nada, pero me pide con la mirada que me explique mejor—. Está totalmente colgada de ti, Cam.

A veces a los tíos, en cuestiones de sentimientos femeninos, hay que dárselo todo masticadito, según parece.

—¡Qué va!

—Y tú eres muy borde con ella —sigo, sin hacerle caso. Va a protestar, pero sigo hablando—: No hace falta que le sigas el rollo si no quieres, faltaría más. Pero creo que le duelen algunas cosas de las que dices más de lo que piensas.

—¿En serio? —Veo que empieza a dudar—. Siempre le he dejado las cosas muy claras... creo.

—A lo mejor ella no lo tiene tan claro.

Me encojo de hombros como diciéndole: «Mírame a mí como ejemplo de las estúpidas ilusiones que alguien puede hacerse».

—Hablaré con ella.

Le sonrío un poco y asiento, antes de quitarle el sitio para ponerme a fregar yo. No se puede ser más absolutamente adorable que Cameron Parker.

La vuelta a casa la hacemos de un tirón y con mucha menos emoción que la ida. El reparto en los coches es el mismo que al venir. Y me alegro mucho otra vez de no tener que compartir con Jessica o con Blair. Y también un poquito de no tener que viajar con Tyler, porque ahora existe una nueva tensión entre nosotros, que espero que nadie más pueda notar, pero que a mí se me hace casi insoportable. Cam conduce en silencio, y esta vez no canta. No sé muy bien lo que ha pasado en su charla con Jess, solo sé que ha durado más de una hora, y que, cuando han vuelto, él parecía bastante relajado y ella bastante triste. Y ahora está serio. Pero a lo mejor es solo porque su música no es tan molona como la mía. Debería volver a acoplar a Taylor Swift al reproductor de música a ver si animo un poco este coche. Tarea difícil porque, en el asiento de atrás, Vanessa y Troy van los dos dormidos durante la mayor parte del camino.

Para cuando llegamos a casa de Ryan son casi las siete de la tarde, y es que hemos remoloneado bastante después de la comida. Yo ya tengo ganas de que cada uno se vaya a su coche y poder quedarme a solas con Cam a ver si así me cuenta algo de lo que ha pasado con Jess esta mañana. Pero, cuando Troy y Vanessa están sacando el equipaje del coche, me sorprende oír hablar a Tyler.

—Oye, chicos, ¿por qué no lleva Cam a Troy a casa, y Vanessa acerca a Jess y a Blair? —sugiere, y yo me vuelvo hacia él esperando ver dónde pretende mandarme a mí—. Desde aquí los dos dais menos vuelta así. Y yo acerco a Ashley con la moto, ya que vamos al mismo sitio.

Veo a Blair mirarlo con sorpresa y luego desviar su vista hacia mí. Y me está mirando un poquito como me miraba Jessica ayer en el lago. Así que no sé si es muy buena idea.

—Suena lógico. —Troy le da la razón, y suelta la maleta que estaba a punto de sacar del maletero de Cam.

Miro al chico de los ojitos verdes, y él me mira a mí. Tiene pinta de querer decirme «oye, tía, no te vayas con él». Pero no dice nada.

—No creo que podamos llevar mi maleta en tu moto —opino yo.

Tyler se limita a sonreír.

—Para eso le puse el portaequipaje —señala. Se acerca hasta el maletero de Cam y coge mi maleta sin pedir permiso—. Verás como cabe.

Y somos los primeros en marcharnos, con la moto haciendo un ruido exagerado al acelerar. Yo, la última mirada antes de ponerme el casco se la dedico a Cam, que está apoyado en la puerta de su coche y tiene cara de haberse quedado con las ganas de llevarme a casa. Igual que yo.

Tyler conduce como un maldito demente. Y a mí me daban un poquito de miedo las motos. No me siento igual de segura que me sentí con Cam el martes pasado. Incluso cuando era yo la que llevaba el control de la moto. Pero compenso mi miedo a morir con la emoción que me produce poder agarrarme al cuerpo de mi amor mientras él conduce en dirección a nuestras casas.

Cuando llegamos yo me apresuro a recuperar mi maleta para entrar en casa. Tyler coge el casco cuando se lo tiendo, sin decir nada. Doy dos pasos que me alejan de él mientras murmuro un agradecimiento por traerme.

—Ash —me llama. Y tengo que volverme a mirarlo. No me queda otra—. ¿Por qué te fuiste anoche a la habitación de Cam? —pregunta directamente.

Yo no digo nada.

—¿Ha pasado algo con él?

—Claro que no. Pensé que ahí no me seguirías.

Asiente levemente, pero no parece del todo convencido. Luego clava sus ojos en los míos.

—Aún tengo ganas de besarte, Ashley —dice con voz ronca.

—Aún tienes novia, Tyler —respondo yo.

Me doy media vuelta y me voy a mi casa. Antes de que la tentación pueda conmigo de nuevo.

Diez minutos. De verdad, diez minutos. Llevo solo diez minutos en casa y mi madre ya me está volviendo loca. Definitivamente sí, es peor que Emily. Y también me extraña que Emily no esté ya aquí para venir a cotillear. Pero casi es mejor, porque con una de las dos ya tengo suficiente. Mientras yo recojo la ropa y separo lo que hay que lavar y lo que no, mi madre se da mucha prisa en abrir el bolsillito pequeño de la maleta y sacar la caja de preservativos. Está sin abrir, claro.

—Sabía que podía confiar en ti.

¿Y para qué narices me mete una caja de preservativos en la maleta entonces? Si alguien la entiende, que la compre. De verdad, yo con tenerla un día de cada tres creo que ya iría servida.

—Sí, bueno. Es que en las orgías decidimos no usar métodos anticonceptivos porque nos va el riesgo —murmuro, con paciencia.

—Qué graciosa eres. —Sonríe, tan tranquila—. Espero que sea mentira porque quiero ser abuela algún día, pero me parecería un poco precipitado.

Yo la miro con cara de circunstancias.

—¿Y qué tal con Cam? Dime la verdad... ¿os habéis besado?

—No, mamá.

Menos mal que no le da por preguntar si he besado a alguien que no sea Cam. Porque si mi madre se entera de que me he estado enrollando con Tyler Sparks, alias el porrero, y que además él tiene novia, creo que le daría un derrame. Por muy moderna que ella se crea.

Deben de ser cerca de las diez cuando oigo a Tyler salir de su garaje con la moto. Corro a asomarme a la ventana, pero, para cuando llego, él ya ha desaparecido. Los gritos desde su casa se oían en toda la calle. Seguro. Y parece que estaba teniendo una bronca muy grande con sus padres. Con los dos. Y eso que normalmente solo es con la señora Sparks. Ha debido de ser algo gordo. Le envío un mensaje al móvil para preguntarle si está bien. Para cuando me voy a dormir, aún no ha contestado.

Y para cuando llego al instituto el lunes por la mañana, tampoco. Cam no ha pasado a recogerlo esta mañana, y no lo he visto salir de casa. No tengo muy claro que volviera a casa anoche, en realidad. Lo que sí me sorprende y me preocupa un poco es no ver a Cam en clase de biología. A ninguno de los dos. Sus dos sitios permanecen vacíos la hora completa.

—Deja el móvil de una vez y cuéntanoslo todo —exige Emily, sentada en nuestra mesa habitual de la hora del almuerzo—. Tenía que haberle dicho a la abuela de Scott que cumpliera años otro día y haberme ido anoche a tu casa en vez de cenar con la dichosa familia. ¿Ash? Vuelve con nosotras.

Yo levanto la vista hacia ellas. Están sentadas todas a un lado de la mesa para quedar frente a mí y me miran con cara de público expectante. Las tres. Guardo el móvil después de haberle enviado un mensaje a Cam para preguntar dónde demonios está y si está bien. No sé nada de Tyler, tampoco.

—No me puedo creer que en las últimas tres semanas hayas estado mezclándote con las altas esferas y no me hayas dicho nada —protesta Grace.

—Tú ya tenías bastante con tu lanzador de pelotitas —se burla Mia, y Grace sonríe al escucharla.

Ay, madre. Tres amigas enamoradas y yo con un lío de musculitos en la cabeza. Sí que estamos bien últimamente. Aquí estamos, después de haber puesto al día, más o menos de todo, a Grace. Por un momento me ha parecido que íbamos a tener que llamar a una ambulancia, pero ha controlado bastante bien la hiperventilación, para ser ella. Y ahora me están exigiendo que les dé todos los detalles del fin de semana en el lago Tahoe. Así que empiezo a resumir, empezando por Jessica y Blair y el jueguecito del viernes noche. Luego les cuento cómo Cam ha sido monísimo y atentísimo todo el fin de semana. Pero no entro en detalles. Y tampoco les digo que la última noche la pasé en su cama. Detalles innecesarios, en cualquier caso.

—Bueno, ¿y qué pasa con Tyler? —pregunta Grace, impaciente.

Claro, porque ella no estuvo en la fiesta de cumpleaños de Cam y no fue testigo de mi ataque de celos, y ni se le pasa por la mente que a mí Cameron Parker pueda estar interesándome más allá de como un mero medio para conseguir acercarme al amor de mi vida. Así es como debería ser. Y no tengo ganas de explicárselo. Ni ganas, ni tiempo, porque el timbre no tardará en sonar y aún no he contado lo más importante.

—Chicas, exijo vuestra máxima discreción en este asunto —pido, y todas levantan dos dedos de la mano derecha. Nuestro juramento particular de pacto de silencio—. Tyler me besó el sábado —digo en voz baja asegurándome de que nadie, que no sean ellas, esté lo suficientemente cerca como para oírme.

A continuación, comienza el apocalipsis. Gritan, se levantan, se vuelven a sentar, se interrumpen entre ellas, boquean en busca de oxígeno para sus maltratadas neuronas. Un espectáculo. Menos mal que había pedido discreción. Y, entre tanto revuelo, mi móvil vibra en el bolsillo. Me apresuro a sacarlo para mirar quién es. Y espero que sea la respuesta a alguno de mis mensajes enviados.

Es Cam. Claro.

> Estoy bien. Estoy con Tyler. Tuvo una movida con sus padres y lo han echado de casa. Y anoche se nos hizo tarde... ya te contaré.

Luego, otro mensaje.

> ¿Has echado de menos mis notitas en biología?

Tengo que sonreír al leerlo. Imposible no hacerlo. Y la respuesta es sí. Obviamente.

—Eh, tía. Vuelve con nosotras y empieza a hablar, pero ya —exige Emily—. ¡Deja el puto móvil!

Se inclina sobre la mesa para tratar de arrebatármelo, pero lo pongo fuera de su alcance a tiempo. Estoy un poco preocupada por Tyler. Sus padres lo han echado de casa. ¿Qué habrá pasado? ¿Y cómo estará él? Pero las pesadas que tengo enfrente siguen exigiéndome detalles. Así que les cuento un poco por encima lo que pasó con Tyler, sin descender a los pormenores, aunque es precisamente lo que piden.

—Y ¿qué pasa con Blair? —pregunta Mia cuando les he contado nuestro encuentro de la noche.

Aunque les he dicho que él se fue a su cuarto, no que fui yo quien huyó a la cama de Cam.

—Bueno, de momento sigue con ella. Y le he dicho que si

quiere tener algo conmigo tendrá que dejarla, pero no sé si confío mucho en que lo haga.

—¡Madre mía! ¿Te das cuenta, Ash? ¡Tu amor de toda la vida! Y, al final, vas a ir al baile con él —dice Emily en voz baja, y suena más emocionada que yo, en realidad—. Cameron Parker es un genio. Además de estar buenísimo. ¿Dónde hay que llamar para conseguir uno como ese?

—Prueba con el número de Scott. Pero en la teletienda suelen salir defectuosos, no te espantes con el resultado —bromea Mia con una sonrisa traviesa.

Y Emily se ríe a carcajadas. Pobre Scott. Es el mejor novio del mundo. Cualquier día de estos tendremos que hacerle un monumento.

Suena el timbre que anuncia el final del descanso. Y mis amigas protestan porque aún querían cotillear más. Así que me veo obligada a prometerles que comeremos las cuatro juntas para terminar de desmenuzar los últimos días. Mientras vamos hacia las taquillas aprovecho para mandar un mensaje rápido a Cam.

Primera vez en tres semanas que me entero de lo que está hablando Woodward. No era interesante. Así que puede decirse que habría agradecido una notita. ¿Esta tarde vais a entrenar?

Me estoy guardando el móvil de nuevo en el bolsillo cuando alguien se me planta delante y golpea las taquillas que hay a mi izquierda propagando el sonido por todo el pasillo. Alzo la vista y me encuentro nada más y nada menos que la bonita carita de Jessica Harris. Lo único que me faltaba.

—Mira, aquí está la metomentodo —acusa con una sonrisita falsa—. ¿Qué tal, Ash? —Utiliza el diminutivo de forma despectiva—. ¿Contenta? ¿Satisfecha contigo misma?

—Bueno, no tengo quejas ahora mismo, la verdad. —Trato de sonar relajada. Aunque tengo un poquito de miedo, siendo sincera—. ¿Tienes algún problema?

Se le borra la sonrisa falsa de la cara y me mira más cabreada de lo que yo la había visto nunca antes.

—Tú —escupe—. Tú eres mi puto problema. ¿Le dijiste a Cam que viniera a decirme que no quiere tener nada serio conmigo? ¿Que no quiere tener nada conmigo nunca más? —Está muy enfadada, pero también se le nota dolida.

—No. Le dije a Cam que hablara contigo y aclarase las cosas porque se estaba portando como un gilipollas y no te estaba tratando bien —puntualizo.

Suelta una carcajada irónica al oír eso.

—Eres una jodida entrometida.

Mierda, si es que tiene razón. No debería haberme metido en lo que Cam hiciera o no con ella. Pero es que pensé que las cosas serían más fáciles para ellos si hablaban claro. Soy una entrometida. Debería meterme en mis asuntos. Es verdad. Pero mi intención era buena. De hecho, lo hice para ayudar a la desagradecida de Jessica. Por muy mal que me caiga. La intención es lo que cuenta, ¿no? No. Quizá no. A lo mejor simplemente la he cagado y punto.

—Ya te lo advertí. Y tú sigues sin querer escuchar —dice como si regañara a un niño—. Mantente bien lejos de Cameron Parker. No me digas que no te interesa y luego duermas en su cama. —Sonríe de medio lado al ver mi expresión—. A mí no me gana nadie en este juego. Y creo que no sabes bien dónde te estás metiendo, Ashley. No, no lo sabes. Pero, créeme, lo vas a saber.

Escupe esas últimas palabras antes de irse caminando con paso firme y un montón de dignidad sobre sus tacones.

Y yo me quedo un poquito asustada, porque la chica impone un poco. Y no es famosa, precisamente, por su carácter afable. Mis amigas me recogen tirando de mis brazos. Creo que lo han oído todo. Pero, aun así, no hacen preguntas. De momento.

Recibo el último mensaje de Cam justo antes de entrar en mi siguiente clase.

> Yo voy. Tyler es probable que no.
> Ha quedado con Blair, creo.

Clávame un puñal en el corazón y retuércelo un poquito para que corte bien, Cameron Parker. ¿Tyler ha quedado con Blair? Y no parece tener mucha intención de ir a dejarla. Por mucho que ayer me llevara a mí en la moto en vez de a ella. Me imagino que la bruja debe de estar cabreada. Menos mal que a ella no me la he cruzado por el pasillo. Aún.

Son casi las siete y yo aparco el coche de mi madre en el aparcamiento que hay detrás del campo de fútbol. Cuando me bajo del vehículo veo el de Cameron aparcado un par de filas más cerca de las gradas. Voy hacia allí solo para asomarme a ver si les falta mucho para terminar. Antes de acercarme al borde de los asientos me aseguro de que Jessica no está por allí. Parece que no. Ni Blair. Ni Vanessa. Mejor así. Los chicos están corriendo alrededor del campo y ya parecen bastante machacados. Yo creo que es hora de dejarlos ir, a los pobres. Localizo a Cam enseguida gracias al número de su camiseta. Con esos cascos puestos no hay quien distinga a nadie de otra manera. Miro el resto de los números ansiosamente, pero no lo encuentro. El nueve no está. Así que Tyler no ha venido a entrenar. Ya me lo esperaba, aunque me decepcione igualmente. Los jugadores vienen trotando en mi dirección antes de girar para seguir recorriendo el perímetro. El dieciséis se separa del grupo y viene directo hacia donde yo estoy.

—Ey —me saluda, y puedo apreciar sus bonitos ojitos verdes tras el casco—. ¿Qué haces aquí?

Le cuesta un poco hablar porque está prácticamente sin aliento, pero, aun así, me sonríe.

—Venía a ver si tenías un rato para charlar. Me has dejado un poco preocupada con ese «ya te contaré» de esta mañana —me quejo.

—Preocupada —repite él—. ¿Por mí o por Tyler?

Noto un punto de ironía en la pregunta, pero decido ignorarlo.

—Por los dos. —Me parece la mejor respuesta que puedo dar. La más sincera, al menos.

—¡Parker! —nos interrumpe la voz del entrenador—. ¡Dos vueltas más al campo!

Cam hace una mueca, y yo doy un paso atrás, disculpándome con la mirada.

—Lo siento —lo verbalizo también para que tenga más efecto.

Él se limita a encogerse de hombros y se da media vuelta, pero antes de alejarse parece que se lo piensa mejor y vuelve hacia mí.

—¿Me esperas? —me consulta.

—Claro —accedo con una sonrisa.

Él también sonríe.

—¡Parker! ¡Que sean tres!

Ugg, mierda.

—Mierda —masculla él también, al unísono con mi pensamiento.

—Vete de una vez —le pido, con una risita.

Antes de que sean cuatro. Me guiña un ojo y luego echa a correr él solo, muy retrasado con respecto al grupo.

El entrenador no tarda mucho en pitar el final del entrenamiento, pero le hace señas a Cam para que siga corriendo. Me siento hasta un poco culpable. Les devuelvo el saludo a Ryan y a Troy cuando pasan juntos a mi lado, camino del vestuario. Charlo unos segundos con ellos y luego desaparecen para darse una ducha. Cam sigue corriendo. Y yo lo sigo con la mirada durante dos vueltas enteras más al campo. Y luego, cuando pasa por mi lado, le digo que lo esperaré en el aparcamiento mientras se ducha.

Cuando lo veo acercarse a mí parece una persona completamente diferente. Cómo cambia cuando no va vestido de jugador. Y me gusta mucho más. Pantalones chinos negros, zapatillas de deporte blancas y camiseta blanca de manga corta. Y eso que hoy no hace tanto calor como el fin de semana. Lleva la bolsa de deporte echada a la espalda y la sostiene con la mano derecha. El pelo mojado le gotea sobre los ojos y me sonríe mientras se acerca a su coche y saca la mano izquierda del bolsillo para abrirlo con la llave. Me despego de la puerta del copiloto del Honda, para recibirlo cuando llega a mi altura.

—¿Te llevo a algún sitio, princesa? —ofrece en tono burlón.

Yo le dedico mi peor sonrisa falsa, para que no dude de que no es real.

—Gracias, caballero, pero he traído mi propio carruaje hoy —le digo, y él pone cara de sorpresa.

—¿Le has pedido el coche a mamá solo para venir a verme? Soy un capullo muy afortunado.

Abre la puerta trasera del coche y tira la bolsa dentro, de cualquier manera.

—¿Qué ha pasado? —voy al grano, quedándome seria.

Él hace una mueca y rodea el vehículo para acercarse a la puerta del conductor. Desde ahí vuelve a mirarme y me señala el coche con la cabeza.

—Pasa a mi oficina y hablamos —sugiere, imitando a un hombre de negocios.

Me monto enseguida. Antes de que le dé tiempo a hacerlo a él, incluso. Me siento ladeada con la pierna izquierda doblada bajo mi cuerpo para poder mirarlo de frente. Él se sienta bien en su asiento, pero gira la cabeza hacia mí.

—Tyler, que es idiota. —Suspira como si con esa explicación sobrara. Alzo las cejas pidiendo más y suelta un gruñidito antes de seguir—. Pues se ve que llegó a casa y su madre cogió su mochila para echar la ropa a lavar y se encontró con una bolsita de marihuana en uno de sus pantalones.

Yo cierro los ojos y apoyo la cabeza en el respaldo del asiento. Eso explica los gritos de anoche desde su casa y que la discusión implicara también a su padre.

—Lo han echado de casa —repito yo lo que me ha dicho por mensaje esta mañana.

—Pues sí, pero, antes de eso, él hizo lo que cualquiera haríamos en una situación así —explica, con una media sonrisa resignada—: Decir que no era suya y que se la estaba guardando a un amigo. —Tiene que aclararlo, al ver cómo lo miro yo—. Y, claro, ¿quién mejor que Cameron para echarle las culpas?

—¿Les dijo que era tuya? —me sorprendo. Vaya capullo.

—Les dijo que era mía. Y, cuando se largó de allí, me llamó para ver si podía quedarse en mi casa. Yo le dije que sí. Pero para cuando llegó, su madre ya había llamado a la mía. —Se encoge de hombros—. Así que mi madre no se tragó ni una de las verdades que yo le conté, y dijo que Tyler no iba a quedarse en casa de ninguna de las maneras. Y que yo tampoco. Y que me fuera con mi padre. —Hace una mueca mientras yo me cubro la boca con la mano ante lo que oigo—. Así que Tyler y yo nos fuimos a casa de mi padre. Fuimos allí porque mi padre no está, claro. Está en San Francisco hasta el miércoles.

Yo tengo que tomarme unos segundos para procesar lo que me acaba de contar. Así que Tyler lo pone en una situación como esa, así sin más, y aun así lo deja quedarse con él en casa de su padre. Increíble.

—¿Por qué? —le pregunto. Y me mira como si no me entendiera—. ¿Por qué lo dejas quedarse contigo después de que por su culpa te echen de casa a ti también?

Sonríe un poco de medio lado. Triste.

—Es mi mejor amigo.

—¿Por qué? —repito yo—. Un mejor amigo no se pasa la vida haciéndole putadas al otro —digo en voz más baja, viendo mi reflejo en esos ojos verdes.

—Tyler no es un mal tío —suspira él mirando al frente—. En el fondo, no lo es. Lo que pasa es que hace las cosas sin pensar, y acaba jodiendo a todo el que se pone por delante. —Vuelve a esbozar la misma sonrisa triste—. Está arrepentido. Y yo también la cago a veces, ¿no? Pero para eso están los amigos. Para seguir ahí, aunque la cagues.

Y me parece admirable esa forma de pensar suya. Y su lealtad. Pero es que Tyler Sparks ya parece haberle jodido bastante, y aun así lo sigue defendiendo. No lo entiendo mucho. Por lo menos podía estar cabreado con él un par de días. Y seguramente no le vendría mal al cabeza de chorlito que «hace las cosas sin pensar».

—Cam, sé lo de Vanessa y Tyler —decido decir. Él se vuelve hacia mí, sorprendido—. Ella me lo dijo, aunque ya me lo imaginaba después de lo que me dijiste tú. Eso no es lo que hace un mejor amigo. Y ¿ni siquiera te enfadas con él?

—Pues claro que me cabreé con él. —Cameron corrige mi

visión de las cosas—. Pero, al final, todo es relativo. —Suspira, y luego se gira en el asiento, para mirarme más cómodo antes de continuar—. No quiero que te lleves la idea equivocada, Ash. Tyler ha sido un gran amigo conmigo desde que lo conozco. Aunque a veces es un poco gilipollas.

—¿Y se puede saber qué ha hecho él por ti?

En el fondo necesito que me dé una justificación mejor, porque la imagen de mi amor platónico de toda la vida se está deteriorando por momentos. Y necesito saber que aún merece la pena, llegados a este punto.

—El otro día te mentí —dice, y me quedo callada, sorprendida ante sus palabras. ¿Mintió? ¿Acerca de qué?—. Cuando dije que había estado una vez en el calabozo y que fue enteramente culpa de Tyler. No fue culpa de Tyler.

Yo lo miro confundida. ¿Cameron Parker en el calabozo por su propia culpa? No suena a él. Si hasta pagó veinte pavos por una botella de muchísimo menos valor antes de que yo me la llevara. No cuadra mucho con él. Y me muero porque siga hablando y me lo explique mejor. Así que no digo nada, pero no le despego la mirada, para que sea consciente de mi interés.

—Lo que sí era verdad es que eso es justo lo que le dije a mi madre —bromea un poco.

—¿Qué hiciste? —Me veo obligada a meterle un poquito de presión.

—Bueno, pues fue como a principios de febrero del año pasado. Y las cosas en casa no estaban muy bien. Y yo no estaba muy bien. Y, en resumen: le destrocé el coche a mi padre con un bate de béisbol.

—¿Qué?

No puedo evitar que me salga mi voz más chillona. No me esperaba eso para nada. El coche de su padre. Pero... no le encuentro la lógica a lo que oigo.

—El Mercedes. —Sonríe un poco, burlonamente—. Estaba nuevito. Se lo había regalado él mismo por Navidad.

—¿Por qué hiciste eso? —pregunto suavemente.

No quiero que piense que lo estoy juzgando antes de tiempo.

—Era sábado. Esa misma mañana me había llamado mi hermano llorando desde Eugene. Mi hermano no había llorado nunca, Ash. Nunca. Es el tío más duro que conozco —dice, y suena casi orgulloso—. Mi padre lo había llamado para decirle que ya no lo consideraba su hijo y que no iba a seguir pagándole la universidad.

No digo nada, pero lo que dice casi me está doliendo hasta a mí.

—Luego hubo una bronca gigante entre mis padres, como casi todos los días —prosigue—. Yo solo hablaba de estas cosas con Tyler. Él también estaba jodido en su casa, así que se puede decir que nos entendíamos. Fuimos a dar una vuelta cuando anocheció y nos encontramos con el cochecito nuevo de mi padre en el aparcamiento de un motel. Estaba con otra mujer. Así que me fui a la tienda de deportes más cercana, compré un bate y le destrocé el puto Mercedes. Enterito. —Dibuja una media sonrisa, aunque parece más una mueca—. Tyler ni siquiera lo tocó. Ni un rasguño. Solo vigilaba que no viniera nadie. Pero no lo debió de hacer muy bien, porque nos pillaron —medio bromea—. En realidad, eso también fue culpa mía. Estaba tan cabreado que me dio igual oír las sirenas de la policía, me daba igual que me pillaran, solo quería dejar el coche un poquito peor de lo que ya estaba. Y Tyler no se fue. Apareció la poli y no se largó y me dejó allí tirado. Se quedó conmigo. Y cuando nos llevaron al calabozo dijo que había sido él y no yo. Que yo estaba intentando pararlo. Para que mi padre no me desheredara a mí también. —Ahora sí que es una mueca lo que hace—. Llamé a mi madre, vino con mi tío, que es abogado, y me sacaron de allí como si nada hubiera pasado. Mi madre nunca supo que había sido el coche de mi padre ni por qué. Simplemente que Tyler se había cargado un cochazo. Tampoco le extrañaba a nadie viniendo de él. Y, al final, la madre de Tyler también lo sacó, gracias a que mi padre no presentó cargos. Así que se puede decir que le debía una, ¿no?

Me mira a los ojos, pero yo no digo nada por unos segundos. Estoy intentando procesar toda la historia. Que Tyler se comiera el marrón por él. Que Cam llegara hasta tal punto que destrozara un coche con un bate. Eso es algo que podría esperarse de Tyler, pero no de él.

—¿Y cuántas te debe él a ti ya?

Cam frunce el ceño, me parece que piensa que no me he enterado de nada de lo que me ha contado.

—¿Y se está quedando en casa de tu padre? ¿Y a él le parece bien? —Cambio el tópico para no generar más incomodidad.

—Obvio que no lo sabe. Tyler nunca ha sido precisamente santo de su devoción. Antes de lo del coche tampoco, y después aún menos.

—¿Y por qué no presentó cargos?

—Alguien lo convenció de que no lo hiciera. —Se encoge de hombros—. O, a lo mejor, pensó que Tyler tenía una buena razón para destrozar su coche.

—¿Una buena razón?

—La mujer con la que estaba mi padre. —Me sorprende entonces—. Era su madre.

Yo abro la boca y lo veo sonreír un poco de medio lado al haber logrado pillarme totalmente por sorpresa.

—Así que se puede decir que de esa noche no le debo una, sino dos a Tyler —murmura—. Una por cargar con la culpa, y otra por dejarme destrozar el coche a mi solito. Estoy bastante seguro de que él también le tenía ganas.

13
Mean

No puedo evitar que se me escape una sonrisita cuando el primer cuadradito de papel doblado en cuatro aterriza sobre mi mesa en la clase de biología del martes. Tres semanas desde la primera nota. Y parece que ha pasado mucho más tiempo. Es como si conociera a Cam de mucho, mucho más. Como si hubiésemos sido amigos desde siempre. Me aseguro de que nadie me ve antes de abrirla, con las manos escondidas bajo la mesa.

¿Has pensado alguna vez lo increíbles que son los organismos unicelulares? Yo diría que soy fan de las amebas. El parasitismo siempre me ha parecido una brillante estrategia de vida. —C.

Me río un poco, bajito. Mientras el señor Woodward sigue con su discursito sobre los uni y los pluricelulares.

Yo soy más de Cryptosporidium. Pero debo inclinarme hacia el comensalismo. Sabes que no me gusta ser una aprovechada. —A.

Lo veo sonreír de medio lado al leer mi nota. Y no tardo mucho en recibir otra más.

Eres demasiado buena, Ashley Bennet. ¿Es que no te he enseñado nada en estas tres semanas? —C.

No lo suficiente. Yo creo que aún me queda mucho por aprender con Cameron Parker. Y si no, aún quiero seguir viéndolo, aunque no le quede nada que enseñarme. Hasta que esté aburrida de tenerlo al lado. Aunque no creo que me aburra nunca de él. Pero nunca.

¿Algún plan para esta tarde? Aunque no sé si podrás superar lo del martes pasado. Podría decirse que soy una motorista experimentada. —A.

Tiene que esperar un rato hasta poder responder porque el señor Woodward no para de vigilarlo por el rabillo del ojo. Cuando por fin recibo respuesta, me decepciona un poco lo que leo.

Ya tengo un compromiso esta tarde. —C.

Creo que hasta llego a hacer un mohín con los labios. Y espero que no me haya visto. No tiene por qué saber que me muero de ganas de pasar otra tarde más con él haciendo cualquier locura que se le pueda ocurrir. No respondo. Enseguida me sorprende que me pase otra nota.

Pero puedes venir con nosotros si quieres. Nunca te excluiría de un plan así teniendo en cuenta lo divertida que se prevé la tarde. —C.

Lo miro y alzo un poco las cejas, pidiendo una explicación. Lo veo sonreír, divertido por estar intrigándome. Y yo tengo que sonreír levemente, solo porque me pega la sonrisa. Aunque no tenga ni idea de lo que me está ocultando. Pone los ojos en blanco dramáticamente ante mi insistente mirada y lo veo escribir de nuevo en un trozo de papel.

Quedé con tu hermano en que le llevaría esta tarde a jugar al béisbol con un amiguete mío bateador. Siento decirte que el pobrecito tiene mucho que aprender. —C.

Lo miro, sorprendida. Porque no me lo había dicho. Ni él, ni Eric, ni mi madre. Parece que Cameron Parker está más integrado en mi familia que yo. Se encoge de hombros como respuesta a los interrogantes que le transmiten mis ojos.

Diez minutos más y suena el timbre para liberarnos por fin.

—¿Quieres venir? —me pregunta Cam mientras se levanta de su asiento y se cuelga la mochila al hombro.

Yo me levanto también y meto mi cuaderno en la mochila.

—El béisbol me parece un deporte extremadamente aburrido —dejo claro con una sonrisa inocente.

—Eres muy poco patriota, princesa —me dice con voz burlona.

—¿Cuándo demonios has quedado con mi hermano y por qué yo no estaba enterada?

Hace una mueca. Como si yo fuera muy pesada y muy cotilla.

—El viernes mientras esperaba a que terminaras tu maleta tuve una charla con él. A tu madre le pareció buena idea —apunta, y esta vez la de la mueca soy yo. Qué pelota—. Y tú y yo no nos contamos todo, ¿no? ¿O sí? ¿Quieres que te pase mi agenda completa? —Me guiña un ojo cuando me ve poner mala cara ante su comentario.

—Si tus actividades tienen que ver con mi hermano pequeño, sí —puntualizo echando a andar hacia la puerta de la clase.

Se apresura a seguirme, pero no me dice nada más. Emily me está esperando, como siempre. Y Tyler lo está esperando a él. O eso creo yo, que lo está esperando a él. Pero me sorprende dirigiéndose a mí cuando llego a su altura.

—Ash, ¿tienes un momento?

Yo me giro para mirar a Cam casi sin darme cuenta de que lo hago. Y él tiene la misma cara de sorpresa que yo. Pero su sorpresa no parece ser tan agradable como la mía. Emily tiene la boca abierta y todo. Se la cierro al pasar a su lado mientras le hago una seña a Tyler para que me siga. Nos alejamos un poco de nuestros amigos, que se quedan hablando entre ellos. O sea, hablando juntos, el uno a la otra. A Emily le va a dar una lipotimia en cualquier momento. Ya me la estoy imaginando en cuanto vuelva a su lado. «¡Cameron

Parker ha estado hablando conmigo! ¡Me muero! ¡Literalmente!» En fin, la reina del drama. Menos mal que ya la conozco. Guío a Tyler hasta un recoveco del pasillo en la entrada a una clase vacía.

—¿Qué pasa? —pregunto cuando por fin estamos a salvo de oídos ajenos.

—Sabes que mis padres me han echado de casa —dice en tono lastimero. Y casi me da pena.

Asiento.

—No porque me lo hayas contado tú, pero sí. Podrías haberme contestado al mensaje por lo menos.

—Ya. Lo siento —dice suavemente—. Estoy en casa del padre de Cam.

—Eso también lo sé. —Le pido que vaya al grano.

Estoy impaciente por saber qué es lo que quiere de mí. Y hasta me duele la tripa esperando que lo diga de una vez. Por favor, que diga que aún tiene ganas de besarme. Que lo diga otra vez.

—Cam no va a estar esta tarde. He pensado que a lo mejor podrías pasarte. ¡Solo para hablar! —aclara al ver que tuerzo el gesto. ¿Una casa vacía para nosotros dos? No me suena a buenas intenciones, precisamente—. Eres la única con la que puedo hablar de esto —añade, buscando ablandarme.

Y es que me he quedado un poquito atrapada en la súplica que gritan esos ojos avellana. A lo mejor necesita hablar. A lo mejor necesita una amiga. Un hombro sobre el que llorar. Esa soy yo. Seguro. Debería ser yo, ¿no? Y estoy a puntito de decir que sí. Pero algo me frena. Un brazo tatuado y una melena negra azabache que dobla el pasillo y queda justo de frente a nosotros. Y no sé si estamos demasiado cerca. Pero sé que, estemos a la distancia que estemos, a Blair Wells no va a hacerle ninguna gracia.

—Tyler —llama, y veo que mi rubio favorito hasta se sobresalta al oír su voz.

Me lanza una última mirada y yo niego con la cabeza. Espero que le quede claro el mensaje. Porque no es un «no quiero ir», es más bien un «no, así no». Y el «así» quiere decir mientras siga saliendo con la bruja. No me hace ningún gesto ni dice nada que me indique que lo ha entendido. Simplemente, murmura un «hasta luego» mientras se aleja para reunirse con ella.

Vaya, todos mis fantásticos posibles planes para la tarde se han ido al garete. Ni Cam ni Tyler. Ni nada de emoción. Me pasaré la tarde encerrada estudiando. Que ya va siendo hora de que me acuerde de que los finales no están tan lejos.

Es justamente en las horas tan aburridas que me esperan en lo que voy pensando mientras Emily parlotea a mi lado al final de la mañana, caminando hacia el exterior del instituto. No le estoy haciendo demasiado caso a mi amiga, porque no para de repetir desde hace un par de horas la voz tan increíble que tiene Cameron Parker y cómo le ha hablado como si ella fuera una persona de su misma escala social. Sí. Flipante, Em. Bueno, para ella puede que lo sea. No conoce tan bien a Cam como yo. Y me alegro. Quiero ser yo la que lo conozca mejor.

Veo a Blair venir directita hacia mí, y todos mis pensamientos son sustituidos por uno solo. «Mierda, me va a matar.» Es que va a matarme.

—Ven aquí un momento —me gruñe al llegar a mi altura.

Prácticamente me empuja dentro de una clase vacía mientras oigo a Emily protestar por su brusquedad. La bruja cierra la puerta y me acorrala contra ella, de manera que, cuando mi amiga intenta entrar a socorrerme, soy yo misma quien se lo impide.

—¿Qué tal, Blair? —pregunto con mi voz más amable.

A ver si hay suerte y ve mi lado humano y así no es capaz de matarme.

—Mucho mejor antes de saber que existías —dice, y yo me quedo seria porque me parece que no es momento de chistes, la verdad—. Lo primero de todo, ¿qué coño sabes?

Y eso me sorprende un poquito. Me esperaba un «mantente alejada de Tyler», igual que el «mantente alejada de Cam» de Jessica de ayer. Una pena tanta amenaza y advertencia, porque resultan ser mis dos chicos favoritos en el mundo. Tengo que pensar durante unos segundos antes de darme cuenta de que se refiere a Mia. Claro. Lo suyo con Mia.

—Mia es una de mis mejores amigas. Pero, vamos, no te preocupes por eso. Los chismorreos de pasillo no son mi principal afición. Y nunca iría por ahí contando algo que ella no quiera que cuente.

Blair esboza una sonrisa enigmática.

—¿Quién iba a creer a una perdedora como tú, de todas maneras? —Me hace de menos—. Ah, otra cosa, Ashley. —Vuelve a acercarse a mí tras hacer un amago de apartarse y dejarme ir.

Está tan cerca que hasta podría decir con una seguridad del noventa por ciento lo que ha almorzado hoy. Aparte de a Tyler Sparks. Eso también puedo olerlo. Su camiseta huele un poco a él.

—Si vas a declararte, déjame ahorrarte el bochorno. —Utilizo el sentido del humor como escudo. La tía da bastante miedo—. No eres muy mi tipo.

Sonríe burlonamente y me coge la cara con una mano, apretando mis mejillas y haciéndome poner cara de pez. Y daño. Daño también me está haciendo. Por si fuera poco, me aparta un poco la cabeza de la puerta para luego hacerme golpearla con fuerza.

—Si te vuelvo a ver cerca de Tyler, te parto esta cara de

pardilla que tienes. ¿Lo entiendes? —consulta. Yo no puedo casi ni moverme—. Di que sí.

Asiento con la cabeza todo lo que me permite la presión de su mano.

—Bien. Pero ¿sabes qué? —dice en un tono más tranquilo, soltándome—. Que no te creo. —Y sonríe. Vaya sádica—. No, no te creo. No sé por qué de repente te ha parecido que eras la clase de chica que podía ponerse a ligar con todos los tíos del equipo de fútbol. No lo eres, Ash —me deja claro, por si yo seguía dudando. Y mi nombre lo dice en el mismo tonito que usa Jess—. Necesitas que te lo recordemos, a lo mejor. Sí, eso parece. Y eso vamos a tener que hacer.

Emily sigue intentando entrar y gritando mi nombre al otro lado de la puerta. Pero, vaya, yo es que casi ni la oigo. Y no puedo hablar. Como para decirle algo ahora a la matona esta.

—Lárgate de aquí —escupe entonces.

Y yo me doy la vuelta sin pensármelo dos veces y abro la puerta para volver al pasillo. Emily casi se cae dentro de la clase. Y tiene toda la pinta de ir a cantarle las cuarenta a Blair Wells. Así que la cojo del brazo y la empujo para llevármela a la salida lo más rápido que puedo. Eso es lo que hacen las mejores amigas. Salvar vidas. Y Emily me debe la suya desde este preciso momento.

Llevo media hora asomándome a la ventana cada vez que oigo un motor, para ver si es Cam que trae a Eric de vuelta a casa. Así no hay quien estudie. He sido tan oportuna de estar en la ducha cuando ha venido a recogerlo, así que no he podido verlo. Y de eso hace algo más de tres horas y ya es prácticamente la hora de cenar, así que me parece que deberían estar ya aquí.

Me aparto de la ventana y corro escaleras abajo cuando

por fin veo el Honda blanco acercándose en mi campo de visión. Cuando llego al piso inferior, veo a mi madre ya en la puerta. Otra igual que yo. Pero peor. Que no es una adolescente ya, que digamos. Salimos juntas al jardín justo cuando Eric baja de un salto del asiento de copiloto, vestido con el equipo de los Giants, gorra incluida, y con el bate en la mano. Cam ha apagado el motor y se baja más tranquilo, con una sonrisa divertida pegada a los labios. Y lleva una camiseta de los Dodgers, pero no va con gorra, y lleva unos pantalones negros y deportivas. Casi esperaba verlo totalmente equipado a él también.

—¡Mamá! —exclama Eric corriendo hacia nosotras—. ¡He hecho un *home run*!

Pobrecito. Qué contento está. Me acerco al coche al tiempo que Cam viene hacia mí. Yo lo miro alzando las cejas, con cara de incredulidad ante los alardes de mi hermano.

—Tranquila, Ash. Está hablando de béisbol —bromea en voz baja cuando está lo suficientemente cerca.

—Gilipollas —lo insulto mientras se me escapa la sonrisa.

Él ríe, bajito. Entonces, llama a mi hermano y le lanza la pelota. Eric la atrapa con el guante con una sorprendente facilidad.

—Sabes que el bate y el guante no se usan a la vez, ¿verdad? —pico a mi hermano.

Se limita a hacerme burla y luego sigue hablando entusiasmado con mi madre, contándole todo lo que ya sabe hacer y alardeando de que va a ser el mejor jugador de béisbol cuando empiece el instituto. Menudos delirios de grandeza que tiene el canijo. Mi madre enseguida le pide que le cuente todo eso en la cena y da unos pasos hacia nosotros para saludar a Cam.

—Ha sido muy pesado, ¿no? —Es lo primero que le pregunta, y Cam ríe.

—No, de eso nada. Lo hemos pasado genial. De hecho, iremos a jugar de nuevo cuando volváis de Japón, ¿eh, tío? —consulta con Eric.

Mi hermano responde un «por supuesto» muy entusiasta. Pero yo frunzo un poco el ceño. Primero, porque vaya a hacerse tan amiguito de mi hermano pequeño. Y segundo, porque sabe que nos vamos de viaje a Japón en las vacaciones de primavera. Y yo no le he dicho nada. Eric tiene la boca muy grande. Aunque tampoco es que fuera ningún secreto.

—¿Te quieres quedar a cenar, cariño? —ofrece mi madre, otra vez con ese apelativo tan íntimo que no debería ser usado alegremente con los amigos de tus hijos.

—Ojalá. Pero hoy no puedo, señora Bennet —se disculpa él—. Otro día estaré encantado.

—Otro día. —Mi madre se muestra de acuerdo con una sonrisa—. Os dejo que habléis —dice entonces dándose cuenta, por fin, de que sobra.

Se aleja hacia casa mientras le pide a Eric que vaya a guardar todas esas cosas y a cambiarse de ropa y a lavarse las manos para cenar.

Cameron me sonríe cuando por fin estamos a solas en el jardín. Y yo le devuelvo el gesto, pero un poco más comedida, porque de repente me siento como si estuviera enfrente del chico que me gusta en la puerta de mi casa después de una cita genial, con esas dudas y esa expectación por si al final habrá beso. Qué tontería, ¿no?

—Así que la semana que viene te vas a Japón y no te has ofrecido a traerme ni un poquito de *sushi* —bromea, y yo asiento con la cabeza.

—No quería decirte nada porque sabía que me ibas a pedir que te trajera algún *souvenir*. Tenemos vuelo para el sábado por la noche para ir a ver a mi padre. —Lo pongo al día.

Él asiente. Claro. Eric ya se lo ha contado.

—Volvemos en viernes porque mi padre al fin de semana siguiente tiene un curso intensivo de no sé qué.

—Ya me lo ha contado tu hermano.

Vaya cotorro este Eric.

—¿Tienes que volver a cenar a casa para que Tyler no cene solo? —me burlo un poco, y él sonríe de medio lado.

—No, voy a cenar a casa de mi madre. Me ha pedido que vaya para que hablemos seriamente sobre drogas. —Parece que bromea, pero en el fondo estoy bastante segura de que es precisamente eso de lo que querrá hablar su madre—. A ver si hay suerte y me acepta otra vez en el nido —dice socarronamente—. Solo para no tener que estar en casa de mi padre cuando él vuelva.

Y se queda serio de nuevo. Y yo no debería estar empezando a odiar un poquito a su padre, pero la verdad es que mucho cariño no le tengo.

—¿Tu madre ya no trabaja de noche? —me intereso.

—No, esta semana está de mañana. Me debe de estar echando de menos por las tardes y en las cenas. Y tampoco le gusta mucho que esté en casa de mi padre, supongo.

—¿Dejarás solo allí a Tyler y que ellos se entiendan? —pregunto con una sonrisita.

—A Tyler no lo han echado nunca de casa más de dos noches, y con esta van tres, pero ya te digo yo que mañana lo tienes aquí al lado otra vez —vaticina—. Tengo que irme, Ash —añade entonces, y yo asiento, pero un pelín decepcionada—. No quiero llegar tarde a cenar, no necesito más puntos negativos —medio bromea.

—Suerte con tu madre.

Asiente con una sonrisa muy leve. Y esta vez soy yo la que da un paso al frente y me pongo de puntillas para rodearle el cuello con los brazos. Él responde al instante, rodeando mi cintura y estrechándome contra su pecho por unos segundos.

—Gracias por entretener a Eric —digo al separarme lentamente—. En serio, lo del béisbol es muy importante para él.

—No es ninguna molestia. Me lo he pasado casi mejor yo que él —asegura con una sonrisita.

—¿Me contarás qué tal va la cena?

—Te envío un mensaje cuando acabe —me promete mientras se aleja hacia el coche—. Ah, el viernes hay fiesta en casa de Troy. Ve pensando qué ponerte. Te veo mañana, Ashley Bennet —se despide cuando abre la puerta del conductor. Pero aún se vuelve hacia mí antes de entrar—. Bonito conjunto, por cierto —se burla señalando mi ropa vieja de estar por casa.

—Lárgate de mi calle —gruño.

Y se monta en el coche envuelto en un eco de carcajadas que me dejan a mí también con una sonrisa en la boca. Qué capullo. Otra fiesta el viernes. Creo que yo ya estoy saturada de vida social.

Eric no para de revolotear a mi alrededor mientras terminamos de poner la mesa para cenar, hablando sobre Cam. Y veo a mi madre sonreír divertida cuando termina de servir las raciones y mi hermanito vuelve al ataque.

—Oye, Ashley, ¿te vas a casar con Cam? —me pregunta en tono burlón, y yo bufo y no digo nada más. Me niego a entrar en su juego—. Yo apoyaría ese matrimonio. Cam es guay —sigue con sus alabanzas—. Deberías salir con él si es que no es tu novio todavía. Sabe de béisbol. Y tiene un coche chulísimo.

—La razón más poderosa para salir con alguien —ironizo—. Un coche chulísimo. ¡Oh! Y lo del béisbol, vaya, me has convencido. Justo lo que siempre he buscado en un chico...

—Pues me gusta más para ti que Tyler —opina mi hermano.

Yo lo fulmino con la mirada, pero oigo a mi madre soltar una risita por lo bajo, como si se creyera que no puedo oírla. La miro y alzo las cejas.

—A mí también me gusta más que Tyler —se pronuncia mi progenitora.

Suspiro. Tengo que hacerlo. Y morderme la lengua. Porque hay que tener una paciencia prácticamente infinita para aguantar a estos dos hablando maravillas de Cameron Parker durante toda la cena.

Por la mañana, en el autobús, voy pensando en él. En él y en cómo fue la cena con su madre más allá del «bien, me deja volver a la madriguera» que me envió ayer por la noche en un mensaje de texto.

Mia sube en la penúltima parada y cuchicheamos sobre mi fatídico encuentro de ayer con Blair durante el resto del camino. Pero cuando llegamos a nuestro destino y atravesamos la puerta principal, ya deja de parecerme a todas luces que este sea un día normal.

Porque cada par de ojos con los que me cruzo se vuelven para mirarme a mí. O sea, a mí, que nunca en la vida me había mirado ninguno de ellos más de dos veces. Y menos tantos segundos seguidos. Y, a medida que avanzamos, a las miradas se unen los susurros. Un murmullo que no entiendo, pero que resulta ensordecedor. Los siento hablando sobre mí, aunque no procese las palabras. Y, después, las risas. Yo siento que debo de estar rojísima porque tengo un calor en todo el cuerpo que podría llevarme al desmayo en cualquier momento. Mi corazón va a mil por hora y, a la misma vez, tengo la impresión de que se me ha vuelto de piedra, de tanto que me pesa. Y ni siquiera sé por qué. No tengo ni idea de lo que pasa. Y eso es casi peor. Porque mis niveles de ansiedad no habían estado nunca tan elevados.

Emily y Grace vienen corriendo hacia nosotras. Y yo ya no sé qué pensar. ¿Qué coño está pasando? Las dos hablan a la vez y ni me entero de lo que dicen. O hablan muy deprisa o mis conexiones neuronales están trabajando demasiado lento.

—Em. —La freno y casi ni puedo oír mi voz por encima del martilleo de mi propio corazón—. ¿Qué pasa?

—Mira eso. —Es Mia la que responde, justo junto a mi oído derecho.

Me giro para mirar la pared del pasillo. La gente se aparta a un lado, entre risas, para dejarme disfrutar de una visión perfecta del motivo de sus burlas. Por primera vez en cuatro años de instituto siento que hay muchísima gente pendiente de mí. Probablemente todo el mundo.

Y lo veo. Lo que no puedo entender es por qué no lo he visto antes. Si está por todas partes. Montones de carteles tamaño folio pegados cada dos metros por todos los pasillos, por las taquillas, por las puertas de las clases. Y soy yo. Yo a todo color. Una foto en la que estoy agachada frente a Tyler, que sale de espaldas, en el jardincito de la cabaña del lago Tahoe. Y se me ve muy bien la cara. Y si yo no supiera que en ese justo momento estaba recogiendo mi móvil del suelo, hasta yo me creería que le estoy haciendo una felación. Joder. Y eso no es todo. Encima de la foto pone «Las mosquitas muertas son las peores», en mayúsculas y negrita. Y debajo, hacia la mitad del folio pone «Su problema es que no saben decidirse». Entre mi foto con Tyler y una foto mía durmiendo en la cama con Cam. Está menos clara, debido a la falta de luz, pero se nos distingue perfectamente. Y los tirantes blancos de mi camiseta han desaparecido de escena, así que parece que estoy desnuda, con la sábana a la altura del pecho. Y Cam tampoco llevaba camiseta, claro, y su brazo está en torno a mi cintura. Al final del folio aparece mi nombre de usuario de Twitter e Instagram @ashben99 y un hashtag: #tríobennet.

Miro a mi alrededor y veo ojos y dientes brillantes por todas partes. Me quiero morir. Pero de verdad. Quiero desaparecer de este instituto para siempre. Mejor, de la ciudad. O del estado. A lo mejor mudarme a Europa podría ser la solución. Tengo un nudo en la garganta y no puedo ponerme a llorar delante de toda esta gente. No puedo. Tengo que salir de aquí. Estoy a punto de darme la vuelta y salir corriendo cuando Blair Wells y Jessica Harris aparecen juntas, justo frente a mí.

—¡Pero bueno, Ashley! —exclama Jess en tono burlón—. ¿Quién iba a imaginarse esto? Lo pasaste bien en el lago Tahoe, ¿no?

Blair no dice nada, pero su mirada me está dejando muy clarito el mensaje: «Primer aviso».

Quizá debería tener ganas de pegarles a ambas. Sentir rabia y odiarlas como nunca haya odiado a nadie en mi vida. Pero estoy realmente tan conmocionada y tan avergonzada que no soy capaz de sentir nada de todo eso. Todo el mundo alrededor está en silencio. Esperando mi reacción. Esperando algo más de este espectáculo.

—Deberíais haber usado fotos vuestras. —Hablo con las dos en la voz más firme que encuentro—, así no tendríais que haberos esforzado tanto con el Photoshop.

Paso por entre las dos, camino del baño más próximo y oigo cómo mis amigas me siguen, sin perder tiempo. Pero no hemos avanzado mucho cuando oímos revuelo desde el fondo del pasillo, avanzando desde la entrada. Me giro aun sin quererlo. Y los veo venir. A los dos juntos. Y parece que a ellos no les importa si la gente los señala. Ya deben de estar acostumbrados. El mayor escándalo procede precisamente de Cameron, que avanza por el pasillo hecho una furia arrancando todos los carteles que encuentra a su paso y despotricando, aunque no entiendo lo que dice. Vuelvo a centrarme en correr hacia el baño mientras dejo su eco atrás.

—¡¿Quién cojones ha hecho esto?! —grita.

Y es lo último que oigo antes de meterme en el baño de chicas y ponerme a llorar como una idiota.

Mis amigas parlotean todas a la vez intentando decirme que no pasa nada. ¡Que no pasa nada! Supongo que es lo único que pueden decirme. ¿Qué otra cosa van a hacer? Grace está de portera asegurándose de que no entre nadie. Y Emily está toqueteando su móvil a toda velocidad, mientras Mia me abraza y me frota la espalda cariñosamente.

—Tranquilas. Ya he denunciado las fotos —dice Emily como si eso debiera traerme una oleada de paz instantánea.

Pero no. Todo lo contrario. Me vuelve del revés y me manda directita a los infiernos. ¿Denunciado? ¿Fotos? ¿Con su móvil? ¿Qué...?

—¡¿Qué fotos?! —chillo como un lechoncito al que están separando de su madre.

Me agacho junto a mi mochila para sacar mi teléfono móvil.

—Ashley, no... —me advierte Mia, y trata de quitármelo.

Pero le gruño. Y en mi estado de nervios actual soy capaz de morder. Así que consigo desbloquearlo. Menos mal que lo llevaba en silencio. Más de cien notificaciones. Mi pantalla ya no da más de sí para mostrármelas todas. Facebook, Twitter, Instagram. Las dos fotos del cartel etiquetadas en todas mis redes sociales. Y yo también denuncio. Retiro mi etiqueta. Pero sé que da igual lo que haga. Ya es tarde. Porque mi cuenta de Twitter está inundada de comentarios en los que se me menciona. Comentarios que no quiero leer, pero que no puedo evitar ver por encima. Cosas como «qué calladito te lo tenías @ashben99», «las pardillas son las más guarras @ash ben99», «mejor dos que uno @ashben99», «@ashben99 las chupa a pares». Y un largo etcétera del mismo tipo. Y el *hashtag* #tríobennet acumula más de doscientos *tweets*. Y son solo las ocho de la mañana. Además, el *hashtag* del cartel no es el único que circula por internet. Alguien ha creado uno nuevo que parece que les divierte más: #ashleybennetdecídete.

—No lo mires —me pide Mia a media voz, sin atreverse a intentar quitarme el teléfono de nuevo.

Lo tiro con rabia al fondo de mi mochila y me siento en el suelo con la espalda apoyada en la pared de azulejos. Mi amiga se sienta a mi lado y apoya la cabeza en mi hombro. Emily está a punto de decir algo cuando oímos revuelo junto a la puerta.

—¡Ashley! —Es la voz de Cam y yo no tengo ganas de verlo ahora mismo.

No puedo. Y menos así. No puedo parar de llorar como una tonta. Ni de temblar. El peor momento de mi vida. Es que no tengo ninguna duda.

—¡Eh! No puedes entrar aquí. —Oigo protestar a Grace.

Y no lo veo, pero sé que es Cam el que empuja la puerta para meterse en el baño de las chicas. Emily echa a correr para ayudar a Grace a despacharlo.

—¡Ash! —Vuelvo a escuchar al chico de los ojitos verdes.

Pero es que ahora mismo ni esos ojitos iban a conseguir alegrarme el día.

—Cameron, no puedes estar aquí —dice Emily, muy seria—. Venga, vete.

—Solo quiero saber si está bien —replica esa voz vibrante que ahora conozco tan bien—. Un segundo. Y me voy. Lo juro, Emily.

—Claro que no está bien. —Oigo bufar a Grace—. Ahora no es un buen momento. Ya hablarás con ella luego.

Cam gruñe. Frustrado. Pero parece que cede. Y se va. El

silencio se instala en el baño por unos largos segundos y luego es la voz de Emily la que lo rompe.

—¿Sabes? Deberías salir ahí con la cabeza bien alta. Todo el mundo piensa que te has tirado a los dos capitanes del equipo de fútbol. Eres la nueva heroína de la clase media.

No voy a clase en toda la mañana. La primera porque me la paso encerrada con mis amigas en el baño. Y, después, porque la señorita Edwards viene a buscarme y a ellas las envía a clase. Y yo me paso tres horas yendo de aquí para allá hablando con ella, con la psicóloga y con el director. Y a todos les digo que no tengo ni idea de quién ha sido. Porque lo único que me faltaba ya es ser la chivata del maldito instituto. El director me da permiso para irme a casa y llama a mi madre para que venga a buscarme, al ver que yo no estoy muy convencida.

Mamá está cabreada. Muy cabreada. No conmigo, claro. Pero no se limita a esperarme en la puerta. Entra hasta adentro. Y directa al despacho del director. Y menos mal que la hora del almuerzo ya ha terminado cuando llega, porque, si no, sería capaz de interrogar a todos mis compañeros hasta dar con los culpables. Para cuando por fin me monto en el coche con ella y pone rumbo a casa, a mí ya se me han agotado las lágrimas. Así que me dedico a perder mi vista por la ventanilla y tratar de no pensar demasiado. Ni que decir tiene que mi móvil lleva cuatro horas apagado. Y a lo mejor no vuelvo a encenderlo jamás. Hasta que borre todas mis redes sociales. Y me cambie el número. Solo por si acaso.

—¿Quién ha sido? —pregunta mi madre tras cinco minutos de silencio, al parar en un semáforo.

—No lo sé —digo automáticamente, como llevo repitiendo toda la mañana.

—¿Cómo no vas a saberlo? ¿Cuánta gente estabais en el lago Tahoe? —Mierda, mamá es rápida atando cabos.

—¿Cómo sabes que era el lago Tahoe? —pregunto tratando de desviar la atención.

Que mi madre haya visto las puñeteras fotos y el cartelito al completo es aún más humillante que el hecho de que lo hayan visto todos mis compañeros.

—Son las únicas noches que no has dormido en tu cama. Y no es tu cama en la que estabas con Cam —puntualiza.

Escondo la cara entre las manos. Lo que me faltaba.

—Mamá, es todo mentira. Esas fotos estaban trucadas. No es verdad. Estaba durmiendo con Cam, pero no estaba desnuda. No pasó nada de nada. Y lo de Tyler...

—No hace falta que me des explicaciones. —Me corta—. Yo ya sé cómo es mi hija y sé que esas fotos no son lo que parecen. Solo quiero que me digas quién te ha hecho esto.

—Mamá... —empiezo a protestar.

—¿No habrá sido Cam? —se escandaliza de pronto.

—¿Qué? Claro que no ha sido Cam. ¿Cómo va a ser Cam? Y Tyler tampoco —puntualizo, antes de que pueda decir nada.

—Creía que no sabías quién había sido —acusa entonces—. Ya te van quedando menos sospechosos. ¿Quién más fue al lago? La novia de Tyler.

—No sé quién ha sido, mamá. ¿Qué más da? Lo importante es que no voy a volver al instituto nunca más. Ya estás cambiando mi matrícula.

—Sí, claro.

Y hasta se ríe un poco. Qué falta de empatía la suya.

Nada más llegar a casa, mamá me envía a acostarme un rato y me sube mi mantita calentita favorita de ver la tele en el sofá y una infusión relajante. Y se lleva mi móvil. Y el portátil. Para que no me dedique a leer lo que la gente dice sobre mí en las redes sociales. Como si yo quisiera hacerlo. No pensaba volver a encender el móvil en lo que me quede de vida, igualmente.

Mis tres amigas se presentan en casa a la hora de comer y mamá termina por alimentarnos a todas y finge que no está tratando de cotillear lo que decimos mientras ellas me cuentan todo lo que ha pasado en las clases del día. Dicen que la mayoría de la gente ya se ha olvidado del asunto. Como si yo me lo fuera a creer. Pero son mis amigas y no les queda más remedio que soltarme alguna que otra mentira piadosa. Lo entiendo. Sé que mi cambio de instituto y mi inminente mudanza al viejo continente también será duro para ellas.

—Cameron Parker estaba cabreadísimo —me informa Grace en voz baja cuando nos quedamos solas sin una adulta cotilla en la sala—. Ha tenido una bronca con unos cuantos chicos en el pasillo. Y ha dado un discursito en clase de química sobre lo gilipollas que son todos los que están utilizando los *hashtags*.

—¿En serio?

—Sí. —Emily toma el relevo—. Y también ha discutido con Jessica y con Blair. Por lo que se ve les ha echado una buena charlita.

Cam cubriéndome las espaldas. Como siempre últimamente. Mia está diciendo que él no ha parado de preguntarles por mí en toda la mañana. Y hasta se ha sentado un rato con ellas a la hora del almuerzo para que le contaran lo que sabían. Y ellas tampoco sabían mucho. Que justo en ese momento estaba en el despacho del director y poco más.

—¿Y Tyler? —pregunto entonces, cuando han terminado de hablar entre ellas sobre lo mono que es Cameron.

He visto cómo ha reaccionado el chico de los ojitos verdes esta mañana. Pero no he visto mucha emoción en la respuesta de Tyler Sparks. Y, al fin y al cabo, es otro de los implicados. ¿Cómo se lo ha tomado él?

—Tyler no ha tenido broncas ni dado discursitos, pero a la hora del almuerzo se ha sentado con los chicos del equipo —chismorrea Emily—. No se ha ido con Blair. Ni se ha acercado a ella. Yo creo que han debido de pelearse. Normal, ¿no? A él también lo ha incluido en la guarrada, y eso que es su novio. La gente estaba cuchicheando también sobre Tyler y Cam, y preguntándoles si eran tan amiguitos que comparten hasta a las tías.

—A Tyler Sparks le debe importar bastante poco que la gente piense que le han hecho una mamada al aire libre. De hecho, mejor, ¿no? De eso les gusta alardear a los tíos —opina Grace—. Ya verás como mañana todo ha vuelto a la normalidad y es otro día mortalmente aburrido en el insti, Ash. —Trata de animarme cogiéndome la mano por encima de la mesa del comedor.

—¿Mañana? No sé lo que pasará en el instituto mañana. Ni lo sé, ni me importa. No pienso volver a pisar ese edificio nunca jamás. —Me planto firmemente, al igual que he hecho con mi madre.

—Yo solo tengo una pregunta. —Vuelve a hablar Emily—. Y espero que no te moleste, pero... ¿qué hacías exactamente en la cama con Cameron Parker?

Para cuando se van de mi casa estoy bastante cansada de dar explicaciones. Si hasta mis amigas más íntimas, las que mejor me conocen, tienen dudas sobre esto, ¿qué puedo esperar del resto de mis compañeros?

Son más de las seis y estoy en mi habitación, intentando leer un libro, pero mirando al techo y lamentándome de mi pésima situación social cada cinco minutos, cuando mi madre me llama. Dice que tengo visita. Y me extraña mucho, porque si fuera alguna de mis amigas otra vez, las mandaría directamente a mi habitación. Y ellas pasarían sin llamar. No tengo ni idea de quién puede venir a verme a mi casa. Pero mi madre ya ha abierto la puerta y ya es tarde para pedirle que diga que no estoy. Salgo de mi cuarto y bajo las escaleras con desgana.

—Vanessa. —Me sorprendo al encontrarla en el marco de la puerta—. ¿Qué haces aquí?

—He venido a ver cómo estabas —dice, y me dedica una sonrisa insegura pero bastante sincera—. ¿Tienes un ratito?

Vanessa Miller acaba de presentarse en mi casa y me pregunta tan tranquila si tengo un ratito. Ver para creer. Me sorprende hasta que sepa dónde vivo. Pero, claro, eso debe de ser porque todos saben que soy la vecina de Tyler. No debo de ser tan difícil de encontrar.

—Claro. Vamos a sentarnos fuera, si quieres —concedo.

He elegido el lugar estratégicamente para librarme del oído potente de mamá. No quiero llamarla cotilla una vez más, pero, en fin, es que no se me ocurre un mejor adjetivo para definirla ahora mismo.

Vanessa se sienta a mi lado en la escalera de bajada al jardín desde el porche. Parece un poco incómoda y se retuerce las manos por unos segundos, antes de hablar.

—Siento mucho lo que ha pasado —dice, finalmente.

—Ya —suspiro yo, y pienso que tal vez ella también se lo haya creído todo. Por lo que ella sabe, yo dormí en la habitación de Cam la noche del sábado y lo vio a él en calzoncillos mientras yo salía de allí el domingo por la mañana.

—Solo quería decirte eso. Que lo siento. Y que yo no he tenido nada que ver en toda esta guarrada —aclara.

—Ya sé que no has sido tú.

Lo he tenido claro desde el primer momento. Imposible no atribuirles toda la culpa a esas dos brujas que ella tiene por amigas.

—No es solo que no haya sido yo, Ash —insiste—. Te juro que no tenía ni idea de lo que pensaban hacer Jess y Blair. Me parece increíble que te hayan hecho algo así. Se han comportado como unos malos bichos...

—No me esperaba menos de ellas —ironizo al oír eso.

—En esto estamos todos de tu parte. Los chicos y yo. ¿Has hablado con Cam?

—Eh, no —reconozco.

Vanessa me mira y alza las cejas, como si no se esperara para nada esa respuesta. ¿Por qué debería haber hablado con Cam? Simplemente me he largado del instituto esta mañana y ya está. No he hablado con él igual que no he hablado con nadie.

—Estaba bastante preocupado por ti. No ha parado de intentar llamarte en todo el día. Le han echado de clase de filosofía porque no paraba de mirar el móvil. —Sonríe levemente al decir eso.

—¿De llamarme? No he hablado con él —repito.

Pero entonces caigo en la cuenta de que mi móvil lleva todo el día apagado. Y que ni me he acordado de él desde que he llegado a casa y mamá se lo ha llevado de mi habitación. Me da un poco de pánico encenderlo por todas esas notificaciones de redes sociales.

— Creo que deberías llamarle cuando tengas ganas y un ratito —aconseja—. Creo que nunca lo había visto tan cabreado. Por un momento, he pensado que sería capaz de darles una paliza a esas dos. Y creo que a Jess no le ha salido muy bien la jugada, porque le ha dejado bien clarito que no quiere que se vuelva a acercar a él en lo que les queda de vida —chismorrea.

—He tenido el móvil apagado. Lo tengo saturado con la mierda del Twitter —debo reconocer obviando lo que me cuenta sobre Cam y Jessica.

—¿Qué? Bloquea los comentarios —sugiere.

—Ni siquiera sé cómo se hace eso. Pensaba borrar todas mis cuentas.

—¡Estás loca! —Ríe—. Te echo una mano, si quieres. Yo tengo mis cuentas al máximo de privacidad. No eres la primera a la que le pasa algo así —se lamenta.

Probablemente tiene razón. Y ella es tan popular que debe de recibir muchos más mensajes que yo habitualmente. No muchos más que yo hoy. Eso no. Pero sí en el día a día. Y creo que necesito ayuda para no tener que ver todas esas menciones de mierda de las que se han llenado las redes sociales en el día de hoy. Voy a buscar mi teléfono y lo enciendo al volver a sentarme junto a ella. Tarda unos segundos en reaccionar, y luego las notificaciones empiezan a llegarme en cascada. Pero no son las redes sociales lo primero que miro. Tengo ocho llamadas de Cameron Parker. Ocho. Mi acosador particular. Y un montón de mensajes suyos. Muchísimos. «¿Estás bien?», «¿Te has ido a casa?», «Por favor, llámame», y otros tantos que me piden que no me preocupe por esto, que la gente se olvidará pronto, y todas esas cosas que ya les he oído a mis amigas también. Y tengo un mensaje de Tyler. Solo uno. «¿Estás bien, Ash?» No contesto a ninguno de los dos. Entro en las redes sociales, intentando no leer nada de lo que se me notifica, mientras Vanessa me dice dónde meterme y qué opciones pulsar para que mi cuenta quede prácticamente blindada tanto a visitas como a comentarios de nadie que yo no tenga agregado, por mucho que me mencionen. También me enseña a utilizar la lista de palabras y personas silenciadas. Para que no me aparezcan los *hashtags* que se están poniendo de moda. Hay alguno más que los de esta mañana. #ashleybennetdevirgenaputita y #ashleybennetlacampesinaquesefollóalosreyes son los más populares a esta hora de la tarde.

Vanessa se queda conmigo más de una hora. Y lo cierto es que, pasado un rato, tengo que agradecer su compañía. Tras blindar todas mis redes sociales y aislarme del lapidamiento público, se dedica a contarme situaciones parecidas en las que ella se ha visto envuelta. Y me consuela un poco saber que cosas muy desagradables han llegado a decirse acerca de la chica más popular del instituto, pero aquí está ella y sigue siendo la favorita para reina del baile. Así que Cam debe de tener razón, la gente se olvidará de esto. Algún día. Al final, terminamos hablando de otras muchas cosas, y casi consigue que me olvide de la mierda de día que he tenido hoy.

Serán más o menos las siete y cuarto cuando vemos la moto de Tyler acercarse desde el final de la calle. Lleva una mochila bastante grande en los hombros. Me imagino que serán las cosas que se llevó cuando sus padres lo pusieron de patitas en la calle. Y gira para meterse en su garaje. Parece que al final Cam acertó con lo de que hoy seguro que ya lo dejaban volver a casa. Se quita el casco y nos mira, a unos diez metros de donde nosotras estamos.

—Ey —saluda y las dos le devolvemos el saludo con la mano—. ¿Estás bien, Ash? —me pregunta directamente a mí.

Le digo que sí sin dar más explicaciones. Entonces su madre sale a recibirlo mientras se termina de abrir la puerta del garaje y él ya no dice más, tampoco. Mete la moto y entra en casa con la señora Sparks.

Un cuarto de hora más tarde, Vanessa me señala el final de la calle con un dedo y yo vuelvo mi vista hacia allí.

—Ya me parecía que estaba tardando en aparecer —dice mi nueva amiga en tono burlón.

El coche blanco de Cam se acerca justo hasta quedar frente a nosotras. Lo para detrás del de Vanessa. Cuando se baja veo que lleva el pelo hacia atrás, aún mojado. Debe venir directamente de entrenar. Se acerca hacia donde estamos lentamente y Vanessa se pone de pie enseguida.

—Bueno, yo ya me voy yendo —se disculpa conmigo. Me aprieta levemente el hombro por un segundo—. Hasta mañana, Ash.

Le respondo sin mucho entusiasmo, porque, la verdad, sigo pensando que mañana no quiero ir a clase. Ella se cruza con Cam y le da un golpecito cariñoso en el costado, al que él responde con un «hasta mañana». Luego termina de recortar la distancia que nos separa, pero, en vez de sentarse, se agacha frente a mí.

—Eh —dice con una sonrisa muy leve—. ¿Estás bien?

Miro esos preciosos ojos verdes y me siento un poco mejor. Un poquito de paz para mi atormentada alma. No sé cómo lo hace.

—Siento lo que ha pasado —se disculpa él también.

—Bueno, no ha sido culpa tuya del todo —debo reconocer.

Él alza las cejas, un poco indignado en apariencia.

—¿Del todo? —me pide que me explique un poco más.

—En el fondo tienes como un cuarto de culpa, o algo así, porque eres tú el que insistió en introducirme en el grupo social y, sin eso, todo esto no habría pasado. Así que carga con tu responsabilidad. —Lo digo medio en broma, pero también medio en serio.

—Lo siento. No pensé que esas dos fueran a hacer algo así. Pasa de ellas, no se merecen conseguir hacerte daño, aunque quieran. Y, además, todo el mundo sabe cómo son.

—¿Sí? Pues tú fuiste el que me dijo que Jessica Harris ladraba mucho pero no mordía —le recuerdo.

Sonríe un poco. El imbécil. Como si le acabara de hacer mucha gracia.

—Esto no es morder, Ash. Esto es mear levantando la

pata para ver quién llega más alto. —Busca otro ejemplo en el mundo canino—. No dejes que lleguen más alto que tú —me pide con una mueca.

Yo asiento un poco, molesta por lo que me dice. ¿Qué pretende que haga?

—Entonces ¿qué? ¿Cómo coño meo yo más alto que ellas? Creo que aún no te has dado cuenta de lo bajita que soy —bromeo.

Y se ríe. Suave. Y su risa recorre mi interior para tranquilizarme un poco más. Es como si me dijera «no es para tanto, Ash. Aún nos podemos reír». Y quizá sea verdad.

—No quiero que mees más alto. No vayas intentando mear farolas por ahí, por favor —se burla—. Lo que deberías decirles es que no vas a entrar en el juego. Y nada más. Vales mucho más que ellas, aunque tú no te lo creas, Ashley Bennet.

Niego con la cabeza. Ni lo creo yo, ni lo cree nadie. Y es que ahora el problema no son ellas. Ellas eran el problema mientras planeaban esto y se dedicaban a poner fotos por los pasillos del instituto y las redes sociales. Ahora el problema va más allá de ellas. Ahora el problema es todo el mundo que está compartiendo y comentando y descojonándose a mi costa.

—Sí. Qué fácil es decir eso —replico—. Tú puedes no entrar en su juego, Cam. Porque tú eres un tío y, si la gente piensa que has echado un polvo conmigo, pues te dan una palmadita en la espalda y ya está. Pero cuando eres una chica las cosas no funcionan así. Y no es lo mismo ser el más macho que ser la más guarra del instituto. —Hasta me cabreo un poco a medida que lo digo. No puede ser más injusto.

—Olvídate de ellos y de lo que digan. Esto solo va a durar hasta que tengan un cotilleo nuevo sobre el que inventar *hashtags* estúpidos —me consuela—. Para mañana se habrá calmado, ya lo verás. Pasado mañana solo lo comentarán los más imbéciles. Y para después de las vacaciones de primavera nadie se acordará de esta gilipollez. Para cuando vuelvas de Japón esto habrá pasado a la historia.

—No voy a volver de Japón. —Me planto en plan dramático—. Voy a decirle a mi padre que me quedo a vivir allí con él, haré un curso intensivo de japonés y me graduaré allí.

Es una gran idea, ahora que lo pienso.

—No me rompas el corazón, monada —pide Cam poniéndose las manos sobre el pecho—. ¿Qué haría yo aquí sin ti? Necesito que me traigas mi *sushi,* ¿recuerdas?

Le empujo un poco y pierde el equilibrio, y cae de culo sobre el caminito de la entrada. No puedo evitar reírme. Está muy gracioso y pone cara de indignación al levantarse.

—Bueno, puede que vuelva para traerte algo japonés —concedo con una media sonrisa—. Pero al instituto no. Terminaré el curso estudiando desde casa —planteo un nuevo plan.

Tampoco suena mal.

—De eso nada. Mañana voy a recogerte aquí cuando pase a por Tyler y vas a entrar al instituto conmigo —me advierte—. Y si alguien quiere señalar y se quiere reír, que tenga huevos de reírse de los dos —decide, sentándose a mi lado en el escalón.

—Ni de coña. Lo único que me faltaba es que apareciéramos los tres juntitos a primera hora.

—No te voy a dar opción...

—Y encima no voy a volver allí para verles la cara a esas dos. No. Paso, gracias.

Cam se gira hacia mí y busca mis ojos.

—A esas dos no vas a tener que verlas —me tranquiliza, y yo frunzo el ceño—. Las han expulsado, obviamente. Tres días, ya sabes. Aunque como están por medio las vacaciones de primavera, creo que solo serán dos. Mañana y el viernes no van a estar ahí. Ya tienes una excusa menos para no querer acompañarme a clase —medio bromea.

—¿Las han expulsado? ¿Cómo? ¿Por qué? Yo no le he dicho a nadie que hayan sido ellas.

—No. Tú no. —Está de acuerdo—. He sido yo.

Lo miro con los ojos muy abiertos. ¿De qué narices está hablando?

—He hablado con el director. Y no te preocupes, ya les he dicho a ellas que he sido yo y no tú.

—¿Estás loco? —protesto, apartándome un poco—. Perfecto, es justo lo que me faltaba. Que ahora todo el mundo vaya por ahí diciendo que soy la protegida de Cameron Parker —bufo.

—¿Tan mal te parecería? —pregunta, pero noto ese tonito burlón en sus palabras y sé que está a punto de decir alguna tontería—. Siempre había pensado que a mí me quedaba el papel de guardaespaldas mejor que a Kevin Costner.

Tengo que sonreír. Porque ya no puedo hacer otra cosa.

—Eres un capullo —siseo.

—¿Cómo? ¿Solo eso? Creo que te has dejado el calificativo a medias —protesta, y se acerca a mí hasta que nuestras piernas se rozan—. Un capullo... ¿qué? —provoca.

—Eres un capullo adorable, Cameron Parker —reconozco con una sonrisita.

—Eso suena mucho mejor —dice, dulcemente.

Y me rodea los hombros con un brazo para estrujarme contra él. Me besa el pelo con cariño. Y, por primera vez en todo el día, me siento segura.

14
Style

—Buenos días —recibo el saludo al montarme en el asiento trasero del coche a las siete y veintiocho minutos de la mañana—. Podrías ir delante, tú has llegado primero.

Miro hacia delante y veo chispear esos ojos verdes cuando se encuentran con los míos. Niego levemente pero no digo nada. Mis esfuerzos por librarme de ir al instituto hoy han sido inútiles. Mi padre, ayer, en su llamada diaria, dijo que ni hablar. Mi madre ha dicho: «No flipes, Ash», como si fuera una de nosotros en vez de una cuarentona con dos hijos. Y Cam ha dicho: «Sal de casa y sube a mi coche si no quieres que entre a por ti yo mismo», en un mensaje de texto en cuanto ha parado el vehículo. Se podría decir que no he tenido mucha opción. Pero me aterra este momento. Me aterra pensar que dentro de media hora entraré de nuevo en esos pasillos y que toda la gente se volverá a mirarme y se reirá, justo como ayer. Estoy tan nerviosa que no puedo parar de agitar las piernas.

Tyler entra en el asiento del copiloto de un salto y tira la mochila a sus pies.

—¡Ey, tío! —saluda mientras cierra la puerta—. Hola, Ash. —Se dirige a mí en un tono más tranquilo, girándose para mirarme.

Los dos respondemos vagamente. Cam no arranca todavía y tiende una mano hacia mí.

—Préstame tu móvil.

No tengo fuerzas ni ganas para discutir a estas horas, así que lo desbloqueo y se lo tiendo. Lo conecta a su reproductor de música en unos segundos y me lo devuelve. Luego sale a la carretera para poner rumbo al instituto. Pasa la primera canción en cuanto se oye la primera nota, y no sé muy bien por qué lo ha hecho, pero se lo agradezco. Porque ir escuchando *Sparks fly* con Tyler sentado justo delante de mí podría ser fatal para mi sistema circulatorio.

—Siempre he sentido curiosidad por saber por qué salís de aquí antes que yo y llegáis al instituto más tarde que el autobús —comento distraídamente, por darme algo en qué pensar que no sea la humillación social.

Aunque ha sido quizá un poquito desafortunado y se podría transformar en extraordinariamente humillante si a Tyler le da por preguntarme cómo sé yo exactamente a qué hora salen ellos de mi calle. Qué guapita estás callada, Ashley. Pero mi quarterback no hace ningún comentario y es Cam quien responde mirándome a través del retrovisor con esos ojitos verdes expresando diversión.

—Vaya, vas a descubrir nuestro secreto mejor guardado —se lamenta en tono de broma—. El desayuno de los campeones...

—El desayuno de los superhéroes —entra en el juego Tyler.

—El desayuno de los triunfadores —sigue Cam.

—El desayuno de los titanes.

—El desayuno de los gloriosos.

—El desayuno de los temerarios.

—El desayuno de los insignes.

—El desayuno de los semidioses.

—El desayuno de los flipados —aporto yo frenando esta locura. Hasta a ellos tiene que estar pareciéndoles que se les está yendo de las manos.

Los dos estallan en carcajadas al oírme. Y, madre mía, es probablemente la mejor banda sonora que he oído jamás. Oscar para estos dos, por favor. Si me gustan sus risas por separado, oírlos así a los dos juntos ya podría hacerme reventar el corazón.

Y el desayuno de los valientes resulta que se sirve en una cafetería tres calles más allá del instituto. Cam aparca entre dos coches justo en la puerta del pequeño local.

—Voy yo, hoy —habla más con Tyler que conmigo—. ¿Ash? —Se vuelve a mirarme—. ¿Un *latte*?

Asiento, me enternece que se acuerde de cómo tomo el café, aunque haga solo cuatro días que me preparó uno en el lago Tahoe.

—*Macchiato*. —Señala a Tyler, y este asiente también—. Marchando.

Sale del coche y lo miro caminar hacia el establecimiento a través de la ventanilla. Es todo un bombón. Hoy lleva sus pantalones chinos negros con unas Converse oscuras y un jersey blanco cuyo tejido hace rayas verticales. Dejo de mirar cuando noto cómo Tyler se vuelve en su asiento para mirarme a mí. Él también es un auténtico adonis y va vestido con pantalones vaqueros desgastados, botas militares y una camiseta gris debajo de la chupa de cuero. Se arregla un poco el pelo al encontrarse con mi mirada, antes de hablar.

—¿Cómo estás? —me pregunta, y yo simplemente me encojo de hombros—. Siento no haber podido pasar a verte ayer. Tenía fiesta en casa —suspira con amargura.

—Da igual. Estoy bien. ¿Has arreglado las cosas con tus padres?

—Más o menos. ¿Vas a venir a la fiesta de mañana en casa de Troy?

Lo miro por unos segundos. ¿Va en serio? ¿Que si voy a ir a una fiesta con toda la gente que se lo está pasando en grande chismorreando sobre mí? No, gracias.

—No creo —digo vagamente—. Tampoco estoy para fiestas.

—Me gustaría que vinieras —confiesa, y me mira con bastante intensidad. Más de la que puedo soportar a las ocho menos veinte minutos de la mañana.

—Tyler, no vuelvas con lo mismo. —Casi se lo gruño. Porque estoy loca por él, pero no estoy de humor.

—Ashley, voy a dejar a Blair —asegura.

Clavo mis ojos en los suyos inmediatamente, sorprendida. No me esperaba eso. Y él no aparta la mirada ni un poquito. A lo mejor para intentar demostrarme que no va de farol. Pero, aun así, sigo teniendo la sensación de que suena exactamente igual que esos hombres que le prometen a su amante que se divorciarán, pero al final nunca lo hacen.

Cam vuelve a subir al coche antes de que yo pueda contestar nada. Trae una bolsa y una bandejita de cartón con los tres vasos. Reparte los cafés y luego abre la bolsa para sacar una cajita con fruta cortada y una bolsita algo más grasienta con bollería. Y toda la bollería lleva chocolate. Me conoce mejor que yo misma por lo que parece.

—Me he tomado la libertad de pedir que echaran unas virutas de chocolate por encima a tu café —me dice con media sonrisa.

Yo me veo en la obligación de devolverle una entera.

—Es usted muy atento, señor Parker.

Creo que he coqueteado un poco sin darme apenas cuenta y veo con el rabillo del ojo la cara que pone Tyler al escuchar cómo hablo con su amigo. Pero no dice nada.

—Y normalmente el desayuno de los campeones se limita a la fruta como deportistas sanos que somos —medio bromea el moreno—. Pero hoy es un día especial, ya que tenemos invitada.

Cuando pone el coche en marcha me sorprende pasando canciones hacia delante hasta parar en una en concreto.

—Esta es tu canción de motivación para afrontar el día de hoy.

Sonrío. Pero hoy no voy a cantar. Con Tyler delante no. Aun así, creo que ha elegido la más adecuada. *Shake it off*.

Hora del almuerzo y mis amigas no paran de rememorar emocionadas cómo la gente apenas se ha atrevido a soltar unas risitas y murmurar muy bajito cuando yo he entrado en escena. Porque Cameron Parker me llevaba de la mano, y no creo que nadie quiera enemistarse con el tío más popular. Y, la verdad, que casi se ha convertido en mi guardaespaldas durante todo lo que va de mañana. Al menos ahora me ha dejado pasar un rato tranquila con mis amigas y él está con los chicos del equipo. Y Tyler también.

—No entiendo por qué yo no estoy invitada a esa fiesta. —Emily está protestando—. Alguna de vosotras me puede invitar, ¿no? —Lo intenta mirándonos alternativamente a Mia y a mí.

Nos encogemos de hombros. Nosotras somos meras invitadas. No tenemos el poder de convocatoria. Y, de todas maneras, yo ni pienso ir a la estúpida fiesta de mañana en casa de Troy Cruz.

—Yo no voy a ir —dejo claro.

—Por favor, Ashley, tienes que venir —insiste Mia en su súplica una vez más—. ¿Qué hago yo ahí sin ti?

—¿Y qué hago yo ahí con la estúpida de Jessica y la bruja de Blair? —respondo en forma de pregunta—. Y con una panda de idiotas que no van a parar de reírse de mí.

Y si solo fuera eso. Porque esta mañana me he encontrado un montón de notas en mi taquilla con números de teléfono de muchos pero muchos tíos por si me apetece hacerles «una mamadita» a ellos también. Y, mientras Cam estaba conmigo, no se han atrevido a decirme nada de viva voz, pero los he visto mirarme. Y no ha sido agradable. Para nada.

—Si no vas, ellas ganan —me recuerda Grace.

Y me suena. Porque eso Cameron ya me lo ha dicho unas cuantas veces hoy.

—Estaré yo —insiste Mia—. Y Gina. Y Cam. Creo que los chicos del equipo están bien advertiditos de cuidar de ti. —Sonríe—. Si tienes a medio equipo de fútbol de tu parte no habrá quien pueda meterse contigo.

—Sí, todos son muy agradables hasta que se beben dos copas de más —gruño—. Recuérdales tú lo que les han pedido los capitanes cuando estén borrachos. Voy a tener peticiones de mamadas hasta de la mascota.

Mis amigas se ríen. Las bobas de ellas. Y yo no estaba bromeando. Y no me hace mucha gracia.

—A lo mejor alguna te interesa —insinúa Emily.

Le enseño el dedo medio de la mano derecha. Y ellas se ríen todavía más.

—¿Y por qué Gina tiene poder para invitarte a ti y tú no tienes poder para invitarnos a Em y a mí? —Grace sigue a lo suyo hablando con Mia, tras unos segundos.

—Ya. Porque a Gina la invita Vanessa y yo voy de pegada.

—No sabía que Vanessa era amiga de Gina —digo yo distraídamente bebiendo el último sorbo de Coca-Cola.

—Ash, es su prima —me hace saber Mia, mirándome como si tuviera algún problema grave, una enfermedad incurable, Alzheimer avanzado.

—¿Ah, sí?

Y todas suspiran mientras sueltan un «joder, Ash» generalizado. Va ser verdad que este instituto no es mi sitio. Yo nunca me entero de nada.

Acaba la hora del almuerzo y, cuando voy a adentrarme en los pasillos, alguien se materializa a mi lado y avanza conmigo. Mi primera impresión es que es Cam, no se me podría ocurrir otra cosa, pero al girarme esperando encontrar esos ojitos verdes no es él a quien veo, sino a Tyler Sparks.

—Segundo turno de guardaespaldas —me dice con una sonrisa traviesa—. Espero que no te moleste que ahora sea yo.

—Eh... no —digo, y me apresuro a aclarar—: No. Claro que no. Pero no hace falta que me sigáis por los pasillos como si fuera la puñetera reina de Inglaterra.

—Ni de coña. Solo lo hacemos porque tú eres más guapa —bromea.

Sí, lo dice en tono de broma. Pero a mí ya se me están colapsando un poquito los pulmones. Acuérdate de respirar, Ashley.

Y menos mal que estoy intentando centrarme en la respiración porque un tío que pasa a mi lado me da un golpe en el hombro al cruzarnos y casi me la corta de cuajo.

—Perdona —dice, y luego se agacha un poco para hablarme más directamente—. ¿Solo te follas a los del equipo de fútbol o los de baloncesto también tenemos posibilidades? No le haría ascos a una mamada, dicen que las haces de lujo.

No me da tiempo a contestarle porque, antes de que pueda ni siquiera procesar lo que está pasando, Tyler ya le ha hecho un placaje en toda regla y lo ha estampado contra una hilera de taquillas, que resuenan a lo largo del pasillo. Y cuando los miro lo tiene cogido por el cuello de la camiseta y parece que está apretando bastante.

—Cierra la boca, payaso, y desaparece de aquí antes de que me dé tiempo a contar hasta tres —le advierte antes de soltarlo.

—Perdona, tío. —Sonríe burlonamente levantando las manos y dando un paso a un lado—. No sabía que la querías egoístamente para ti solito, como con Cameron Parker lo compartes todo. Pero si te la quieres reservar solo para ti es porque debe de ser una putita de lujo, ¿no?

Veo cómo la mandíbula de Tyler se tensa por momentos. Y sé que cada vez está más cerca de estallar. Y ya ni me preocupa lo que el imbécil del baloncesto esté diciendo sobre mí, porque estoy más pendiente de la reacción de mi amor. Porque sé que no es famoso por su paciencia, precisamente, y sí por tener la mecha muy corta. Y no le deja decir nada más antes de soltarle un puñetazo con la mano derecha, directamente a la nariz. Su rival se balancea un poco, pero no llega a caerse y no tarda nada en lanzarse contra él. La pelea atrae a un montón de público, que parece que se divierte mucho con el espectáculo y ni intenta mediar. Así que soy la única que se esfuerza por hacerse oír por encima del gentío para pedirle a Tyler que pare de una vez. No quiero que se pelee por mí. Esto no es lo que yo quiero. Intento agarrarlo del brazo y tirar de él, pero ha llegado a tal nivel de rabia que seguramente ya ni sabe por lo que se está peleando. Se libra de mí empujándome hacia atrás y yo me golpeo con la puerta de una de las taquillas en el costado. Y veo las estrellas. Casi literal.

En ese momento justamente Cam aparece a mi lado y me saca del corro de gente con mucha más delicadeza de la que acaba de mostrar su amigo.

—¿Estás bien? —me pregunta buscando mis ojos.

Yo solo asiento, porque soy incapaz de hablar, y él asiente también y desaparece de mi lado tan rápido como ha aparecido. Lo veo por entre la gente metiéndose entre los contrincantes para intentar separarlos. Y, al final, se lleva un par de golpes de lo más inmerecidos, pero consigue sacar a Tyler de la pelea a empujones. Se paran muy cerca de mí mientras alguien se lleva al otro imbécil hacia el otro lado del pasillo. Cam tiene sangre en el labio y Tyler no parece sangrar de ningún sitio, pero se le ven varias marcas en la cara y tiene los nudillos totalmente rojos.

—¿Eres gilipollas? ¿Quieres que te vuelvan a expulsar? —le gruñe Cam.

—¡¿Qué coño quieres?! —grita Tyler de vuelta—. Alguien le tenía que partir la cara a ese hijo de...

Su mirada se cruza con la mía y entonces se calla. Siento que Cam me mira también, pero estoy un poco enganchada a esos ojos avellana y mi cuerpo no me permite devolverle la mirada.

—¿Estás bien? —pregunta Tyler.

Y es la primera vez que le escucho usar ese tono, entre tierno y preocupado, conmigo. Asiento lentamente con la cabeza.

—¿Y tú? ¿Estás bien?

Asiente igual que yo, pero, aun así, me acerco para comprobarlo por mí misma y le pongo la mano sobre la mejilla, donde tiene una marca que va a convertirse en algo un poco feo con el paso de las horas. A mi lado oigo un gruñido frustrado. Pero para cuando consigo liberarme del secuestro que me ha impuesto el color avellana, Cam ya no está en ningún lugar a la vista.

Por supuesto que el viernes por la tarde a la hora a la que empieza la fiesta, yo ni me he vestido, ni tengo intención de hacerlo. Por muchos mensajes de voz que me mande Mia repitiendo «por favor, por favor, por favor, por favor». Está dejando de tener sentido para mí.

El sonido de un claxon, que suena una sola vez, me hace asomarme a la ventana sacando medio cuerpo fuera. Todo para alcanzar a ver cómo Cameron se baja de su coche, y no viene solo.

—Mierda —mascullo, volviendo dentro de mi habitación, y cierro la ventana de golpe.

Uno, dos, tres. Timbre. Uno, dos, tres. Mi madre.

—¡Ashley! ¡Ha venido Cam!

Me asomo a las escaleras, con cara de circunstancias. No me lo puedo creer. Me va a ser imposible librarme de esa fiesta. Porque Cameron Parker es muy pesado. Pero si a eso le sumas el poder de persuasión de Vanessa Miller, puedes darte por perdida.

—¡Hola, Ash! —saluda ella alegremente.

Y, mientras, Cam está charlando con mi madre en voz baja. Y yo me los estoy imaginando con eso de que me traerá sana y salva después de la fiesta y que ella no espera menos de él y que si lo importante es que nos lo pasemos bien. Casi pongo los ojos en blanco incluso sin estar oyéndolos. Se hicieron aún más amiguitos en la charla que tuvieron el miércoles antes de que él se fuera, mientras hablaban de quién había sido el culpable de mi humillación pública y de lo que había de verdad y mentira en ello, y después de que Cam prometiera que cuidaría de mí en el instituto.

—Eh —me saludan sus ojitos verdes poco después—. Te he traído a la mejor estilista que conozco para que te asesore porque sé que no tienes muchas ganas de fiesta y no te vas a esforzar mucho en tu apariencia en estas circunstancias. Os doy un rato para que os pongáis bellas —termina en tono burlón.

Y mi madre le ofrece algo de beber. Y los dos se van a la

cocina. Espero que no acaben enrollándose sobre la mesa, porque vaya dos. Ugg, Ashley, qué pensamiento tan asqueroso.

Vanessa sube corriendo las escaleras hasta mí y la guío hacia mi habitación. En el fondo, la pobre no tiene culpa de nada y solo ha venido para ayudar. El liante es el que está en la cocina disfrutando de la limonada casera de mi madre.

—Este vestido es perfecto —opina Vanessa mientras lo saca de mi armario.

Cómo no. Una de las elecciones de Cam del día que fuimos de compras. Negro, con escote en pico y la falda bastante corta, aunque menos ajustado que el que me puse para la fiesta anterior. Yo me meto al baño para cambiarme. Ropa interior y todo, que con esos vestidos tan cortos una nunca sabe cuándo se le van a ver las bragas y hay que ir preparada para todo. De hecho, me pongo mi conjunto negro con encaje en los bordes. Es el más bonito que tengo, eso seguro. Y probablemente el más sexy también. El vestido me queda muy bien, tengo que reconocerlo. Y luego Vanessa me maquilla y se maquilla, porque la tía es una artista de la chapa y pintura. Finalmente, me peina con un moño alto que llega a recoger todo mi pelo, hasta la capa más corta, pero deja algunos mechones desordenados sueltos. Creo que no me había visto tan guapa jamás.

—Van a estar allí, ¿no? —le pregunto cuando me mira de frente para admirar su obra.

—¿Quién? —murmura como si no supiera perfectamente de lo que le estoy hablando.

—Vanessa...

—Supongo que Blair se dejará caer por allí con Tyler.

A mí se me encoge el corazón. Hasta duele. Y es que Tyler me dijo que iba a dejarla. Y se supone que estaba enfadado con ella después de lo que hicieron. Pero hasta donde yo sé, siguen juntos.

—Jess no va a venir —añade, y yo alzo las cejas con sorpresa—. Cam no quiere verla ni en pintura, Ryan le ha retirado la palabra temporalmente «como medida disciplinaria» —imita a su amigo—. Y yo le dije que paso de movidas en esta fiesta y que mejor se quedara en casa. Así que Troy le ha pedido que no aparezca por allí hoy. Creo que no le ha sentado demasiado bien. Pero va siendo hora de que asuma las consecuencias de sus actos, es como una niña malcriada. Con Blair no podemos hacer nada, Ash. Eso es cosa de Tyler. Troy no se atrevería nunca a decirle a sus amigos a quién pueden o no llevar a sus fiestas.

Y lo dice en tono de broma. Pero me parece que va muy en serio. Probablemente Troy no se atreva a pedirles que dejen a sus novias en casa, aunque las novias sean unas brujas y la fiesta sea en su casa.

Me siento un poco mejor sabiendo que, al menos, me libro de una de dos. Aunque sepa que con ellas no se acaba el problema. Pero tampoco voy a sentirme tan sola y fuera de lugar allí. Estarán Mia y Gina, y sé que Troy y Ryan no serán desagradables conmigo. Tampoco Vanessa. Y, claro, viene Cam. Aunque lo de que Tyler se presente allí con la bruja es algo que no va a facilitarme la noche. Ya no hay vuelta atrás. Después del tiempo y el trabajo que Vanessa me ha dedicado tengo que ir a esa maldita fiesta. Y Cameron no me dejaría negarme a ir, de todos modos.

Vanessa lo llama cuando bajamos las escaleras. Mi madre y él aparecen enseguida. Él me mira serio por unos segundos y, al notar mis ojos fijos en él también, me sonríe. Luego se nos acerca a las dos, pero habla solo conmigo, en voz baja.

—Estás muy guapa —me piropea.

Veo a Vanessa sonreír. Ya está otra vez con eso de «¿seguro que no hay nada entre vosotros?». Yo le doy las gracias al caballero que tengo enfrente, que también va bastante guapo, si tengo que ser sincera. Esta vez no lleva zapatillas deportivas sino algo un poco más elegante, aunque no dejan de ser zapatillas con aspecto de zapatos. Y los chinos azules que le quedan tan bien. Y una camisa blanca con cuadritos pequeños que le marca muy bien los bíceps.

—Qué guapas os habéis puesto, chicas —dice mi madre sonriéndonos a las dos—. Anda, venga, salid y pasadlo bien. ¿No pasarás frío, cariño? —Se mete en todo su papel de madre mirándome preocupada.

Levanto la mano derecha para que vea que llevo una cazadora. Parece que se queda satisfecha.

—¿Nos vamos, chicas? —propone Cam.

Echamos a andar hacia la puerta y vuelvo a oír la voz de mi madre a nuestra espalda.

—Si bebes algo no cojas el coche —le advierte a Cam.

—Claro que no, señora Bennet —dice él con su mejor voz de niño bueno—. Hoy me toca a mí ser el taxista. No bebo por si alguien necesita que lo lleve a casa.

Uy, no tiene que decir más. Para mi madre ya es el chico más encantador del mundo. Y eso que decir «hoy no bebo» implica que otros días sí lo hace. Pero, vaya, eso a mi madre le da igual. Solo oye lo que quiere oír.

Cam abre el coche con el mando a distancia, y le hace un gesto con la cabeza a Vanessa para que vaya avanzando hacia allí.

—Ahora vamos —asegura. Se me planta delante—. Ash —me habla en voz más baja—, sé que he venido hasta aquí y soy un auténtico coñazo, y que he traído a Vanessa para meter más presión, y que soy muy insistente con la fiesta. Pero si de verdad no quieres ir... si te va a hacer sentir mal, pasamos de la puta fiesta —ofrece, y sonrío un poco al oírlo, es una monada—. Llevamos a Vanessa y nos vamos tú y yo a algún sitio donde podamos respirar.

—Respirar —repito, y sonrío más.

Él también sonríe en respuesta a mi gesto.

—Sí. Respirar —dice otra vez.

Nos miramos a los ojos. Y, si no fuera porque la pobre Vanessa está esperando en el coche, me podría quedar aquí toda la noche intentando contar todos los tonos diferentes de verde que componen esos ojos tan increíbles que tiene Cameron Parker. Pero alguien nos está esperando.

—Me gustaría —aseguro a media voz—. Pero creo que quiero ir a la fiesta. Si no voy, ganan ellas, ¿no?

Cam asiente. Y no sé si está satisfecho por conseguir que ceda y vaya a la dichosa fiesta, o decepcionado porque no prefiera irme con él a respirar por ahí, a solas.

En cuanto entramos en el coche Vanessa me tiende una lata de cerveza, desde el asiento de atrás, para que me vaya poniendo a tono con lo que nos espera en la fiesta. Cameron protesta y nos advierte sobre que tiene prohibidísimo que se consuma alcohol en su coche. Nosotras nos burlamos de él y brindamos por el bautismo alcohólico del Honda. Y él termina olvidándose de protestar, pero, según dice, solo cede porque estamos muy guapas y porque las chicas borrachas son su punto débil.

Cuando llegamos a casa de Troy, la fiesta está ya bastante concurrida. Y esta vez, cuando estamos ante la puerta, es Vanessa y no Cam quien me coge de la mano para guiarme dentro. Troy nos abre y le da a Vanessa un increíble beso de tornillo antes de dejarnos pasar. Casi me hacen sentir incómoda, ahí con la mano en la mano de la chica besada. Pero luego Vanessa me guía hacia el interior, primero a guardar las chaquetas y su bolso repleto de maquillaje en la habitación de Troy. Y, después, a por algo de beber. Me cruzo con un montón de caras conocidas y, por el momento, nadie dice nada sobre el asunto de mi supuesto trío. De momento. Ryan hasta me abraza y me hace dar un par de vueltas bailando antes de dejarnos ir a la mesa repleta de bebidas que hay detrás de la barra de cocina americana. No veo a Tyler por ninguna parte. Tampoco a Blair, y eso está bien. Vanessa me está preparando una mezcla de tequila y cerveza («cortito de tequila», dice ella, aunque la veo inclinar mucho la botella), cuando alguien se me cuelga del cuello desde la espalda. Le abrazo los brazos con mucho entusiasmo y hasta le doy un mordisquito en la muñeca antes de volverme. Es Mia, claro. Y ya lleva más de dos cervezas, por lo que puedo ver.

—¡Tía, has venido! —exclama contenta—. Qué guapa estás.

—Obra de Vanessa —reconozco.

Las dos miramos a la aludida, que sonríe orgullosa. Y ahí está Gina, al lado de su prima. Así que la saludo y parece muy contenta de verme, también.

—Un chupito y brindemos por la maravillosa Ashley, que ha conseguido que toda chica con leves o medios problemas de autoestima descubra que sí, ¡que es posible follarse a los tíos del equipo de fútbol! —bromea Gina, y el oírla decirlo así me hace reírme de lo que ayer me parecía la mayor desgracia que me podía haber sucedido.

Vanessa llena cuatro vasos de plástico con solo un culito de tequila y cada una cogemos uno para hacer el brindis.

—¡Todas conmigo! —nos pide Gina que entonemos.

Y me uno a ellas, dejando atrás mi desgracia por un rato después de tres días de infierno.

—¡Es posible follarse a los tíos del equipo de fútbol!

Y gritamos tanto que mucha gente silba en respuesta y los tíos del equipo que hay alrededor nos dan la razón, entre risas.

—¡Lo difícil es no follárselos! —Oímos una voz al fondo de la sala.

—Qué fácil lo tenéis todo, las tías. —La voz de Ryan llega justo desde detrás de mí, haciéndome reír.

Y no es el único chupito, ni el único brindis. Ahí paso largo rato, junto a la mesa de las bebidas, brindando y bailando con estas tres chicas. Y me alegro de haber venido. Porque podría haberme perdido esto.

Estoy bailando con Gina cuando noto unos brazos rodeándome la cintura. Me aprietan un poco contra el cuerpo musculoso que tengo detrás y me llega su susurro al oído derecho.

—¿Lo estás pasando bien, princesa?

Ese tono burlón. Ese «princesa» que suena tan canalla que me dan ganas de hacérselo olvidar a base de... No sé muy bien de qué. O sí, pero esto no es lo que debería tener ganas de hacerle.

Me suelta cuando me giro hacia él. Y, aunque tendría que protestar por ese calificativo y por esas confianzas que se está tomando últimamente para tocarme y abrazarme, tengo que dejárselo pasar y sonreír, como si me hubiera convertido en su reflejo.

—Lo estoy pasando muy bien. Gracias, caballero. ¿Y tú qué tal?

Jugueteo con el primer botón abrochado de su camisa. Y sé que no debería estar haciéndolo. Pero es que, ahora mismo, tontear con Cam es lo único que me pide el cuerpo.

—Bueno, no tan bien como tú que estás bebiendo... —Coge mi vaso y lo huele antes de torcer el gesto y volver a ponérmelo en la mano—. Vanessa, ¿no? —adivina—. Tequila y cerveza. ¿Estás segura de que te quieres beber eso? Has empezado fuerte.

—Estoy segura de que necesito beber esto —respondo, y debe de ver en mis ojos que beber para olvidar y pasármelo bien en un sitio que hace dos horas me daba pánico es lo que me conviene, porque asiente.

—Muy bien. Tendré que cuidar de ti, entonces.

Alzo la mano y le aparto con cuidado un mechón oscuro de encima del ojo derecho. Él me sigue clavando la mirada en las pupilas y yo le sonrío, pero permanece serio.

—Eres mucho mejor guardaespaldas que Kevin Costner —aseguro—. ¿Y tú? —indago entonces quitándole el vaso que lleva en la mano para olerlo como ha hecho él con el mío. No me huele a alcohol—. Recuerda que le has prometido a mi madre que no ibas a beber.

Suelta una carcajada. Pruebo su bebida.

—¿Coca-Cola? Cameron Parker, eres el más pringado de esta fiesta.

—Alguien tiene que permanecer sobrio para llevarte a ti a casa cuando vayas a gatas por el suelo —se burla, recuperando su vaso—. Ash —me llama entonces, y yo vuelvo a clavarle los ojos—, estás preciosa esta noche.

Me estiro aún un poco más sobre los tacones y le beso la mejilla, justo al lado de la comisura de la boca. Donde él me besó en el juego de verdad, acción o resacón. Cuando voy a apartarme lentamente, noto cómo pone sus manos sobre mis caderas, una transmitiéndome calor, la otra haciéndome notar el frío del vaso que sostiene. Y lo pierdo todo de vista. Me da igual dónde estemos, o quién esté alrededor. Me da igual que todo el mundo piense que me acuesto con él y con su amigo al mismo tiempo. Me da igual absolutamente todo porque mi cuerpo ya está vibrando y, si Cameron Parker me besa ahora mismo, sé que va a ser el mejor jodido beso de mi vida.

Pero el jaleo que se está formando en un segundo en la puerta principal nos hace volvernos a los dos a mirar. Cam aparta sus manos de mí. Y yo noto cómo el corazón se me cae a los pies, al suelo, o más abajo, cuando veo que el efusivo saludo de los jugadores del equipo es para un recién llegado

Tyler. Y que el recién llegado Tyler trae a una bruja de la mano. Blair Wells. Tan tranquila. Tan falta de remordimientos. Y tan dueña del chico que ayer me dijo que iba a dejarla. Tengo que respirar hondo, pero en cuanto lo hago me doy cuenta de que con eso no va a ser suficiente. Y bebo un trago bien largo del vaso que tengo en la mano. A mi lado, Cameron suspira pesadamente. Lo miro y su actitud ha cambiado por completo. De relajado, cercano y juguetón a serio y distante. Trato de interrogarlo con la mirada.

—Pásalo bien, Ash —me desea. Se inclina un pelín y me besa la mejilla suavemente—. Búscame si me necesitas. Y contrólate con el tequila, ¿vale?

—¡Cam! —lo llamo cuando se aleja dando grandes zancadas.

Pero ya no me oye. O hace como si no me oyera.

—¿Seguro que no hay nada entre Cameron Parker y tú? —Oigo una vocecita, ligeramente burlona, en mi oído.

Y esta vez no es Vanessa. Es su prima Gina. Se les nota que comparten genes.

Tyler no se acerca a hablar conmigo. Cruzamos tan solo un par de miradas. En la primera parece muy sorprendido de verme aquí, pero también un poco cortado. Supongo que es normal, al fin y al cabo, le dije que no iba a venir a la fiesta, así que supuso que no había necesidad de esconder a la bruja. Menuda pillada, Tyler Sparks. La segunda mirada es una de las de siempre, de las de miradita y sonrisa. Pero yo no se la devuelvo. La sonrisa. Me la guardo para mí porque él tiene el brazo en torno a la cintura de su novia, y eso no es en lo que habíamos quedado.

15
Better than revenge

Llevo ya dos tequilas con cerveza, tres chupitos y la cerveza que me he bebido en el coche de Cam, cuando subo con Vanessa al baño de la habitación de los padres de Troy. La puerta de ese cuarto tiene una cinta que la cruza de un lado al otro del marco y un folio pegado con una imagen impresa de prohibido el paso. Pero para eso voy con la persona más enchufada de la fiesta. La novia del anfitrión tiene acceso ilimitado a toda la casa. Y yo estoy con ella. Tengo que reconocer que ya estoy bastante borracha. Pero me siento bien. Y aún siento que tengo bastante control de mí misma, cosa que me sorprende un poco, pero me enorgullece. Mi tolerancia al alcohol debe de estar mejorando. Vanessa pasa al baño primero. Cuando yo salgo está sentada en el colchón de la cama y me tiende mi vaso. Mi tercer vaso de tequila con cerveza. Da dos pequeños golpes a su lado en la cama. Y yo me siento.

—A veces necesito descansar cinco minutos de las fiestas —me explica. Y a ella también se le nota contenta a estas alturas. Claro que ella se ha bebido casi dos copas más que yo—. Esa música que ponen los tíos es un horror.

Y luego ríe.

—Bueno, yo lo estoy pasando bien. Pensaba que esta fiesta iba a ser un infierno y que todo el mundo me iba a señalar y a reírse de la chica de las mamadas que no sabe decidirse entre los dos capitanes del equipo de fútbol...

—¿Y sabes?

Alzo las cejas al mirarla.

—¿Sabes decidirte entre los dos? —pregunta, pero no me molesta que lo haga. Lo pregunta como me lo preguntaría Emily y eso me da confianza—. Sé que dices que Cam y tú solo sois amigos. Y sé que es eso lo único que sois ahora mismo, pero tengo dudas razonables de que puede que eso no sea exactamente lo que queréis ser —expone.

—No lo sé. —No me queda más remedio que admitirlo. El alcohol me empuja a decir la verdad—. Cam me confunde un poco. Y Tyler... lo de Tyler es complicado —suspiro—. Soy de verdad la mosquita muerta que no sabe decidirse, ¿no?

Vanessa suelta una carcajada.

—Eh, Ash —me habla en tono cariñoso—. Aunque te gustara todo el jodido equipo y tuvieras ganas de tirártelos a todos... menos a mi novio —puntualiza señalándome con un dedo.

—No. No. A tu novio no —aseguro muy seriamente, pero luego las dos nos reímos.

—Te tiraras a quien te tiraras o a cualquiera que te quisieras tirar, eso no cambia que eres una tía de puta madre, Bennet. —Casi me emociono al oírla—. Y yo no soy quién para juzgar. Estás hablando con la tía que se ha tirado a tres de los cuatro tíos que componen su grupo de amigos. Y el cuarto es gay.

Lo dice muy seria, pero cuando nos miramos no nos queda más remedio que estallar en carcajadas.

—Cam es un gran tío, Ashley —dice al quedarse seria de nuevo—. En serio, un gran tipo. Le da mil vueltas a Tyler Sparks en muchos sentidos.

—Ya, pero llevo loca por Tyler cuatro puñeteros años —me lamento. Ella me mira con media sonrisita—. Cam no está interesado en mí, Vanessa —añado a mi razonamiento.

—¿Segura? A mí no es esa la impresión que me da —opina.

Intento pensarlo por un momento, pero finalmente me supera un poco y niego con la cabeza.

—¿Y qué pasa con Tyler?

—Tyler ayer me dijo que iba a dejar a Blair —le cuento amargamente y tengo que darle otro sorbo a mi copa—. Pero ya lo ves...

—¿Te dijo que iba a dejarla por ti?

Sonrío ante su reacción. La entiendo. Parece absurdo desde cualquier punto de vista pensar algo así.

—Bueno, no dijo eso exactamente, pero supongo que más o menos ese venía a ser el mensaje, sí.

—¿Y se presenta aquí con ella esta noche como si nada?

Casi está indignada. Y yo sonrío al verla así. Al menos tengo una aliada más de mi parte.

—Volvamos a la fiesta —le pido, porque empiezo a ser consciente de que ya he hablado más de la cuenta—. Tengo que vigilar a Mia y sus chupitos de tequila.

Y se me hace evidente que Mia necesita un poco de vigilancia, o al menos compañía, cuando volvemos a perdernos entre el gentío que llena la planta baja y parte del jardín de la casa de Troy Cruz. Es precisamente Troy el primero con el que hablamos. Y la última vez que lo había visto estaba con Cam, pero ahora este último ha desaparecido.

—¿Dónde está Cam? —le pregunta Vanessa casi a modo de saludo.

—Ha ido a acercar a tu prima a casa con el coche. Debe de estar al caer ya, hace un ratito que se han ido.

—¿A Gina? —preguntamos las dos a la vez.

Mierda, tengo que encontrar a Mia. Porque si Gina se ha ido a casa eso solo puede significar que algo ha pasado. Y que mi amiga está sola por algún rincón de esta fiesta. Le doy un apretón leve en el brazo a Vanessa para que sea consciente de que me marcho de su lado mientras oigo a Troy replicar «¿Cuántas primas tenías en esta fiesta?». Doy un par de vueltas buscando en todas las caras, pero no doy con ella. Recibo algún que otro comentario grosero en relación con mi nueva e inmerecida fama, pero decido ignorarlos como si oyera llover. Y no podía haber buscado mejor comparación porque, cuando salgo al jardín para seguir buscando a Mia, puedo notar cómo empieza a caer una lluvia fina sobre la ciudad. Mi amiga tampoco está aquí. Veo el coche de Cam acercarse desde mi izquierda por la carretera, pero ahora no tengo tiempo de esperarlo. Lo veré luego. Marco el número de Mia en el móvil mientras entro de nuevo en el salón. Da tono, pero ella no contesta. Tengo que esquivar a unos cuantos bailarines y a un par de parejas que no han encontrado mejor lugar para meterse mano que la pista de baile. Y la veo. Está sentada en el borde de un sofá que ha sido retirado hasta la pared y bebe de un vaso de plástico con la vista clavada en el frente. No creo que esté mirando nada, en realidad.

—Mia —llamo su atención al parar frente a ella. Me mira, pero no dice nada—. ¿Qué ha pasado?

—Soy una cobarde, Ash —se lamenta—. Y no soy capaz de reconocer que me gusta una chica y que quiero ir con ella al baile. Y debería darme igual lo que piense la gente, pero es que no... Es que no me da igual.

Se levanta. Parece bastante enfadada y diría que es consigo misma. Murmura entre dientes que se va a ir a casa y echa a andar hacia las puertas de cristal abiertas que comunican con el jardín.

—Espera. —La alcanzo casi en la puerta y la sujeto del brazo—. Cuéntame lo que ha pasado con Gina. ¿Por qué se ha ido a casa?

—Hemos discutido. Iba a darme un beso y yo me he acojonado y le he dicho que aquí no. Aquí no —repite—. Y dice que está harta de esconderse y que no lo seguirá haciendo ni por mí ni por nadie. Creo que ha cortado conmigo —dice, no del todo segura—. Me ha dicho que no vuelva a molestarme en llamarla hasta que salga del armario. —Suelta una especie de risita irónica, pero es más como un gemido al final.

—¿Y por qué no la has besado? —presiono yo.

—¿Que por qué? —se sorprende, y señala a nuestro alrededor—. Mira dónde estamos, Ash. Esto está lleno de gente. Gente que no pierde la oportunidad de meterse con alguien que no sea como ellos. Con alguien diferente. Y no quiero ser ese alguien, no quiero ser a la que señalen por el instituto.

—Yo tampoco. Y mírame —trato de animarla un poco. Pero ni siquiera sonríe—. Mia, no puedes dejar de ser quien eres solo por lo que piense la gente. Me lo dijiste a mí, y a Em y a Grace.

Ella asiente levemente con la cabeza.

—Sí, pero sois vosotras. No todo el resto del mundo.

—Precisamente —digo en un tono más dulce, y me mira a la cara interesada—. Nosotras. Las que importamos de verdad. Todo el resto de la gente que hay aquí, todo el resto del instituto, pueden irse todos a la mierda. Ellos y lo que piensen de ti. Lo importante es lo que pienses tú.

—Sé que tú has sido muy valiente viniendo a esta fiesta y demostrándole a todo el mundo que no te importa lo que vayan diciendo de ti por Twitter. Pero no lo entiendes. No lo entiendes porque no es lo mismo ser la que se tira a los chicos del fútbol que la que besa a otra chica en medio de una fiesta. No, porque tú sigues siendo hetero y mientras seas hetero no pasa nada, ¿sabes?

—No seas injusta —le pido—. ¡A la mierda con el mundo, Mia! A la mierda con ser hetero o con ser gay. Somos personas, tú y yo. Yo no te he puesto ninguna etiqueta. Me sigues encantando tú, sigues siendo exactamente la misma que eras hace un mes, y me encanta Gina y no quiero que la pierdas por algo como no poder darle un beso en una fiesta por el qué dirán. ¡A la mierda con ellos! —grito algo más alto, y un par de chicos que pasan por nuestro lado me dan la razón, aunque no saben de qué hablamos.

—Me da miedo —se lamenta Mia y me da la impresión de que está a punto de llorar—. ¿A ti no te daría miedo?

—A mí también me da miedo. —Estoy de acuerdo—. Pero si tienen que hablar que hablen. Vamos a salir del armario, Mia Logan. Vamos a decirles a estos gilipollas que no somos heteros ni lesbianas ni bisexuales ni nada que se pueda etiquetar. —Creo que habla más el tequila que yo, pero me siento muy valiente en este momento y quiero que Mia sepa que ella puede serlo también—. Somos Mia y Ashley y hacemos lo que nos da la gana porque nos da absolutamente igual lo que piensen estos imbéciles.

—¿Nos da igual? —Lo duda por unos segundos.

—A mí sí. ¿Y a ti?

—A mí también. —Trata de sonar tan segura como yo.

Me acerco y le pongo una mano en la nuca antes de tirar de ella hacia mí y atrapar sus labios con los míos. Sabe a cerveza y a ron y tiene los labios mucho más suaves que los tíos que yo he besado a lo largo de mi vida. Está un poco insegura al principio, pero, cuando oímos el silbido de un tío junto a nosotras, intensifica la presión de sus labios contra los míos, dándole más motivos para silbar. Creo que las dos somos conscientes de la atención que nuestro beso está recibiendo; tanta, que pronto tenemos un corrillo de tíos salidos a nuestro alrededor jaleándonos para que sigamos. Y lo hacemos. Solo para provocar un poco más. Solo para demostrarnos a nosotras mismas que podemos hacer esto y que nos da igual lo que piensen. Jugamos con los labios de la otra todo lo que nos apetece mientras ignoramos los comentarios groseros que proliferan a nuestro alrededor. Incluso escuchamos lamentos decepcionados cuando nos separamos.

Mia me mira con los ojos tan abiertos como un conejito asustado. Pero puedo ver en el azul de sus pupilas una chispa de decisión. De valentía. De orgullo.

—Ahora vete a buscar a Gina y dile que has salido y que has cerrado el puto armario con dos vueltas de llave —la animo.

Mia me da un abrazo y yo se lo devuelvo con una sonrisa, mientras unos cuantos tíos nos están ofreciendo dinero por repetir el espectáculo en ropa interior.

—Eres una gran amiga, Ash —me dice Mia mientras se separa un poco de mí.

—Eh, cuidado. No te vayas a enamorar —bromeo—. Que eres muy mona y besas de miedo, pero creo que me siguen gustando un poquito más los tíos.

—Tampoco eres mi tipo —asegura ella con una mueca.

—¿Te gustan más con otra orientación sexual?

—Me gusta más Gina —aclara, y yo sonrío.

Miro a mi alrededor por un momento y, entre tanto tío babeando, aún con los ojos fijos en nosotras, me encuentro a Cam. Y no parece que babee, pero alza las cejas incrédulo en cuanto se cruzan nuestras miradas.

Tiro del brazo de Mia y la llevo hasta donde está él.

—Eres una caja de sorpresas, Ashley Bennet —dice burlonamente, igual que le dije yo el día que salimos con la moto de Tyler.

Y bromea sobre esto, pero en el fondo me da la impresión de que está un poco celoso.

—¿Puedes acercar a Mia a casa de Gina, por favor? —le pido.

Y hasta pongo mis manos entrelazadas bajo mi barbilla a modo de ruego. Mira a Mia y ella se encoge de hombros como disculpándose.

—Claro —cede. Luego vuelve a mirarme a mí y se inclina hacia mi oído—. Pero tú haz el favor de decirme que aún te gustan los tíos y prométeme que no vas a besar a nadie más hasta que yo vuelva. —Suena a broma, pero no creo que lo sea.

Y esa especificación de no besar solo «hasta que vuelva» me provoca un cosquilleo que se me extiende desde el estómago hasta el bajo vientre. Significa que no bese a nadie más hasta que lo bese a él. ¿Es eso lo que significa? Es que quiero que signifique eso. Mierda. Mierda. Mierda. Me gusta Cameron Parker. Me gusta muchísimo. Me gusta tanto que dejaría esta maldita fiesta y me largaría con él a respirar a cualquier rincón perdido donde él me quisiera llevar, aunque una vez allí no me importaría prescindir un poco del oxígeno a cambio de esos labios.

Y sé que el alcohol habla por mí, aunque solo esté empujándome a decir la verdad. Me acerco a su oído y le digo, en voz baja:

—Prométeme que vas a volver pronto para que pueda besar a alguien.

Se aparta de mí y conectamos nuestras miradas. Y nadie podría culparme si me derrito ahora mismo en medio del salón de la casa de Troy Cruz, porque la intensidad con la que se me clavan esos ojos verdes podría ser capaz de terminar en cuestión de segundos lo que el cambio climático ha empezado. Y derretir los putos polos.

—Vuelvo pronto —asegura.

A mí se me desboca el corazón. Ahora no quiero que se

vaya. No quiero que se aparte ni un centímetro, ni un segundo.

Pero tengo que pensar en Mia. Así que le doy un último abrazo a mi amiga y los dejo marchar.

Ryan me recoge en medio de la pista de baile en cuanto me ve sola y me dedico a beber un poco más y bailar con él mientras lanzo miradas ansiosas a la puerta esperando que Cameron vuelva a aparecer en escena. Han pasado cerca de veinte minutos, y pienso que ya no debería faltar mucho para que vuelva, cuando un chico guapísimo se me planta justo enfrente. Y la única pega que le veo es que no es Cameron Parker. Aunque sea toda una sorpresa, y de las gordas, que eso me decepcione.

—Has puesto cachondo a todo el mundo con ese espectáculo de antes —dice Tyler con una media sonrisa.

Ryan se evapora de nuestro lado en cuestión de décimas de segundo y no sé si lo ha hecho por voluntad propia o porque Tyler le ha dicho algo con la mirada. Pero el caso es que estamos solos. Rodeados de gente, pero solos. Y a mí el tequila me empuja a ser una chica mala. Mucho más mala de lo que le gustaría a Cam ahora mismo, seguramente.

—¿A ti también? —provoco.

—A mí al que más —insinúa él.

—No te hagas muchas ilusiones, Tyler. No me voy a montar un trío contigo y con tu novia. Al contrario de lo que te pueda haber parecido hace un rato, no soy bisexual. Siento decepcionarte.

—Qué pena —murmura con una mueca divertida—. Aunque tú nunca me decepcionas y, de todas formas, no soportaría compartirte con nadie —asegura y me mira a los ojos al decirlo.

No sé si en este momento está hablando ya de Blair, o si está hablando de Cam. O puede que de los dos.

—En algo estamos de acuerdo, entonces.

Frunce el ceño. Ya debería haber esperado que el presentarse aquí con su novia no me hiciera mucha gracia, ¿no? O a lo mejor es verdad lo de su doble personalidad y un Tyler no tiene ni idea de las cosas que hace y dice el otro.

—Quiero alejarme de ti, Ashley, pero no puedo. —Me sorprende usando ese tono de voz atormentado que ya le he oído más de una vez.

—Pues yo ya no sé si quiero acercarme a ti, Tyler, aunque pueda. —Juego con las palabras.

No me puedo creer que esté diciendo esto. No me puedo creer que le esté diciendo esto al amor de mi vida. Y no me puedo creer que lo tenga justo enfrente y aún sea capaz de mantener la imagen de Cam en un apartadito de mi mente. Porque esto nunca me había pasado antes. Y Tyler parece ligeramente dolido. Puede que no se lo esperara. Puede que no soporte pensar que alguien quiera rechazarlo. Y tampoco es que sea eso lo que quiero. Pero él sigue con la bruja, que estará en cualquier parte, y yo he conocido a alguien más. Creo que he conocido a alguien más. Y que me gusta. Me gusta mucho.

—Mira a quién tenemos aquí.

Me vuelvo hacia la derecha para encontrarme con la sonrisa irónica de Blair. Qué suerte la mía.

—¿Qué tal, Ash? —pregunta—. ¿No tuviste suficiente con la primera advertencia? ¿Necesitas alguna más? Porque ahora mismo no veo revoloteando a tu alrededor al defensor de las causas perdidas. —Imagino que se refiere a Cam, claro—. Así que puede que sea el momento de tener una charlita tú y yo.

—No puedo decir que sea el sueño de mi vida, pero, en fin, hablando se entiende la gente, Blair —me burlo, envalentonada por el alcohol—. ¿Tienes algo que decirme?

—Mira, estúpida... —empieza, y me coge de uno de los tirantes del vestido para amenazarme con más dramatismo.

Tyler nos separa enseguida y se pone en medio de las dos, protegiéndome con su cuerpo y quedando de frente a la bruja.

—Vale, Blair. Ya es suficiente —advierte, serio.

Ella me mira a mí y luego lo mira a él. Hasta parece un poco confundida de que su novio haya salido en mi defensa.

—¿Qué coño te pasa? —La toma entonces con él—. Los tíos os creéis todos que sois unos héroes sin capa que tenéis que defender a una damisela en apuros —se burla—. Ella no es tan inocente, Tyler. Déjame que le diga lo que se merece y luego vámonos de aquí, no quiero que vuelvas a verla —le advierte también, como hizo conmigo.

—Lo que puedes hacer es irte de aquí tú solita, Blair —dice Tyler firmemente.

Yo contengo la respiración. Era lo último que me esperaba que fuera a decir el quarterback más guapo del mundo pero que elige tan mal a sus novias.

—¿Qué? —Parece que Blair tampoco se lo esperaba—. ¿Qué estás haciendo? No me jodas, ¿qué? ¿Pretendes quedarte aquí con ella?

—El problema no es ella, eres tú. Empiezo a estar un poquito harto de tus movidas, muñeca.

Y la llama muñeca. ¿En serio? Y yo no sé muy bien qué sentir, porque por un lado veo cómo todo se va desarrollando como yo quería. Blair está a un pasito de perderse en el olvido, o eso espero. Jess y ella han caído en tan solo tres días desde su jugarreta. Y ni siquiera he tenido que planear una venganza. Mejor. No es algo que se me dé especialmente bien. Pero, por otra parte, no estoy muy segura de que Tyler sea exactamente la persona que yo estaba buscando. Aunque me haya pasado toda la vida pensando que lo buscaba a él.

—Lo que te pasa es que te crees un puto justiciero y tienes que ponerte del lado del más débil —escupe ella, enfadada.

—Lo que me pasa es que me gusta ella más que tú.

Y hasta me tapo la boca con la mano. O sea, de verdad. Me muero. Literalmente, en palabras de Emily. Pienso que a lo mejor no he oído bien. A lo mejor el alcohol me está haciendo flipar. Alucinaciones auditivas. Lo sean o no, el corazón amenaza con romperme un par de costillas. La sangre está abandonando mis arterias. Por favor, rieguen solo órganos vitales, no estamos en condiciones de abastecer a todo este organismo en *shock*.

Ella ha debido de tener la misma alucinación auditiva que yo porque le acaba de pegar a Tyler una bofetada que se ha escuchado por encima de la música. Puede que hasta en el jardín. Y mi amor platónico, que cada vez es menos platónico, por lo que parece, se lleva la mano a la mejilla y se frota la mandíbula. Como si no hubiera tenido bastante con la pelea de ayer en el pasillo.

—Vete al infierno, Tyler. ¡Hemos acabado! —le grita la bruja mientras se aleja expeliendo ira.

La gente se va apartando para abrirle paso hasta la puerta. Nadie parece querer interponerse en el camino de Blair Wells y menos estando así de cabreada.

Tyler se vuelve hacia mí. Y yo sigo con la mano tapando mi boca. Pero me obligo a reaccionar y la llevo hasta su cara para apartar su propia mano y acariciarle la mejilla donde su ya exnovia acaba de golpearle. Él me mira a los ojos mientras yo le recorro el rostro con la mirada. No sé ni cómo reaccionar. Esa es la verdad.

—¿Estabas hablando en serio? —pregunto, en voz baja, y por un momento tengo dudas de que me haya oído—. ¿Te gusto yo más que ella?

Él extiende la mano para acariciar mi mejilla como yo hago con la suya.

—Me gustas tú más que cualquiera, Ash —confiesa.

Luego, da un paso atrás. Aparta su mano y me obliga a retirar la mía de su mejilla. Lo veo dudar por unos segundos.

—¿Desde cuándo?

—Joder, desde siempre —gruñe—. Pero esto no es buena idea... no lo sé... quizá sí —murmura como para sí mismo—. Tú me vas a complicar mucho la vida. Y yo te voy a joder la vida a ti... Ni siquiera sabes si quieres... Pero, aunque quieras, aunque queramos, no quiero cagarla contigo.

—No puedo pensar. —Tengo que reconocer.

Él me mira y asiente levemente, como si estuviera de acuerdo conmigo.

—Yo tampoco. Estoy confuso, Ash —dice en tono suave—. Es mejor que me marche a casa. Me voy a casa.

Da un par de pasos hacia la puerta del jardín. Mi interior me está gritando que no lo deje marchar. Esa yo de los cuatro años pasados que he ido dejando poco a poco relegada dentro de mí para dar paso a una nueva Ashley un poquito mejorada. Esa es la que grita. Y cada vez grita más alto. Es el amor de tu vida, gilipollas. Es el tío por el que llevas suspirando cuatro años. No lo dejes marchar así. No lo pierdas de esta manera tan tonta.

Corro detrás de él y lo adelanto para plantarme delante, cortándole el paso.

—Tyler —hablo, decidida—. ¿Y si merece la pena complicarnos la vida? —planteo—. Ya lo sé, esta noche no lo vamos a pensar, ni tú ni yo. Esta noche no podemos. Pero vamos a darnos unos días para considerarlo. La semana que viene me voy a Japón, todas las vacaciones de primavera. ¿Y si pensamos en esto durante ese tiempo? ¿Y si nos tomamos una semana para decidir si merece la pena complicarnos?

Tyler parece estar procesando mi propuesta durante un minuto. O al menos a mí se me hace así de largo. Luego asiente lentamente. Y sonríe un poco de medio lado.

—Está bien. Una semana para pensar si nos complicamos —repite mis palabras—. Yo tengo muy claro lo que merece la pena. Pero pensaré en ti, Ashley —asegura—. Es mejor que me vaya.

Asiento. Pero no me aparto. Me acerco a él y le tomo la cara entre las manos para obligarlo a inclinarse un poco y a unir sus labios con los míos. Y es un beso muy dulce, muy casto y muy inocente. Pero creo que nos tendrá que valer por el momento.

Me aparto sin decir adiós. Camino hacia la cocina, medio mareada. Y no es por el alcohol. Ahora ya no. Es por Tyler Sparks. Hace un mes nunca se me habría pasado por la cabeza que yo le plantearía que necesito una semana para pensar si quiero estar con él. Pero tampoco me habría creído que él considerara tomarse esa misma semana para pensar si es él quien quiere estar conmigo. Y sigue siendo mucha tentación. Sigue arrastrando con él una gran parte de las células de mi organismo. Sigue siendo Tyler Sparks.

Un brazo fuerte me rodea la cintura y me arrastra al borde de la cocina americana, abre una puerta y me mete en una pequeña estancia llena de estanterías con comida. Me revuelvo, enfadada por la brusquedad. Es Cam. Y, si yo estoy enfadada, cualquier sinónimo de esa emoción se me queda corto para describir cómo está él. Y me acuerdo de nuestra conversación antes de que se fuera. Me acuerdo muy claramente y se me encoge un poquito el corazón. Porque le había prometido no besar a nadie hasta que él volviera. Aunque, técnicamente, si ha visto lo que ha pasado con Tyler, es porque ya había vuelto.

—¿Qué cojones estás haciendo? —casi me grita, enfrentados en este pequeño espacio—. ¿A qué ha venido eso? ¿Qué pasa contigo?

Y está muy enfadado, pero veo pasar por sus ojos verdes

otro tipo de emociones también. Y la que más me llega es la tristeza. La decepción. El dolor. ¿He sido yo? ¿Le he hecho daño? Y lo entiendo, aunque no pueda entenderlo del todo. Lo entiendo porque me acuerdo del daño que él me hizo besando a Jessica Harris en su fiesta de cumpleaños. Aunque no esté muy segura de que a él le pase conmigo lo mismo que a mí me pasa con él.

—¿Qué? —respondo en el mismo tono—. ¿Qué te pasa a ti?

Nos miramos a los ojos, los dos cabreados, por unos segundos. Y él ya está relajando un poco la expresión y eso me relaja un poco a mí. Pero sigo viendo esa sombra de pena en su mirada y necesito saberlo. Así que el tequila vuelve a hablar por mí, una vez más.

—¿Estás celoso, Cameron? —Y se lo planteo como la última vez que estuvimos en esta situación. Tan enfadados el uno con el otro, aun sin tener motivos racionales para estarlo.

Él suelta un bufido. Hasta se gira un poco para desconectar su mirada de la mía. Y niega lentamente con la cabeza como si estuviera debatiendo consigo mismo lo que debería decir.

—No flipes. —Es su elección, al final. Y vuelve a mirarme, burlón—. Solo quiero saber qué ha sido eso que he visto ahí fuera... —explica, tratando de parecer tranquilo.

—Bueno, eso que acabas de ver ahí fuera era nuestro plan, ¿no? El puñetero juicio de Salem, el proyecto de la bruja de Blair —le recuerdo—. De eso va todo esto, ¿no es así? —Presiono un poco, solo para ver si me dice que las cosas han cambiado desde que hicimos un estúpido trato. Pero no dice nada—. La bruja ha sido quemada. Y yo solo estaba siguiendo el plan. Aún necesito pareja para el baile. ¿No era así como lo habías planeado, Cameron? —insisto.

—¡No! —gruñe él, con rabia—. No era así como yo lo había planeado. Esa mierda de beso no la había planeado yo. Porque ha sido insulso y ridículo —deja claro, y vuelve a clavarme los ojos verdes en mis pupilas—. Así no es como besan las chicas malas, Ashley Bennet.

Le sostengo la mirada por unos segundos y el silencio se tensa más y más por momentos a nuestro alrededor.

—¿Ah, no? —digo a media voz—. ¿Y cómo besan las chicas malas?

Mi pulso se muestra más arrítmico que nunca, pero no tengo ni siquiera aire suficiente para preocuparme por problemas cardiovasculares. Porque sus ojos han pasado del dolor a la decisión, y de la tristeza al deseo. O eso es lo que a mí me parece. Y casi ni se ha extinguido el eco de mi voz cuando su cuerpo choca contra el mío. Sin cuidado. Sin dudas. Sin miedo. Coge mi cara entre las manos con firmeza, con los pulgares en mis mejillas y el resto de sus dedos haciéndome cosquillas en el cuello y rozándome el pelo. Su boca se funde con la mía. Tanto que parece que hayan estado destinadas desde siempre a ser una sola. Y yo muevo mis labios con impaciencia para adaptarme a los suyos. Él me besa con desesperación, transmitiéndome todo el torrente de emociones que le bullen dentro. Y diría que son bastante parecidas a las mías. Con el primer roce de su lengua sobre la mía, se me funden los circuitos neuronales. Se me tensa el abdomen, se me escapan las mariposas en tal cantidad que alcanzan la categoría de plaga, y mi vientre me lo pide: quiero más. En unos segundos deja atrás la furia del primer contacto y torna el beso más delicado, más dulce, sin restarle profundidad. Sin perder la condición de intenso. Y yo dejo que sea él el que marque el ritmo, mientras no se separe de mi boca. Pongo la mano izquierda en su espalda, para impedir que se aleje, a pesar de que no parezca tener intenciones de hacerlo, y mi mano derecha trepa por su pecho hasta acariciar su cuello.

Cam afloja la presión de sus manos en mi cabeza y las deja resbalar provocando cosquillas por la piel de mi cuello y mis hombros, hasta envolverme con los brazos y estrecharme contra él en un abrazo íntimo. Y nuestras bocas no pierden el ritmo de un beso extraordinariamente perfecto. Cuando noto que se va extinguiendo nuestra mutua sed del otro, le muerdo suave el labio inferior. Él responde atrapando mi labio superior con los suyos, acariciándolo. Se aparta solo un milímetro y nuestras respiraciones se entremezclan en forma de jadeos entrecortados. Puede que no sobre el aire en esta diminuta estancia. O puede ser que no sea precisamente aire lo que ahora mismo necesito para sobrevivir. Así que me lanzo de nuevo hacia su boca y la encuentro esperándome, entreabierta. Esta vez es un beso más corto, pero con la misma magnitud emocional. Y él ha aflojado su abrazo antes de que nuestros labios dejen de rozarse. Y yo también me aparto sin saber muy bien qué decir, o qué hacer.

Cam da un paso atrás pero no habla. Se aparta el pelo del flequillo y esquiva mi mirada cuando trato de buscar sus ojos. Y yo sigo sin saber qué demonios hacer, o qué debería decir, o qué es lo que se supone que significa esto o lo que va a pasar a partir de ahora. Me sigue faltando un poco el aire. Y la actitud huidiza de Cameron me está matando. Doy dos pasos, dejándolo atrás, y abro la puerta de un tirón para volver a salir a la fiesta. Esta vez no lo oigo venir tras de mí.

Las fiestas no son lo mío. Dos fiestas a mis espaldas y lo único que he sacado en claro de ellas ha sido confusión y más confusión. Y ahora mismo lo único que quiero es beber hasta que no me importe. Hasta que no pueda pensar. Porque no quiero pensar. No puedo. Y conozco a la persona ideal para ayudarme con esto.

Habrá pasado quizá una hora, o dos. ¿Quién sabe? ¿Y a quién le importa? Vanessa y yo aún seguimos dando golpes sobre la barra como método para pedir un chupito más y es Ryan quien nos los sirve, sazonándonos las manos con sal y preparando rodajas de limón para cada nueva ronda. Empieza a gustarme el tequila. Ya ni lo saboreo, de todas maneras. Apenas me he percatado de cómo la fiesta iba terminando, pero soy levemente consciente de que casi estamos solos. Ryan, Troy, algún otro chico del equipo y un par de chicas muy borrachas. Y Vanessa y yo, que también somos un par de chicas muy borrachas, a estas alturas.

—Se acabó. Ya no os sirvo más —advierte Ryan cuando yo me resbalo de mi taburete y casi caigo al suelo, abrazándome a la barra de la cocina americana mientras doy otro golpe al mármol para pedir uno más.

—¡Camarero! ¡Otro chupito! —exijo a gritos, y Vanessa y yo nos partimos de risa.

—¡Camarero! —grita ella también—. ¡Sírvale otro a mi amiga!

Por mucho que lo intento no puedo volver al taburete, porque no paro de resbalar y me resulta difícil mantener el equilibrio. Y a Vanessa le hace mucha gracia y, no sé por qué, lo cierto es que a mí también.

—Ya vale. Vámonos. —Oigo una voz masculina firme, al tiempo que unos brazos me sostienen para mantenerme en pie—. Te llevo a casa.

Ni siquiera sabía que él aún estaba aquí. Me rodea la cintura con un brazo y me obliga a agarrarme a su cuello con el otro para ayudarme a andar hacia la salida.

—¡Buuu! —le grita Vanessa—. ¡Cameron Parker es un aguafiestas!

—¡No! —exclamo yo—. Shhhhh —le digo a Cam poniéndome un dedo en los labios—. Mi madre no me puede ver así..., nooooo...

—No. Claro que no —suspira—. No tengo que llevar a

nadie más a casa, ¿verdad? —Me parece oírle consultar con Troy.

Y parece que la respuesta es que no queda nadie en apuros, porque, sin darme cuenta, de pronto estoy caminando debajo de la lluvia, y Cam se da mucha prisa en meterme en el asiento del copiloto de su coche. Desaparece un ratito, pero yo estoy ya medio dormida con la cabeza entre el respaldo y la ventanilla. Casi me caigo cuando abre mi puerta y lo oigo gruñir, mientras me pone el bolso en el regazo y me sienta bien, antes de abrocharme el cinturón. Huele muy bien cuando se inclina sobre mí. Y es lo único que puedo pensar, sin apenas poder abrir los ojos. Huele muy bien.

Se monta en el asiento del conductor y arranca, pero no sale de su plaza de aparcamiento.

—¿Estás bien? —me pregunta, y me acaricia la frente guiándome la cabeza suavemente para que la apoye de nuevo en el respaldo—. Vaya pedo que llevas —suspira.

Yo asiento, aún con su mano en mi frente, o eso me parece. Taylor Swift ya está cantando por los altavoces del coche y sonrío un poco, con los ojos cerrados.

—Cam —lo llamo a media voz—. ¿Sabes qué?

—Que te encanta Taylor Swift —adivina él poniendo el coche en marcha por fin.

—Sí. —Sonrío—. Me encanta Taylor Swift. Y me encantas tú.

16
You belong with me

Lo primero que hago al despertar es llevarme las manos a la cabeza. Me duele horrores. Me río yo de mi último conato de resaca. Esto es una maldita resaca de verdad. Por un momento creo que no seré capaz ni de moverme de la cama. De la cama. De esta cama. De una cama que no es la mía. Y mi dolor de cabeza se intensifica, pero me sobrepongo a él porque ahora mismo es más importante saber dónde demonios estoy. La cama es doble y hay una ventana justo a la izquierda. Entra demasiada luz. Demasiada para mi hipersensibilidad actual. Entorno los ojos mientras trato de explorar los alrededores. La puerta en la pared de la derecha. Dos mesillas. Un armario. Muy grande. Una mesa de escritorio junto a la ventana. Una estantería enorme. Y en ella, un montón de trofeos de fútbol. En forma de pelota.

Estoy en la cama de Cam.

Madre mía.

¿Qué narices estoy haciendo aquí?

Frente a mí hay un corcho y tiene clavados un montón de papeles y un montón de fotos. Sí, seguro que es la habitación de Cam. Fotos del equipo, fotos con sus colegas, y muchas fotos con ese gatito gris llamado *Sir Roger*. Y en una Cam es muy muy pequeño y tiene al gato en el regazo. Es la imagen más tierna que he visto en mi vida. El gato era una monada. Y Cam también. Y los primeros recuerdos de anoche que acuden a mi mente tienen que ver enteramente con él. Con él y con nuestro beso. Mierda.

Gruño cuando noto cómo el dolor me late aún más fuerte en las sienes y me acurruco bajo el edredón tapándome la cabeza para evitar la luz. No recuerdo haber llegado anoche a casa de Cameron. No recuerdo nada desde que me sacó de casa de Troy y me montó en su coche. ¿Por qué estoy aquí? ¿Por qué no me llevó a mi casa? ¿Qué ha pasado esta noche?

Oigo el clic que hace la puerta al abrirse muy despacio. Asomo media cara solamente y veo cómo la cabeza de Cam aparece muy poco a poco en la habitación. Parece que quiere ser muy silencioso para no molestarme. Pero ve mi ojo abierto y recupera un ritmo de movimiento normal.

—Eh —saluda bajito—. Estás despierta.

Y me sonríe un poco. Entra en la habitación sin molestarse en cerrar la puerta y se acerca al borde de la cama con un vaso relleno de un líquido espeso y de un color nada apetecible en la mano.

—¿Qué hago aquí? —Es lo primero que pregunto con los ojos entornados a causa de la luz.

—Te pusiste como loca cuando intenté llevarte a tu casa. ¿No te acuerdas?

Yo niego con la cabeza.

—Estabas muy pedo. Decías que tu madre iba a matarte y a descuartizarte en cachitos muy pequeños y que te llevaría así a Japón en una maleta. Y luego dijiste que después me haría lo mismo a mí por haber dejado que bebieras. Me pareció demasiado arriesgado dejarte en casa en esas condiciones —bromea.

—Mucho mejor que mi madre haya movilizado al ejército para buscar mi cadáver en las aguas del río Sacramento —ironizo, porque empiezo a preocuparme por lo que pueda estar sufriendo mi madre sin noticias mías en toda la noche y parte de la mañana.

—Me cediste todo el control sobre tu móvil para mandarle un mensaje —me recuerda, en un tono muy tranquilizador, como si estuviera hablando con alguien con un ataque de nervios—. Le envié un mensaje haciéndome pasar por ti y le dije que te quedabas a dormir en casa de Mia, bueno, que me quedaba a dormir en casa de Mia —sigue burlonamente—. Aunque creo que no coló mucho... —añade con media sonrisa divertida.

—¿Qué?

No puedo procesar todo lo que oigo. La cabeza me está matando. Aun así, miro a los lados y veo mi móvil sobre la mesilla de mi derecha. Justo en el lado donde está sentado Cam al borde de la cama. Estiro el brazo y lo cojo. Abro mis mensajes y tengo unos cuantos nuevos, pero me centro en los de la conversación con mi madre. Ahí no hay ninguno nuevo. Solo tres mensajes a las cuatro de la madrugada. Dos míos, es decir, de Cam, explicando que estoy bien pero que se ha alargado la fiesta, así que voy a dormir a casa de Mia para no volver solas cada una hacia un lado. Bastante convincente, para ser Cam haciéndose pasar por mí. Y luego un mensaje de mi madre.

> Ok. Mañana aquí a la hora de comer.
> Anda, dale recuerdos a Cam, digo...
> a Mia.☺

Y un guiñito. Un maldito guiñito. Cam me mira divertido mientras yo me muerdo el labio y niego con la cabeza deseando, por un segundo, tener otra madre. Una que no me avergüence así.

—Anda, tómate esto —ofrece cuando vuelvo a dejar el móvil. Y me tiende un par de analgésicos y el vaso que le he visto traer. Cojo las pastillas de su mano, pero miro el líquido, desconfiada—. Es el remedio del padre de Ryan para las resacas. Es asqueroso, pero efectivo. Venga, te irá bien. Apuesto a que no te sientes demasiado bien esta mañana.

Pongo mala cara, pero decido hacerle caso. Él debe saber más de resacas que yo. Cuando voy a incorporarme un poco, noto el roce de la sábana con mi piel. O sea, con mi piel. Con mi piel desnuda. Solo llevo puesta la ropa interior. Mi puñetero conjunto negro de ropa interior. Miro alrededor. Y lo veo. Mi bolso está en la silla del escritorio, y mi vestido... también.

—Cam —lo llamo. Él sigue tendiéndome el vaso para que me decida a beber—. ¿Por qué estoy en ropa interior?

—¿Estás de coña? —Sonríe. Parece muy divertido con toda esta situación—. ¿Es que no te acuerdas de nada de lo que pasó anoche?

—¿Me quitaste el vestido? —pregunto directamente.

Estoy un poco molesta. Me parece un atentado contra mi intimidad, aunque la cosa no pasara de ahí.

—Ojalá —suspira él, y yo suelto un gruñido. Ríe—. El vestido te lo quitaste tú solita al bajar del coche. Decías que no querías irte a casa y que querías ir a bailar y, luego, te quitaste el vestido para darte un baño en la piscina. Y estaba diluviando, Ash. —Parece hacerle bastante gracia—. Tiraste el vestido al suelo, así que me temo que está un poco sucio de barro. No pude hacer mucho por él, tenía que controlarte a ti para que no saltaras al agua con la borrachera que llevabas y a las cuatro y media de la mañana.

Me tapo la cara con las manos. No puede ser verdad. Yo no me acuerdo de nada de todo eso.

—Estás de coña.

—No, qué va. Yo solo te quité los zapatos. No es mi estilo aprovecharme de una chica borracha y..., ya sabes, a mí me gusta ir poco a poco... —empieza luego burlonamente.

—No vuelvas a decirme lo de pasar por todas las bases o voy a tener que matarte —le advierto, y lo oigo reír.

—Veo que conoces bien mis preferencias, princesa —me pica—. Estabas muy graciosa —reconoce, y yo asomo un ojo entre dos dedos y lo veo mirarme con cariño.

—¿Me emborrachaste para reírte de mí? —protesto en tono de broma.

—Te emborrachaste tú solita. Y no te hace falta alcohol para ser graciosa, Ashley.

No contesto a eso. Me meto los analgésicos en la boca y cojo el vaso de sus manos tras incorporarme, asegurándome de que la sábana me cubra el pecho. El brebaje es asqueroso. Y Cam se ríe al ver mi cara de disgusto.

—Bebe —me aconseja—. Te juro que te sentirás mejor.

Tengo que taparme la nariz con dos dedos para poder tragar sin saborear. Es un mal rato, pero espero que Cameron tenga razón y me quite la resaca.

—Ash —me llama cuando ya he terminado de beber y de poner caras y he dejado el vaso sobre la mesilla—, ¿no te acuerdas de nada de lo que pasó anoche? —pregunta cuando nuestros ojos se encuentran.

—Desde que me metiste en tu coche, nada.

—¿Y de la fiesta?

Y tengo el impulso de apartar la mirada, pero mis ojos no me responden. Se quedan clavados en los suyos. Atrapados en el verde más maravilloso que me he encontrado en la vida.

—De la fiesta sí me acuerdo —confieso a media voz.

Unos segundos de silencio antes de que sea él quien aparta la mirada en primer lugar. Carraspea, como si estuviera incómodo, se levanta del borde de la cama y recoge el vaso de la mesilla, dispuesto a irse.

—Puedes darte una ducha si quieres —ofrece—. Hay toallas limpias en el armario del baño, puedes coger la que quieras y... eh... te puedo dejar algo de ropa para que no vayas con ese vestido andrajoso a casa —medio bromea acercándose al armario. Está nervioso y casi tropieza consigo mismo antes de poder abrir la puerta del armario y rebuscar en un cajón—. ¿Eres fan de los patos? —Me muestra una sudadera verde de la Universidad de Oregón, con una O y un pato dibujado saliendo de su interior.

—¿Quién no? —le sigo el juego—. Con eso me valdrá. Gracias.

Me la lanza a los pies de la cama y yo la cojo para verla de más cerca.

—Vale. Te dejo para que te levantes y eso. El baño es la puerta de enfrente. Cuando estés lista te acerco a casa.

Está ya en la puerta cuando pienso en algo.

—Cam —lo llamo, una vez más, y se gira para mirarme—. ¿Y tu madre?

—Está trabajando. Turno de mañana —me recuerda.

—Es sábado, ¿no?

—Ya. Sus fines de semana no son como los del resto del mundo, a veces le caen en jueves y viernes, o lunes y martes, depende de los turnos.

—Ah. ¿Y dónde has dormido tú? —curioseo.

—En el sótano. Para que no me pillara al ir a trabajar. Si es que no nos oyó cuando llegamos y tuve que llevarte al baño a vomitar —aclara, y hace una mueca burlona al ver la cara que pongo—. Eh, fue un poco asqueroso, pero por lo menos no lo hiciste en mi coche ni en la alfombra de la entrada. —Ve el lado bueno—. Eres la vomitadora más considerada con la que me he topado. Estaré abajo —se despide por fin. Y cierra la puerta al salir.

Muy bien, Ashley. Hora de ponerse en marcha. Me entretengo un poco más de lo previsto mirando bien de cerca sus fotos y los trofeos. No todos los días tiene una el acceso a esta clase de intimidad sobre Cameron Parker.

Mientras estoy en la ducha no puedo evitar rememorar nuestro beso una y otra vez. Cada vez que termina el recuerdo vuelve a reproducirse de nuevo, como uno de esos *gifs*. Y lo único malo que le encuentro es que no estoy segura de en qué posición nos deja eso ahora. Y que Cam está claramente nervioso o incluso incómodo con respecto a ello, pero no sé si eso quiere decir que le gustaría repetir o que se arrepiente.

No creo que destaque por mi sentido de la moda cuando bajo al piso inferior con la sudadera de Cam puesta y los zapatos de tacón. Por lo menos he podido deshacerme el moño que me hizo Vanessa y he encontrado un peine para desenredarme la melena tras lavarme el pelo. Algo es algo. Llevo el vestido en la mano y Cameron se apresura a traerme una bolsa para que pueda llevarlo en su interior. Él está preparado para llevarme a casa en cuanto yo lo pida, vestido con vaqueros, zapatillas y una camiseta gris de manga corta.

No volvemos a hablar del tema, y, en realidad, tampoco hablamos mucho de ninguna otra cosa. Cam conduce en silencio y yo dedico el tiempo a mirar esos mensajes que se han quedado antes sin leer. Los más recientes son de Vanessa.

¡Eh, colega de tequila! ¿Cómo va el día de después? A mí la habitación de Troy no para de darme vueltas. Menos mal que no estoy en mi casa. Ugg.

Por cierto, el príncipe azul parecía mosqueado cuando te sacó de aquí (o eso me parece recordar entre inmensas lagunas o lagos o mares de olvido), espero que no te regañara en el camino a casa, es un poquito gruñón con la gente borracha cuando va sobrio.

Llámame y me cuentas.

¿Te vienes mañana a ver el partido?

Tecleo la respuesta a todos sus mensajes, aunque no le digo que he dormido en casa de Cam. Simplemente le digo que el príncipe gruñón se portó muy bien conmigo. Y que esta noche me voy a Japón hasta el fin de semana que viene y que la llamaré luego para ponernos al día de nuestros recuerdos de la fiesta.

Luego paso a la siguiente conversación. Emily.

Tía, tía, tía. Llámame en cuanto te levantes. ¡Necesito saber qué pasó en la fiesta! Casi me muero cuando salí del cine y leí tu mensaje de que ibas. ¡Necesito detalles! ¡Llámame!

Ni le contesto. Será mejor llamarla directamente, cuando esté en casa.

Y la siguiente conversación. Mia.

Ash, si te llama mi madre dile que estoy en tu casa, que no puedo ponerme porque estoy en la ducha, o porque tengo gastroenteritis explosiva,

¡lo que quieras! Pero que suene convincente.

Ah. Estoy en casa de Gina. Te he puesto de excusa. Cúbreme las espaldas. Te debo una.

Menos mal que su madre no me ha llamado. Menudo par. Cada una poniendo de excusa a la otra. Aunque en realidad no fue culpa mía sino de Cam. Parece que ha arreglado las cosas con Gina. Sonrío un poco. Espero que lo haya pasado bien.

Miro a Cam y él va muy atento a la carretera. Está muy guapo, así, tan concentrado. Aunque estaría más guapo si parara y me besara. Solo que no estoy muy segura de que eso sea lo que él quiere. Llegamos a mi casa y para el coche frente a la puertecita del jardín. Se vuelve a mirarme, pero no apaga el motor. Y eso significa que no va a quedarse mucho.

—Hasta la puerta de su casa, señorita —señala con una media sonrisa.

—Es usted todo un caballero, señor Parker. Siento haber sido un coñazo desde el momento en que pisé esa fiesta.

—No fuiste un coñazo todo el tiempo. Solo la mayor parte de él —me pica, y yo le doy un golpecito suave en el brazo.

Se ríe bajito y atrapa mi mirada con la suya, aún manteniendo la sonrisa en los labios. Y yo no puedo parar de pensar en que deberíamos tener al maldito coro de peces, crustáceos y aves de *La Sirenita* aquí, ahora mismo, cantándole que me bese de una vez, desde el asiento trasero. Pero no hay nadie que nos diga lo que tenemos que hacer o que nos facilite las cosas. Me muerdo el labio, por incomodidad y no como estrategia de seducción, pero enseguida veo que le ha llamado la atención. Y ahora mira mis labios y no mis ojos.

—Será mejor que entres, Ash —decide de pronto, apartando la mirada—. Y no te olvides de mi *souvenir* japonés.

—Claro que no. —Sonrío un poco, aunque estoy un pelín decepcionada—. Ya te iré contando cómo va el viaje.

Asiente. Me inclino hacia él y lo beso en la mejilla, dejando los labios pegados a su piel un poquito más de lo que podría esperarse.

—Gracias por traerme —digo en voz baja, sin apenas separarme de él—. Y por el mejunje para la resaca. Y por la sudadera. Y por cuidar de mí anoche. Y por darme cobijo —enumero.

—La lista de favores que me debes se está haciendo interminable —bromea—. Tendré que empezar a pensar en cómo cobrármelos.

—Estoy abierta a sugerencias —aseguro, con la voz más sensual que encuentro en mi repertorio.

Lo veo tragar saliva. Y vuelve a ponerse nervioso. O incómodo. No sé muy bien lo que le pasa por la cabecita ahora mismo.

—Te las haré llegar vía email. Para que las consideres mientras estás en Japón.

—Perfecto, entonces.

Tiro de la manilla de la puerta y la empujo para abrirla. Ya estoy de pie en la acera cuando lo oigo llamarme.

—Ash —dice inclinándose un poco hacia mi lado. Lo miro interesada—. Pásalo bien estas vacaciones.

Le sonrío un poco y le deseo lo mismo antes de cerrar la puerta y correr hacia mi casa.

Cuando entro en casa voy directa a las escaleras a ver si, con un poquito de suerte, me da tiempo a subir a mi habitación y cambiarme de ropa antes de que mamá me intercepte. Pero no llego ni al segundo escalón.

—¡Ashley! —me llama desde la cocina.

Oigo la televisión en el salón. Eric está entretenido, por lo menos.

—¿Sí, mamá? Ya estoy aquí. Subo a cambiarme de ropa para comer —le aviso y echo a correr hacia el piso superior.

—Quietecita, jovencita.

Casi. Paro a dos escalones de la meta y me vuelvo lentamente. Mi madre me está mirando desde el pie de la escalera. Le sonrío un poco, inocentemente.

—¿Qué tal en casa de Mia? —consulta.

Y es una trampa. Sé que es una trampa. Pero ¿qué puedo hacer? Si esto fuera una peli se me ocurriría algo superingenioso que decir y ella se lo acabaría tragando, pero termino titubeando sin llegar a ningún sitio en concreto.

—Eeeehhh..., bien... —digo lentamente.

Soy un poquito lenta de reflejos.

—Ajá. —Sonríe y, cuando yo le devuelvo el gesto, ella lo cambia repentinamente a su mejor cara de poli malo—. ¡Ashley Bennet, no le mientas a tu madre! —me advierte, y yo me muerdo el labio quedándome muy muy seria y muy muy callada—. ¿Te crees que no acabo de ver el coche de Cam en la puerta y a ti bajándote de él? Y esa sudadera no tiene pinta de ser tuya, ¿no? Y tampoco de Mia... ¿Qué conclusiones sacas tú de todo esto? —Me da la oportunidad de explicarme.

—Eh, pues... ¿que eres muy cotilla y también muy observadora? —pruebo, con cara de circunstancias.

Ella suspira con paciencia y tengo que pensar rápidamente otra cosa:

—Lo que pasa es que casualmente Cam pasaba por casa de Mia hace un rato y se ha ofrecido a traerme. Y como yo me dejé la cazadora anoche en la casa de la fiesta porque... emmm... llovía y Vanessa me dejó un chubasquero... Pues hacía frío para ir solo con el vestido y... ah... obviamente Cam, que es todo un caballero como tú bien sabes, mami, se ha ofrecido a prestarme su sudadera para que no pasara frío en el camino. Y... eso es lo que ha pasado. Y... nada más. Así que me cambio y... todo explicado —termino, y me doy la vuelta para acabar de subir las escaleras.

—La próxima vez que quieras mentirle a tu madre asegúrate de que tu amiga te respalde la coartada y no te esté usando a ti igual. Ha llamado la madre de Mia y he tenido que decirle que estabais las dos durmiendo —dice un poco molesta, y yo me giro para mirarla—. Una y no más. Que soy tu madre, no vuestra colega —advierte.

—¡Gracias, mamá! —exclamo aliviada. Si la coartada de Mia se hubiese ido también al garete le hubiera caído una buena.

—No des las gracias aún, que esta noche tenemos once horas de vuelo muy largas para charlar tú y yo sobre esto... —amenaza.

Hago una mueca. Por fin puedo llegar hasta mi habitación. Me quito los zapatos y me pongo unos leggins, pero no me quito la sudadera de Cam. No me la quitaría nunca si pudiera. Cojo el móvil y llamo a Emily como primera medida urgente de la crisis que de pronto me atenaza.

—Tía, ¡¿qué ha pasado?! —me grita nada más descolgar y tengo que alejar un poco el teléfono de la oreja—. Twitter dice que lo diste todo en la fiesta, que no solo te dedicas a las mamadas sino también a los cunnilingus, y que has borrado a Blair Wells del mapa y el quarterback es ahora todo tuyo. ¡Está que arde! ¡Eres la princesa del pueblo! —exagera.

—Buenos días a ti también, amiga mía —ironizo ante su entusiasmo.

—¡Buenos días! —replica—. ¡Buenas noches las tuyas! Cuanto más leo más me muero... ¡Me muero, Ash!

—Ahora tengo un problema más grande que cualquier

cosa que se diga en las redes sociales —protesto para que centre un poquito su atención.

—¿Qué problema? —Parece calmarse, por fin.

—Creo que me estoy enamorando de Cameron Parker —confieso.

Se escucha silencio durante unos cinco segundos al otro lado de la línea. Estoy a punto de preguntarle si sigue ahí cuando me llega su voz otra vez. Alta y clara.

—En veinte minutos estoy en tu casa.

Y cuelga.

—¡Mamá, viene Emily a comer! —informo mientras bajo las escaleras y, una vez en el piso de abajo, entro a la cocina con ella—. Emily está de camino —digo en un tono más normal—. ¿Le podemos dar de comer?

Mi madre hace una mueca. Pero no se niega. No entra en su naturaleza el negarse a alimentar a nadie. Sea quien sea.

—Te recuerdo que esta noche nos vamos a Japón y tú no tienes la maleta hecha. —Mete presión—. Y si Emily se queda aquí toda la tarde al final viajarás sin bragas. —Adelanta acontecimientos.

—Tranquila. Haré la maleta mientras hablo con Em —le aseguro.

—Vosotras cuando os ponéis a cotillear no sois capaces de hacer ninguna otra cosa de provecho —se mete con nosotras injustamente—. ¿Y se puede saber qué es eso tan urgente que os tenéis que contar?

—Todo es urgente cuando una está a menos de doce horas de volar a Japón, mamá —le explico, y pongo los ojos en blanco. Esta mujer no se entera de nada.

Ella se planta frente a mí y me mira bien de arriba abajo por un momento. Sonríe de medio lado.

—¿No ibas a cambiarte de ropa? —se burla.

—Lo he hecho. Me he puesto leggins y unas zapatillas.

Ella no deja de sonreír con picardía.

—Ya. Tienes suerte de que me caiga bien Cam. —Señala la sudadera—. O quizá la suerte la tiene él.

Y yo también sonrío y robo un trozo de zanahoria limpio y me voy dándole mordisquitos al salón, para averiguar qué está viendo mi hermanito en la tele.

Casi tres horas y un resumen detallado después de lo que sucedió ayer en la fiesta, nos centramos por fin en lo que de verdad importa. En mi problema de encaprichamiento con el segundo capitán del equipo. Emily ha pasado por todas las emociones posibles mientras íbamos desgranando poco a poco cada paso que di anoche. Al menos hasta donde yo podía recordar. Hasta ha sentido indignación, porque besé a Mia y se siente traicionada como mejor amiga oficial y, por tanto, primera chica a la que debería querer besar. Eso dice ella. Lo de esta mujer es increíble.

—¡Os besasteis! —repite una vez más.

—¡Habla más bajo! —le pido yo colocando cuidadosamente seis braguitas en la maleta de forma que cubran los recovecos y pueda aprovechar al máximo el espacio disponible.

—¡Os besasteis! —Otra vez, aunque más comedida.

—Nos besamos —confirmo.

Dejo la maleta y me siento a su lado a los pies de la cama.

—Yo me refería a Cameron... ¿A cuál de todos tus besos de anoche te referías tú? —me pica entonces con una sonrisa traviesa.

Le pellizco el brazo suavemente. Y ella se frota el lugar mientras suelta una risita. Tiene razón, si es que en una semana he pasado de no haber besado a nadie desde septiembre a besar a tres personas diferentes en una sola noche. Y no puedo olvidar mis besos con Tyler en el lago Tahoe, claro.

—Yo también me refería a Cam —suspiro—. ¿Qué voy a hacer, Em?

—¿Qué vas a hacer? ¡Vas a llamarle ahora mismo y a decirle que mueva su culo hasta aquí para besarte otra vez! —decide por mí.

—Podría haberme besado esta mañana, pero no lo ha hecho. A lo mejor simplemente fue un calentón, quería darme una lección sobre cómo debería besar a Tyler y se le fue de las manos.

Emily niega con la cabeza lentamente. Me mira como si fuera tonta. A lo mejor lo soy, un poco.

—Se le fue de los labios, Ash —ironiza—. Tía, ¿dirías que te gusta Cam más que Tyler? —pregunta, como con miedo.

Me quedo callada porque no sé exactamente qué contestar a eso. Es que no lo sé. Lo que siento por Tyler lleva tanto tiempo siendo tan real para mí que no puedo imaginarme que nadie en el mundo pueda hacerme olvidarlo en menos de un mes. Es que no ha pasado ni un mes. Aunque tampoco puedo evitar pensar que puede que haya atesorado demasiado mi amor por Tyler Sparks, puede que haya idealizado mi enamoramiento adolescente, puede que haya pensado que era lo más real que existía, pero solo hasta que he conocido algo real de verdad. Es que no tengo ni idea. Tengo el corazón dividido. Y si me preguntaran ahora mismo diría que me quedo con Cam y, tal vez, mañana respondería justo lo contrario a esa misma pregunta.

—¡Te lo estás pensando! —casi grita Emily—. Madre mía, Ashley. Madre mía. Joder —continúa sin parar de mover los brazos—. Nunca. Nunca. Y quiero decir jamás —enfatiza—. Nunca has dudado cuando alguien te ha preguntado por Tyler. ¡Nunca! Ni siquiera por Tom, y saliste con él seis meses. ¿Sabes qué? Tiene que ser amor, cásate con él.

—¿Y si él no siente lo mismo que yo? —me lamento pasando de su último comentario—. Bueno, es que no siente lo mismo que yo. Todo esto solo forma parte del plan de quitarse a la bruja de en medio —recuerdo.

—La bruja ya no está. ¿Sigue estando Cameron Parker?

—Supongo... Em, llevo cuatro años loca por mi vecino de al lado. —Cambio el objeto de análisis—. ¿No es una maldita locura dejarlo escapar justo cuando él también quiere estar conmigo? He estado esperando esto mucho tiempo. Soñando con esto. Rezando por esto. Pidiendo deseos a velas de cumpleaños. Y... y creo que se está haciendo realidad. Todo lo que yo quería. ¿Quién en su sano juicio lo echaría a perder ahora?

—Nadie. —Me sorprende mi amiga—. Nadie en su sano juicio, Ash. Pero ¿sabes lo que pasa? Que cuando te enamoras de verdad ya no vuelves a estar en tu sano juicio nunca más.

Terminar la dichosa maleta. Eso es lo que tengo que hacer. Termina la dichosa maleta, Ashley. ¿Cuánto puede costarle a una persona normal hacer una maleta para un viaje de una semana? Seguro que mucho menos que a mí. Pero es que no paro de distraerme con mis propios pensamientos. Ahora el más recurrente es la duda que me corroe desde anoche: ¿se puede estar enamorada de dos personas a la vez? La respuesta de mamá cuando Emily se lo ha planteado en la comida, como quien habla del tiempo, ha sido que ella no tiene la verdad absoluta, pero, basándose en su experiencia, diría que no. Que uno de los dos no es amor de verdad. Solo hay que averiguar cuál. Y ahí estoy yo. Eso es lo que me está matando. Hay que averiguar cuál.

¡Y no encuentro mi camiseta favorita por ninguna parte! Estoy un poco desesperada porque ya hace casi media hora que mi madre ha despachado a Emily al entrar en mi cuarto y descubrir que en mi maleta solo había seis bragas después de hora y media de estar preparándola. Y ella y Eric se han ido a ver a mi abuela para despedirse antes del viaje. Y aquí me he quedado yo porque mi maleta aún no estaba terminada. Así que, si mi abuela o yo morimos durante esta semana de ausencia, recaerá para siempre en mi conciencia el no haberle hecho una última visita. Pero ¿qué hago si no puedo pasearme por Japón en bragas durante los próximos días? Y no encuentro nada de lo que quiero llevarme. Y tampoco sé si va a hacer frío o calor, aunque papá dice que hace calor. Pero su termómetro interno no funciona exactamente igual que el mío, me temo. Vale, Ashley, deja de divagar y céntrate. ¿Dónde pueden estar mis vaqueros y mis dos camisetas más apreciadas? Lavadas. Tendidas. Vale, empecemos por ahí.

Bajo las escaleras de dos en dos y salgo por la puerta de la cocina para comprobar el tendedero de la parte de atrás del jardín. Mierda. Ahí no están. Ahí no hay nada. Compruebo mi reloj. Una hora para tener que salir hacia San Francisco si queremos llegar al aeropuerto con tiempo suficiente. Mi madre y mi hermano estarán de vuelta en cualquier momento. Y si mamá no me encuentra con la maleta lista, cerrada y en la puerta para cargarla en el coche, soy Ashley muerta.

Oigo el motor de un coche que se acerca desde el final de la calle y me quedo paralizada por unos segundos. Que no sea mi madre, que no sea mi madre... Me asomo por la esquina de la casa para alcanzar a ver la carretera. Y se me para el corazón. Casi literal. Porque no es el coche de mi madre el que para frente a mi casa. Es el de Cameron Parker.

Camino lentamente hacia la parte delantera del jardín para encontrarme con él. Se está bajando del coche, con sus vaqueros y su camiseta gris. Y parece que no tiene frío, aunque a mí no me sobre la sudadera... Mierda. La sudadera. Llevo puesta su puñetera sudadera como si fuera una *groupie*. Qué ridícula soy. Pero no creo que me dé tiempo ya a correr a esconderme dentro de casa y cambiarme sin ser vista.

—Hola —saludo a su espalda.

Está sacando algo del asiento trasero. Y se sobresalta. Se gira hacia mí y yo intento aguantarme una risita.

—Ey, Ash.

Y me dedica una sonrisa radiante. De las irresistibles. Aunque, la verdad, en estos momentos cualquiera de todos sus tipos de sonrisas es irresistible para mí.

—¿Qué haces aquí?

«Tenía que verte otra vez antes de que te vayas.» «No podía dejarte ir sin hablar de lo que pasó en la fiesta.» «No podía soportar pensar que no voy a verte en siete días.» «Necesitaba besarte de nuevo.»

—He venido a devolverte esto —señala, y levanta el brazo izquierdo en el que lleva mi cazadora, la que me dejé anoche en casa de Troy.

Mucho menos romántico, pero un detalle de todas formas.

—No sabía si te habías ido ya, pero me pillaba de camino, así que he decidido probar. Por si querías llevártela —explica.

—Ah —me limito a decir yo. Me acerco y cojo la cazadora de su mano—. Gracias, Cam. No hacía falta, no era tan urgente. Pero gracias.

—De nada.

Me mira a los ojos. Da la impresión de que quiere decir algo más, pero no se atreve. Entonces pienso que tal vez también sería un detalle por mi parte devolverle su sudadera. Sería lo lógico.

—Eh, espera —le pido, y creo que me estoy poniendo roja. Ya. Mierda, Ashley—. Me cambio y te devuelvo esto —ofrezco—. Ya que estás aquí...

—No hace falta, ya me la darás. Total, te queda mejor a ti que a mí —me piropea.

Y yo me pondré roja, pero él un poquito también. Y se rasca la nuca con la mano derecha, como si no supiera qué más hacer.

—Me cuesta un segundo —insisto—. Espérame.

Pero no me espera. Me sigue cuando avanzo hacia casa por el jardín. Y sigue insistiendo en que da igual. Que no le va a hacer falta durante sus vacaciones. Que a la vuelta de mi viaje se la doy. Que me la lleve a Japón para que me acuerde de él mientras esté allí.

Eso ha dicho. Eso. Ha. Dicho. «Llévatela a Japón, para que te acuerdes de mí.» No necesito una sudadera para eso. Seguro.

Me vuelvo hacia él. Los dos al borde de la piscina. No dice nada más. Casi parece que la última frase se le ha escapado. Y yo tengo el corazón como si acabara de terminar una maratón.

—Así no se te olvidará traerme algo —dice al fin, con una media sonrisa canalla.

Parece como si estuviera intentando arreglarlo. Como si tratara de restarle importancia a lo que acaba de decir. Si es que la tiene. ¿Tiene de verdad importancia? ¿Tanta? ¿La tiene para él?

—Bueno, no es que vaya a llevármela conmigo, pero no tengo tiempo para discutir esto, así que cederé —medio bromeo—. Solo porque no puedo devolvértela ahora mismo, y porque tengo que irme dentro de menos de una hora y aún no he terminado la maleta. —Y lo digo para recordármelo a mí misma.

—No quiero entretenerte. Pero ¿por qué no puedes devolvérmela ahora mismo? —se interesa con aire inocente.

Como si no se esperara la respuesta.

—Porque no llevo nada debajo —aclaro sin apartar mis ojos de los suyos.

Sonríe un poco y asiente lentamente.

—Entonces mejor que te la quedes un poco más. Esa sudadera se está revalorizando con el tiempo —añade pícaramente.

—¿No me digas que la venderás a alguno de mis recién descubiertos admiradores? ¿De esos que me han dejado notitas en la taquilla estos dos últimos días? —Finjo decepción, y hago un mohín con los labios.

Da un paso más y ahora estamos lo suficientemente cerca como para que pueda alcanzar mis labios si se inclina hacia mí.

—Ni de coña —dice, despacio, con sus ojos clavados en los míos—. ¿Y leíste bien todas esas notitas? —Cambia luego el tono a uno más relajado—. A lo mejor había alguna mía...

—¿Con tu número de teléfono y un dibujito obsceno, como las de los demás? —pruebo, en tono de broma—. No es tu estilo, Cameron Parker.

—No. —Está de acuerdo—. Diría: «Enhorabuena, Ashley Bennet, ya tienes tu lugar entre las candidatas a reina del baile. Eres oficialmente una chica mala». Y luego, habría dibujado una polla. Solo porque es algo que a los tíos nos gusta hacer —bromea.

—Vaya, y yo que ya me había creído que tú eras diferente a los demás... —digo en tono dramático, con media sonrisa.

—Ashley —dice él entonces quedándose serio y yo tengo que imitar su expresión enseguida—. No he venido solo a traerte la cazadora —confiesa a media voz, y mi estómago da un vuelco, como en la primera bajada de una montaña rusa—. Aunque me venía bien como excusa...

Madre mía. ¿Qué hago? ¿Qué digo? Me cuesta hasta respirar con normalidad.

—Y... ¿a qué has venido, Cameron? —pregunto con la mejor miradita entre pestañas de mi repertorio.

—Bueno... —titubea—. Solo quería despedirme, desearte un buen viaje..., verte...

Se calla al encontrar mis ojos de nuevo. Y yo siento que, aunque lo intentara, no podría hablar. ¿Por qué no me besa de una vez? Ven aquí y bésame y vamos a dejarnos de tonterías. Pero sigue hablando.

—Esta mañana ha sido un poco raro. —Pone las cartas sobre la mesa.

—Raro —repito yo.

—Sí. Porque tú estabas en mi cama y no te acordabas de lo que pasó ayer y no llevabas vestido..., me has robado mi sudadera favorita... —cambia el tono a uno burlón.

—Me acuerdo de lo que pasó ayer.

—¿Qué pasó ayer?

Me está mirando los labios. Y los ojos. Y luego vuelve a bajar la vista, un poco más. Y sé que debe estar pensando que no llevo nada debajo de la sudadera. Y me estoy poniendo muy nerviosa. Pero ese tonito burlón me ha dado ganas de jugar un poquito con él. Miro sus vaqueros disimuladamente. Me da la impresión de que no lleva nada en los bolsillos. Al menos no su móvil. Así que le sonrío con mi mejor pose de chica mala.

—¿Sabes lo bueno de ser una chica mala, Cam?

—¿Qué? —Y vuelve a mis ojos.

—Que siempre sabes cuándo es el momento de bajarle a un tío la calentura —le digo burlonamente.

Y lo empujo a la piscina. No se lo esperaba para nada, así que no opone nada de resistencia. Y se cae al agua completamente vestido. Cuando emerge, sacude la cabeza para apartarse el pelo mojado de la cara. Y yo me estoy riendo, tanto, que ya me he olvidado de la maldita maleta a medio hacer. Vamos, Cam, juguemos un poco.

—La alumna ha superado al maestro —murmura, nadando tranquilamente durante unos segundos. Luego se acerca al borde y apoya las manos para salir con el impulso de sus brazos—. ¿Sabes, Ash? —va diciendo distraídamente mientras sale del agua—. El agua está perfecta... muy calentita...

Yo retrocedo, pero es que no puedo echar a correr para huir porque aún me estoy riendo demasiado. Y, probablemente, tampoco quiero alejarme. Se quita las zapatillas, cada una con el pie contrario, mientras avanza hacia mí.

—¿Lo siento? —pruebo a decir, a ver si muestra piedad. Niega lentamente con la cabeza—. Cam..., en serio..., tengo que irme..., terminar la maleta...

Pero me voy quitando las zapatillas mientras lo digo porque sé que va a ser inútil suplicar. Y correr.

—La maleta —repite—. Haber pensado antes en la maleta. Ahora ya es tarde, Ash.

Estira su mano hacia mí y yo grito intentando saltar hacia atrás, pero me agarra por el borde de la sudadera y tira de mí hacia él.

Me dejo llevar. Choco contra su pecho y él me pone los brazos alrededor del torso, inmovilizándome. Y mojándome.

—¿Cómo me voy yo ahora así? —pregunta, con los labios rozándome la oreja—. Voy a empapar el coche. ¿Es que no piensas nunca en mi tapicería? —bromea—. Cerveza, ropa mojada... Ashley, Ashley... ¿Cuál será tu justo castigo?

—No... —suplico.

Pero no puedo parar de reírme, muy suave, mientras lo siento sonreír en mi oreja. No tiene piedad. Claro que no. No esperaba eso de él. Y me levanta del suelo y da dos pasos para lanzarse de nuevo a la piscina, conmigo entre los brazos. Nos sumergimos juntos. Me suelta cuando dejamos de hundirnos. Y yo subo hasta la superficie rápidamente. Él tarda un poco más en salir. Me sonríe en cuanto se aparta el pelo de la cara. Nado hasta su altura para intentar hacerle una aguadilla, pero es imposible. Ya debería haberlo aprendido en el lago Tahoe. Jugueteamos durante un rato en el agua. Que está bastante fría. Pero no me importa. Casi creo que estoy ganando la batalla, o a lo mejor me está dejando ganar. Pero acaba acorralándome contra el borde. Yo me mantengo con el nivel del agua por los hombros, de puntillas sobre el fondo. Y pone una de sus manos a cada lado de mi cuerpo, para cortarme la retirada.

—Bueno —murmura cerca de mi cara—, ¿y ahora qué, princesa? —Ese tonito burlón—. Ahora ya no eres tan valiente, ¿eh?

Mi organismo está colapsado. Mejor. Que se suspendan todas las funciones vitales ahora mismo. No necesito más que el roce del torso de Cam contra mi pecho por debajo del agua para poder sobrevivir.

—Sí que lo soy —aclaro, perdida en sus ojos.

Bésame.

—Sí que lo eres. —Se muestra de acuerdo con una sonrisa tierna. Casi parece orgulloso.

Bésame. Bésame. Bésame. Ya estoy a punto de decirlo en voz alta. Si fuera de verdad tan valiente, lo haría. Estamos muy cerca, no puede ser tan difícil recortar la distancia que nos separa. Podría hacerlo yo. Podría. Pero no me muevo. Sigo viendo brillar esos ojos verdes. Y son unos segundos muy largos. Bésame. Voy a decirlo.

Pero no hace falta. Se mueve sin prisa, pero hacia mí. Otro vuelco de estómago. Estoy del revés. Y no importa. Es la sensación más alucinante del mundo. Cierro los ojos y entreabro los labios con el primer roce de su boca. Es suave. Muy tierno. No se parece al ímpetu de su beso de anoche en la fiesta. Y, a la vez, es igual. Su cuerpo se pega un poco más al mío, aunque no mueve las manos. Lo siento todo. Todo es este beso ahora mismo. No hay más. Solo oigo nuestros roces, solo siento su contacto, solo huelo su *aftershave*. Y es maravillosamente envolvente. Como una burbuja en la que solo cabemos los dos. Y no quisiera compartirla con nadie más. Atrapa mi labio inferior con los suyos, muy suave, y luego vuelve a cubrirme la boca, con más profundidad. Con más intensidad. Esta vez no hay lengua, pero jugueteamos con los labios del otro de la forma más íntima que pueda imaginarse. No quiero que se acabe. Pasaría de ir a Japón para quedarme toda la semana aquí, besándolo así.

Abro los ojos cuando empieza a apartarse. Él aún los tiene cerrados. Y los abre lentamente para encontrarse con los míos. Nuestras miradas nos conectan y no quieren apartarse. Todavía está atrapado en mi marrón, cuando lo oigo murmurar.

—¿Qué pasa con tu maleta, Ash?

No veo su boca, pero siento su sonrisa en sus ojos. Gruño muy bajito. No soy capaz de dar más de mí. Cameron se impulsa levemente con las manos para separar su cuerpo del mío pero su mirada me está incitando a seguirlo, juguetón. Y yo hago una mueca y pongo los ojos en blanco por un momento, en respuesta a su comentario de la dichosa maleta. Y, al mirar hacia arriba, lo veo. Justo en la segunda ventana del piso superior de la casa de enfrente. La habitación que queda opuesta a la mía. Tyler Sparks está mirando hacia mi piscina. Y lo ha visto todo.

Todo pasa muy rápido entonces, debe cambiarme la cara o debo quedarme mirando más tiempo de lo normal, porque Cam se vuelve y mira hacia allí también. No dice nada. Pero cuando vuelvo a mirarlo a él, ya no permite que conecte con ese verde. Vuelve hasta mí y me pone las manos en la cintura, levantándome como si no pesara literalmente nada y sentándome en el borde de la piscina, antes de impulsarse con los brazos y salir él, sorprendentemente ágil. Recoge sus zapatillas y las agita para librarlas del exceso de agua antes de ponérselas.

—Me voy —anuncia sin emoción reconocible en la voz—. Suficiente espectáculo por hoy —murmura.

—Cam... —lo llamo, pero ya está dando grandes zancadas hacia el coche.

—Pásalo bien en Japón, Ash —me desea fríamente.

Y se va.

No lo entiendo. Lo entiendo, pero no lo entiendo. Entiendo que el beso tan especial que acabo de tener no ha sido igual de especial para él. Entiendo que en su plan entraba darle celos a Tyler para que me lleve al puñetero baile. Entiendo que tenemos un trato. Y entiendo que ha debido ver a su amigo en la ventana. Entiendo que Tyler Sparks no soporta que su colega tenga una chica que él no puede tener. Pero lo que no entiendo es que todo esto no haya sido real. Y no entiendo que pueda besarme así si no siente lo mismo que yo.

Me quedo plantada en el jardín un par de minutos. Quizá algo menos, no sé. Hace frío como para estar completamente empapada a la intemperie. Paso junto a la piscina y recojo la cazadora que me ha traído Cam para subirla a mi cuarto. Me cambio de ropa y me seco el pelo todo lo que puedo en el menor tiempo posible. Estoy atontada. No soy capaz de reaccionar a lo que acaba de pasar. De momento. Deambulo por la casa. Encuentro mis pantalones y mis camisetas en el montón para planchar. Y lo meto todo en mi maleta, aunque está arrugado. Cierro la cremallera justo cuando oigo la puerta de entrada a casa.

—¡Ashley! Espero que estés lista porque hay que irse ya.

—¡Sí, mamá! —le grito asomándome al pasillo.

Mi móvil emite un bip desde encima de mi cama. Lo cojo para ver quién me escribe. Vaya.

Es Tyler.

No necesito una semana. Sal conmigo.

Siento que me va a explotar la cabeza. De verdad. No puedo más con el maldito trío Bennet. Un éxito de *hashtag*, pero un infierno para mí. No sé qué es real aquí. El chico que me besa para poner celoso a su amigo. O el que solo se acuerda de que quiere tenerme cuando me ve con otro.

Contesto.

Me voy a Japón en diez minutos.

La respuesta no tarda nada en llegar.

Cuando vuelvas. Quedamos el sábado.
Déjame invitarte a cenar.

Tengo dudas. Tengo muchas dudas. Porque preferiría mil veces que la foto de perfil que me muestra mi móvil como autor de los mensajes fuera la de Cam. Y no lo es. Pero es que Cam lo que está buscando es esto. No a mí. Hasta me ha besado solo para conseguir esto, ¿no?

¿En plan amigos?

Mejor tener las cosas bien claras. Porque ya no sé si mi criterio sirve para juzgar todo lo que está pasando o si interpreto mal todas las puñeteras señales de todos los puñeteros tíos.

Responde enseguida.

En plan cita.

Él responde enseguida, pero yo no. Porque antes de dar una respuesta necesito saber algo. Hago un pantallazo de la conversación y se la envío a Cam. A continuación, escribo un simple mensaje. Simple, pero claro. La pelota está en su tejado.

¿Debería salir con él?

Por favor, di que no. Di que no, Cam. Di que no. Di que no.

Mamá me grita desde el piso de abajo. Que mueva el culo de una vez o se van sin mí. Me guardo el móvil en el bolsillo, levanto la maleta y cargo con ella para bajar las escaleras. Las de mi familia ya están en el coche. Hago como que me intereso por la visita a la abuela. Qué mala nieta soy.

Estamos ya saliendo de la ciudad rumbo a San Francisco cuando el móvil me notifica la llegada de un mensaje. Se me acelera el corazón cuando veo que es de Cam, pero se me rompe, lentamente, en pedacitos, cuando lo leo.

Deberías salir con él.

17
Sweeter than fiction

¿Ya estás en San Francisco?

Su mensaje me llega cuando solo llevamos diez minutos en el coche. El viaje de vuelta ha sido muy largo y yo apenas he podido dormir. Odio los aviones. Y ya estamos camino de casa, aunque he intentado convencer a mi madre de que era mejor pasar la noche aquí. Como si no hubiéramos tenido ya bastante viajecito. Imposible hacer cambiar de opinión a mamá cuando se le mete algo en la cabeza. Que solo es hora y media, enseguida estaremos en casa. Pero sé que está cansada. Así que, ahora, Eric va durmiendo en el asiento trasero mientras yo intento mantenerme despierta por todos los medios para hacer compañía a mamá y que no se duerma al volante.

La llegada del mensaje me ha sorprendido. Y me ha despertado del todo. Se me tensa el estómago solo con leerlo. Anticipación. Tengo muchas ganas de volver a verlo. Muchas. Seis días pensando en él. En él. Parece lo más natural.

Tecleo una respuesta. Quizá debería haberle escrito antes. Pero son más de las dos de la mañana. Pensaba que a lo mejor dormía. Pero contesta de nuevo. Que lo avise al llegar.

Y que si he tenido un vuelo agradable. Sabe perfectamente que odio los aviones, así que imagino la última pregunta cargada de ironía. Capullo.

Vete a dormir, Cam.

Veo que empieza a escribir de nuevo.

Dormiré mejor cuando sepa que estás sana y salva en tu cama.

Sonrío. Pero luego me obligo a mí misma a borrar la sonrisa. Porque no debo interpretar las cosas como querría que fueran sino como son. Y la verdad es que Cameron Parker no se ha pasado seis días pensando en volver a besarme, como yo los he pasado pensando en besarlo a él. Y tengo una cita mañana por la noche. Tengo la puñetera cita con la que llevo soñando años. Y, claro, no es con él. A lo mejor si Cam me lo pidiera, pasaría de mi cita con Tyler. Si me lo pidiera, cambiaría a mi acompañante por él sin pensármelo demasiado. Pero me dejó bastante claro que tengo que salir con Tyler. A él no le intereso. Y, en estas circunstancias, no puedo abandonar mis más profundos deseos de los últimos cuatro años por nada. Por nada. Porque no hay nada entre Cameron y yo.

Y eso a pesar de que en toda la semana nos hayamos mandado más mensajes de los que me he mandado con nadie. Ni siquiera en el grupo de mis amigas se ha hablado tanto como en mi chat con él. Y a nadie le he mandado tantas fotos. Y, aun así, él no paraba de pedirlas. Y Tyler... Tyler solo me ha mandado un par de mensajes para preguntar cómo me iba por Japón. Pero es que tampoco me ha importado no saber más de él. Ahora que estoy de vuelta, tengo que cambiar un poco el chip. Mañana salgo con Tyler Sparks y tiene que ser la cita más alucinante de mi vida. Estoy segura de que va a serlo. En cuanto me recuerde a mí misma, pero de verdad, que Cam no es una opción.

Guardo el móvil y charlo con mamá para entretenerla. Vamos comentando lo que más nos ha gustado del viaje. Y mi madre y yo tenemos gustos muy distintos, eso está claro. Pero hay algo en lo que sí coincidimos. Lo mejor de todo ha sido estar con papá. Lo había echado muchísimo de menos.

Por fin en mi cama. Sana y salva. Eso es lo que le digo a Cam en el último mensaje que envío antes de dormir. Y, aunque son casi las cuatro de la madrugada, él responde.

Duerme bien, princesa.

Me levanto tarde y, aun así, siento que no he dormido lo suficiente. Debería dormir varios días para poder recuperarme de las vacaciones de primavera. No creo que tenga *jet lag*, no me siento como si fuera de madrugada, como en Japón, pero me gustaría poder dormir al menos doce horas más. No puedo, claro. Esta noche tengo una cita. Y, antes, tengo algo más que hacer.

El móvil tiene varias notificaciones que mostrarme. Ningún mensaje de Cam. Mis amigas contando sus propias aventuras y preguntando por mi cita de esta noche. Emily y Mia no vuelven de sus propias vacaciones hasta mañana, y ya están organizando un encuentro para tomarnos unos batidos y ponernos al día sobre la última semana. Siete días sin vernos son una eternidad. Y también me ha escrito Tyler. Pregunta cómo ha ido la vuelta, si estoy demasiado cansada para nuestra cita porque él se muere de ganas. En serio, lo dice así: «Me muero de ganas de verte». ¿Que si a las siete me va bien? Bueno, claro, ¿por qué no? Así que le contesto y le digo que a las siete es buena hora. No digo que me muera de ganas de verlo. Aunque mi yo de los cuatro años pasados está dando saltitos de emoción en mi interior. Responde al instante:

> Nos vemos a las siete en la calle de detrás de nuestras casas.

Perfecto. Me doy una ducha, me visto con unos vaqueros negros ajustados y una camiseta gris de manga corta y un cárdigan beige sin mangas y, claro, mis Converse blancas de bota, y deshago mi maleta solo lo suficiente para encontrar lo que estoy buscando. Un pequeño paquetito envuelto. Lo meto en mi mochilita. Listo para cuando salga de casa. Pedimos algo de comida a domicilio porque a mamá no le apetece cocinar. A nadie le apetece. Así que comemos frente a la tele y, en cuanto terminamos, le pido las llaves del coche a mi madre.

—Quiero que esa maleta no se quede sin deshacer hasta mañana, Ashley —me advierte antes de que salga por la puerta.

Mamá, siempre tan mal pensada. La desharé en cuanto vuelva. Si es que tengo tiempo antes de mi cita con Tyler.

Hago una parada técnica en el camino para comprar un par de cafés en una cafetería del barrio. Creo que lo necesito si no quiero dormirme en la cena esta noche con Tyler. Y sería de mala educación no llevar otro, ¿no?

Estoy nerviosa cuando llamo al timbre. Me muero de ganas de verlo. Sí. A este, sí. Me abre la puerta su madre y me sonríe un poco con amabilidad antes de preguntarme qué quiero.

—¿Está Cameron en casa? —le pregunto.

Entonces parece que se acuerda de mí. Del primer día de nuestro proyecto cuando nos cruzamos en su casa y Cam nos presentó.

—Ah, sí. Está en la parte de atrás, había que arreglar un desperfecto de la valla —me cuenta—. Ven, pasa por aquí.

Y se muestra más amable y más relajada que cuando la vi por primera vez. Me acompaña hasta la cocina y me abre la puerta de atrás para que pueda salir. Le doy las gracias y luego avanzo por el pequeño rectángulo de césped. Me da la impresión de que la señora Parker ha cerrado la puerta y ya está a lo suyo. Qué diferente de mamá.

Cam está de espaldas, agachado y dando martillazos a un trozo de madera de la valla trasera. ¿Habrá algo que a este chico no se le dé bien? Lleva pantalones cortos anchos de deporte y una camiseta negra de manga corta. El calor primaveral está llegando a Sacramento, y el cambio de temperatura es evidente para mí que llevo toda la semana fuera. Cuando para de martillear yo estoy lo suficientemente cerca para hablarle. Lo veo echarse el pelo del flequillo hacia atrás y sonrío.

—Buenas tardes, caballero —saludo, y creo que mi sonrisa se transmite con mi voz.

Se vuelve al instante. No sé si lo he asustado. Puede que sí. Tiene un clavo entre los dientes, pero, en cuanto sus ojos encuentran mi rostro, se lo quita y sonríe ampliamente.

—Bueno, ¿qué tenemos aquí? Recién llegada desde el país del sol naciente. —Se pone de pie frente a mí—. ¿Qué has hecho con tu pelo? —pregunta en tono de broma.

Oh, claro. Mi pelo. Me hice un ligero cambio de imagen en Japón. Tampoco es para tanto. Simplemente me corté un poco las puntas, me puse flequillo y me di algo de color, de manera que ahora llevo la raíz de un castaño un poco más oscuro y el tono se degrada hacia las puntas, que ahora son un pelín más claras que mi color natural.

—¿Te gusta? —consulto, alzando una ceja.

—Estás muy guapa, Ash —me piropea. Da un paso hacia mí y yo me dejo envolver en un abrazo rápido—. Pensaba que aún estarías durmiendo, ¿qué haces aquí?

—Dormiría tres días seguidos, pero, ya sabes, dormir está sobrevalorado. Demasiadas cosas que hacer en el día —lo imito cuando vuelvo a mirar sus ojos.

Sus ojos. Había echado un poquito de menos ese verde. O mucho. Suelta una carcajada al oírme. Y eso también lo había echado de menos. Un poquito.

—He pensado que igual tenías rato para un café —expongo imprimiendo un tono de interrogación al final. Elevo un poco mi mano izquierda para enseñarle la bolsa de papel que llevo—. *Cappuccino* con cacao en polvo por encima.

Sonríe. He acertado, o eso parece. Saco su café y se lo tiendo, para después coger el mío. Lo coge y me hace una seña para que lo siga. Nos sentamos en un par de butacas de madera que hay en su porche trasero, junto a una mesita baja.

—Cuéntame, ¿qué tal por Japón? ¿Cómo está tu padre? —me pregunta, como si no lo supiera ya.

—¿Qué más puedo contarte? Has tenido la información al minuto mientras estaba allí.

—Ya, pero no es lo mismo leer un mensaje que oírtelo decir —explica con media sonrisa traviesa—. Cuéntame qué te pasó en el templo de agua pura.

Y se ríe al ver mi cara. Claro. Cameron Parker. El capullo. Lo primero que tenía que preguntar es por mi anécdota más ridícula de todo el viaje. Aunque ya me haya hecho contársela tres veces antes. Hasta por mensaje de voz.

Hablamos durante un rato. De mi viaje. De mi padre. De sus vacaciones de primavera. Y es como si no hubiera pasado nada entre nosotros. Como si no nos hubiéramos besado antes de irme. Dos veces. En parte, eso me relaja porque podemos charlar y reírnos como amigos, sin tensiones, como hacíamos hasta la fiesta en casa de Troy. Podemos tomarnos un café tranquilamente. Pero también me gustaría poder decirle la verdad. Que no he parado de pensar en él. Que me muero por besarlo otra vez.

—No te he traído *sushi* —reconozco.

—Joder. Menuda decepción, Ash —suspira, pero no es capaz de borrar la sonrisa.

—Ya, bueno. —Me encojo de hombros—. Pensé que no era buena idea meter pescado crudo durante unas quince horas de viaje en mi maleta. Pero te he traído otra cosa —añado, misteriosamente, y abro mi mochila para sacar el paquetito.

Cuando lo miro tiene las cejas alzadas en sorpresa. Sonrío al verlo.

—¿En serio? No tenías que traerme nada —protesta, cogiendo el paquetito entre las manos cuando se lo tiendo.

Tiene el tamaño de una pelota de béisbol más o menos. Entre sus manos parece más poquita cosa que entre las mías.

—Claro que no —estoy de acuerdo—. Pero lo vi y pensé en ti.

Me mira a los ojos y yo me callo. Tampoco podría decir nada, aunque lo intentara. Parece hasta ligeramente emocionado.

—Pensaste en mí —repite en voz más baja, y a mí se me pone la piel de gallina ante su tono.

—Ábrelo —pido, como puedo.

Lo desenvuelve con cuidado. Demasiado despacio. Quiero explicárselo ya. No estoy muy segura de si le gustará, aunque cuando lo compré estaba convencida de que era el regalo perfecto para él. Saca con mucha delicadeza el muñequito de papel maché, con forma redondeada, pintado en rojo, dorado y negro y con los ojos aún en blanco, claro.

—Es un muñeco *daruma* —explico mientras él lo contempla—. Es como un amuleto de buena suerte para cuando tienes un propósito. La idea es que te motive y te ayude a trabajar para alcanzar lo que quieres. Te planteas el propósito y le pintas uno de los ojos. —Señalo los ojos en blanco y nuestras manos se rozan. Casi puedo sentir la corriente eléctrica entre los dos—. El otro ojo hay que pintarlo cuando lo has conseguido, en señal de agradecimiento. Así, cada vez que ves que tiene solo un ojo pintado te acuerdas de seguir trabajando por tus sueños. Además, nunca se cae —añado, y se lo quito de las manos para ponerlo sobre la mesa y mostrarle como el muñequito siempre vuelve a su posición original por mucho que lo empuje—. Simboliza la perseverancia. —Hago una pausa. Los dos estamos mirando al muñeco, no sé qué le parece—. Lo vi y pensé en tu partido de la semana que viene y en la Universidad de Oregón...

Antes de que pueda dar más explicaciones, me rodea los hombros con un brazo y me atrae hacia él. Me besa el pelo, sobre la oreja.

—Gracias, Ash —dice en un susurro. Yo ya tengo la carne de gallina, otra vez—. Me encanta. ¿Le pintas el ojo conmigo?

Se aparta de golpe cuando se le ocurre esa idea. Y ni me deja contestar antes de entrar en la casa a toda prisa. Cuando sale lleva una témpera de color negro y un pincel fino. Lo miro, sorprendida.

—A mi madre le gusta pintar garabatos, de vez en cuando —explica con media sonrisa.

En vez de volver a su sitio se sienta detrás de mí, poniendo una pierna a cada lado de mi cuerpo y envolviéndome con los brazos para recuperar el muñequito. Yo ni me muevo mientras siento su respiración en mi espalda y el movimiento de sus músculos cuando abre la pintura y hunde la punta del pincel.

—¿Qué ojo tengo que pintar primero?

—No lo sé. —Caigo en la cuenta—. Supongo que da igual.

Nadie me dijo lo contrario. Nadie me especificó que tuvieran que pintarse en un orden en concreto. Supongo que debería pintar el que le resulte más cómodo. El derecho, en su caso.

—¿Cómo que supones que da igual? —Casi se indigna, hablando contra mi oído—. A ver si lo voy a hacer mal y la cagamos —protesta.

Yo me río.

—Da igual, pinta uno de los dos y ya está.

—Muy bien. Tu responsabilidad —avisa.

Sonrío mientras miro cómo pinta un circulito negro con mucho cuidado en el centro del ojo derecho. Luego, deja el pincel. Ha quedado bastante bien.

—Bueno, ya lo tenemos todo hecho. Ahora a esperar a que me manden la carta de aceptación —bromea.

—No funciona así —le advierto, entre risas—. Tienes que esforzarte y no perder de vista tu propósito. Así que lo siento, el sábado tendrás que jugar ese partido.

—Vaya. El peor regalo que me han hecho en mi vida —se burla, junto a mi oído.

Me recuesto contra su pecho, sin haberlo planeado. Simplemente, me parece lo más normal. Es lo que quiero hacer. Él no se mueve. Deja que mi espalda se amolde a los recovecos de su pecho y que mi cabeza se apoye en su hombro, rozándole la mejilla con mi coronilla. Durante unos segundos me deja sentir la cadencia de su respiración. Luego, habla. No es más que un murmullo, que me hace cosquillas en el lóbulo de la oreja. Pero el mensaje me llega, muy claro.

—Ash, ¿qué pasa con Tyler?

Por un momento, me parece percibir un deje de tristeza

en esa pregunta. Me aparto de él y giro la cara para poder mirarlo. Me está observando. Y no parece triste. Más bien, serio. Interesado. Expectante.

—He quedado con él a las siete —reconozco, con un hilo de voz.

—Bien. Tienes que salir con él.

Se levanta, pasando la pierna con cuidado por detrás de mi cuerpo y vuelve a su sitio anterior. Siento que he pasado de la primavera al invierno en cuestión de segundos cuando pierdo la cercanía de su cuerpo. Y estoy un poco confundida. ¿Tengo que salir con él?

—¿Qué vas a ponerte? —me pregunta volviendo a un tono mucho más neutro. Yo me encojo de hombros—. ¡Ash! —me regaña—. Deberías ponerte los pantalones de cuero. Botas, no Converse. —Señala mis pies como con desprecio mal fingido—. Una camiseta sexy, pero llévate la cazadora que te pusiste el día que fuimos al parque por la noche. Pasarás frío donde va a llevarte.

Lo miro con el ceño fruncido. Primero, por ser tan mandón. Y segundo, y más importante, por la última frasecita que ha soltado.

—¿Tú cómo sabes dónde va a llevarme?

Aunque eso tampoco me importa tanto. Mi corazón sigue lamentándose con cada latido. «Tienes que salir con él.»

—No es muy difícil —aclara con una media sonrisa burlona—. Lleva a todas las chicas al mismo sitio en la primera cita.

Lo dice como si no le diera importancia. Aunque en realidad lo que eso quiere decir es un claro: «Solo eres una más, bonita».

—Entonces, ¿vas a dejarme algo de misterio o vas a darme los detalles de lo que va a pasar en mi cita de hoy? —replico, fastidiada.

Cuando me encuentro con sus ojos, parece molesto. De repente, el ambiente se ha tornado bastante tenso entre los dos. Y no sé ni lo que ha pasado.

—Va a llevarte en la moto. Por favor, ten cuidado cuando intentes impresionarle con tus habilidades conductoras, él no va a estar pendiente de pisar el freno si no lo haces tú. Mejor no te rompas ningún hueso esta noche. Recogeréis comida para llevar en el restaurante de un amigo de sus padres. Italiano. Y cenaréis a la luz de la luna en una zona apartada de Old Sac. Vistas del río, el puente, el ferrocarril. No está mal. Le copié la idea para una cita con Vanessa una vez.

—Qué bien —murmuro entre dientes.

—Y... Ashley —me llama, y yo alzo la vista hasta sus ojos verdes—. ¿Me llamarás cuando vuelvas a casa para contarme cómo ha ido?

Las siete menos diez y aún ni me he maquillado. Y soy un desastre maquillándome. Ojalá estuviera Vanessa aquí para dejarme perfecta en cinco minutos. Pero ella y Troy están en la bolera. Con Ryan, con Cam... y, por lo que yo sé, probablemente también con Jessica. Cam me ha dicho que no sabía si Jess iba, pero que era posible. Que no la ha vuelto a ver desde el miércoles de mi desgracia. Y no parecía tener muchas ganas de volver a verla hoy, pero ¿va a dejar de ir con sus amigos por ella? Y yo no le he preguntado por la rubia a Vanessa en nuestra conversación diaria para cotillear. Hablamos bastante últimamente. Ella sabe que salgo con Tyler esta noche. Claro. Lo sabrán todos. Tyler es el único que pasa de la bolera hoy.

Estoy nerviosa. Y el nerviosismo aumenta por momentos. Estoy a punto de salir en una cita con mi amor platónico. En una cita de verdad. Y ahora, que me he convencido a mí misma de que ese «tienes que salir con él» definitivamente significa que Cameron Parker no quiere salir conmigo, me estoy centrando en lo que eso me hace sentir. He liberado a mi yo de los cuatro años pasados. Y está como un puñetero flan. El primer intento de pintarme la raya del ojo es un absoluto fracaso. Esto no va a salir bien. No sin ayuda.

—¡Mamá! —Lanzo un grito hacia el piso inferior. Tengo que repetirlo porque, al parecer, tienen la tele muy alta—. ¿Me puedes ayudar un momento, por favor? —pido cuando por fin me contesta.

Mi madre me pregunta en primer lugar si pienso salir así vestida. No pone pegas, pero tampoco buena cara, y creo que no es por la ropa en sí, sino porque no es mi estilo habitual el que Cameron me ha sugerido. La mujer da por supuesto que voy a salir con Cam, y yo comento que el grupo de amigos va a la bolera, sin mentir, para que ella saque sus propias conclusiones. Tarda un poco más de lo que yo esperaba en lograr un maquillaje muy natural. Y yo, prácticamente, salgo corriendo en cuanto agarro mi bolso, porque son ya casi las siete y diez.

—¡De mañana no pasa lo de esta maleta, Ashley!

Oigo la advertencia de mi madre cuando casi estoy ya en la puerta trasera de la casa. Obvio, no me ha dado tiempo hoy a deshacer la maleta del todo.

La calle está muy silenciosa. Y yo me acerco hasta la valla de mi jardín, cautelosa. Tengo un poco de miedo de que me haya dejado plantada. Pero no. Ahí está. Tiene la moto con el motor apagado y la patilla sujetándola, aunque está montado encima. Su casco apoyado sobre el depósito de gasolina y el otro, el mío, en la parte de atrás del asiento. Lleva vaqueros rotos bajo los cuales asoman unas botas de cuero marrón, a juego con su chaqueta de cuero marrón con las mangas negras. Lleva el pelo rubio bien peinado hacia atrás, con el volumen perfecto en la parte superior. Innegable que está guapísimo. Irresistible. Levanta la vista para mirarme cuando me oye cerrar la puerta del jardín. Me da un saltito el corazón. Y sonríe. Madre mía, las chispas no están saltando, están volando. Por todas partes. Le devuelvo la sonrisa. Aunque menos brillante que la suya, eso seguro.

—Hola —saluda, guarda el móvil en el bolsillo de su chaqueta y cierra la cremallera—. Estaba a punto de llamarte para ver si habías cambiado de idea.

—No, no. No he cambiado de idea —aseguro a media voz.

Estoy un poco cortada ahora que lo tengo aquí delante. ¿Cómo debe actuar una cuando está viviendo su sueño? Por muchas veces que haya pensado en esto, la realidad nunca termina de ser ni parecida a la ficción.

—Estás increíble —suelta, y yo noto cómo me sube el rubor a las mejillas—. Te queda muy bien el pelo así.

—Gracias.

Mierda. Esto no está fluyendo mucho. Es una situación rara. Como ese nerviosismo extraño del principio de toda primera cita, en el que no puedes parar de pensar en cómo romper el hielo y rezas para que, de alguna manera, todo salga bien. Y creo que él también lo nota. Estoy incómoda.

Me tiende el casco que descansaba en la parte de atrás de la moto. Sí, mejor. Pongámonos en marcha.

—Vamos. Te llevo a algún sitio más agradable para que me cuentes qué tal es Japón.

Sonrío un poco al oír eso y avanzo hacia él. Me pongo el casco y me monto justo a su espalda mientras él se pone el suyo y arranca. De momento, Cam tenía razón. Me lleva en moto. Vamos a ver qué más nos depara esta cita.

Paso por paso todas las previsiones se cumplen. Paseo en moto, comida italiana. Dos de tres a favor de Cameron Parker, el adivino. Solo nos falta Old Sac como escenario y habrá hecho un pleno. Pero, en realidad, eso me da igual. No me importa si es la cita con la que deleita a todas sus conquistas, porque ahora soy yo la que está aquí y eso es lo que cuenta. Nunca pensé que fuera a ser una más para Tyler Sparks. Así que ser la única especial ha estado siempre muy, muy lejos del alcance de hasta mis mejores sueños. Y, mientras esperamos nuestra comida para llevar, el ambiente se ha relajado bastante. Tyler se inclina un poco hacia mí, a mi lado, en la entrada del restaurante.

—¿Ves a ese camarero de ahí? ¿El gordo? —Señala a un hombre que atiende una mesa al fondo. Yo asiento al localizarlo—. Es el tío que me dio a probar mi primer cigarrillo. Llevaba unos dos días en la ciudad, vinimos a cenar porque el dueño es amigo de mi padre, y yo, que soy un rebelde, quería escaparme por la puerta de atrás. Él estaba fumando ahí, en su descanso, y me dijo que en vez de escaparme y liarla y acabar con una buena bronca y castigado, me fumara un cigarrillo con él y volviera dentro. Bastó por esa noche para satisfacer mi rebeldía —bromea.

—¿En serio? —Sonrío al escuchar la historia.

—¿Debería ir a decirle que por su culpa ahora fumo casi un paquete al día? —me consulta, en tono de broma.

—Denúncialo directamente. Indemnizaciones millonarias por atentado contra tu salud.

Lo oigo reír, suavemente. Y miro un poco hacia arriba para verle la cara. Él también está mirándome a mí. No me puedo creer que esto esté pasando de verdad. Y no me puedo creer que, por un segundo, me haya gustado esa risa menos que la de Cam.

—¿Qué había por Japón? —pregunta, cambiando el tema—. ¿Peces con tres ojos? ¿Radiación de Fukushima? ¿Devastación en Hiroshima?

—No he estado por allí, pero diría que Hiroshima es muy próspera en los tiempos que corren —respondo con una media sonrisa—. No. Yo solo me he dedicado a ver cosas bonitas.

—Pues mejor. No mereces otra cosa —asegura con sus pupilas en las mías.

Un camarero se acerca para traer la bolsa con nuestro pedido. Tyler saca la cartera e insiste en que me invita cuando yo hago amago de buscar la mía para pagar a medias. Es imposible convencerlo. Sobre todo, porque pierdo un poco de valor cuando me dice que en la próxima cita invito yo y me guiña un ojo.

Y así, volvemos a la moto para buscar un lugar adecuado para comer nuestra cena para llevar. A poder ser con bonitas vistas. A poder ser, un poco más íntimo.

Old Sac. ¿Cómo no? Empiezo a sentir un pelín de rencor hacia Cameron Parker y sus ganas de fastidiar la cita de mi vida. O sea, la CITA. Con mayúsculas. Eso es lo que debería ser. Es lo que tiene que ser, aunque no pueda mostrarme impresionada por el escenario que ha elegido mi acompañante. Para la moto en un sitio apartado. Y la verdad es que es un lugar perfecto para una cita. Poca contaminación lumínica, intimidad y la puesta de sol, justo en este momento, frente a nosotros. Parece que eso también lo tenía calculado.

Me quito el casco y contemplo los colores rojizos más allá del río. El tono del atardecer también se refleja en las aguas. Es una pasada. Precioso. Tyler también se quita su casco. Se arregla el pelo. Pone la patilla de la moto y se asegura de dejarla bien apoyada, antes de bajarse. Después me tiende la mano. Y yo la tomo para que se crea que me está ayudando a bajar de la moto, aunque pueda perfectamente hacerlo sola. Llevo la bolsa con nuestra comida en la mano derecha y la dejo entre los dos cuando llegamos al borde del camino, sobre el río. Nos sentamos en la piedra que lo bordea en unos metros alrededor. Con las piernas colgando. El puente queda a nuestra izquierda, pero solo unos cuantos metros más allá. Las vías del ferrocarril solo un poco más lejos, a nuestra espalda. Es un sitio muy tranquilo, y la pequeña y estrecha carreterita que nos ha traído hasta aquí permanece vacía a estas horas.

Repartimos la comida y él abre una lata de cerveza que ha traído de casa y yo tengo un botellín de agua de los que hemos cogido en el restaurante. Hoy no quiero beber cerveza. Hoy necesito ser consciente de absolutamente todo lo que pasa.

—Este sitio es muy bonito —digo distraídamente contemplando las ondas que se forman en el agua con el roce de la brisa suave que está empezando a soplar—. Perfecto para una cita. ¿Traes aquí a todas tus citas, Tyler?

Lo digo con voz burlona. Porque me imagino que dirá que no. Y yo sé cuál es la verdad. Que trae aquí a absolutamente todas las chicas en la primera cita. Pero no me extraña. Si yo conociera un lugar tan ideal para asegurarme la conquista también lo utilizaría todas las veces.

—La verdad es que he traído aquí a muchas chicas. —Lo dice como si no pasara nada. Como si yo fuera su colega y no la chica a la que está tratando de impresionar esta noche—. Desde la primera vez que estuve en este sitio siempre pensé que era el escenario de mi cita ideal —confiesa, y yo lo miro de reojo, muy interesada—. No me daba cuenta de que la cita ideal que yo tenía en mi mente no tenía tanto que ver con el lugar como con la compañía. Y la compañía nunca había sido la que yo tenía en mi fantasía... hasta ahora.

Me mira a los ojos. Y yo tengo que girarme un poco para mirarlo a él cómodamente también. Esos ojos avellana. Los de todas mis fantasías. Los de mis sueños más románticos. ¿Eran mis ojos los de sus fantasías del mismo modo?

—Traía a las chicas aquí porque no podía traerte a ti, Ash —dice en un susurro.

Siento cómo se me eriza el pelo de la nuca. Y ni siquiera me ha rozado. Cierro los ojos unos segundos, y niego con la cabeza esbozando una media sonrisa.

—No te creo —le dejo claro al volver a conectar con su mirada.

—Lo entiendo —dice, enseguida—. Déjame demostrarte que voy en serio. Eh, es solo la primera cita.

—¿Primera de cuántas?

—Espero que sean muchas más de las que pueda contar —habla muy serio. Luego abre la cajita de su comida y coge uno de los tenedores de plástico de la bolsa—. Pero primero hay que disfrutar de esta, así que come antes de que se te enfríe.

Sonrío ante el cambio de tema. Y de actitud. Está mucho más relajado. Yo doy el primer bocado de mi pasta y alabo la comida. Está buenísima. Comemos y mientras lo hacemos no paramos de hablar. Ya no queda rastro de la sensación extraña que me ha invadido al principio. No hay silencios incómodos. Y no puedo creerme que yo, precisamente yo, la idiota que casi tartamudeaba cada vez que se cruzaba con el quarterback del equipo, ahora esté aquí charlando con él tan tranquila. Sé a quién tengo que agradecerle la recientemente descubierta confianza en mí misma. Pero ahora mismo no quiero pensar en él. No quiero hacerlo y tener que comparar. Porque la cita con Tyler está siendo mucho mejor de lo que podría haber imaginado y no quiero que pierda brillo si me imagino que es Cam quien me acompañara en su lugar. Puede que ni siquiera sea real. Puede que de ser Cameron y no Tyler el que tengo enfrente ahora mismo, me explotara la burbuja en la que he estado desde nuestro beso. Así que voy a apartar a Cam a un lado. Prohibido pensar en él en todo el resto de la noche.

Mi plato de pasta es exquisito y el de Tyler no se queda atrás. Soy yo la primera que se atreve a robarle un poco de su cena sin pedir permiso y, al final, acabamos compartiendo los platos. Cuando recogemos los restos para tirarlos más tarde a la basura, ya ha anochecido del todo. La luna está en fase decreciente esta noche. Y hasta podemos ver algunas estrellas. Las más brillantes. El sonido de las aguas y el canto de los grillos bajo nuestros pies, en la orilla, hacen de este escenario uno de los más ideales para el romanticismo. Pero Tyler no ha vuelto a intentar ponerse romántico. No ha insistido con eso de que su cita ideal me estaba esperando a mí para estar completa. Y lo prefiero. Porque estoy más cómoda charlando de cosas menos importantes, la verdad.

—Déjame que adivine... Yale. —Hace su apuesta sobre la universidad a la que quiero ir.

—Stanford —corrijo con media sonrisa.

—Stanford está muy cerca de casa. ¿No te llama la costa Este?

—Me gusta California. ¿Tantas ganas tienes tú de largarte de Sacramento? —pregunto, aunque intuyo la respuesta.

—Me gusta California —me imita—. Pero Los Ángeles suena mejor que Sacramento, ¿no te parece? ¿Qué quieres estudiar?

—Psicología —respondo sin dudar.

Tyler hace un chasquido con los dedos de la mano derecha mientras esboza una sonrisa.

—¡Estaba a punto de decir psicología! —asegura, y yo me río—. Te pega. Es muy fácil hablar contigo.

Yo no digo nada, porque encontrarme con esos ojos avellana y quedarme atrapada en ellos sin palabras es todo uno desde hace mucho tiempo. El ambiente acaba de ponerse un poquito más tenso de repente. Y pienso que podría besarme en cualquier momento. Y no estaría fuera de lugar. Lo estoy pasando muy bien con Tyler Sparks. Y estoy muy cómoda hablando con él, como cuando teníamos trece años y acabábamos de conocernos. No hay duda de por qué llevo cuatro años loca por este quarterback. Su presencia es tan magnética que prácticamente me hace gravitar hacia su cuerpo. Esa pose de chico malo que en el fondo solo busca que lo salven. Y siempre he sabido que, si había alguien en el mundo que podía comprenderlo, esa era yo. Estaba claro, ¿no? Desde el principio. Pero ahora ya no soy solo eso. Ya no soy únicamente la chica con la que es fácil hablar o su hombro sobre el que llorar. Soy mucho más. Eso es lo que he aprendido en el último mes de mi vida. Y eso es lo que tengo que demostrarle ahora mismito al tipo duro y chulito que tengo delante. Dale algo que recuerde, Ashley. Es hora de actuar.

Me levanto y tiendo la mano hacia él, que me mira sin saber muy bien lo que pretendo.

—¿Me prestas las llaves de tu moto? —pido, y él alza las cejas y yo sonrío de medio lado—. Me gustaría probar a dar una vuelta. Si quieres, te llevo —añado en tono burlón.

—Ya. —Sonríe, un poco inseguro—. ¿Sabes conducir una moto? —Lo duda.

—Será mejor que lo averigüemos —propongo con una mueca traviesa.

Saca las llaves de la moto del bolsillo de sus vaqueros y me las tiende. Justo cuando voy a cogerlas, las aparta un poco de mi alcance.

—Un solo rasguño a mi pequeña y te las tendrás que ver conmigo —amenaza en tono de broma—. Sé dónde vives, Ashley Bennet.

Yo le sonrío con superioridad y hago otro lance rápido para tratar de coger las llaves. Tyler me agarra por la muñeca y tira de mi brazo haciéndome caer en su regazo, sentado de medio lado sobre el borde del cemento. Nuestras bocas quedan a unos ridículos centímetros de distancia. Pero aprovecho que se distrae mirando mis labios para cogerle las llaves de entre los dedos. Me doy impulso para levantarme de nuevo y le tiendo la mano, como si me necesitara para levantarse. Está sonriendo y me mira, mucho más interesado de lo que ha estado durante toda la primera parte de la cita. Aunque me coge la mano, se levanta él solo. Me sigue hasta la moto. Soy la primera en montarme y lo veo dudar un par de segundos.

—¿Tienes miedo, Tyler? —me burlo mirándolo de medio lado sobre el asiento.

—No conozco esa palabra —alardea, y yo hago una mueca—. No me gusta ir de paquete. Espero que entiendas que hago una excepción, pero solo porque eres tú —advierte, se sienta detrás de mí y pega su cuerpo al mío tanto como puede—. ¿Necesito ponerme el casco?

—Depende de lo gallina que seas. —Lo oigo soltar una risa queda justo detrás de mí.

—Muy bien. Enséñame lo que sabes hacer.

Quito la patilla, con más esfuerzo del que creía necesitar, pero me parece que he conseguido que no se me note demasiado que soy una floja. Sentado detrás de mí, Tyler mantiene la moto en equilibrio y yo hago girar la llave para arrancar. Meto primera y giro el acelerador para hacer un poco de ruido antes de salir. Seguro que eso le gusta.

—Espera —me pide al oído antes de que eche a andar—. Deja que me agarre. Solo por si acaso —medio bromea, y me rodea la cintura con los brazos de una forma demasiado íntima como para que yo pueda pensar que lo hace por mera seguridad.

—Si tienes miedo solo tienes que decirlo para que vaya más despacito —me burlo de nuevo.

Antes de que él pueda decir nada más, acelero la moto

y suelto el embrague. Y con solo un día de práctica y el tiempo que ha transcurrido desde entonces, pues era demasiado suponer que yo iba a poder controlar la moto totalmente, así que sale mucho más rápido y mucho más violentamente de lo que debería. Aun así, logro domarla y no morir a los dos segundos. Y hasta me da para cambiar a segunda. Avanzamos por la carretera desierta unos cuantos metros y a mí me da por pensar que, si Cam me hubiese enseñado a hacer un caballito, Tyler Sparks caería rendido a mis pies esta noche. Pero bueno, bastante tengo con no estrellarnos.

—Tyler —lo llamo cuando ganamos algo más de velocidad—, vas a tener que chivarme cuándo tengo que cambiar de marcha.

Mi acompañante se echa a reír. Con muchas ganas. Suelta los brazos de mi cintura y, aun sin verlo, soy consciente de que los está extendiendo a los lados mientras disfruta del viento en la cara.

—Acabo de averiguar que no tienes ni idea de motos, muñeca —me suelta con una risita.

Y yo sonrío también, porque eso de muñeca va a tener que retirarlo ya mismo. A mí no me llama muñeca nadie. Ni siquiera Tyler Sparks. Freno de golpe con la rueda trasera y un poco más fuerte con la delantera, de manera que la moto se inclina levemente hacia delante estrellando el cuerpo de mi amor contra el mío.

—¿Decías algo? —pregunto altivamente, y él solo ríe un poco más.

—Joder, Ash —murmura en mi oído al tiempo que pone la patilla.

Me empuja con una mano a un lado de mi cintura, mientras la otra tira de mí al otro lado, incitándome a girarme. Lo hago y paso las piernas por encima de la moto para quedar sentada a horcajadas de nuevo, pero mirando hacia atrás. Justo de frente a él.

—No hay nada más sexy que una chica con una moto entre las piernas —asegura con las manos en mis caderas—. Miento —se corrige al instante—. Estarías aún más sexy si me tuvieras a mí entre las piernas.

Me pone las manos en el culo y me acerca a él hasta que nuestras caderas se pegan y yo tengo que poner mis piernas por encima de las suyas.

—Ni un rasguño a tu moto —alardeo—. Tendrás que reconocerme el mérito...

—Te enseñaré a descifrar en qué momento tienes que cambiar las marchas, cuando tú quieras —se burla sin despegar la mirada de mis ojos.

Acerca un poco más su cara a la mía y yo me echo hacia atrás jugueteando con su paciencia. Quiero que se muera por besarme. Sonríe curvando solo unos milímetros hacia arriba la parte izquierda de su boca y vuelve a acercarse.

—Tyler —lo freno—. Tu móvil no para de vibrar.

Puedo oírlo y notarlo justo en el interior de su bolsillo izquierdo. Gruñe y, por un momento, creo que va a ignorarlo, pero, finalmente, lo saca para consultarlo. Sigue sonando con la entrada de mensajes. Lo desbloquea y lo mira distraídamente.

—No es nada. Es Troy —dice, quitándole importancia—. Pregunta si sé qué demonios le pasa a Cam esta noche. —Me lo cuenta como si no fuera nada, pero yo frunzo ligeramente el ceño.

No digo nada, pero escuchar el nombre de Cam me ha hecho sentir una punzadita de culpabilidad. ¿A qué coño viene esto? Ashley, céntrate, que ibas muy bien hasta ahora.

—Dice que está insoportable —continúa. Me muestra la pantalla cuando presiona el botón para apagar el móvil. Parece que ya no nos van a molestar más—. ¿Tú tienes idea de lo que le puede pasar a Cam esta noche, Ash? —pregunta tras guardar el terminal en su bolsillo de nuevo. Su tono es ligeramente burlón.

—No quiero hablar de Cam —dejo claro, clavando mis ojos en los suyos. Me muerdo el labio ligeramente cuando veo cómo me mira él.

—Bien. Yo tampoco.

Me pone una mano en la nuca y se lanza contra mis labios. Y están más que dispuestos a recibirle. Mis manos vagan libres por debajo del cuero de su cazadora, que lleva abierta sobre el pecho, y le acaricio los músculos en sentido ascendente hasta los hombros. Él rodea mi cintura con su otro brazo y atrae mi cuerpo aún más hacia el suyo. Estamos rodeados de silencio, solo roto por el estridente sonido de los grillos. Es mi lengua la que gana la batalla por explorar la boca del otro, y la explosión de sensaciones que me recorren todo el cuerpo es casi demasiado. Casi. Y aún tenemos los labios pegados y mi cuerpo ya está chisporroteando, pidiendo más. Más. Mucho más cosquilleo. Muchas más mariposas. Mucha más lengua. Mucho más calor. Mucho, pero mucho más Tyler Sparks. Hasta que no quede más.

Es más de medianoche cuando Tyler para la moto en la entrada del garaje de su casa. He perdido la noción del tiempo pegada a sus labios. Y la verdad es que desde el primer momento en que hemos dejado que nuestras bocas se rozasen ya no hemos hablado mucho más. Tyler besa muy muy bien. De esa forma en que sabes que la fuerza de voluntad te va a hacer mucha, pero mucha falta para no llegar al punto en que ya no haya vuelta atrás. Él no ha intentado ir más allá. Aunque era obvio que no por falta de ganas. Menos mal. Estoy bastante segura de que a mí me habría costado frenar.

Me bajo de la moto, me quito el casco y lo dejo en el asiento. Tyler se quita el suyo también sin bajarse de la moto. Me inclino hacia él y le acaricio el pelo con las dos manos mientras fundo mi boca con la suya un par de minutos más. Me cuesta aceptar que es hora de que se acabe. Podría estar besándolo toda la noche.

—Buenas noches —susurro cuando me separo unos milímetros.

Suelta un gruñido de protesta y yo sonrío ligeramente cuando me aparto del todo y me doy la vuelta para caminar hasta mi casa. Lo oigo venir rápidamente detrás de mí. Me agarra por la cintura y me hace girar para atrapar mis labios de nuevo. Yo ni me resisto. Dejo escapar una risita cuando el beso se disuelve.

—Te acompaño hasta la puerta.

Alzo las cejas, sorprendida. No conocía esa faceta de caballero de Tyler Sparks.

—Puedes verme entrar desde tu puerta —me burlo—. No creo que me vayan a secuestrar en los cinco metros que me faltan para llegar.

—Puede que sea yo quien te secuestre —murmura juguetonamente, y yo río de nuevo, bajito—. Te acompaño porque esto es una primera cita, y quiero que sea tu mejor primera cita.

—Muy bien.

Echo a andar de nuevo con Tyler pegado a mis talones. Me vuelvo hacia él cuando ya tengo la llave metida en la cerradura.

—Gracias por acompañarme a casa, señor. Sobre todo, teniendo en cuenta el rodeo que ha tenido que dar usted y lo mucho que retrasará la llegada a su propia casa.

Me besa de nuevo. Y luego retrocede, caminando hacia atrás. Yo sonrío cuando lo veo mirar un par de veces para asegurarse de que no se cae al bajar los dos escalones del porche.

—Lo he pasado muy bien, Ash —confiesa.

Qué tierno.

—Yo también —respondo al instante.

—Vale, pues... me voy —decide, y yo asiento, dándole ánimos con una mueca burlona. Se gira, pero no da ni un paso antes de volverse hacia mí de nuevo—. Ah, Ash —me llama. Lo miro interesada—. Me estaba preguntando... si ya tenías pareja para el baile.

Se me para el corazón. O algo parecido. Casi contengo la respiración mientras niego lentamente con la cabeza. No doy para más ahora mismo. Tyler vuelve a hablar, con una sonrisa encantadora en los labios:

—¿Te gustaría ir al baile conmigo?

18
Stay, stay, stay

—¿Ashley?

—Sí. Ya estoy en casa, mamá —respondo en un susurro, ya en la puerta de mi habitación.

—¿Lo has pasado bien? —pregunta la cotilla de mi madre con voz de dormida.

—Sí. Buenas noches.

Debo cortar la conversación porque, si no, es capaz de levantarse y preparar unos vasitos de leche para que le cuente qué tal mi noche en la bolera. Y, claro, es un poco difícil de contar teniendo en cuenta que no he pisado la bolera hoy.

Una vez que llevo el pijama puesto me dejo caer encima de la cama. Suspiro conteniendo una sonrisa. Tampoco quiero actuar como una niñita boba que acaba de tener una cita perfecta con el amor de su vida. Aunque esté sola. Pero es que, la verdad, la cita ha sido perfecta en muchos sentidos. Ruedo sobre el colchón y me estiro para coger mi bolso del suelo y recuperar mi teléfono móvil. En cuanto lo enchufo al cargador la pantalla se ilumina y me muestra una notificación que yo había pasado por alto. Estaba yo como para oír la entrada de un mensaje, con tanto beso. Lo desbloqueo y me meto en la aplicación de mensajería para comprobarlo. Siento un pellizco en el pecho. Es de Cam.

¿Cómo ha ido? ¿Aún no estás en casa?

Lo ha enviado a las once menos cuarto de la noche. Hace ya casi dos horas. Le prometí que lo llamaría cuando volviera para darle los últimos avances de nuestro plan. Pero es demasiado tarde ya. Así que decido mandarle un mensaje rápido y ya está. Seguramente él seguirá de juerga con sus amigos, así que no es el mejor momento para hablar, de todas formas.

Acabo de llegar. Perdona, no he oído tu mensaje. Ha estado bastante bien. ¿Hablamos mañana y te cuento?

Bloqueo la pantalla de nuevo y dejo el móvil sobre la mesilla. Aparto las sábanas para meterme en la cama y acabo de echarme el edredón por encima cuando el móvil empieza a vibrar. Es una llamada. Y es de Cam. Me incorporo y desconecto el cargador antes de deslizar la tecla verde y llevarme el aparato a la oreja.

—¿Cam? —me extraño en voz bajita.

—Ash —saluda él, en el mismo tono—. ¿Qué ha pasado?

Parece ligeramente ansioso. Y la verdad es que no sé qué hace llamándome a estas horas. ¿No debería estar bebiendo con sus amigos por ahí?

—¿Dónde estás? ¿No salíais después de la bolera?

—No, yo no. Me he venido a casa —dice en el mismo tono bajo—. ¿Qué tal la cita? —insiste—. ¿Comida italiana y Old Sac?

Esta vez no noto el tono burlón en su voz, aunque puede ser porque hablando tan bajito es difícil detectarlo.

—Y también moto —confirmo—. Lo he dejado flipado con mi talento innato para la conducción —bromeo, y lo oigo reír flojito.

—¿Lo has pasado bien? ¿Ha sido como te lo imaginabas?

—Lo he pasado muy bien. —Tengo que confesarlo—. El sitio era perfecto, la cena estaba buenísima, y Tyler... Tyler se ha portado muy bien. Ha sido un auténtico encanto. Creo que mejor de lo que me lo había imaginado.

Tengo que decirlo porque es la verdad. Y porque Cam ha preguntado. Al final resulta que todo el descabellado plan que me propuso hace un mes, en su coche, al salir de clase un martes, ha dado resultado. ¿Y quién lo iba a decir? Pero lo cierto es que ya no hay bruja y que Tyler me ha invitado al «puñetero» baile.

No oigo nada al otro lado de la línea, a pesar de que espero unos segundos para darle tiempo a Cameron a hablar. Pienso que debe de haberse cortado la llamada. Me aparto el móvil de la oreja, pero me dice que la llamada sigue establecida y veo que los segundos siguen contando.

—¿Cam? —llamo al volver a ponerme al aparato.

Lo oigo respirar profundo y soltar un suspiro.

—Me alegro —dice casi susurrando—. Parece que has tenido tu cita perfecta después de tanto tiempo. Bueno, está bien. Solo quería asegurarme de que no ha sido un capullo contigo... Así que bien. Perfecto. Hablamos, ¿vale, Ash? —Se dispone a colgar.

—Cam —hablo antes de que pueda hacerlo.

—Dime.

—Hay algo más. —Y es que tengo que decirle lo del baile. Era parte del trato, ¿no?—. Me ha pedido que vaya con él al baile. Perdón, al puñetero baile —trato de bromear.

—Ah. —Tarda unos segundos en añadir algo más—. Y... ¿tú qué le has dicho?

Frunzo el ceño. ¿Que qué le he dicho? ¿Qué clase de pregunta es esa? Pensaba que la respuesta era bastante obvia, ¿no? Una chica sin pareja para el baile a tres semanas de que se celebre no puede pensarse mucho las cosas. Y menos si quien pregunta es su maldito amor platónico.

—Eh... le he dicho que sí, claro —digo, un poco insegura.

Otros segundos de silencio. Y esto está empezando a convertirse en una de las conversaciones más incómodas de mi vida, y eso que con mi madre voy bastante servidita de conversaciones de ese tipo.

—Claro —repite Cameron—. Bueno, pues me alegro, reina del baile —dice, y suena mucho más seguro de lo que lo he escuchado con anterioridad—. Entonces, parece que ya podemos disolver nuestra alianza, ¿no? Tú cumpliste tu parte y nos libraste de la bruja. Ahora se ha terminado de cumplir la mía y vas a tener tu puñetero baile soñado. Ha sido un placer hacer negocios contigo, Ashley Bennet. —Su voz sigue apagada—. Espero que Tyler te trate como mereces. Y, nos veremos por clase, supongo.

Trato de asimilar qué es lo que está diciendo. Y por qué narices me suena como una despedida. Somos amigos, ¿no? Nos hemos hecho amigos en el transcurso de este mes de trabajar por objetivos comunes. Es tarde y estoy cansada. Eso, y medio borracha de los besos de Tyler. No sé muy bien de qué va todo esto.

—Cam, ¿qué quiere decir eso? ¿Nos veremos por clase? ¿Supones? ¿Qué dices? —pido explicaciones.

—Teníamos un trato. Y ya ha finalizado. Elegí bien a mi socia, Ashley, salta a la vista. Pero ahora ya no hay trato, ¿no? Hemos acabado con el juicio de Salem.

—Yo no te estoy hablando del juicio de Salem.

—Es tarde, Ashley. —Me corta él esta vez—. Buenas noches.

Voy a protestar, pero Cameron ya ha colgado. Sin esperar siquiera a que yo diga «buenas noches» también.

El domingo es día de reunión con las chicas. Grace hace una ronda con el coche para recogernos a todas y luego ir al centro comercial al lugar donde hacen nuestros batidos favoritos. Mientras las esperaba he visto a Tyler salir al porche de su casa, pero apenas me ha dado tiempo a intercambiar un par de sonrisas y unas cuantas palabras con él. Ha preguntado si tendré un rato para vernos luego, pero he preferido no prometer nada. Y dejarlo un poquito con las ganas.

Le he enviado un par de mensajes a Cameron. Me da bastante la impresión de que debería hablar con él, porque la conversación de anoche terminó siendo muy extraña y no sé muy bien cómo están las cosas entre nosotros ahora mismo. Pero no ha contestado.

Y mis amigas ya están terminando sus batidos y en cambio yo tengo casi entero el mío, de fresa y nata, porque no he parado de hablar en todo el encuentro tras sus súplicas para que les diera todos los detalles de mi cita de anoche. Después de darles mi versión de la cita con pelos y señales, las tres me están mirando con cara de tontas, como si fueran ellas las que anoche tuvieron una cita maravillosa. Quizá Grace la tuvo. Pero están viviendo a través de mí. Una vez más. Parásitas de emociones.

—¡Joder, nena! Después de cuatro largos años, te has morreado con Tyler Sparks bajo la luz de la luna. ¡El que la sigue, la consigue! A mí que no vengan ahora a contarme que los sueños no se hacen realidad —está diciendo Grace, y casi puedo hasta ver brillo en sus ojos detrás de sus gafas de sol—. ¿Cuándo vas a verlo otra vez?

—Yo me muero —suspira Emily—. ¡Me muero, Ash! ¡Te lo juro que me muero! Pero ¿tú te has oído lo que acabas de contar? Lo de la cena, lo de la luna, lo de la cita ideal, lo de la moto, lo del morreo... ¡lo del baile! ¡Vas a ir al baile con Tyler! —chilla.

«¡Shhhh!»

Mia y yo la callamos a la vez para que baje la voz.

—¿Qué? ¿Creéis que la gente no se enterará cuando aparezcas por allí de su brazo? —se burla mi mejor amiga—. No es que tenga que ser un secreto. Estoy por ponerlo en Twitter, creo que crearé unos *hashtags* nuevos para la ocasión... ¿Qué tal #ashleybennetunacenicientamoderna y #ashleybennetdelanadaalestrellato? Deberíamos crearos un nombre de pareja... Mmmm... ¿Qué os parece «Tash»? #laparejitadelaño, #Tash, #memuero, #peromemuerodeltodo... —continúa la tía, prácticamente sin respirar.

—Em tiene razón, aunque no vayamos a utilizar sus *hashtags* —deja claro Grace, antes de nada—. Ashley, tía, ahora mismo eres como la persona más popular en el instituto, todo el mundo está hablando de ti, y sé que te dijimos que lo del trío Bennet pasaría en un par de días, ¡pero era mentira! Eres la más odiada, la más envidiada y la más admirada a partes iguales por los diferentes estratos sociales del insti, así que me temo que si sales con el quarterback no va a ser fácil de ocultar... Todo el mundo quiere saber qué pasa contigo.

—Yo nunca he querido ser popular —protesto.

Empiezo a sospechar que Grace tiene razón, y no me gusta adónde nos conduce esto. Yo no quiero que la gente hable de mí, no quiero que estén pendientes de cada cosa que hago, no quiero que se cuchichee sobre si salgo con alguien o no por los pasillos. Pero supongo que me lo he buscado yo solita, por desear durante años que Tyler se fijara en mí y por aceptar la absurda propuesta de Cameron Parker para conseguirlo. Y por tocarles las narices a Jessica Harris y a Blair Wells.

—Tú querías ligarte a Tyler Sparks y me temo que va todo en el mismo frasco, cariño —me compadece ella.

—Relájate y disfruta de tus quince minutos de fama —aconseja Emily—. Y sobre todo disfruta del pedazo de cita que tuvisteis ayer y de lo que está por venir... ¡Me muero de envidia, tía! —exclama agitando las piernas con mucha emoción.

A lo mejor tiene un poco de razón. Que la gente hable lo que quiera. No puedo empezar a lamentarme porque se estén haciendo realidad todas mis absurdas fantasías románticas, ¿no? Pero hay algo que no me deja estar del todo feliz con esto. Hay algo que no termina de dejarme disfrutar como debería. Y no soy la única que lo ha notado.

—Estamos todas muy emocionadas, pero la verdad, Ash, es que la que menos emocionada está aquí eres tú —acusa Mia alzando una ceja al mirarme—. ¿Qué pasa? La cita fue perfecta, te morreaste con el amor de tu vida, y parece que él tiene ganas de repetir. No creo que nunca hubieras pensado en serio que sería Tyler Sparks quien iba a llevarte al baile de graduación. Y yo me pregunto... ¿por qué no estás contenta?

Las tres me miran expectantes. Yo me muerdo un poco la parte interior de la mejilla mientras pienso en qué narices puedo responder ante eso. Si no me entiendo ni yo. Y estoy contenta. Claro que lo estoy. ¿Cómo no iba a estarlo?

—Ya está aquí su novia que todo lo intuye —murmura Emily burlándose de Mia.

—Sí que estoy contenta —aclaro yo antes de que puedan empezar otra vez a discutir sobre nuestro beso lésbico en la fiesta de Troy Cruz—. Por supuesto que estoy contenta, no seas tonta.

Emily sorbe lo que queda de su batido haciendo demasiado ruido a propósito y luego hace un mohín con los labios cuando las tres nos giramos a mirarla, pero dirige su atención exclusivamente a mí.

—¿Es por Cam?

Y esa simple pregunta a mí me desata un torrente de emociones detrás de las costillas y hasta me dan unas poquitas ganas de llorar. Nada que no pueda controlar. Pero igualmente perturbador. Cam. ¿Qué va a pasar con Cam? No contesto y pulso el botón que enciende la pantalla de mi teléfono que está sobre la mesa. Ninguna notificación. Cameron no me ha contestado a los mensajes desde esta mañana.

—¿Qué pasa con Cam? —se interesa Grace, mirándonos a Emily y a mí alternativamente.

—No pasa nada con Cam —me apresuro a cortar esto, y le lanzo a Emily una mirada de advertencia para que no diga nada.

—¿Qué iba a pasar con él? Acabas de ligarte a Tyler, tía —me recuerda Mia.

Yo asiento. Si es que tiene razón. Tienen razón todas. Esto es lo más emocionante que me ha pasado en la vida desde mi primer beso. Qué casualidad que todo gire en torno al mismo chico.

—Sí. Estoy emocionada, chicas, de verdad. Es solo que aún no me lo creo del todo. Y después del viaje, pues, ya sabéis, parece que no estoy del todo aquí todavía —justifico.

Hacen como que me creen. Más fácil así para todo el mundo.

—Hablando de Cameron Parker. —Grace llama mi atención, tras unos segundos de silencio alrededor de la mesa—. El otro día lo vi. Fue el miércoles, creo. Sí, sí, el miércoles. Salía yo del cine con Joe y él estaba delante de la puerta de Macy's con Jessica Harris —explica como sin darle importancia.

—¿Qué? —Casi lo grito, lo que hace que Grace me mire asombrada—. No puede ser —aseguro más calmada—. Ayer hablé con él y me dijo que no veía a Jessica desde el miércoles de los cartelitos.

—¿Ah, sí? Pues me da la impresión de que te mintió. —Mi amiga se encoge de hombros al decirlo—. Te aseguro que eran ellos. Y él la tenía cogida del brazo y estaban bastante cerquita los dos, además. Puedes preguntarle a Joe si quieres, los vio igual que yo. —Trata de dar más veracidad a sus palabras.

No digo más. Ellas ya están hablando sobre la relación de Grace con ese jugador de béisbol llamado Joe Richardson, así que puedo pensar un poco en mis cosas sin que me interrumpan demasiado. ¿Qué hacía Cam con Jessica el miércoles pasado? ¿Y por qué me mintió acerca de eso? ¿Tendrá algo con ella otra vez? Cojo mi móvil y le envío un mensaje más. Uno que se une a los dos anteriores sin respuesta.

Me paso por tu casa cuando acabe con las chicas.

Y esta vez sí responde. No pasan más de tres minutos antes de que mi móvil emita el bip que me indica la entrada de un mensaje nuevo.

Hoy estoy pasando el día con mi padre.

Nada más. En el fondo, una manera muy elegante de decirme que no tiene ninguna intención de verme hoy. Y me pregunto cómo irán las cosas con su padre, porque no lo había visto antes en todas las vacaciones de primavera. Pero me abstengo de preguntar. Porque, de cualquier manera, es más que obvio que Cameron Parker no quiere hablar conmigo. Aunque yo no entienda muy bien qué es lo que ha pasado.

Al final, soy la única que necesita que Grace la lleve de vuelta a casa. Para cuando nosotras nos vamos, ya hace un rato que Scott ha pasado a recoger a Emily, y Gina acaba de aparecer para encontrarse con Mia. Se puede decir que me ha dado las gracias por haber conseguido que Mia entrara en razón tras lo que pasó en la fiesta de Troy, pero también se ha asegurado de que me quede muy clarito que, si vuelvo a besar a su novia, soy Ashley muerta. Lo decía de broma. O eso creo. Pero no sé cómo, de repente, me he convertido en esa chica a la que todo el mundo se acuerda de advertir que no ronde alrededor de sus parejas. Resulta que, después de todo, soy una chica mala y popular. Ni siquiera sé cómo he llegado hasta aquí.

No me ha dado tiempo a llegar a la puerta de mi casa después de que Grace se vaya, cuando oigo un silbido a mi izquierda. Tyler está apoyado en la valla que separa su casa de la mía. Viste completamente de negro y tiene una sonrisa traviesa decorándole la cara. Yo simplemente me dedico a mirarlo y me cruzo de brazos, en espera de que sea él quien diga algo primero. No lo hace. Se limita a hacer un gesto con la cabeza, invitándome a seguirlo hacia la calle de detrás de nuestras casas. Y yo lo hago. Voy tras él hasta el callejón donde nos fumamos aquel cigarro hace ya cuatro semanas. Tyler ni se vuelve en todo el camino para comprobar que lo sigo. Debe de estar muy seguro de sí mismo. Para al llegar a la escalera de incendios y se gira. Yo paro a dos pasos de él. Me hace un gesto con el dedo para que me acerque. Y obedezco. Como si estuviera hipnotizada. Cuando estoy pegada a él, me coge por la cintura y me besa. Sin decir ni una palabra. ¿Para qué? Las palabras sobran llegados a este punto. Yo me dejo hacer y en unos segundos ya estoy rodeando su cuello con los brazos y devolviéndole el beso con la misma intensidad que él imprime. Me empuja suavemente contra la pared del edificio y se coloca entre mis piernas mientras acaricia mi muslo con la mano derecha por debajo de la falda de mi vestido. Deslizo mis manos bajando por su pecho por encima de su camiseta apretada cuando se separa un poco.

—Hola, Ashley —dice en voz baja.

Sonrío y lo aparto de mí de un empujón para arreglarme la falda del vestido. Doy un paso a un lado. Y lo cierto es que lo único que me apetece es volver a besarlo y dejar que el calor me consuma un poquito. Pero sé que no puedo ser así de descuidada. Con Tyler Sparks no. Si no me hago un poco la difícil y trato de hacerle creer que soy yo la que lleva el mando de todo esto, es probable que se aburra enseguida de lo que sea que quiera tener conmigo. Tengo que ser la chica mala que él quiere. Aunque me cueste un enorme esfuerzo conseguirlo.

—Ey, Tyler, ¿qué tal estás? —pregunto distraídamente, caminando hacia la escalera de incendios y apoyándome en ella.

Me sigue como un cachorrillo y vuelve a poner su cara frente a la mía, pero le pongo un dedo en la mejilla y lo hago desviar su trayectoria cuando intenta besarme otra vez. Lo veo sonreír de medio lado sin separar sus labios.

—Estoy bien —contesta a mi pregunta—. Anoche tuve una cita genial con una chica increíble. No he podido parar de pensar en ello desde entonces. ¿Y tú?

—Bueno, yo anoche tuve una cita que no estuvo mal —digo, como quitándole importancia—. Y hoy tengo un día bastante ocupado —me disculpo haciendo amago de pasar por su lado para irme por donde hemos venido.

Me sujeta por la cintura y me hace retroceder hasta que quedo justo frente a él de nuevo. Está muy guapo. Y me dan ganas de besarlo y perder la noción del tiempo, justo como anoche. Y me quedaría aquí con él media vida, porque en realidad no hay nada más importante o que me apetezca más en este momento. Pero no puedo. Tengo que mantener su interés. Tengo que mantener mi pose. Es agotador esto de ligar con el guaperas del instituto.

—¿Nos vemos mañana? —propone—. Por la tarde. Vámonos por ahí con la moto.

—¿Mañana no tienes entrenamiento?

Me extraña. Y mucho.

—Ya. Da igual. No pasa nada si no voy —asegura con esa sonrisita traviesa otra vez.

Casi se me contagia. Pero consigo controlarme. Yo tengo que hacer lo que tengo que hacer. Y él tiene ciertas obligaciones con el equipo por mucho que me tiente su oferta.

—¿No pasa nada? —repito sus palabras—. ¿No es el sábado el partido más importante de la temporada?

—Eso dicen —suspira mi rubio favorito—. Pero según a quién se lo preguntes. A mí ese partido me importa bastante menos que una escapada contigo a cualquier sitio —murmura, y se inclina para besarme el cuello.

Cierro los ojos mientras siento sus labios recorrer mi piel. Me da un escalofrío. Me encanta. Si sigue así solo un poco más podría perderlo todo de vista. Así que me encojo y me aparto unos centímetros.

—Bueno, no sé a ti, pero ¿y a tu equipo? —le recuerdo, y lo veo hacer una mueca—. ¿Y a tus amigos no les importa ese partido?

«¿Y a Cam?» Pero eso solo lo pienso. No lo digo en voz alta. No quiero pronunciar su nombre. No quiero pensar en él ahora, aunque, en cierta forma, no pueda evitarlo.

Tyler gruñe. Se aparta algo más de mí y me mira. Finalmente, asiente con la cabeza.

—Vale. Tienes razón. Eres la voz de mi conciencia —se burla—. Iré a entrenar. ¿Y si nos vemos después?

—Ya veremos —decido decir yo—. Ahora, me voy.

Se lo anuncio y lo empujo con el hombro levemente al pasar a su lado. No dice nada más, pero sé que se ha girado para verme marchar. Sonrío de espaldas a él y luego trato de controlarme y adoptar una pose seria otra vez cuando me vuelvo. Lo tengo pegado a la espalda.

—Ah, Tyler...

Pero no añado nada más. A cambio cojo el cuello de su camiseta entre mis dedos y tiro de ella para obligarlo a agacharse y unir su boca con la mía una vez más. A ver si consigo un beso que lo deje con ganas de mucho más. Una salida triunfal. Presión firme, lengua en su justa medida, un mordisquito suave cuando ya empiezo a separarme de su boca. Lo miro a los ojos y me muerdo el labio con una sonrisa traviesa antes de darme la media vuelta y alejarme de vuelta a casa.

Creo que lo he hecho bien. Y creo que Tyler también debe de estar pensando lo mismo. Un «hurra» por la nueva y mejorada Ashley que, además de una chica mala, es toda una seductora. Cam estaría orgulloso. O no. Probablemente no.

—¡Ashley! ¡Vas a perder el autobús! ¿Por qué vas tan tarde hoy?

La voz de mi madre me llega desde el piso inferior mientras yo estoy ya preparada, con la mochila al hombro y todo, y pegada a mi ventana. Frunzo el ceño al oír lo que dice. ¿Que voy a perder el autobús? Si todavía no son las siete y media. Si aún no ha pasado Cameron con su coche y ha tocado el claxon una sola vez. Aún Tyler no ha salido de casa corriendo con el bollito en la boca y colgándose la mochila al hombro. Aún no están ellos camino hacia su desayuno de los valientes.

Miro el reloj. Las siete y treinta y cinco minutos. Mierda. Salgo corriendo de mi habitación y bajo las escaleras casi de dos en dos. Le grito una despedida a mamá mientras corro hacia la parada del autobús en mi barrio. Esta no es mi manera habitual de empezar la mañana.

Para cuando Mia y yo llegamos a la puerta del instituto, ya alcanzo a ver el coche de Cameron en el aparcamiento. No puede ser que me los haya perdido esta mañana. Si es que es imposible. Aunque Cam hubiese pasado a por su amigo unos minutos antes, yo debería haber oído sonar el claxon. Seguro. Estamos atravesando la puerta principal cuando oigo el estruendo de una moto a mi espalda. Así que me doy la vuelta. Y sí. Es él. Tyler viene a clase en moto hoy. Qué raro. No me da tiempo a esperarlo para preguntar, porque Emily acaba de llegar y nos arrastra a Mia y a mí con ella hacia el interior del edificio mientras parlotea sobre el ramo de flores enorme que Scott llevaba ayer en el coche cuando vino a recogerla. En el fondo, es la más afortunada, por mucho que ella se queje.

Esta vez no tengo la protección de ninguno de los dos capitanes del equipo de fútbol mientras avanzo por los pasillos, de manera que, cuando llego a mi primera clase, ya he tenido que aguantar bastantes cuchicheos, montones de miraditas y alguna que otra risita. Y eso por no hablar de los comentarios soeces, y la mayoría de ellos no provenían de los chicos, precisamente.

No veo a Tyler ni a Cam hasta la clase de biología. Yo ya estoy sentada cuando Tyler entra en la clase. Viene solo. Me está resultando inquietantemente extraña esta mañana. Nada es como solía ser antes de las vacaciones de primavera. Una sola semana y el mundo tal y como lo conocíamos ha cambiado por completo. Tyler no me mira y se deja caer en su asiento como si asistir a esta clase fuera la peor tortura del mundo. ¿Y dónde narices se ha metido Cam?

En respuesta a mis preguntas, Cameron Parker entra apresuradamente en la clase, justo a la vez que el señor Woodward, que le dedica una mirada un tanto despectiva, pero no dice nada. No lo puede acusar de llegar tarde si está entrando al mismo tiempo que él. Viene hacia su sitio, junto a mí. Pero no me mira. Tampoco saluda. Se sienta y saca los libros de su mochila como si yo no estuviera ahí. A unos ridículos centímetros de distancia.

La clase empieza y Cam debe darse cuenta de que no paro de mirarlo, pero, si lo hace, no lo demuestra. Hasta parece que atiende y todo. Eso sí que es raro. Eso no puedo tragármelo. Está muy serio. Demasiado. Debe ser porque ayer estuvo con su padre. Ya sé perfectamente cómo le afecta todo lo que tenga que ver con el maldito señor Parker. ¿Y yo qué puedo hacer? Ni siquiera me ha mirado en todo lo que llevamos de clase. Y no parece tener intención de hacerlo.

Arranco un cuadradito de papel del final de mi cuaderno y le escribo una notita. Solo una palabra. Porque, al fin y al cabo, yo me comprometí conmigo misma a ser su recordatorio siempre que él lo necesitara, ¿no? Y ahora está más que claro que lo necesita. Me aseguro de que el señor Woodward no esté mirando antes de dejarla en el borde de su mesa. Me mira de reojo un momento y a mí se me acelera el corazón cuando esos ojos verdes se encuentran con los míos. Pero su mirada es dura y enseguida la aparta. Lee mi notita, pero no sonríe. No. Qué va. Se limita a guardarla entre las páginas de su propio cuaderno como si no le hubiera enviado nada. Pero ¿qué demonios pasa con este tío?

Poco después no puedo contenerme y escribo otra nota para él. Para preguntarle qué le pasa y si está bien. Hace exactamente lo mismo que con mi nota anterior. Y ni me mira. Con la tercera nota que escribo yo ya me estoy poniendo más que nerviosa, y hasta me da igual si el señor Woodward me llama la atención delante de toda la clase.

¿Podemos hablar un rato después de clase? ☐ Sí ☐ Tal vez ☐ Ni en tus mejores sueños, princesa.

También la guarda entre las páginas de su cuaderno y a mí se me escapa un suspiro molesto. Entonces lo veo arrancar un cuadradito de papel de su propio cuaderno. El corazón me va a toda velocidad cuando lo deja encima de mi mesa, y me apresuro a desplegarlo para poder leer su nota.

Deja de enviarme notitas. Ya he conseguido mi propósito y tú ya tienes lo que querías. Acerté del todo con lo de que te gustan los capullos. —C.

¿Y esto a qué viene? ¿Y qué coño quiere decir? ¿Debería tomármelo como un ataque de celos? Es lo que parece. O quizá es lo que quiero que sea. Ya me lo dijo por teléfono el sábado después de mi cita con Tyler: nuestro trato ha acabado. Pero es que entre nosotros ya no era solamente un trato lo que había. ¿O sí?

Ni siquiera pienso mientras arranco otro cuadradito de papel y escribo en él. Lo hago del todo de manera impulsiva. De otro modo, no lo habría hecho. Así que escribo, doblo el papel y estiro el brazo para pasarlo a su mesa. Ni siquiera me fijo en si el profesor me ve o no me ve. Error, Ashley. Gran, gran error. Porque me ve. Y viene directo hasta mí antes de que yo pueda dejarle la nota a Cam. Me pilla con la mano a medio camino.

—Ashley Bennet —dice, con el tono más serio que le he escuchado nunca. Incluso cuando regaña a Tyler, y eso ya es decir—. No sé qué le pasa últimamente. Deme eso.

Se planta frente a mí y extiende la mano y yo me niego a darle la maldita notita, por supuesto. Pero es que hay cosas contra las que no se puede luchar y la autoridad del señor Woodward en su aula es una de ellas.

—Veamos qué es tan importante que no pueda esperar a decirle al señor Parker al final de la clase. A lo mejor es interesante también para el resto de sus compañeros.

Yo me encojo en mi asiento. Ya me siento arder las mejillas y todo el mundo me está mirando. Y Tyler también. Todos menos Cam, que sigue garabateando en su cuaderno como si la cosa no fuera con él. Eso es porque no sabe lo que dice la nota. Porque no se lo espera. Pero yo lo sé. Yo lo sé y si el profesor la lee en voz alta puede que tengan que llevarme a la enfermería con un ataque de ansiedad. Ya empiezo a sentirla apretándome el pecho. Veo cómo el señor Woodward abre la nota y la lee en silencio primero. Luego la dobla de nuevo y me mira con dureza, guardándosela en el bolsillo de la chaqueta.

—Ashley, quédese después de clase —exige—. No quiero ver ni una notita más.

Y nada más. Se da media vuelta y sigue con su explicación como si nada. Y yo escondo la cara entre las manos por unos segundos. Casi me da algo. Porque no quiero que nadie en esta clase sepa lo que le decía a Cameron Parker en esa nota. No quiero que lo sepa Tyler. No quiero que lo sepa ni siquiera Emily. Y, ahora que he tenido tiempo para recapacitar, tampoco quiero que lo sepa él. No quiero que Cam se entere de lo que estaba a punto de decirle.

Cuando acaba la clase, el chico de los ojitos verdes se levanta más rápido que nunca y sale de clase sin que a mí me dé ni siquiera tiempo a reaccionar. Tampoco podía hacer mucho. El señor Woodward ya me está llamando desde su mesa. Cruzo una mirada con Emily y luego otra con Tyler antes de que los dos salgan y yo me plante frente a la mesa del profesor.

—Lo siento mucho, señor Woodward —aseguro, avergonzada.

—Mi clase no es una sala de fiestas para ligotear —advierte.

Y si yo no estuviera tan cortada y tan ansiosa con todo esto, pues seguramente hasta me haría gracia oírlo decir eso de «ligotear». Pero no me hace ninguna gracia. No. La verdad es que no me hace gracia.

—Lo sé, lo siento —repito, porque no sé qué más puedo decir.

—Es usted una alumna brillante, señorita Bennet —dice, aunque no suena como un cumplido—. Y la noto muy distraída últimamente. Debería tener más cuidado con la elección de sus compañías. Y, si me permite un consejo, Cameron Parker no es precisamente una buena compañía. Hágase un favor y busque en otro lado.

No respondo. Porque me indigna bastante lo que estoy oyendo. Y no tiene razón. Para nada. Puede que Cam no sea el mejor alumno de la maldita clase de biología, pero eso no implica que no sea un gran chico. Que no sea una buena persona. Y que no sea una de las mejores compañías que yo he tenido la suerte de encontrarme a lo largo de mi vida.

El profesor saca la nota de su bolsillo y me la tiende. Yo la recojo y me la guardo en el bolsillo de atrás de los vaqueros negros ajustados que llevo hoy. Me hace un gesto para indicar que puedo marcharme, pero, antes de que me haya alejado, vuelve a llamar mi atención.

—Si vuelvo a verle pasar una sola notita en clase, la leeré en voz alta para todo el resto de sus compañeros —amenaza.

No digo nada. Ni me vuelvo ya. Salgo de la clase con la mochila colgada del hombro. Emily me está esperando a tan solo unos pasos.

—Pero ¿qué narices ha pasado? ¡Tía! Menuda cara se te ha quedado. ¿Qué le decías en la nota?

—Nada, da igual —corto el tema, echando a andar hacia nuestras taquillas.

Emily me sigue en silencio y me deja guardar mis cosas sin insistir. Pero su resignación era demasiado bonita para ser cierta y, en cuanto echamos a andar hacia el comedor para encontrarnos con Mia y Grace para almorzar, vuelve a sacar el tema de la notita.

Decido que da igual. Con alguien tengo que poder hablar de esto. Así que la saco del bolsillo y se la tiendo. Estamos a unos metros de la puerta del comedor y ella la desdobla ansiosamente para poder leer el contenido. Veo cómo le cambia la cara cuando lo hace. Y me mira con los ojos muy abiertos.

—¿No ha llegado a leerla?

—No ha llegado a leerla.

—¡Pero, Ash! ¿Qué pasa con Tyler? —pregunta en voz baja mirando alrededor para asegurarse de que no nos espían.

—No pasa nada con Tyler. No sé. No lo sé —confieso—.

Soy una persona horrible, ¿no? Porque es verdad que estoy metida en un maldito trío y que no sé decidirme...

—¿Qué siente Cam?

Miro los ojos de mi amiga. Lo plantea como si yo tuviera que saberlo. Como si tuviera toda la información. Lo que siente Cam. Lo que siente Tyler. Lo que siento yo. Así sería todo mucho más fácil. Pero ni siquiera estoy segura de lo último, así que es todo bastante más complicado de lo que parece.

—No lo sé. Ahora parece que no me habla, así que... no tengo ni idea de lo que se le pasa por la cabeza.

—¿Estará celoso? —baraja mi mejor amiga.

—No flipes —suspiro. Casi se me escapa la sonrisa al decirlo. Estoy segura de que eso es exactamente lo que diría él.

—Tienes que hablar con él —aconseja.

—Ya...

Le quito la nota de las manos y la hago pedacitos muy pequeños sin que ella diga nada. Que nadie la pueda volver a leer nunca. Mejor así. Aunque yo sé perfectamente lo que decía. Cada una de las palabras.

A mí el capullo que me gusta eres tú. -A.

Entro en el comedor detrás de Emily, pero no la sigo hacia la parte exterior para unirme a mis amigas, sino que me acerco a la mesa que ocupan los chicos del equipo. Tyler está allí, pero Cam no.

—Ryan —llamo al chico cuando se cruza en mi camino—. ¿Sabes dónde está Cam?

—Pues imagino que en el sitio al que siempre va cuando tiene un mal día y quiere desaparecer —dice tranquilamente. Alzo las cejas esperando algo más y él asiente—. En el gimnasio.

Le doy las gracias y vuelvo hacia los pasillos respondiendo a Emily a gritos para asegurarle que me reuniré con ellas enseguida. Oigo una voz llamándome a mi espalda y, cuando me vuelvo, veo que Tyler viene trotando hacia mí.

—Eh —saluda, aunque se mantiene a una distancia prudente.

Sí, no vaya a ser que alguien piense que tiene algo conmigo, claro. Me reprocho a mí misma el pensar así, pero es lo que parece. Ayer en un callejón solitario no apartaba los labios de mí, pero en medio del instituto no se atreve ni a acercarse a menos de un metro.

—¿Qué pasa? —le meto prisa para que diga lo que quiera decir.

—Eso digo yo, ¿qué pasa? —responde él—. ¿Estás buscando a Cam?

Suspiro. No estoy para jueguecitos ahora. Seguro que, si le dijera que me gusta muchísimo Cameron Parker, él estaría mucho más interesado en mí. A lo mejor hasta me besaría por los pasillos.

—Pues sí. Quiero hablar con él.

—Ashley... ¿Hay algo entre Cam y tú? —pregunta, y parece un poco inseguro.

—No —digo firmemente—. ¿Por qué me lo preguntas a mí y no a él? Has venido en moto esta mañana. No te ha recogido como siempre. ¿Qué ha pasado?

Es raro, cuando menos. Y debe reconocerlo. No sé si ha pasado algo entre ellos dos, pero me parece lógico preguntarlo. Tyler sonríe de medio lado. Pero es una sonrisa irónica.

—Ya. Cam y yo no nos llevamos mucho últimamente —dice, como si fuera la cosa más normal del mundo.

Frunzo el ceño.

—¿No os lleváis? ¿Y eso qué quiere decir? ¿Desde cuándo?

—Tuvimos una pelea estúpida la semana pasada.

—¿Sobre qué?

—Tonterías, Ash. Una pelea estúpida. Cam es muy temperamental. —Y lo dice como si él tuviera el carácter más fácil del mundo—. No pasa nada. No te preocupes. —Sonríe al ver cómo lo miro—. Ya se le pasará...

—Ya se le pasará —repito, incrédula. Si mi mejor amiga llevara una semana cabreada conmigo, yo no estaría tan tranquila—. Bueno, mira, hablamos luego, ¿vale, Tyler?

No le doy tiempo a responder antes de salir del comedor. Cruzo los pasillos a paso rápido hasta la puerta del gimnasio. Hay una sala que solo usan los chicos del equipo de fútbol y raramente los de algún otro deporte, así que supongo que es ahí donde lo tengo que buscar. Cuando entro, está allí, pero no está solo. Vanessa Miller está justo a su lado mientras él levanta unas pesas que no parecen ser precisamente ligeras. Se ha cambiado la ropa que llevaba en clase y ahora lleva unos pantalones cortos de deporte y una camiseta de tirantes. Y los músculos de los brazos y los hombros se le marcan de una forma irresistiblemente atractiva.

Me mira por un segundo, pero luego aparta la mirada y sigue levantando sus pesas, como si yo no estuviera delante.

—Eh... os dejo solos —decide Vanessa, dando un paso hacia la puerta.

—No —la frena Cam—. No hace falta que te vayas. Ashley no se queda. —Habla por mí.

Yo doy dos pasos decididos hacia él. Casi me dan ganas de pegarle por cómo se está comportando.

—¿Se puede saber qué te pasa? —gruño.

—Me voy —insiste Vanessa.

—¡No te vayas, joder! —ladra Cameron al tiempo que deja caer las pesas al suelo. Hacen un ruido exagerado, pero no doy ni un paso atrás—. Ahora eres tú la que te comportas como una acosadora, ¿sabes? —me dirige la palabra a mí, por fin—. No tengo un buen día, Ashley. No me apetece charlar.

Como si con eso fuera suficiente. Como si esperara que yo soltara un «oh, bien, vale», y me marchara por donde he venido como si nada. Eso no va a pasar.

—Mira, no entiendo nada. No sé lo que te pasa, ni por qué te estás portando como un imbécil, ni por qué Tyler y tú no os habláis...

—Ah. —Sonríe de medio lado, con ironía—. Pregúntaselo a tu novio a ver si te lo quiere contar —propone en tono burlón.

—Tyler no es mi novio —aclaro en primer lugar—. Y te lo estoy preguntando a ti.

Con el rabillo del ojo veo que Vanessa no podría estar más incómoda. Y me da pena por ella, pero no puedo dejar las cosas así.

—Yo ya no tengo nada que hablar contigo. Creía que estaba claro, el trato está cerrado. Pero, oye, bonito disfraz, Ash —añade burlonamente, señalando mi ropa.

Todo lo que llevo lo compré con él el viernes que trabajamos en mi cambio de *look*. No me puedo creer que, después de todo, esté actuando como si estuviera mal que yo llevara la ropa que él prácticamente me obligó a comprar. Está claro que no tiene un buen día. Y que no se puede hablar con él. Se está portando como un capullo. Pero de verdad.

—Eres un gilipollas —le suelto antes de darme media vuelta y marcharme por donde he venido.

Cuando terminan las clases salgo con Emily y con Scott.

El novio de mi amiga se ha ofrecido a acercarme a casa en coche para que Emily y yo tengamos más tiempo para cotillear acerca de lo que ha sucedido esta mañana. Y han sido muchas cosas. Porque no solo está lo de Cam. Es que, además, alguien me ha escrito un «puta» en la taquilla, con letras rojas y bien grandes. Y tengo bastantes sospechas sobre quién ha podido ser, pero la verdad es que no me he cruzado ni con Jess ni con Blair en todo el día. Eso aparte de los comentarios que no he parado de recibir, las notitas anónimas en mi taquilla y los *hashtags* de Twitter que no paran de acumular comentarios, y hasta han aparecido algunos nuevos, a ver quién puede ser más original.

Estamos caminando hacia el coche de Scott en el aparcamiento cuando veo a Cam abriendo la puerta del conductor de su Honda. Está solo. Y yo les pido un momento a mis amigos y corro hacia allí para colarme en el asiento del copiloto antes de que le dé tiempo a arrancar. Me mira sorprendido cuando aparezco a su lado. Luego, pone los ojos en blanco.

—Vale —habla en primer lugar, y me sorprende que esté dispuesto a decir algo—. No sé por qué tengo que darte una explicación, pero parece que tengo que hacerlo —suspira, cansado—. Ashley, no sé qué más quieres. ¿Qué quieres? —pregunta mirándome a la cara con esos ojitos verdes.

Pero me da la impresión de que evita mis ojos. Quizá es solo percepción mía, no lo sé.

—¿Qué ha pasado? El sábado estábamos bien cuando fui a verte a tu casa. ¿Ahora qué? ¿Qué he hecho?

«Salir con Tyler», murmura una vocecita en mi cabeza. Pero es que fue precisamente él quien me dijo que debía salir con Tyler. Lo dijo él. Casi como una puñetera obligación. Así que no puede ser eso, ¿no?

—No has hecho nada —aclara Cameron con voz más

suave—. Simplemente, hemos terminado con el juicio de Salem. Nos libraste de la bruja, muchas gracias. Y ahora ya hemos conseguido que Tyler te invite al baile. Ese era el trato. El trato se ha cumplido satisfactoriamente. Así que gracias, Ash. Y ya hemos terminado.

Frunzo el ceño. Porque no puede ser que esto sea de verdad. No puede ser que Cameron Parker, el capullo adorable, me esté diciendo que todo lo sucedido en el último mes ha sido solo parte del trato y que no hay nada más. No puede ser que me diga esto el tío que me llevó a escalar solo para que pudiera «respirar» cuando yo estaba triste. El mismo que me dijo que era una chica increíble y que muchos tíos se morían por estar conmigo. El que llevó a mi hermano a jugar a béisbol. El que cuidó de mí cuando yo estaba completamente borracha. No puede ser el mismo chico.

—No sabía que todo lo que ha pasado en el último mes formara parte de un simple trato —digo con voz apagada. Y no quiero llorar, pero es de lo que tengo ganas—. Pensaba que nos habíamos hecho amigos en este tiempo, Cam.

—Lo siento —me corta, sin emoción en la voz—. Yo hice lo que era mejor para lograr nuestros objetivos. Eso era lo que querías, ¿no? Estabas dispuesta a hacer cualquier cosa por Tyler Sparks. Y yo quería que esto saliera bien. No hay más. Y esa es la verdad.

—Lo has hecho bien —murmuro irónicamente—. Me lo había creído. Me había creído hasta que yo te importaba un poquito —sigo, con amargura—. Debes de ser el mejor actor de todo Sacramento.

Cameron se queda callado por unos segundos, pero cuando alzo la vista hacia él me dedica una sonrisita canalla.

—Eh, ya sé que no puedo competir con Hollywood, faltaría más. Pero ¿solo Sacramento? Dame un poquito más de crédito. Que ha sido más de un mes, princesa.

Su tono burlón se me clava bien profundo en las entrañas. Abro la puerta de un tirón y me bajo sin decir nada más, cerrando de un portazo detrás de mí. Scott y Emily ya están esperando dentro del coche y, cuando salimos del aparcamiento, veo a través de las lágrimas que el coche de Cam aún no se ha movido de su plaza.

19
Starlight

Oigo pitar un coche en la calle. Parece que está justo delante de mi casa, así que me levanto de un salto de la silla de mi escritorio y me asomo al rellano para pegarle un grito a mi madre, que está en el salón.

—¡Mamá! ¿Es Emily?

—¡No, cariño! —responde ella, y me da la impresión de que está caminando hacia la entrada para salir—. ¡Es Cam!

¿Cam? ¿Qué hace Cam aquí? No he vuelto a hablar con él desde ayer cuando me dejó claro lo que había significado yo para él todo este tiempo. Así que no sé qué demonios hace delante de mi casa. Bajo las escaleras rápidamente para averiguarlo. Pero hay alguien que las baja más rápido que yo. Eric. Con toda su equipación de béisbol encima. Salgo al jardín justo detrás de mi hermano pequeño. Y ahí lo veo. Cameron Parker apoyado en el capó de su coche con su camiseta de los Dodgers y una gorra de béisbol del mismo equipo. Nuestras miradas se cruzan por un momento, pero Cam enseguida aparta la suya y se mueve para abrir la puerta del copiloto.

—Hola, colega —lo oigo decirle a mi hermano—. ¿Listo para lanzar unas bolas?

—¡Claro! —exclama Eric muy emocionado mientras se sube gritándole una despedida a mi madre.

Y mi madre ya está al lado de Cam hablando con él sobre a qué hora traerá a Eric de vuelta. Para cuando yo me acerco ya ha cambiado el tema a cómo han ido las vacaciones de primavera. Charlan como si nada. Como si las cosas no hubieran cambiado. Como si la buena relación con mi familia no tuviera nada que ver con solamente el maldito trato de los juicios de Salem. No. Parece que eso solo se aplica a mí.

—Mamá, ¿nos puedes dejar solos un momento? —pido.

Mi madre me mira frunciendo un poco el ceño. Y aún lo frunce más cuando ve lo seria que estoy yo. Ya me la estoy imaginando en cuanto se vaya Cam, interrogando acerca de qué me pasa con el bueno de Cameron y por qué estoy enfadada con él. Lo cierto es que no me apetece nada tener que explicárselo. Por lo menos, se aguanta las ganas, y le dice adiós a Eric con la mano antes de despedirse cariñosamente del que, hasta ayer, yo consideraba mi amigo.

—¿Qué haces aquí? —le pregunto a Cam en voz baja.

Enfadada. Sí. Estoy muy enfadada. Y no me importa que se me note.

—Quedé con tu hermano en llevarlo a jugar al béisbol hoy antes de que os fuerais a Japón —explica, muy tranquilo.

Como si fuera lo más normal del mundo.

—Pues desqueda ahora mismo, no se va contigo a ningún sitio —advierto.

Paso por su lado y abro la puerta de mi hermano de un tirón. El pobre me mira sorprendidísimo y hasta un poquito asustado.

—¿Qué pasa? —pregunta.

—Bájate, que no te vas —le advierto.

Frunce el ceño. Y me empuja para intentar cerrar la puerta otra vez.

—Claro que me voy.

—Claro que se viene. —Cam se pone de su parte.

Me aparta a un lado con su cuerpo para volver a cerrar la puerta, con mi hermano dentro.

—¿De qué vas? —le espeto.

Hace como que ni me ha oído mientras camina tranquilo hacia la puerta del conductor.

—Hasta luego, Ash.

Se monta y arranca sin perder tiempo. Y mi hermano ha bajado el seguro de su puerta para que yo no pueda sacarlo a rastras del coche. Qué espabilado cuando quiere.

Antes de que deje de ver su coche al final de la calle y, por suerte, antes de que mamá pueda venir a cotillear, el coche de la madre de Emily para justo donde estaba el de Cam hace un momento. Me monto en el asiento del copiloto y le digo adiós a mi madre con la mano a través de la ventanilla mientras le pido a mi amiga que arranque. Es vital que nos alejemos de esta casa cuanto antes.

—¿Ese coche que acaba de salir de aquí era el de Cameron Parker? —pregunta Emily mientras ya conduce.

—Ajá —respondo con desgana—. Se llevaba a mi hermano a jugar a béisbol, por lo que se ve. El imbécil —gruño.

—Vaya gilipollas —me respalda.

Y sé que lo dice solo para que yo sepa que está de mi lado. Porque, en realidad, ¿qué tiene de malo que un tío cumpla sus promesas? Aún me cabrearía más si hubiera quedado con mi hermano y luego lo dejara tirado, ¿no?

Una vez a salvo de la mirada y el oído indiscreto de mi madre, Emily para el coche en una calle residencial tranquila, después de haber pasado por el McAuto para comprar algo de beber y unos McFlurrys. Me recuerdan a Cam, pero no voy a dejar de comerlos por su culpa. No puedo dejar que su influencia en mi vida llegue hasta ese punto a partir de ahora.

—Dime, ¿qué ha pasado? —cotillea Emily—. ¿Has hablado con él?

—Apenas nada. No parecía muy interesado en hablar conmigo de todas formas.

Como un par de cucharadas de mi helado porque necesito chocolate. Mucho chocolate. Y ahora mismo.

—No entiendo nada, tía. Te lo juro. ¡Con lo encantador que parecía! Hay algo que no cuadra en todo esto.

—Lo que no cuadraba era que el tío más popular del instituto de verdad quisiera tener algo que ver conmigo —suspiro con tristeza—. Qué idiota soy. Me gustaba muchísimo, Em. Te juro que me estaba enamorando de él como una imbécil.

Tengo ganas de llorar. Otra vez. Pero no pienso hacerlo. He sido una idiota. Ahora tengo que recoger mi maltrecho orgullo y procurar no volver a ser así de idiota otra vez.

—El imbécil es él, no tú —me consuela mi amiga.

Claro, ¿qué va a decirme ella?

—La verdad es que yo estaba convencidísima de que él sentía lo mismo que tú —sigue hablando—. Después de cómo se ha portado contigo todo este tiempo... En fin —Cambia el tono a otro mucho más alegre—. Vamos a olvidarnos de Cameron Parker, Ash. Eso es pasado. Olvídate de ese idiota y piensa en las cosas buenas. Si no llega a ser por el idiota ese, ahora mismo no tendrías a Tyler detrás de ti como un perrito. ¡Exactamente como has estado tú detrás de él todo este tiempo! —medio bromea—. Han girado las tornas, ¿cómo te sientes?

Tengo que pensármelo por un momento. ¿Cómo me siento con respecto a Tyler? Supongo que Emily tiene razón. No estaría en esta situación con Tyler si no llega a ser por la magistral actuación de Cam durante todo este tiempo. Si no llega a ser porque pensaba que él estaba ahí apoyándome, creyendo en mí y mostrándome otra perspectiva de cada pequeña cosa, yo habría tirado la toalla desde el minuto uno. La cita que tuve hace tres días con el amor de mi vida ni se me podría haber pasado por la cabeza antes de la aparición de Cameron en mi vida. Así que, en cierta forma, tendría que darle las gracias. Y lo que tengo que hacer ahora es dejar de lloriquear por Cam y centrarme en mantener lo que quiera que tenga con Tyler, que es de lo que realmente iba todo esto desde el principio.

—Tengo miedo de que Tyler deje de estar interesado en mí en cuanto se dé cuenta de que Cam no lo está —expreso en voz alta otra de las ideas que me han estado rondando por la cabeza en las últimas horas—. Todos los pasos que ha dado con respecto a mí han sido en reacción a verme con Cam. Es verdad, Em —insisto al ver que ella está a punto de decir algo—. ¿Y si sale conmigo un par de veces más y se da cuenta de que no le gusto? Soy la tonta que no sabía decidirse y al final se queda sin ninguno.

—Ash, eso no va a pasar. Cuanto más te conozca, más le gustarás —dice Emily como la buena amiga que ella es—. Te va a llevar al baile y será la mejor noche de toda tu vida. Ya lo verás. Puede que todo empezara gracias a Cam, pero eres tú la que se estuvo morreando la otra noche con el quarterback y parece ser que él tiene bastantes ganas de repetir. —Sonríe, y yo sonrío un poco también.

Tyler no ha parado de insinuarme que deberíamos volver a vernos. Soy yo la que le está dando largas, porque ahora mismo no estoy en mi mejor momento como para tener que esforzarme en ser misteriosa y distante y todas esas cosas que a él le vuelven loco. Con lo fácil que era ser yo misma con Cam, y, aun así, pensaba que le gustaba. Pero no. Parece que ser yo misma no funciona. Y, desde luego, que no puedo serlo con Tyler. No es así como esto va a funcionar.

—Tienes razón. No. Es verdad. Lo de Cam ha sido una tontería, ¿no? Llevo toda la vida enamorada de Tyler. Y ahora tengo la oportunidad de estar con él. Debería centrarme en eso.

—Deberías —se muestra de acuerdo mi amiga con la boca llena de helado.

—Es solo que me siento como si el último mes y medio hubiera sido una enorme mentira.

Emily se incorpora en su asiento y se gira para mirarme de frente. Parece muy decidida con lo que quiera que vaya a decir.

—Ashley —comienza; esto ya me está sonando serio—, el último mes de tu vida no ha sido una mentira, ni una pérdida de tiempo. Y puede que Cam haya resultado ser un idiota, pero ha hecho algo muy bueno por ti. —Yo alzo las cejas en espera de que me lo explique—. En realidad, no has cambiado, Ash. En este mes no has cambiado nada. Quiero decir, no has cambiado de amigas, no has cambiado de principios, no has cambiado de ambiciones ni de sueños, no has cambiado tu esencia. Eso no es lo que Cam ha hecho contigo. Apenas has cambiado de estilo. —Señala mi ropa—. Y todo lo que eres ahora ya lo eras antes, solo que no te lo creías. Cam te ha dado confianza. La confianza en ti misma que tenías guardadita en lo más profundo y no dejabas salir. Si ahora eres capaz de comportarte como una seductora con Tyler..., bueno, es que antes también lo eras, el problema era que no te lo creías. Sigues siendo exactamente igual de guapa, pero antes te sentías fea. Sigues siendo igual de divertida, pero antes pensabas que eras aburrida. Sigues siendo la misma, pero es que antes no te querías como ahora. Tenemos que olvidarnos de Cameron Parker, pequeña, pero quédate con lo que consiguió enseñarte y no vuelvas a olvidarte de ti.

Tengo una lágrima amenazando con rodar libre en mi ojo derecho. El discursito de Emily ha sido de lo más emotivo.

Y necesito un par de minutos para pensar en ello. Mi amiga ya ha dicho todo lo que quería decir, así que respeta mi silencio.

Tengo la imagen de la letra de Cam componiendo la palabra *Fearless* escrita en mi muñeca. Emily tiene razón. Puede que Cameron Parker ya no quiera ni deba formar parte de mi vida. Pero no quiero olvidar cómo me he sentido durante este tiempo con él. Lo que ha conseguido hacerme ver de mí misma. Lo que ha logrado enseñarme a descubrir. No quiero olvidar cómo vencí al vértigo escalando en la montaña, cómo me sentí capaz de casi cualquier cosa en el circuito de karts, cómo me volví espontánea con él en las aguas heladas del lago Tahoe, o cómo me sentí valiente conduciendo la moto de Tyler con él pegado a mi espalda. Eso lo quiero recordar. Lo quiero recordar siempre. Quiero ser esa chica libre. Quiero ser la Ashley sin miedo.

—Em... —digo por fin tras el largo silencio.

—¿Qué? —me anima a hablar mientras mete el vaso vacío de su helado en una bolsa para tirarlo luego a la basura.

Hago lo mismo con el mío.

—Hay una cosa que quiero hacer. Hay algo que necesito hacer ahora —informo, muy segura de mis palabras.

—¿Es una locura? —prueba, un poco intimidada.

—Puede que sea una locura. ¿Puedes acompañarme a un sitio?

—Tú me guías —concede mi amiga.

Y pone el coche en marcha.

Para cuando Emily me deja en casa, mi hermano ya está de vuelta. Y, así, no tengo que encontrarme de nuevo con Cam. Mi cabeza me dice que de esta forma es mejor, aunque mi corazón no esté aún totalmente convencido de lo que nos conviene. Espero que se deje domar poco a poco. Y supongo que le será más fácil con la ayuda de Tyler, que ya me ha escrito hace un rato para volver a insistir en que nos veamos. Pero esta tarde estaba ocupada.

—Y Cam dice que la he lanzado perfecta. Y él ha bateado y le ha dado tan fuerte que se nos ha ido la bola del campo y casi les da a unas señoras que paseaban por el parque y un perro la ha cogido y hemos tenido que perseguirlo para poder recuperarla —nos cuenta Eric, casi sin respirar, mientras cenamos.

Vaya pesado, mi hermanito. No hay manera de quitarle el nombre de Cam de la boca. Justo lo que me hace falta a mí en estos momentos. Que si Cam es muy divertido. Que si Cam sabe mucho de béisbol. Que si Cam le ha enseñado a lanzar la bola con efecto. Me dan ganas de cerrarle la boca, y no precisamente de forma amable. Pero dudo que mi madre vaya a aprobar que le pegue a mi hermano. Y menos delante de ella. Y menos mientras cenamos. Pero tanto oír hablar del maldito Cameron Parker me está quitando bastante el apetito. Dejo el tenedor encima del plato y me recuesto un poco sobre el respaldo de mi silla.

—Ashley —me llama mi madre al instante—, ¿qué pasa?

—Nada. No tengo mucha hambre, mamá —explico vagamente.

—Sí. Ni en la comida —me recuerda ella—. Ni ayer en la cena. ¿Se puede saber qué te pasa? ¿Siguen metiéndose contigo en el instituto?

Lo dice tan preocupada que tengo que apresurarme a desmentirlo. Aunque no sea mentira. Los rumores siguen exactamente al mismo nivel que antes de las vacaciones de primavera. Y, ahora que soy tan famosa, tengo muy claro que prefería el anonimato. Pero, al contrario que hace dos semanas, eso ya no me quita el sueño. Ni el sueño, ni el hambre.

Es mi hermano pequeño, el forofo de Cameron Parker, el que está haciendo que se me indigeste el pescado.

—Entonces, ¿es por Cam? —sigue indagando mi madre y yo tengo que clavar mis ojos en los suyos al oír eso y creo que con mi reacción ya no hace falta que conteste nada más—. ¿Es porque estáis enfadados? ¿Qué es lo que ha pasado?

—No ha pasado nada —suspiro, sin ganas de tener que darle explicaciones a mamá.

—No deberías enfadarte con Cam —opina mi hermano. Al final voy a tener que pegarle de verdad—. Estaba triste cuando nos hemos ido de aquí.

—Sí, seguro —ironizo.

Mi hermano no se entera de nada. Por lo menos es mejor que piense que Cam estaba triste por mi culpa a que piense que lo estaba por el fastidio que resulta tener que pasarse la tarde entera con él jugando al béisbol. Según lo que ha estado contando Eric no parece que hayan quedado para jugar otra vez, así que supongo que ya habrá limpiado su conciencia respecto al compromiso de enseñarle a jugar al béisbol y ahora podremos volver a nuestras vidas normales. A esas vidas en las que Cameron Parker y yo pertenecíamos a mundos completamente diferentes. A esa vida en la que el chico del pupitre de al lado no se molestaría ni en pasear sus ojitos verdes por donde yo esté.

—Le he dicho que no se preocupe por ti, que eres una gruñona y que yo también me enfado contigo millones de veces. Que ya se te pasará —dice Eric despreocupadamente—. Pero él dice que tengo que portarme bien contigo, porque eres la mejor chica que ha conocido —cotillea—. No ha debido conocer a muchas, ¿eh, Ashley? —me pica, el muy idiota.

Oigo a mi madre murmurar algo como que Cameron es un chico muy dulce, o algo así. Claro. Si ella supiera... Pero, en fin. Ni sabe, ni tiene por qué saber. Y lo mismo pasa con Eric. Obvio que Cam no iba a decirle a mi hermano la verdad. Que su hermana es una chica invisible en la que ha tenido que invertir tiempo el último mes de su vida, pero que eso ya ha acabado, y menos mal.

—¿Puedo irme a mi cuarto? —pido a mi madre. Mejor cortar aquí, visto el rumbo que está tomando esta conversación—. No me encuentro bien —miento solo a medias, para ablandarla un poco.

Mamá me mira, preocupada. Y sé que está pensando que tengo el corazón roto. Y, seguramente, se estará debatiendo entre creer que me he enfadado con Cam por cualquier tontería, o pensar que es algo más grave y que el chico de los ojitos verdes también la engañó a ella. Que piense lo que quiera. Ahora mismo no tengo ganas de dar explicaciones. Me da permiso para irme con un gesto de su mano. Gracias, mamá. Por una vez, se muestra empática conmigo. Qué novedad.

Un par de horas después, oigo una llamada en la puerta de mi cuarto. La buena de mamá asoma la cabeza cuando doy permiso. Y yo estoy ya metida en la cama, estudiando. No porque me apetezca y no porque mi nivel de concentración esté en uno de sus mejores momentos. Pero, al final, van a llegar los exámenes y me van a pillar en bragas, como quien dice. Y necesito mantener mi mente distraída con algo que no sea el trío Bennet, o lo que queda de él.

—¿Estás bien, cariño?

—Sí —respondo con voz de paciencia—. Estoy bien, mamá. No te preocupes.

—Bueno, vale —cede, aunque es más que obvio que no me cree—. Solo quiero que sepas que puedes hablar conmigo si tienes ganas de hacerlo, ¿vale?

Siento una súbita oleada de afecto por mi madre. Por

muy pesada que me parezca a menudo. Y sentir ese amor de golpe me da ganas de llorar, pero fuerzo una sonrisa.

—Ya lo sé —digo, en voz baja.

—Bien. Te dejo estudiar. No te duermas tarde. Y, Ashley —me llama de nuevo tras un primer amago de cerrar la puerta. La miro interesada—. Estoy segura de que haya pasado lo que haya pasado, Cam tampoco lo estará pasando bien con esto —imagina dulcemente.

—Ya —me limito a decir.

No puedo decir otra cosa. Qué inocente, mamá. Ella me da las buenas noches y cierra por fin la puerta. Y yo pienso que Cam tenía razón. La tenía del todo. Ayer le di muy poco crédito para lo que en realidad merecía. Sacramento se queda corto. Es el mejor actor de toda California entera. Hollywood incluido.

Ya son más de las doce y yo aún sigo despierta. Me siento como si me hubiera tomado un café bien cargado a las seis de la tarde. Ni siquiera estoy cansada. Debe ser del subidón de la tarde con Emily, del ruido de esa máquina, de la sensación de las agujas penetrando mi piel. Ha dolido. Sí, ha dolido. Pero al mismo tiempo pienso que es de las mejores cosas que he hecho. Debe de ser por eso que la gente se engancha. La vez anterior no lo hice porque no me parecía que la razón fuera la adecuada. Y, ahora, quizá la razón no sea la más poderosa del mundo, pero no me arrepiento. Aunque me haya marcado para recordar algo que me enseñó justamente la persona que debería olvidar. Pero Emily tenía razón. De esto no tengo que olvidarme. Me levanto de la cama y me coloco frente al espejo antes de levantarme un poco el costado derecho de la camiseta del pijama. Aparto el plástico con cuidado. Y lo miro una vez más. Escrito sobre mis costillas, justo bajo la línea del sujetador. Con esa letra que me gustó tanto la primera vez que estuve en el estudio, pero más grande que la que casi me pongo en la muñeca. Me encanta. Ha quedado perfecto. *Fearless*. Sé que no lo lamento, ni lo lamentaré. Que es justo el tatuaje que tenía que lucir. No por Tyler. No por Cam. Por mí. Ahora solo espero que mi madre no lo descubra pronto.

Oigo vibrar el móvil en la mesilla con la entrada de un mensaje, mientras rebusco en mi bolso y saco la crema que me ha recomendado el tatuador para ayudarme con la cicatrización. Me la extiendo muy suavemente sobre la zona donde está la tinta antes de volver a taparlo y acercarme a ver quién me escribe a estas horas.

Me acabo de enterar de que esta noche hay lluvia de estrellas. Veo luz en tu ventana, así que no estás durmiendo, y yo tengo que salir de esta casa ya mismo. ¿Te apetece una escapadita para contar cuántas vemos?

Tyler. Es Tyler y me está proponiendo una escapada romántica un martes por la noche para contar estrellas fugaces. Madre mía. ¿Qué está pasando en mi vida? Da igual. Pensar es lo de menos. Ya vale de darle vueltas. Cam ya no tiene cabida en esto, pero recuerdo que me enseñó unas cuantas cosas sobre escapadas nocturnas. Y Tyler Sparks, el puñetero amor de mi vida, quiere llevarme a ver las estrellas. Qué casualidad. Con lo que me gustan a mí las estrellas fugaces y pedirles deseos que tengan que ver con él. Pues vamos allá, Ashley.

Ve arrancando la moto. Estoy en tu puerta en tres minutos.

Me cambio de ropa rápidamente. Vaqueros rotos, botas y jersey largo con cuello de barco. La mochila al hombro. Apago la luz antes de salir por la ventana. Cuidado con la celosía. Pisa bien y no te cargues la enredadera. Esta vez no hay nadie esperándome abajo por si resbalo. Esta vez no me encuentro una sonrisa traviesa cuando aterrizo en el suelo. Pero no me paro a pensarlo. Corro por el jardín y salgo a la acera justo al tiempo en que Tyler rueda con la moto hasta la carretera y me tiende el casco. Él ya está completamente equipado. Me pongo el casco inmediatamente y me monto tras él agarrando su cintura, y disfrutando del tacto del cuero de su cazadora entre mis dedos, mientras él acelera y nos alejamos de nuestras casas a toda velocidad por las calles desiertas.

Tyler conduce muy deprisa. Y como un auténtico loco. Pero casi hasta disfruto del camino. Ahora soy una rebelde que tiene un tatuaje y se escapa de casa una noche entre semana para darse el lote con un chico malo bajo las estrellas. Así que supongo que debería disfrutar mucho de los paseos en moto. Aunque no creo que Tyler vaya a dejarme llevarla a mí. Eso no pasará esta noche. Tardamos menos de veinte minutos en llegar a nuestro destino. Lo reconozco enseguida. El parque Ancil Hoffman. Un buen lugar para poder disfrutar de un cielo estrellado a la orilla del río de los Americanos. Aunque normalmente cuesta algo más de tiempo llegar. No quiero ni pensar en la cifra que marcaba el velocímetro mientras circulábamos por la carretera.

Me quito el casco en cuanto él para la moto, en un claro solitario justo al borde del río. Aparca con el manillar girado, dándole la espalda a las aguas, como si estuviera dispuesto a salir quemando rueda en cualquier momento. Me bajo de la moto y camino un poco alrededor antes de mirar hacia arriba. Vaya. Creo que no habrá una estrella que no pueda verse desde aquí. Y ya casi es luna nueva, lo que quiere decir que su luz no nos interfiere para contemplar lo que hemos venido a ver. Me giro hacia Tyler cuando oigo sus pasos en las piedrecillas que bordean el río, justo detrás de mí.

—Conduces muy rápido para tu propia seguridad. Lo sabes, ¿no? —le digo en modo burlón.

Son las primeras palabras que le dirijo desde el mensaje que le he enviado.

—Buenas noches a ti también, guapa —suelta como reproche.

Sonrío. Y dejo que termine de recortar la distancia que nos separa. Y que me tome por la cintura. Y que me bese los labios con pasión.

—¿Tenías ganas de verme? —provoco al apartarme.

—Me estás volviendo loco, Ash. No paras de darme largas —protesta.

—Estoy aquí, ¿no?

Él asiente sin soltar mi cintura y sin apartar su mirada de la mía. No alcanzo a ver su expresión en la penumbra que nos rodea.

—¿Qué ha pasado? ¿Por qué necesitabas salir de casa?

Tyler se aparta un poco. Me suelta y camina de vuelta hacia la moto. Se apoya de medio lado en el sillín antes de hablar.

—Ya sabes. Mi madre y sus paranoias —suspira—. Esta noche le ha dado por decir que cada vez me parezco más a mi padre, y no paraba de enumerar las cosas en las que somos clavaditos...

No digo nada, pero me acerco y me pongo delante de él, con las manos en sus hombros y pegando mis caderas a las suyas, apoyando nuestro peso en la moto. Estoy a punto de hablar, pero debe verme las intenciones, porque se explica antes de que yo pueda pronunciarme.

—No, a ese padre no. Al reputado médico y maravilloso ciudadano, no. A ese no me parezco nada, según ella. Hablaba de mi padre de verdad —me pone al día.

—¿Tu padre biológico? —trato de matizar.

La verdad, yo no tenía ni idea de que ellos supieran quiénes eran los padres biológicos de Tyler. Ni de que lo supiera él.

—Sí —suspira, y niega con la cabeza, pero no abandona el tema—. El día que tú y yo nos besamos... nuestro primer beso, el de detrás de la iglesia. —Da detalles, pero a mí no me hacían ninguna falta—. Ese día, cuando volví a casa, mis padres me dijeron que mi padre biológico estaba en Sacramento, que quería verme —recuerda, y lanza una risita irónica—. Y yo también quería verlo, Ash. No me creí nada de lo que dijo mi madre cuando me advirtió sobre cómo era. Pero la verdad es que soy hijo de un cabronazo alcohólico, con problemas con el juego y condenas por agresiones. Y de una mujer parecida a la que el cabronazo también pegaba de vez en cuando, por lo que se ve —añade. No sé qué decir, pero no me hace falta hablar para que él continúe—. Si después de ese día no volví a besarte... si no... si me alejé de ti, Ash, es porque estaba convencido de que yo iba a acabar igual que él. De que no podía hacer nada para cambiar lo que soy. De dónde vengo. Imagina lo que dice mi madre..., que cada vez me parezco más a él... Destrozo todo lo que toco. Y a la gente a la que quiero.

Pienso que puede ser que esté a punto de llorar, pero no podría asegurarlo. Le acaricio la nuca suavemente con las yemas de los dedos y niego con la cabeza, captando su atención.

—Tú no eres así, Tyler —aseguro, hablando con dulzura—. Y vas a ser el hombre que tú quieras ser, no lo que sea él o lo que diga tu madre... Puedes ser quien tú quieras —insisto.

—Ya. Quizá el problema es que yo tampoco quería ser otra cosa. Me parecía inevitable. Y por eso ahora sé... Por eso ahora lo veo, Ash —casi susurra—. Por eso sé que necesito estar contigo. Porque tú me haces ser mejor..., porque tú... porque tú me haces querer ser mejor persona.

Vaya. Menuda declaración. Es una de las cosas más bonitas que nunca me han dicho. Esto, y el «tú me haces sonreír», de Cam. Solo que lo de Cam era mentira, claro. Y esto no sé exactamente lo que es. No lo sé. Pero, aun así, me enternece. Y sé lo que quiero hacer. Acaricio el pelo de Tyler muy suave y uno mis labios a los suyos. Esta vez nos besamos con ternura. Durante mucho rato. Durante un rato lo suficientemente largo como para que él pueda olvidarse de todos los malos rollos que se ha traído desde casa. Y para que yo pueda olvidarme de los míos también. Cuando separamos los labios él ya tiene las manos en mi culo y yo las mías sobre sus pectorales. Me gusta mucho. Me gusta muchísimo Tyler Sparks. ¿Y qué podía esperar? Llevo loquita por él cuatro años. Y por eso era aún mayor el miedo a que me pudiera decepcionar. Pero no lo hace. No me está decepcionando. Es justo lo que yo sabía que era. Un pobre chico atormentado por los fantasmas del pasado que se escuda detrás de una fachada de tipo duro. Pero no lo es. No es duro. Ni un chico malo. Solo hay que saber ver más allá. Comprenderlo. Como solo yo puedo hacer.

Sonríe cerca de mi boca y yo me encuentro a mí misma copiándole el gesto. Es él quien rompe el silencio, una vez más.

—No quería traerte hasta aquí para que me hicieras de psicóloga. —Casi parece una disculpa—. Quería traerte para que veamos las estrellas y podamos pedir un deseo.

—¿Solo uno?

—Depende de cuántas estrellas fugaces caces —me sigue el juego—. Ven.

Se monta en la moto, pero de espaldas al manillar. Tira suavemente de mi mano para que haga lo mismo y quede delante de él, justo entre sus piernas. Se recuesta sobre el manillar mientras me invita a hacer lo mismo sobre su pecho. No me puedo creer que esto esté sucediendo de verdad. Y que esté entre los brazos de Tyler Sparks, con la vista clavada en un cielo plagadísimo de estrellas.

—¿Estás cómoda?

—Sí. Solo hace un poco más de frío del que me esperaba —tengo que reconocer.

Él se incorpora de inmediato, haciendo que yo me incorpore también con él. Se quita la cazadora de cuero y vuelve a recostarse echándomela por encima y rodeándome con sus brazos. No podría haberme imaginado algo más perfecto ni en mis mejores sueños. Excepto por... No. No, da igual. Es perfecto y punto. No cambiaría nada. Eso me digo, una y otra vez. No cambiaría nada.

—¡Ahí! —exclama Tyler levantando la mano derecha para señalar—. ¿Has visto esa?

—No.

Mierda, Ashley. Has venido a ver estrellas fugaces con el amor de tu vida y tú ahí mirando sin ver. Pensando en otra cosa. En que es todo perfecto. En que no cambiarías nada. En que ojalá te lo pudieras creer del todo.

—Tienes que estar más atenta, Ash —se burla él estrujándome un poco más entre los brazos—. Así no vas a poder desear nada.

—¿Y tú ya has pedido un deseo?

—No me ha dado tiempo —reconoce, y me hace reír—. Ha pasado demasiado rápido. Será mejor que pensemos los deseos primero para tenerlos ya preparados —sugiere—. Deseo... deseo una Harley-Davidson nuevecita y reluciente. —Pone en primer lugar—. Deseo aprobar historia y... deseo acabar el curso sin que vuelvan a expulsarme.

—A las estrellas fugaces no se les piden esas cosas tan superficiales. Hay que pedir cosas profundas de verdad, ya sabes: salud, dinero y amor —bromeo.

—Vale —cede—. Pues entonces yo diría que... no desearía estar en ningún otro lugar ahora mismo —susurra cerca de mi oído.

Cierro los ojos cuando siento un escalofrío. Al abrirlos, veo una estrella surcar el cielo dejando su estela de luz. Sonrío un poco. Siempre me ha encantado el espectáculo de una lluvia de estrellas. No hay nada más hermoso. Ni más romántico.

—Vaya, ese deseo se me ha escapado —medio bromeo.

—No la he visto —protesta mi acompañante—. Y ¿cuál es tu deseo entonces, Ash?

Mierda. Un deseo. Claro. Debería tener algo que desear, ¿no? No sé el qué. No tengo ni idea. Porque llevo años pidiendo lo mismo a cada estrella fugaz. Años con el mismo deseo. Era lo que más deseaba en el mundo. Y nunca tenía que pensar en algo nuevo que desear porque aquello simplemente era lo más importante. Lo único que merecía la pena pedir a una estrella fugaz. Así que ahora que es una realidad... ahora ¿qué? Me quedo totalmente en blanco. Sobre todo, porque tengo miedo de desear algo que se pueda llegar a cumplir.

Deberían haberme leído la letra pequeña. El maldito genio de los deseos debería avisar de que, cuando te concede algo, puede también que pierdas algo por el camino. Que haya efectos secundarios. Daño colateral. O un puñetero efecto mariposa. Deberían decirte, cuando deseas que se cumplan tus sueños más profundos, que puede que debas sacrificar algo a cambio. Pero cuando yo pedía todos esos deseos no podía ni siquiera llegar a imaginarme cuál sería el precio a pagar. O tampoco me habría importado. Ahora lo sé.

Ahora sé que mi deseo de estar con Tyler Sparks también tenía su lado oscuro. El ganar algo y perder algo a cambio. Su daño colateral. Y ese daño colateral tiene nombre y apellido. Pero, antes de todo esto, nunca, nunca, nunca podría haber llegado a pensar que cumplir mi deseo con Tyler implicaría perder a Cameron Parker. Más bien, perder con Cameron Parker. O contra él. Sea lo que sea en lo que se haya convertido esto. Eso no lo habría imaginado ni en un millón de años.

Ten cuidado con lo que deseas, Ashley, porque puede convertirse en realidad.

Agradecimientos

Nunca creí que llegaría el momento de escribir los agradecimientos en una novela publicada, de manera que las primeras líneas tienen que ser para todo el equipo de Crossbooks por dar la gran oportunidad a autores nuevos y desconocidos de hacerles llegar sus propuestas y por haber creído en esta historia en concreto y hacer realidad uno de mis grandes sueños. Especialmente, muchas gracias a mi editora, Irene, por dedicar su tiempo a leerlo con tantísimo cariño, por todo el mimo dedicado a mí y a mi novela y por la ilusión en cada paso de este proyecto. Aquella llamada de teléfono me dejó saltando de emoción por toda la casa, así que mil gracias por todo.

A mis padres, por haberme animado siempre a seguir mis sueños y haberme dado todo el apoyo para poder hacerlo.

A las tatas, por escuchar todas esas tramas que se me ocurren y compartir las suyas conmigo y por todo ese tiempo entre libros hablando de historias que solo existen en nuestra imaginación hasta que las plasmamos en papel. Hermana, gracias por estar siempre, ya sea cerca o al otro lado del teléfono.

Mi querida Ángela, mi fiel lectora cero, sin ti esta historia ni siquiera estaría terminada y jamás habría llegado tan lejos, así que sabes que un trocito de ella es tuyo por siempre.

A esas amigas y familia (sí, eso va por ti, tía Marta) que leyeron el manuscrito y se emocionaron conmigo y me exigieron que siguiera escribiendo mucho más.

A Javi, mi chico de ojitos verdes, por prestarme algunos pequeños detalles para construir el personaje de Cam y, sobre todo, por escuchar todos los giros y maldades que se me ocurren para las múltiples historias que cruzan por mi mente. Ya es momento de que lo leas, ¿vale?

A la pequeña familia de Wattpad, todas y cada una de las que alguna vez habéis sufrido u os habéis emocionado conmigo, las que me habéis mandado un mensaje para decirme lo que os había hecho sentir *Bad Ash*, las que comentáis cada capítulo, las que le dais a la estrellita... Y especialmente a mi primer comentario en esta novela (tú sabes quién eres), y a quien me animó a luchar por llevar esta historia a físico porque realmente pensaba que lo merecía.

Y a ti, que has decidido darle una oportunidad a esta autora desconocida: muchísimas gracias por el tiempo dedicado a la lectura. Espero de corazón que lo hayas disfrutado.

¡Hasta pronto!

Hay finales tan buenos que merecen una continuación…